PASCALE REY

Née à Périgeux, Pascale Rey est enseignante en Charente, précisément dans la région où se situe son premier roman. Elle a fait ses études de Lettres à Bordeaux, puis a enseigné à Nantes, Angoulême puis enfin à Villebois-Lavalette, où elle vit actuellement. *Adèle d'Aiguebrune* est son premier roman.

Pascale Roze

Née à Périgueux, Pascale Roze est aujourd'hui en
Charente, précisément dans le région où se situe son
premier roman. Elle a fait ses études de Lettres à
Bordeaux, puis a enseigné à Nantes, Angoulême,
puis enfin à Villebois-Lavalette, où elle vit actuellement. Raté d'Hippocampe est son premier roman.

ADÈLE D'AIGUEBRUNE

**

L'HEURE D'ÉLISE

DU MÊME AUTEUR
CHEZ POCKET

ADÈLE D'AIGUEBRUNE

PASCALE REY

ADÈLE D'AIGUEBRUNE

**

L'HEURE D'ÉLISE

ROBERT LAFFONT

Le Code de la propriété intellectuelle n'autorisant, aux termes de l'article L. 122-5, (2° et 3° a), d'une part, que les « copies ou reproductions strictement réservées à l'usage privé du copiste et non destinées à une utilisation collective » et, d'autre part, que les analyses et les courtes citations dans un but d'exemple et d'illustration, « toute représentation ou reproduction intégrale ou partielle faite sans le consentement de l'auteur ou de ses ayants droit ou ayants cause est illicite » (art. L. 122-4).
Cette représentation ou reproduction, par quelque procédé que ce soit, constituerait donc une contrefaçon sanctionnée par les articles L. 335-2 et suivants du Code de la propriété intellectuelle.

© Éditions Robert Laffont, S.A., Paris, 2000
ISBN 2-266-10877-8

Pour Jacques Pélissier

Adèle naît en 1758, à Aiguebrune, vieux château à demi écroulé, au bord d'un étang, non loin d'Angoulême. Sa mère morte en la mettant au monde, il ne lui reste qu'un père distrait et quelques fidèles serviteurs, dont la Barrade, forte jeune femme qui sera toujours son plus sûr soutien. Et Adèle est née boiteuse, une malformation qui marquera sa vie. De la liaison de son père et de la Barrade lui vient un demi-frère, Denis Barrère.

Les Aiguebrune sont de très ancienne noblesse, mais pauvres. Une de ses tantes, Mme de Verteuil, fait appel à Adèle pour qu'elle devienne la demoiselle de compagnie de sa fille Lucile. Ainsi Adèle découvre un autre monde, où il ne s'agit que de paraître toujours plus quand, passant de Verteuil à Champlaurier, elle se trouve plongée dans le milieu de la haute aristocratie de cour où l'on va de fête en fête, sans un regard pour le peuple paysan des alentours. Ni bientôt pour Adèle, la cousine pauvre, dès que le marquis de Champlaurier a épousé Lucile.

Denis rêve d'être officier. Mais sa roture lui interdit l'entrée de l'École des gentilshommes-

cadets du roi. Adèle s'adresse alors au comte de Méricourt, familier de Champlaurier : les portes de l'école s'ouvrent devant Denis, mais pour subvenir aux besoins de son demi-frère, Adèle doit accepter l'offre de Lucile de devenir gouvernante de sa fille, la petite Élise. À l'écart des fastes de Champlaurier, elle s'attache à cette enfant fragile et délicate, boiteuse comme elle, et à un petit esclave noir de Saint-Domingue baptisé Cyprien, offert en cadeau à la marquise, un soir de grand bal. Adèle est devenue la maîtresse du comte de Méricourt; lorsqu'il quitte Champlaurier, Adèle ne le suit pas, refusant d'abandonner ceux qu'elle aime comme ses enfants.

Et c'est 1789. Les menaces s'accumulent autour du grand château. Lorsqu'en 1793 la Terreur s'installe, les Champlaurier, dont Élise, sont traduits devant le tribunal révolutionnaire d'Angoulême. Parmi les trois juges, Adèle reconnaît Michel Marsaud, l'ancien cocher devenu commissaire du peuple, qui, il y a bien longtemps, lui a volé son premier baiser. Elle met en lui son dernier espoir, mais Marsaud vote la mort, et Élise monte sur l'échafaud.

Adèle attend d'être condamnée, guillotinée, à son tour. Cependant son frère Denis, devenu colonel, héros des armées de la République, la sauve. Qu'a-t-on d'ailleurs à lui reprocher? Elle comparaît devant une commission populaire, mais personne dans le pays ne veut de mal à Adèle d'Aiguebrune; la servante Mariette est là qui témoigne au nom de tous les humbles de son incroyable générosité.

1797. La Terreur est morte, le pays veut vivre et oublier. Recluse en son misérable château, entre la Barrade et le vieux prêtre réfractaire qu'elle a si longtemps caché, Adèle se souvient : chaque matin, elle écrit, revivant ses chagrins, ses joies, ses tourments, redonnant vie à ceux qu'elle a aimés. Elle écrit pour Élise disparue.

C'est l'heure d'Élise.

1

Mon Dieu, Élise, qu'il est donc lourd mon cœur de ce matin ! Il gèle à pierre fendre. Pluviôse arrive enfin mais les grues ne sont pas passées. Le froid pousse sa corne. J'ai le sentiment que le printemps ne reviendra jamais. J'attends chaque jour un je-ne-sais-quoi. Les champs sont retournés, les talus sont vides. Qu'il est donc loin, Élise, ce temps où tu cueillais du muguet ! Tout est glacé. C'est au point que mon encre durcit dans l'encrier. Je dois souffler dessus pour écrire, peux-tu imaginer cela ? Beaucoup de gens n'ont plus de bois. Si l'on sort d'Aiguebrune, à la première forêt, on peut voir des enfants, tassés au sol comme des moineaux. Ils cherchent la ramée. On ne voit pas leurs visages penchés. Seulement leurs mains, tout entortillées de chiffons. Que te dire de plus, ma petite fille, sinon que c'est l'hiver...

Un air coupant comme une lame passait ma fenêtre. J'y avais poussé ma petite table pour prendre un peu de lumière. Le jour venant balayait de raies grises mes feuilles de gros papier. Notre heure était passée... Je posai difficilement la plume raide qui me tenait au doigt. J'avais du mal à reprendre ma main. Ce mauvais vent coulis m'avait transie. Il faisait onduler les rideaux que j'avais repoussés, leurs roses toujours fleuries. J'étais lasse de leur éternel printemps. J'étais lasse de tout, et de moi, en passant. Ma vie n'était qu'un vide lamentable. Je le peuplais des mille gestes qui font nos habitudes, je semblais là. Mais je n'avais que faire d'y être, d'avoir survécu à la tempête, de m'accrocher à cette heure grise où une petite fille boitait dans l'ombre jusqu'à mon lit.

— Tu es là, Tante Adie ?

— Viens vite...

Elle se couchait contre moi, dans cette aube qui m'était donnée. Je la prenais dans mes bras pour que vive notre pauvre mensonge, qu'elle ait une mère et que j'aie un enfant. Cette heure si douce, que j'attendais maintenant et qui me donnait, jour après jour, la force de continuer. Le courant d'air se mit à agiter mes feuilles. Il ne les envolerait pas. Elles étaient si lourdes. J'avais fini d'écrire l'histoire de Champlaurier. J'avais cru naïvement lutter contre l'oubli, mais qui est de force à lutter contre la vie ? Quatre ans avaient passé. Le pays avait connu trop de souffrances, il voulait oublier une histoire banale à pleurer. Des ci-devant que l'on rattrape, que l'on juge devant un peuple abruti de guerre et de mots, que l'on mène en charrette pleine, que l'on traîne sur un échafaud. On me l'avait prise. Elle était morte à dix-huit ans, guillotinée.

Cette pensée me mit debout. Je ne la supportais pas, le temps n'y changeait rien ! Mon corps

14

s'était engourdi à se pencher sur la petite table. Il devenait vieux, il voulait qu'on se soucie de lui. Je quittai ma chemise, me lavai vite, en cassant la glace fine qui cachait l'eau. Ma robe attendait, posée contre une chaise comme un gardien noir. Il fallait que je sorte. Dans tout ce froid blafard, j'étouffais. Je ne pouvais plus respirer, quand c'était ainsi, pas même à Aiguebrune. Tout me semblait mauvais. Injuste. Si la vie l'avait voulu, Élise aurait vécu. Un air de clavecin aurait envahi ma maison trop vieille que rien ne faisait plus chanter. Des notes légères et gaies, Mozart, que je me surpris à fredonner en descendant le vieil escalier. Qui eût compris ma misère en me voyant chanter ? Qui la comprenait, de toute façon ? Je me cachais des autres depuis longtemps. Ma peine s'était peu à peu répandue sur les choses du présent qu'elle enlaçait d'une sorte d'indifférence. Une voix s'était tue, que j'entendais parfois sous sa forme enfantine.

– Tu ne partiras jamais sans moi, Tante Adie ?

Ce n'était pas moi qui étais partie.

Les jours se succédaient, de labours en moissons, au fil épais des saisons. Je faisais semblant de vivre et la vie me pesait comme une faute. Si j'étais montée dans cette voiture, si j'étais partie avec Louis de Champlaurier, Élise, ma vieille tante, je serais morte aussi... Mais j'étais restée à Aiguebrune. J'y étais toujours. C'est pour cela que j'écrivais à ma petite fille. À l'heure d'Élise... Il me semblait, certains matins plus purs, qu'elle allait me répondre. Qu'elle était là, penchée à mon épaule, relevant ses cheveux de son deuxième doigt, un peu maigre et si blanc. Ce n'était qu'une illusion. J'étais seule. Dois-je le dire et me comprendra-t-on? Quand le manque devenait trop grand, je cherchais dans mon armoire une boule de tissu sale, rayée de grands carreaux bleus. C'était le fichu dans lequel je l'avais enveloppée pour la cacher en paysanne quand elle s'était enfuie. Elle me l'avait remis, en prison, pour le laver. Je m'en étais gardée. C'était mon dernier secret. Il sentait vaguement l'amande et le muguet, une blondeur d'enfance un peu poussiéreuse. Au plus fort de mon mal, j'y trempais mon visage, comme à une source, le verrou de ma porte soigneusement poussé. Je ne voulais personne pour surprendre mon malheureux besoin.

Sur les murs du couloir courait une ombre bleue. Je décrochai ma mante, grise depuis longtemps, à mon image. Dehors, bien que je l'attendisse, le froid me saisit. Sur la pierre du perron, François avait posé le lait, encore fumant d'une odeur un peu écœurante et lourde. J'hésitai à le rentrer tant j'avais hâte de partir. Puis je le fis, poussée par la force un peu sotte du quotidien. Un chien pouvait renverser la cruche verte. Cela aurait suffi à désoler Barrade. Il est précieux, le lait, pour qui en a manqué. Je posai le pot sur la table de la cuisine, brillante dans la lueur vague du petit jour. La salle sentait la cendre. Le feu, dans la cheminée bien trop grande, refusait de mourir, rougeoyant un peu. J'y jetai une bûche, privée de pensée. Je voulais quitter cette chaleur, cette tendresse qui me pesait. Je ne pouvais m'en contenter. Mes jours étaient moroses, vieillissants, entre l'abbé qui m'aimait comme un père et la servante que mon cœur appelait autrement. J'avais besoin de mouvement. J'enfilai mes bottes, perdues devant l'âtre. La veille, on m'avait suppliée de rester.

– Adèle, il fait trop froid... Pas aujourd'hui, Adèle...

La Barrade avait perdu mon père par le gel d'une route. Elle avait peur de mes chevauchées de folle et ne le disait pas. J'étais restée à étouffer tout le jour devant les mouvements libres d'un feu. Mais, ce matin, je ne le pouvais pas. Il me fallait de l'air sur le visage, des larmes de froid aux yeux, à essuyer sans retenue. Il me fallait pousser la pauvre jument, faire claquer ses sabots sur la terre trop froide comme sur un tambour de combat. J'avais besoin de cette déraison, de ce piétinement. Je traversai la cour. Le vent voulait ralentir ma marche, mais rien n'arrête un boiteux quand il va son chemin. J'en avais vu d'autres... Le sol résonnait étrangement dans l'air froid qui me disait que je vivais un peu puisque mes joues brûlaient. Je serrai les dents en mettant mes gants. Et je m'arrêtai devant l'écurie, saisie, comme toujours.

L'étang sortait de l'ombre. Une vapeur lumineuse et diffuse caressait l'eau, mirant le ciel gris et les roseaux blancs, statufiés et cassants. Un souffle de vapeur montait à sa surface, paisible comme une respiration. Pas un bruit, pas un clapotis, rien qui se ride ou passe. Un moment d'air et d'eau, tissé entre deux mondes, comme venant du lointain pays des morts. Une présence de

17

brume, enveloppante et froide, en attente du jour levant. Un instant où il était possible de croire une petite fille assise sur ses talons, dans un recoin de nuage, dans un placard du temps.

Je poussai la porte qui grinça en éloignant mon rêve. La Grise était là, bonne bête fidèle, qui tourna vers moi un regard plein de reproche. *Enfin te voilà, toi ! Je t'ai attendue, tu sais !* Je le savais bien. Je posai ma selle sur le dos de la jument, paisible et douce. Et je quittai Aiguebrune en la tenant à la longe, pour qu'on ne nous entende pas. Comme un enfant qui désobéit et s'enfuit.

Je passai la ferme basse, son chapeau de tuiles noircies d'où montait une fumée bleue. Je savais François debout, s'occupant des bêtes à l'étable. Marie avait dû mettre la soupe à chauffer, pour son retour. Les deux garçons dormaient encore. Réveillés, je les eusse entendus... Je passai doucement, en écartant la Grise, pour ne pas déranger cette vie pleine et douce. À cent pas, me jugeant enfin libre, je poussai la jument au galop. Le froid coulait sur moi comme une eau de rivière. C'était un feu de glace, douloureux, délicieux. Je remontai le chemin transi, baigné de lumière grise. La forêt s'écartait, des arbres agitaient devant mon visage des branches aux doigts démesurés. Que m'importait ! Je ne ralentis qu'à la ferme haute. Lambert l'Espérance était devant sa porte, botté, le feutre rabattu sur l'œil. Il l'enleva en me voyant, paisible, sans rien pour le surprendre.

– Le bonjour, Notre Demoiselle !

Quel mal pouvait-il voir à m'affubler de ce nom ? On me l'avait toujours donné. Il m'aga-

18

çait, pourtant, plus que tout, déplacé, à quarante ans passés. Il me disait, me répétait sur trois syllabes, le désert inutile de mon existence. Tout le pays m'appelait ainsi ! Mais à qui en vouloir de n'avoir rien construit ? Je lui fis un signe de main et je repris ma course. Après la longue pente qui remontait de l'étang, je passai la lande des châtaigniers, des coudriers, des ormeaux. Pas un frémissement de vert, pas une ombre au bois noirci des bosquets qui longeaient la route. Tout était mort. Une brume s'élevait par endroits, comme une haleine, entourant d'un suaire le pied des arbres qui semblaient tenus en l'air par le vent. Je mis au pas. Quelques feuilles roussies, blanches en leur bord, pendaient encore çà et là. Elles avaient résisté à tout, à la pluie et au froid glacé. J'eus, je ne sais pourquoi, la pensée qu'il faudrait le printemps pour les faire tomber au sol quand d'autres viendraient prendre leur place. Cette simple idée me fit triste, sans que je comprenne ce qui m'agitait dans une chose aussi commune.

Le soleil se levait péniblement quand j'atteignis la petite rivière. Elle chuchotait à peine, engourdie sous le givre. De longues herbes filasse étaient couchées sur sa berge, répandues comme une chevelure grise, effilochée par le temps. La Belle était vieille, ce matin. Je passai le pont et je gagnai le village au petit trot. La place, autour de l'église, était presque déserte. Çà et là s'ouvraient des volets verts. Un bonnet qui se cache, un regard soupçonneux. Il était bien tôt, tout de même ! La Demoiselle n'avait pas le sens commun, de chevaucher à cette

19

heure ! L'auberge de la poste était ouverte. J'y entrai en claquant des dents, soudain saisie de froid en pénétrant dans la salle basse. Un feu dansait, irrésistible. Je m'assis à la plus proche table. Le père Magloire me sourit, me servit un peu de soupe. Il était debout devant moi. Son gilet épuisé bâillait sur son ventre énorme. Je chauffais mes mains au bol. Elles me semblaient dévorées d'aiguilles.

— Pas de lettre, Demoiselle...

Je hochai la tête. Je n'en attendais pas vraiment. Denis m'avait écrit le mois précédent. Le courrier était difficile depuis l'armée du Nord. Cet hiver de grand froid n'arrangeait rien. L'aubergiste appuya sa main énorme et rouge.

— Le colonel devrait pas tarder, maintenant qu'on a fait la paix avec les Autrichiens... Et nos gars, aussi...

Je ne savais si c'était une question ou une affirmation. Je hochai à nouveau la tête, moins soucieuse de parler de la guerre que de boire chaud. L'héroïsme a quelques bornes, le mien surtout ! Voyant que je n'étais pas en veine de bavardage, l'aubergiste soupira, lissa du pouce sa moustache de brosse à étriller et partit ramasser les quelques pots d'étain vidés la veille qui traînaient çà et là. Un brave homme que le père Magloire, un géant soucieux d'ordre ménager. La soupe chaude me dévora le ventre. Je pensais à mon frère, perdu sur une frontière. À le revoir, le retrouver. Et vivre, un peu.

Je me levai sans m'attarder davantage. La Grise m'attendait au-dehors. Je ne voulais pas qu'elle prît froid. Cette visite de poste n'était d'ailleurs qu'une méchante excuse faite à ma fuite. Barrade ne dirait rien mais n'en serait pas dupe. Je ne l'étais pas non plus. Son silence paisible était éloquent. Il n'était de jour où elle n'attendît des nouvelles de son fils. Elle ne le disait pas, penchée sur un chaudron ou sur un linge, l'air serein, souriante et menteuse. Je ne la comprenais que trop bien. Quand la nuit m'avait donné un peu de sommeil, je m'éveillais souvent le cœur battant, l'oreille tendue. J'avais cru entendre la voix de Cyprien qui m'appelait *Tante Adie*. Il m'avait fait ses adieux. Il était parti à l'autre bout du monde. Mais je ne pouvais m'empêcher d'attendre je ne sais quoi. Oui, je comprenais Barrade. Je l'enviais presque. Son attente avait un sens, la mienne était sans raison. Mais combien de blessures faut-il pour ôter d'un cœur l'espérance ?

Je laissai quinze sous sur le bois de ma table et je sortis de l'auberge. Le ciel restait gris, presque lourd malgré le froid. Les toits jetaient leur fumée en lignes blanches, droites mais vite tordues. Je ne vis personne, certaine, pourtant, d'avoir été vue, car les villages sont ainsi, le mien comme les autres. Je remontai sur mon pauvre cheval, soufflant, lui aussi, comme une cheminée. Il fallait rentrer, reprendre la route du logis. Que faire, aujourd'hui, qu'il ne faudrait demain refaire ? Quelques comptes de métairies, un peu de bavardage, lire *La Jeune Captive* avec l'abbé, feindre d'y prendre plaisir. Manger, se coucher, essayer de dormir. Attendre l'heure d'Élise.

Je ne sais si je guidais la Grise ou si elle reprit seule notre mauvais chemin. Je n'étais pas pressée et ne la poussais pas. Le cheval allait, montant et descendant les collines. J'étais aux bois de l'Angélie. Les arbres bornaient mon chemin, bruns et gris, immobiles. Des corneilles craillaient. Elles tournoyaient au-dessus d'un champ que l'on avait pu labourer avant le grand gel. Elles s'abattirent et soudain se relevèrent dans un long cri d'effroi et de colère. Est-ce cela qui effraya la Grise ? Elle fit un écart étrange et se mit à secouer la tête, gênée, apeurée. Elle s'était arrêtée au milieu du chemin. Le froid mordait mes mains malgré mes gants. Je voulus la pousser. En vain. Les oiseaux noirs m'appelaient, mon cheval résistait. Je vis un flot de petites pierres brunes, étranges, rouler sur le sol, venues de Dieu sait où. Ma jument se prit à hennir et se cabra. Ni ma main ni ma voix ne pouvaient la calmer. Je déchaussai dans l'instant et me glissai au sol. Avait-elle mal ? Que se passait-il ?

La question eut à peine le temps de parvenir à ma pensée que je sentis sous mes pieds un roulement de vague, comme un frisson courant sur une peau. Dans un hennissement sauvage, la Grise s'arracha à ma main et partit dans un galop fou. Je ne m'entendis pas l'appeler. Un grondement profond, continu comme un râle, montait du sol. La terre tremblait. Deux arbres s'abattirent lentement devant moi en giflant mes jambes. Je me sentis tomber à genoux et attendre, les mains sur la terre. Le ciel était une eau d'acier. Les oiseaux noirs tournaient que je n'entendais pas, assourdie par un fracas d'orage souterrain. Je ne sais le temps que cela dura. J'étais à genoux, au milieu d'un océan de

22

branches abattues. Tout se tut, l'espace d'un instant. Puis la secousse revint dans un tonnerre de bruits. La forêt criait autour de moi, craquait, hurlait d'impuissance. C'était une plainte immense qui se mêlait au bruit de colère qui m'emplissait l'âme. Une violence déchirait la terre qui s'ouvrait comme une eau soulevée en tempête. Et tout se tut, à nouveau. J'attendis, surprise, certaine que le bruit allait revenir. Rien. Je me levai. Un déluge de bois mort gisait autour de moi. Je le regardai hagarde, privée de raison, quand une peur me noua la poitrine, d'un coup. Ma maison! Aiguebrune! La vieille tour qui perdait ses pierres au moindre vent! Barrade, l'abbé, que j'avais laissés dedans! Je me mis à courir comme un boiteux court, désespérément. Des branches jonchaient le sol, m'agrippaient. Je marchai dessus. Il n'était rien pour m'arrêter. Je passai la ferme haute. Des tuiles étaient tombées, un peuplier barrait un champ, fracassé comme un mât de bateau. Les arbres s'écartaient peu à peu, à l'élargissement du chemin qui conduisait chez moi. J'allais toujours, courant, butant sur des branches. Un vent furieux s'était levé, emplissant ma tête d'un gémissement que je n'entendais pas. Le sang battait mon front. J'arrivai à la ferme basse. Elle semblait épargnée.

Une folie prit mon âme. Aiguebrune avait été touché, j'en étais sûre! Ce tremblement était pour me punir de l'avoir accablé de mon ennui, de mon lent mépris quotidien. Je me mis à courir à jupe levée, emportée par la pente. Je ne voulais penser aux gens. Si j'y pensais, j'étais sans force. Ma Barrade, mon vieil abbé ! Et la tour d'Aiguebrune. Si elle était touchée, je n'avais pas de quoi la relever. Et s'il était arrivé un malheur, c'était moi qui ne m'en relèverais pas. Je pris notre tournant sans entendre François, qui m'appelait, le voyant pourtant à son perron, sachant qu'il était debout, comme sa maison. Sans même penser que je n'en avais pas eu d'inquiétude. Pour moi, François était toujours debout. Je vis Aiguebrune. Il me tomba sur le cœur comme un coup. Il n'avait rien. Quelques pierres, peut-être, le nid des corneilles qui hurlaient de colère au-dessus de moi. Et je la vis aussi, courant vers moi, échevelée, relevant comme autrefois sa grosse jupe bleue, jetée par un élan, qui me saisit la taille et me prit dans ses bras. Son cœur battait à se rompre, tout contre moi. Des mains me serraient, me relevaient les cheveux, des lèvres m'embrassaient, riaient et m'embrassaient encore. Je n'étais plus la Demoiselle.

– Quelle peur tu m'as faite !

Cette poitrine-là sentait le savon et la fumée de châtaigne, la violette et l'amour. Quelque chose d'ancien me revint, précieux infiniment. Une tendresse ronde et sûre, une plénitude d'enfant consolé. J'étais à nouveau sa petitoune. Une petite fille qui ne sait pas marcher, qu'on traîne sans la lâcher, qu'on fait sauter pour qu'elle rie, qu'on fait jouer pour qu'elle marche et qu'on berce, à la nuit venue, pour qu'elle s'endorme en souriant. Les cheveux frisés de Barrade étaient si doux contre ma joue.

Des mots couraient vers nous, emportés par le vent. J'entendis les sabots de François avant de voir le noir de ses yeux.

– On a vu la Grise rentrer ! Seule !

Autant d'affection que de reproche. Quelle espèce de folle étais-je devenue ? Ne pouvais-je penser à leur inquiétude ? Il y avait tout cela dans ses yeux, et bien plus. Il avait eu peur, lui aussi. Pour moi. Je ne sus que dire. Je me redressai. Barrade était lourde. Je l'écartai un peu quand je sentis sa main me retenir.

– Je ne sais pas ce que j'ai...

Elle vacillait. D'un mouvement, François la retint.

– Je ne sais pas...

Elle pouvait à peine parler, le souffle court, épuisée. Deux taches rouges s'effaçaient lentement de son visage, le laissant gris, si fatigué soudain. François me jeta un regard sans discussion.

– On va s'asseoir un peu...

– Ce n'est rien... Rien... Ça va passer...

– Bien sûr... Bien sûr...

2

Nous étions assis depuis un bon moment, tous les trois, au talus d'Aiguebrune. Un instant étrange, sans parole et plein de mots. Je tenais la main de Barrade, François soutenait ses épaules. Elle respirait à petits coups pressés. Il me semblait que nous retenions notre souffle pour lui donner l'air dont nous n'usions pas. Enfin sa main serra la mienne.

– Allons, je suis mieux... Ce n'est rien...

25

– Mais oui...

Elle voulut se relever, lourdement, et se rassit. La Barrade si forte, qui m'avait tant portée, qui avait usé sa vie à lever tant de seaux. Une colère me prit, d'impuissance et de dégoût. Cela suffisait, maintenant ! Celle-là, du moins, on ne me la prendrait pas ! Je ne pouvais pas, je ne voulais pas la perdre.

– Nous avons bien le temps de rentrer...

Elle hocha la tête, ennuyée de nous déranger car elle était ainsi, invraisemblablement.

– Et tes petits, François ? Et Marie ?

– Tout va bien ! Nous étions dedans, à prendre la soupe. Je ne sais pas comment la ferme a tenu ! Vous avez vu du mal, à la ferme haute ?

Il me parlait, sans paraître voir le visage livide qui nous souriait.

– Je n'ai pas vu de mal... Mais je n'ai vu personne...

– Je vais monter voir tout à l'heure...

Un souffle, puis un autre, moins court. Un peu de rose lui revenait. Nous attendions malgré elle, nos mains posées sur son tablier, quand une ombre noire sortit du logis, en contrebas, semblant voler vers nous dans le drap trop large d'une vieille soutane. Il pleuvait, maintenant, à fines gouttes froides.

– Mais que faites-vous là ? Mon Dieu, mes enfants, que se passe-t-il ?

Ses yeux trop bleus nous fixaient, incertains. Il essuyait ses lunettes. Se pouvait-il qu'il n'ait rien vu ?

– Mais enfin, me direz-vous ce que vous faites, assis dans cette boue ?

— Nous cherchons des pâquerettes !

Je regardais François, la lèvre retroussée, Barrade, détournant les yeux, et une envie de rire me vint, en dépit de tout cela, ou à cause de tout cela, qui était vraiment trop !

— Vous n'avez rien entendu, monsieur l'abbé ?

— Un peu d'orage, peut-être ! Étonnant, d'ailleurs, par ce froid !

— Tonnant, plutôt ! Vous devenez sourd, l'abbé !

Nous riions et il nous regardait, surpris ! Les charmes de M. Chénier sont si puissants ! Quand on le lit, le ciel peut bien s'effondrer ! Enfin, pris de pitié devant son air ahuri, et glacés d'eau de pluie, nous avons relevé Barrade en expliquant au brave homme que la terre venait de trembler, violemment, par deux fois.

— Mais cela ne se peut ! Je n'ai rien senti ! La terre a tremblé voici quinze ans ! Deux fois le siècle est impossible !

— Eh bien, c'est désormais chose faite !

— Est-il possible ? Je n'ai rien senti !

— Un miracle de Dieu, l'abbé ! Vous êtes si bien avec Lui !

François était jacobin, il ne se privait pas de taquiner le vieux prêtre qui se mit à rire avec nous. La plaisanterie me fit du bien, différant l'inquiétude qui tournait autour de moi. Je ne pouvais plus me mentir. Barrade peinait à chaque pas. Nous parvînmes enfin au logis, mon vieux refuge que j'avais trahi le matin même, en m'enfuyant. Mais il était fidèle et pardonnant. J'insistai pour installer Barrade sur le vieux sofa du salon. Il suffisait de pousser trois braises pour que le feu reprît et elle serait bien à s'allonger un peu. Je dois le dire, je craignais l'escalier et elle devait le craindre aussi car elle n'insista pas pour aller à sa chambre. Je délaçai sa robe et l'installai sous une couverture.

– Ce n'est rien, Adèle...

– Eh bien, tant mieux !

L'abbé avait repris son fauteuil et son merveilleux livre. Je les quittai, prétextant de nous faire une infusion de camomille. François m'attendait au bord du couloir. Il n'aimait pas entrer au logis en sabots. Sa mère l'interdisait, jadis... Un contre-jour filtrait de la porte d'entrée, nous baignant d'ombre.

– Tu vas chercher le médecin. Qu'il vienne. Au plus vite !

Il ne me répondit pas et hocha la tête avant de sortir.

La nuit tombait, il pouvait être six heures. J'attendais le médecin sans vouloir le montrer, faussement plongée dans mes comptes de métairies. À quoi bon les tenir, en plein hiver ? En plein été aussi, d'ailleurs. Le blé ne valait pour ainsi dire plus rien... Que serait la moisson de quatre-vingt-dix-huit ? Nous suffirait-elle ? Barrade cousait, l'abbé lisait la gazette, je cachais mes sentiments. Une sorte de peur lourde ne me quittait plus. François était revenu du village vers midi. Je l'avais vu par la fenêtre, marchant en frappant le sol de sa colère, les mains fermées dans les poches de son vieil habit, déformées par les rages qu'elles avaient dû contenir. J'étais sortie dès que je l'avais vu. Le vent ne s'était pas calmé, ni la pluie. L'eau ruisselait du bord de son chapeau.

– Tu as pu trouver le docteur ?

– Son valet. Je lui ai dit de passer. Quand il pourra...

Quelque chose, dans sa voix, retint mon dépit.

– Le village ?

– Deux maisons de torchis se sont effondrées. Les gens de l'une n'ont rien, ou presque. Le toit de l'autre s'est abattu. Un enfant est mort, écrasé au berceau. La mère a perdu la tête.

Il arracha d'un coup sec son chapeau, comme s'il avait soudain besoin de la pluie du ciel.

– On m'a dit que ce n'était pas le pire. La cloche n'arrête pas de sonner, au nord, à Lavalette...

Il me regardait, grave et si plein de colère qu'une honte me prit à n'avoir rien perdu. Un mur écroulé au verger, deux noyers. La misère, à son habitude, s'acharnait sur ceux qui n'avaient rien. François le pensait si fort que je sentais le poids de son amertume au travers de ses yeux.

– Le médecin viendra. Quand il pourra !

Il me tourna le dos, me laissant là. Il avait tant à faire. J'avais si peu. Je rentrai, songeuse. Une pensée m'était venue. Que serais-je devenue, si je n'étais pas descendue de la Grise, poussée par un sentiment sans explication ? Je revis mon père me dire que si je tombais de cheval, un jour, je ne marcherais plus... Un long frisson me prit, dont j'accusai la pluie. Ne plus marcher m'était impossible. Je voulais encore vivre, même mal, aller en promenade, même en me dandinant, me croire utile, même provisoirement. Le cœur serré devant cette évidence, je m'appuyai à la porte que je venais de refermer. Depuis combien de temps vivais-je à me plaindre sans cesse ? À Mareuil, une mère était devenue folle d'avoir perdu un petit enfant.

Le salon était chaud, paisible et familier. Des gens, ce soir, n'avaient plus de maison. Je restai debout à contempler l'ombre épaisse, à sonder la nuit et mon cœur, peut-être, à la lueur de la peur que j'avais eue. J'avais encore Barrade, Denis, mon vieil abbé, François... Dieu ou le diable, le matin même, nous avaient épargnés, Aiguebrune et moi...

J'entendis soudain un cheval, je vis un brûlot de lanterne éclairer une cape. C'était le docteur Labaurit. Je me jetai dehors pour lui ouvrir. Il soignait les autres, il ne regardait pas sa peine, son ennui. L'accueillir était bien le moins que je puisse faire.

— Je vous remercie, docteur...

Il chassa un geste de lassitude, accrocha sa cape au clou où pendait ma mante, tout naturellement. Il alla droit vers la cuisine pour se laver les mains. C'était toujours ainsi. Pourquoi m'en étonner, ce soir ?

— Où est notre malade ?

Je le conduisis au salon. L'abbé se leva, lui serrant la main avec affection. Ces hommes-là s'aimaient. Tout les séparait, pourtant, Dieu et les Lumières, la science et la foi. Ils s'en moquaient bien. Le jeune docteur, comme tout le pays l'appelait, faisait mine d'être en visite. Il connaissait Barrade tout aussi bien que son métier et l'observait du coin de l'œil.

30

– Je n'ai rien, vraiment...

La Barrade me jeta un regard de reproche. Le médecin sourit, en retenant sa main. Il avait pris la charge de son père, selon l'ordre d'antan, et lui ressemblait étrangement, de jambe longue et de buste étroit, de teint fort jaune. La même bonté un peu sèche se cachait dans ses yeux. Là s'arrêtait la ressemblance car il n'avait pas trente ans. Il nous parla gravement du village. L'atelier du charron s'était effondré, entraînant deux masures dans sa chute. Les autres avaient résisté, du moins pour l'instant. Les gens de Mareuil avaient travaillé tout le jour à éviter l'effondrement. Il accepta un peu de thé, quelques farinous de châtaigne, engloutis en un instant. Puis il prit comme par distraction le pouls de Barrade. Nous allions sortir. Il nous retint.

– Je vous en prie... Ce n'est que pour la forme...

Il se pencha sur elle, et resta un instant courbé à écouter battre ce cœur trop tendre. Puis il se redressa, se rassit, croisa et décroisa ses jambes de héron, mangea deux farinous, s'en excusa, et s'éclaircit enfin la voix d'une gorgée de thé.

– Madame Barrère, tout cela est bel et bon. Vous n'avez rien, soit ! Mais il faut que la chose reste ainsi. Plus de ménage, plus de seaux d'eau, plus de linge à la fontaine. Il vous faut du repos.

– Mais je ne peux pas...

– C'est bien ce que je vous dis. Vous ne pouvez plus...

Elle eut un geste éperdu, montrant un coin de plancher où la cire manquait. Denis allait revenir. Comment allait-il retrouver sa maison ?

31

– Fort bien. Je vais engager une fille.

J'avais pris ma voix d'Aiguebrune, présumant trop des autorités d'autrefois et oubliant la Révolution, assurément, car ma servante m'interrompit.

– Pour la mettre où ?

C'était vrai. Il n'y avait que quatre chambres à l'étage. La seule qui fût libre était à Denis. C'était celle de mon père, autrefois. Je ne pouvais la prêter que par occasion et jamais de grand cœur, s'il faut tout dire. La Barrade, entêtée, reprit hardiment :

– La Saint-Michel est passée depuis longtemps ! On est en février ! Toutes les bonnes petites sont placées !

Le médecin posa sa tasse.

– Du repos. Pas de travaux, lourds ou légers. En exceptant la pâtisserie, bien sûr ! Ces gâteaux de châtaigne sont un délice !

Barrade s'apaisa un peu sous le compliment. Je restai songeuse, car elle avait raison. Où trouver une servante si promptement ? Les jeunes filles se louaient à l'année, à la Saint-Michel. Dans le pays, je n'en voyais pas qui fussent libres... Je savais bien que, si je parlais de faire moi-même les travaux ménagers, on s'indignerait, ne me laissant pas déroger à tel point. La Révolution avait tout de même des limites ! La Demoiselle d'Aiguebrune ne pouvait torcher un plancher. Elle ne laisserait pas faire cela, qui, pourtant, ne m'ennuyait pas. Le médecin se leva. Je lui proposai de rester pour la nuit, chez mon frère, justement. Il déclina l'offre. Il devait repasser au village. Il se tut, une ombre au front.

32

Je le raccompagnai à ma porte, soucieuse d'en savoir davantage.

– Le cœur est bien las.

Il n'en dit pas plus.

3

François avait dû mettre la Grise au pas. Nous allions tant bien que mal sur la route jonchée de branches, cachée par un voile de bois. Depuis la ferme haute, le bruit de la cognée nous poursuivait, violent et redoublé. Tout le pays était au ramassage. Les hommes à la hache, les femmes aux fagots et les enfants au demeurant. Tout ce bois, par ce froid, c'était une aubaine du ciel... Des bûchers s'élevaient peu à peu à l'angle des chemins. En haut de l'Angélie, de vieux châtaigniers s'étaient abattus. Je les avais donnés, pour qu'on en fît des poutres. Sans qu'il soit nécessaire de le dire, la chose allant de soi, ils rebâtiraient à l'été, des maisons peut-être plus solides, mais replantées au même endroit.

Cela faisait trois jours que la terre avait tremblé, effondrant murs et arbres. Les routes n'étaient pas encore assurées, mais je ne voulais pas attendre un autre quintidi... La patache de Mareuil n'allait à Angoulême qu'une fois la semaine. Attendre davantage était courir le risque d'une habitude prise. La Barrade, si patiente en toutes choses, ne supportait pas la poussière... François me conduisait donc dans

33

notre antique carriole. Le vent était vif, nous ne parlions guère, à notre accoutumée. Tout avait été dit. Barrade avait beau cacher sa fatigue en chantonnant, il me fallait ramener quelqu'un au plus vite. François, comme toujours, m'avait sortie d'embarras. La petite pourrait loger à la ferme basse, dans l'ancienne chambre de Bertrande, changée en grenier depuis le mariage de sa sœur. Sa femme allait l'arranger un peu et une servante n'est pas une princesse... La chose était certaine... Mais je ne savais trop qui j'allais trouver, habituée à prendre depuis toujours des filles du pays pour les grosses besognes. Mariette saurait me conseiller, je me raccrochais à cela. Selon François, *cette femme-là trouverait un pou dans la tonsure de l'abbé*! Je voulais bien le croire. Une vague inquiétude me rongeait pourtant, stupide et tenace, celle qui naît d'un moindre changement dans une vie d'horloge...

Nous avions passé la rivière qui charriait des branches, trouble et salie. Nous arrivions. Le village était vide, tous les gens étant au bois. Il y flottait une odeur indéfinissable de reproche et de boue. Nous passions devant un amoncellement de terre grise, percé de coulées d'ocre et de suie. Des pierres avaient roulé au chemin, que la Grise contournait patiemment. Couchée sur le flanc, soutenue de poutres pendues dans le vide comme des bras tendus, je vis une autre maison. Et deux formes rondes, courbées là-dessus, petites et chiffonneuses. Deux fillettes accroupies aux décombres, qui les grattaient obstinément. Pour retrouver une cruche, un pot, un outil. Des écheveaux de chanvre, dégoulinant de

34

boue, pendaient à une poutre basse comme une guirlande de triomphe. Le travail de tout un hiver... Les enfants grattaient, tête à tête, invisibles sous leurs fichus bruns. Elles parlaient. On entendait leurs voix claires dans l'air blanc du matin. Cela ressemblait à un jeu. J'avais le cœur aussi froid que les pierres du chemin.

Sur la place, comme à l'habitude, la patache attendait. C'était un gros carrosse rustique dont le vert épinard avait quelque chose de trop vif, de malséant, ce matin-là. J'y montai, pourtant. J'étais seule. Les quelques voyageurs prévus avaient reporté leur voyage, dans l'inquiétude que les mouvements de la terre font naître à la campagne. Pour beaucoup, ce n'était que le début de notre malédiction... Je saluai François et il resta planté là, sous son feutre noir, comme d'habitude, jusqu'à la perte de nos yeux. Il reviendrait me prendre au soir. Les gros chevaux couraient paisiblement, je relevai un instant le rideau de cuir de la portière, personne n'étant à mes côtés pour se plaindre du froid. Dans cet équipage, il fallait presque deux heures pour faire les huit lieues qui nous séparaient de la ville. Avec le coche d'eau, c'était plus rapide, mais la rivière, en hiver, ne se remontait pas... Nous l'atteindrions bientôt, verte et souveraine, au tournant des dernières collines. Le souffle blanc des chevaux s'étirait devant moi. Je rêvais à des cieux inconnus... Quand je vis la Charente, enfin, elle était nue de bateaux. Un soleil blanc semblait glisser sur le fleuve, noyé de clarté. J'étais émue, mais je dois reconnaître qu'il ne m'en fallait pas beaucoup... Une âme malade se défend mal. Mille pensées m'agitaient devant le cours tranquille qui suivait si bien sa voie. En remontant la rivière en bateau, on pouvait voir un grand château brûlé. Champlaurier, ruiné par la folie des hommes. Je ne l'avais pas revu... J'étais lâche.

J'abandonnai le rideau de portière. J'appuyai ma tête à la banquette de la voiture, la laissant tressauter sans la retenir. Je finirais bien par arriver.

La patache s'arrêta sur la place ancienne où s'élève le château des ducs d'Angoulême. Elle était encombrée de carrioles déversant les paysans des alentours. Que la terre ait ou non tremblé, c'était jour de marché. Les hommes, engoncés dans des blouses trop neuves, tendaient le cou avec un peu de désespérance, comme ces poulets dont la tête passait des paniers de leurs femmes. Dans un enclos improvisé, un homme armé d'une branche poussait des veaux, qui meuglaient tristement. Et ce bruit sourd, mêlé à celui des voix, au claquement des sabots, au piaillement des volailles, avait je ne sais quoi de pitoyable et de joyeux, tout à la fois.

Je me sentais faible, j'avais hâte de retrouver Mariette, de lire l'affection de ses yeux. Je remontai les pavés glissants de la rue Froide, si étroite qu'elle interdisait au soleil de s'approcher des façades tristes. Derrière le Minage, je vis l'atelier où mon amie avait ouvert boutique. La lingerie bourdonnait comme une ruche. Penchées sur leurs fers, les *premières* appuyaient sur les tissus encore humides, perdues dans une vapeur d'étuve. Deux *secondes* tournaient une buée sur le feu, à l'aide de gros bâtons de bois. Sous leurs coiffes, leurs visages rougis de chaleur ruisselaient. D'autres filles, alignées plus au fond, frictionnaient le linge fin, se passant avec des égards surprenants un méchant morceau de savon noir. Elles s'écartaient à mon passage, soulevant d'un coude leur bonnet écroulé pour me sourire ou me saluer gentiment. J'étais l'amie de leur Madame. Il me sembla soudain facile de trouver une petite servante parmi ce gentil peuple féminin. Mariette se tenait le plus souvent au fond de ce couloir. Elle allait et venait, avec une agilité surprenante pour sa corpulence. Où était la jolie soubrette d'autrefois, qu'un rien faisait rougir ? Elle devait passer les cent quatre-vingts livres. Prétendre maintenant la faire rougir ne pouvait relever que d'une folle présomption... En me voyant, elle me posa sur chaque joue un baiser sonore et m'entraîna dans la pièce sombre qui était son logis.

Il y faisait une chaleur de sérail. Un parfum inimitable de linge mouillé et de potasse flottait dans l'air. Ça sentait le propre comme on dit chez nous. Je posai sur la table le pochon de café dont j'étais armée à chacune de mes visites. Mariette fournissait le sucre. Elle y tenait, c'était un point de dignité sur lequel je n'avais pas à revenir. Nous avions nos habitudes. Elle mit de l'eau au feu de sa petite cheminée, allumée Dieu sait pourquoi ! Je m'assis sur une chaise de paille. Elle fit de même et me regarda, pénétrante, comme toujours.

— Du mal, à Aiguebrune ?

37

Je fis non de la tête, surprise de lui voir deviner que j'avais un souci. En quelques mots, je le lui peignis. En m'écoutant, silencieuse, elle sortait de son buffet des tasses robustes et un peu de sucre roux posé entre deux soucoupes. Le café passait.

— Ce n'est guère commode, cela. La Saint-Michel est loin...

Je le savais bien... Elle réfléchit. Elle n'avait pas d'ouvrière à me céder, et ne voyait personne. Elle nous servit, s'assit en désespérant sa chaise. Puis elle me regarda de nouveau, me jaugeant du coin de l'œil.

— Il y a une petite, peut-être. Mais je ne sais pas trop, Adèle...

Je la laissai poursuivre en tournant mon café.

— Elle était servante chez les Laurent. La mère Laurent l'a chassée...

Les volants du bonnet de Mariette s'indignaient. J'entrevoyais un monde de commérages.

— Chassée ? Pour quelle raison ?

Mon amie eut un geste vague, accablant.

— On prend des gamines qu'on jette à la rue quand il faut les payer...

— Qui sont ces Laurent ?

— Ils ont une gargote à vin, sur le port.

Un silence, lourd de dédain. Je ne savais qu'en penser.

— Elle n'a pas pu se placer, cette petite, à la foire de la Saint-Michel ?

Mariette me regarda droit aux yeux et me jeta un nom pour toute explication.

— Elle vient des Anges...

38

Notre-Dame des Anges était l'hospice des femmes. Celles qu'on ramassait à la rue. Le bruit agréable de ma cuillère me pesa d'un coup. Mariette se leva brusquement.

— Je dois y aller, justement. J'ai du linge pour quelqu'un de là-bas. Venez avec moi, et vous la verrez ! Ça ne vous engage pas !

Je l'espérais bien. Une vague peur me tenait de cet hospice. Sans s'arrêter à mon hésitation, Mariette était retournée dans sa boutique. Je dus la suivre avec le vague regret d'avoir mis en branle une chose qui m'échappait. Elle prit un grand panier qu'elle posa sur sa hanche comme on porte un petit enfant.

— Venez, Adèle !

Je n'étais pas bien sûre de moi...

Mariette haussa les épaules. Est-ce que je savais ce que je voulais, au juste ?

— Ce ne sont que des femmes, comme vous et moi !

Un peu piquée, je la suivis dans un dédale de ruelles montantes, mal pavées, où je me blessai déraisonnablement les pieds. Portant son panier comme on porte une plume, Mariette allait d'un pas de grenadier. Je trottinais à ses côtés, me faisant l'effet d'une enfant auprès de sa mère. C'est tout juste si elle répondait à mes questions :

— Mais comment est cette petite ?

— Bah, une petite !

Le vent me forçait à baisser les yeux, mes pieds faisaient les mignards. Je m'arrêtai, pour reprendre mon souffle et qu'on me tienne en quelque considération.

— C'est un peu court, cela !

39

Mariette, qui avait déjà fait dix pas, se retourna, hocha la tête et revint vers moi.

– Je vais un peu vite...

– Un peu...

– Pardonnez-moi, Adèle ! J'ai tant à faire ! Et pour tout dire, aller là-bas me met en colère, à chaque fois !

Je ne la compris pas. Elle était décidément bien difficile à suivre.

– Je voudrais tout de même en savoir un peu plus sur cette jeune fille.

Mariette soupira. Le vent claquait des volets gris sur les murs borgnes que nous longions d'un pas plus mesuré.

– Elle donne dans l'œil, cette petite, voilà ce qu'il y a ! Tant qu'elle a été gamine, passe ! Mais maintenant, elle a beau être courageuse, aucune des bourgeoises de la place ne veut la mettre auprès de son mari. Pour vous, Adèle, ça ne dérange pas.

Mariette était d'une exquise délicatesse. Je digérai le compliment comme je le pus. Puis une envie de rire me prit. Elle avait toujours raison, Mariette. Il dut lui sembler que nous n'avions que trop musardé car elle reprit sa marche de fantassin. Le vent piquant m'obligeait à baisser le nez. Nous longions le rempart de la ville, le contournant. Ce fut un bruit de roues qui m'alerta. Un attelage fonçait droit sur nous. Mariette se serra au mur. Je vis une roue teintée de rouge frôler le panier qui tomba. Un claquement de fouet, un rire perlé, un cabriolet de plumes, c'était passé. Mariette n'en revenait pas. Elle en palpitait de fureur.

40

— Ah non mais! Ah non mais! Ils nous auraient écrasées comme des puces!

Qu'on la prît pour une puce avait de quoi surprendre! Elle se pencha sur le linge renversé, le remit en ordre en un tour de main, puis se redressa, les poings aux hanches, tenant toute la rue.

— Vous avez vu ces bouffissous, Adèle! On met un maximum sur le blé des pauvres! Mais eux, rien ne les borne! Ces deux chevaux de carrosse pourraient payer le bois des vieilles de l'hospice pour tout l'hiver! C'est une honte! Dire qu'on doit voir ça et croire à l'égalité de la République! Quelle chanson!

Elle reprit son chemin, le panier au ventre. L'osier gémissait à rendre l'âme. Ses pas avaient redoublé. Son bonnet se soulevait devant mon nez comme un esquif sur l'océan.

— Et on nous parle de fraternité! Tu parles! On nous prend pour des ânes, oui, et bâtés avec ça!

Je courais derrière elle, revoyant ces roues couleur de vermillon, ces portes vernies. Et deux petites filles grattant de la boue. Mariette avait raison. La Révolution avait menti. Les nobles n'étaient plus mais les pauvres restaient. Les riches avaient changé, voilà tout...

En la suivant, les yeux baissés sur ma tristesse, je ne vis pas tout de suite la bâtisse sombre devant laquelle elle s'arrêta enfin. L'hospice s'appuyait au rocher pour ne pas s'effondrer. C'était un couvent d'un siècle passé. Les sœurs de la Charité s'étaient enfuies. Mariette me le dit tandis que sa main s'abattait sur une porte noire,

41

ferrée, percée d'un huis qui disait une méfiance ancienne. Les coups résonnaient dans toute la ruelle, jetés au loin par un vent furieux. Une planche de bois blanc était clouée sur le vieux tourniquet creusé dans la pierre. Pour déposer les petits dont on ne voulait pas.

Le vent giflait nos jupes. Nous attendions. Mariette semblait sans impatience. Un pas se fit entendre, et le bruit d'une chaîne qui glisse dans un anneau de fer. Mon bon sergent en cotillon leva sur moi des yeux qui en savaient long.

– Ce n'est pas très beau à voir, la misère, Adèle. Mais ça remet souvent les choses à leur place.

Que voulait-elle me dire ? Et que répondre ? Elle n'attendait pas de réponse, de toute façon. Une femme nous avait ouvert, une ombre de laine grise, sans âge, à demi cachée sous un grand bonnet bis. Une fille marquée de honte, dont la bouche était dévorée par une tache brune. Elle s'enfuit sitôt la porte ouverte et allait disparaître quand Mariette lui demanda d'aller chercher Mme Berthe. Tout naturellement. Après la clarté de la rue et la fraîcheur du vent, l'endroit me parut sombre. Nous étions plantées au beau milieu d'un vestibule sale, dont le carrelage avait dû être noir et blanc. Une odeur d'oignon et de chou froid flottait dans l'air humide. D'une fenêtre étroite, grillée, venait un peu de jour. Je m'en approchai, machinalement, attirée par un bruit vivant, toujours semblable, agréable à entendre, qui me surprit en un tel lieu. Des enfants jouaient je ne sais où. Je ne les vis pas. Un mur de forteresse les cachait, les

42

séparant d'une cour lépreuse où ils n'avaient pas leur place. Un gros marronnier se dressait là, dépouillé comme un moignon. Le long des murs s'alignaient des bancs où des femmes étaient assises, recroquevillées les unes contre les autres pour avoir moins froid, et qui tremblaient, malgré tout. Perdue dans cette triste contemplation, je ne vis pas s'avancer la femme qui s'adressa à nous et dont la rude voix me fit sursauter.

– Le bonjour, madame Dusbost. Le bonjour, madame.

Il me fallut un instant pour entendre qu'elle parlait à Mariette. Mme Berthe me sembla quelque tronc de chêne affublé d'une robe. Son visage aux traits épais eût convenu à un charbonnier. Ses sourcils broussailleux cachaient ses yeux. Baissant les miens, me sentant je ne sais trop pourquoi prise en faute, je vis ses chaussons, informes. Je me sentis cacher mes pieds et j'en eus honte. Je ne savais pas bien ce que je faisais là.

– Le bonjour, Berthe. Je vous présente Mme d'Aiguebrune.

Un vague grognement répondit à mon inclination de tête. Un regard charbonneux glissa sur moi et s'arrêta au panier d'osier.

– C'est son linge ?

– Oui... Pouvons-nous la voir ?

Un vague reniflement d'hésitation, aussi peu engageant que la cour que nous traversâmes. Je me forçai à regarder un peu. Il n'y avait là que des vieilles femmes, grelottantes, si pitoyables que leur vue faisait peur et détournait les yeux. Un dégoût lamentable montait de leur accable-

43

ment. Je me demandais où pouvait être cette
jeune servante que je voulais voir quand mon
cœur s'arrêta de battre. En face de nous, seule
sur le dernier banc, une petite vieille parlait, se
tenant un discours à hochements de tête, à sourires complaisants. Ses lèvres tremblaient. Mon
cœur aussi. C'était Mme de Nonnac. Je ne pouvais le croire, mais c'était bien elle, son visage de
poupée fanée, ses bons yeux ronds, ses mains
toujours serrées sur ses genoux. Tout Champlaurier me sauta à la mémoire, le grand salon, les
moulures dorées de ses murs, la pourpre accablante des longs rideaux brochés. Et ces soirées
d'hiver un peu longues où nous devisions longuement en prenant le thé. Ma tante savait tout,
le marquis avait le bon goût de le lui laisser
croire. Je me taisais en souriant du coin de l'œil à
Mme de Nonnac qui brodait. Tout cela avait disparu. Il ne restait que nous. Je m'approchai lentement, émue à ne savoir que dire et craignant
de la peiner, tant il est amer de dévoiler son
dénuement à qui vous a connu en un autre état.

— Je suis si heureuse de vous revoir, madame.

Elle leva sur moi des yeux délavés de vie, un
peu surpris et joyeux :

— Mais bien sûr, madame, bien sûr.

Je me penchai vers elle, surprise :

— Vous ne me reconnaissez pas ? Adèle
d'Aiguebrune.

— Vous avez bien raison ! Oui, bien raison...

Ma crainte était vaine. Il n'était plus rien dont
Mme de Nonnac pût avoir honte ou peur. Je me
redressai avec peine, dominant mal une envie de
pleurer. Mariette m'avait rejointe. Elle se pen-

44

cha soudain en une révérence si improbable et si ancienne que je crus l'avoir rêvée.

— Votre linge est prêt, madame...

— C'est bien, mon enfant, c'est bien...

La vieille dame semblait la reconnaître, la voir en petite servante blonde. Mariette me prit le bras.

— Allons, venez ! Ne la dérangeons pas. Elle est bien. Laissons-la...

L'amertume serrait ma gorge. Je fouillai je ne sais comment dans mon réticule et je trouvai un peu d'argent que je tendis à Mme Berthe.

— Si vous pouvez faire quelque chose pour cette dame...

La bonne femme hocha la tête :

— Elle n'a pas trop de besoins, vous savez. Elle vit à rebours.

Était-ce un mal ou une bénédiction ? Je ne le savais pas. Un flot de tristesse me prit que je repoussai péniblement. Mme Berthe enfourna mon offrande dans son tablier en me regardant simplement.

— Je prends vos sous, madame, mais c'est pour toutes. On ne peut pas donner à une seule.

Je fis oui de la tête. Je n'avais plus de voix. Elle reprit en haussant le ton tant le bruit des enfants était fort, de l'autre côté du mur.

— Nous n'avons plus rien, voyez-vous, depuis que les sœurs sont parties. Les gens du quartier aident, mais les pauvres ne peuvent pas donner ce qu'ils n'ont pas. On voit, madame, que vous faites partie des gens bien. Alors, si vous voulez, dites-leur de ne pas trop nous oublier quand vous les verrez. Je sais bien qu'il faut nourrir nos

45

soldats mais les vieilles mangent comme les autres, deux fois le jour.

Je ne savais que dire. Les orphelins criaient, invisibles derrière la muraille. Mme de Nonnac poursuivait avec eux sa longue conversation. Nous retournâmes dans le vestibule. J'avais oublié ce que j'étais venue chercher quand Mariette s'arrêta au moment de passer la porte.

– Marie est toujours ici ?

– Dame, où serait-elle ?

– Pouvons-nous la voir ?

La question n'eut pas de réponse. Mme Berthe avait levé le sourcil. Il fallait lui en dire davantage. Mariette eut un des ses sourires complices, si chaleureux qu'ils semblaient ouvrir une porte.

– Mme d'Aiguebrune a besoin d'une servante. Ma foi, j'ai pensé à elle.

Berthe lui rendit son sourire et je les suivis, toutes deux si fortes qu'il me sembla soudain que je me traînais lamentablement. Au bout d'un couloir plus sombre encore que le précédent, Mme Berthe poussa une petite porte écaillée de lait de chaux. À demi noyée dans un évier de pierre, une fille lavait. Je ne voyais que ses bras osseux, très blancs. D'un puits de jour tombait une lumière qui illuminait ses cheveux, boucles rousses et sauvages échappées d'une vilaine coiffe.

– Marie...

La petite sursauta. Un flot de sang lui monta aux joues, à moins que ce ne fût l'effort qu'elle faisait à laver ce linge souillé dont l'odeur âcre et sale levait le cœur. L'odeur fétide de la vieillesse.

Cette enfant était engloutie dans une robe informe, sans couleur, heureusement cachée par un grand tablier de lavandière, en gros bleu. D'une main mouillée, elle repoussa son bonnet et attendit de savoir ce qu'on lui voulait.

— Cette dame a besoin de quelqu'un. D'une servante. Mais à gros travaux, je te préviens.

Mariette avait une voix de commandement qui résonnait étrangement dans cette salle. La jeune fille n'osait pas répondre. Elle finit par sécher ses mains à son tablier, de petites mains bleues de froid. Les ongles étaient rongés, comme ceux d'un enfant inquiet. Cela me décida.

— J'ai besoin de quelqu'un, en effet.

La jeune fille coula vers Mariette un regard incertain.

— Vas-tu cesser d'avoir peur ? Je vous demande un peu !

Berthe grommelait, émue, voulant le cacher. Marie la regarda à nouveau et je la vis mieux. Elle était mignonnette, avec une bouche un peu grande, un petit nez dévoré de taches de soleil et cette peau des rousses, si blanche et fine.

— Vous serez nourrie et logée. Les gages sont de vingt francs le mois. J'espère que cela vous convient !

Ce fut Mme Berthe qui répondit, le poing sur la hanche, l'air presque menaçant.

— Il ferait beau voir qu'elle ne s'en contente pas ! Allons, ma fille, secoue-toi ! Tu n'es pas muette, pourtant !

Mariette riait. La petite me jeta un regard plein de doute. Elle avait de beaux yeux.

— Ma maison est à la campagne, je dois le dire, à huit lieues d'ici...

47

– L'air des champs te ravigotera un peu, ma pauvre poulette !

Berthe se fâchait presque :

– Mais vas-tu enfin répondre ! Bien sûr qu'elle veut ! Ce n'est pas une vie pour une petite, ici !

– Oui, je veux bien. Merci, Madame !

Je souris sans répondre. On le fit d'ailleurs pour moi.

– Allez, va faire ton paquet, sottiche !

La jeune fille sortit, nous la suivîmes. Elle grimpait un escalier branlant quand Mariette lança dans l'air une vérité d'évidence que j'eus la sottise de ne pas entendre.

– Dépêche-toi, fillette ! La chance, ça s'attrape quand ça passe !

4

C'était un jeudi, je suis sûre de cela. J'attendais le jeune médecin. Il venait nous voir tous les jeudis depuis un mois, avec une constance merveilleuse, où l'état de sa malade intervenait fort peu. Un dévouement que n'arrêtait ni la pluie ni le gel. Admirable en tous points. Je me retenais à grand-peine de sourire quand il entrait, suivant Marie des yeux sans vouloir le montrer. Elle était, c'est vrai, mignonne à regarder... Barrade allait mieux, elle était gaie. La jeune servante s'affairait du soir au matin, la déchargeant de mille corvées et lui donnant, surtout, une compagnie plus assurée que la mienne. Elles parta-

geaient des soucis communs, des recettes et des
conseils. J'étais ailleurs, le plus souvent, perdue
dans mes confidences de plume, attendant mon
rendez-vous du jour levant...

C'était donc un jeudi, ou un quartidi, si l'on
préfère la barbarie fantasque de notre nouveau
calendrier. À l'heure paisible et close qui précédait le repas. Nous étions au salon, en cercle
autour du feu. Barrade cousait, l'abbé lisait.
Quand une phrase lui semblait admirable, il nous
en faisait part à voix haute.

– C'est impérissable, cela !

Il voulait me faire partager son engouement
pour les amours océanes du bon Bernardin de
Saint-Pierre. C'était trop de bonté ! J'étais un
peu alanguie, à demi allongée sur le vieux sofa
de ma mère, rêvassant en regardant coudre Barrade. Elle montait une *vraie* robe pour Marie,
qui n'avait pas grand-chose à se mettre. Un
méchant jupon, un tablier, un fichu de futaine, le
tout tenait dans un petit baluchon... Il était
nécessaire d'habiller cette petite fille. Je ne
savais pourquoi j'avais tant de peine en voyant
l'aiguille percer le cœur grand ouvert des fleurettes du tissu.

– Je remonte la taille sous les bras. C'est ainsi,
désormais. N'est-ce pas, Adèle ?

Je n'en savais trop rien. En cet instant, Marie
était penchée sur Barrade qui me caressait de la
lumière grise de son regard. Un regard doux,
plein d'un léger reproche, qui me demandait de
montrer un peu d'intérêt.

– Voyons cela...

On n'en attendait pas davantage ! On me fit
voir quelques gravures de colporteur. À Paris, il

49

semblait que la taille des femmes se soit haussée sous leur poitrine. Ce qui n'était guère étonnant, rien n'ayant retrouvé sa place véritable dans notre malheureux pays. Je me dis un instant que, si ce caprice durait quelques saisons, je devrais changer ma garde-robe. Puis je songeai que c'était là une peine inutile à prendre. À Aiguebrune, qui viendrait voir si ma taille contournait ma bosse ?

Je donnai mon approbation. Barrade se remit à coudre, Marie la regardait, la tête innocemment penchée. Elles étaient unies et si proches qu'une amertume me prit, sottement, je l'avoue. Je me sentis abandonnée, l'espace de cet instant. Je regardais la petite servante, son air heureux, ses dix-sept ans. Elle souriait sans le savoir. Sa main s'était posée sur l'épaule de la couturière, familière, filiale. J'eus honte de moi. Quelqu'un avait-il jamais cousu de robe pour cette petite fille ? On l'avait abandonnée au tourniquet du couvent. De quel manque terrible son enfance avait-elle été faite ? Elle regardait Barrade avec des yeux qui en disaient long, de beaux yeux d'étang, et moi, j'étais jalouse... Barrade releva les yeux, croisa les miens. Je m'entendis dire que je les mènerais à la foire d'avant-carême, si elles le voulaient toutes deux. On y trouvait de jolis chapeaux de printemps. Le babillage qui s'ensuivit n'était pas pour l'abbé. Il s'engloutit dans sa lecture passionnée. Je fis quelques efforts de ruban puis je me sentis glisser à mon tour sur l'eau d'un rêve familier. J'eusse aimé parler de ces chiffons à mon absente, l'imaginer dans une des ces robes perchées, allant à un premier bal.

50

Aujourd'hui, elle aurait vingt-trois ans. Ce serait l'âge si doux où nous serions sœurs et amies, comme les mères le sont quand leurs filles ont grandi.

Un galop rompit le silence de ce début de nuit. On sonnait. J'envoyai Marie ouvrir. C'était assurément le médecin qui venait voir sa malade. Du moins le disait-il. Marie courut ouvrir et ne revint pas. L'air glacé de la porte pénétra jusqu'à nous. J'allai au couloir, étonnée de ce froid. Elle était devant la porte, immobile, le bougeoir à la main. Elle éclairait une haute silhouette dont je devinais tout ensemble la surprise et le sourire. C'était Denis, enfin !

Je sortis dans l'air vif pour embrasser mon frère. Il était toujours semblable à lui-même, souriant, grand et blond, un peu trop maigre, le visage émacié. Il avait un chapeau à la main et ses cheveux, coupés court, me surprirent. Il ne portait pas d'uniforme. Il avait voulu, me dit-il, être à son aise et voyager comme un bourgeois. Son bagage arriverait avec la malle-poste. S'il arrivait ! Les routes étaient ravagées de brigands. Sans m'arrêter à cela, puisqu'il était là, je l'entraînai au chaud, près de sa mère. Elle l'embrassait quand Marie entra, rosie de froid. Denis la regarda. Elle baissait les yeux, intimidée. Barrade eut un geste affectueux.

– Denis, voici notre petite Marie.

Elle ajouta doucement :

– Adèle l'a engagée. J'ai été un peu souffrante. Marie m'a aidée comme une fille.

La petite était rouge de confusion. J'en souris malgré moi. Denis la salua gentiment et nous entraîna sur le sofa. Comme c'était bon qu'il soit là ! Il me tenait un bras, l'autre était pour sa mère. Nous étions assis tous les trois, heureux, presque sans voix. Nous n'avions pas revu Denis depuis quatre-vingt-quinze. Trois années d'absence, à combler de mots ! Nous voulions tout savoir de lui mais il ne disait que ce qu'il voulait bien nous dire. Comme toujours. Il éludait. La vie des armées était militaire, voilà tout ! Il m'interrogea à son tour, sur nous, sur le pays, sur Aiguebrune. Que pouvais-je lui répondre ? La vie avait retrouvé son calme. Je lui parlai du tremblement de terre qui inquiétait encore les gens simples autour de chez nous. Était-ce la main du diable ? Un mauvais signe du Bon Dieu ? Denis souriait à m'entendre. Cette peur campagnarde l'amusait. J'y voyais moins de joie. Quand la vie est dure, on a peur de tout. Je le questionnai à nouveau sur les armées du Nord dont nous savions bien peu de chose.

— Les journaux n'en parlent guère...

— Je le crois aisément ! En parler d'abondance serait mentir !

Il n'en dit pas plus. Je n'en saurais pas davantage. La conversation se tarit lentement. Denis nous avoua qu'il était mort de la fatigue de sa chevauchée. Depuis le Nord, les routes étaient défoncées, de vraies fondrières. L'État était au bord de l'incurie, de l'anarchie. Nous devisions maintenant de ces choses du temps qui nous étaient indifférentes. Denis jetait au feu quelques pommes de sapin qui éclataient gaiement au milieu de ces propos sans consistance. Nous étions ainsi faits tous les deux, ayant besoin d'un peu de temps pour nous parler vraiment.

Barrade s'était levée, sur un petit signe de secret. Elle avait à faire en cuisine, je le savais bien, pour le retour du fils prodigue. Et sans tuer de veau gras, elle ferait des merveilles. Le timbre grêle de la sonnette retentit à nouveau. Marie s'en fut ouvrir et Denis, accablé de nous voir de la visite le soir de son retour, remonta ses longues jambes étendues au feu. Cette fois, c'était bien le docteur Labaurit. Malgré la tenue civile de mon frère, le jeune médecin ne s'y trompa pas.

– Comme je suis heureux de vous rencontrer, colonel Barrère !

Il avait cette voix sincère et flambante des jeunes hommes qui admirent le militaire. Denis sourit en se levant. Cette admiration était dans l'air du temps. Nous avions de mauvaises routes mais les meilleurs soldats du monde. Ils avaient vaincu l'Europe entière. Mon frère lui désigna un siège.

– Moi de même, docteur. Asseyez-vous, je vous en prie.

J'expliquai à Denis les soins assidus du médecin pour sa mère et les laissai tous deux sous le regard paternel de l'abbé. J'avais retenu le jeune docteur à dîner. Aux agapes que préparait Barrade, je n'étais pas en peine d'un convive de plus. J'avais décidé que ce serait une fête, un vrai souper, une nativité en pluviôse. J'allai à la lingère pour en sortir broderies et dentelles. Je couvris la table du salon de porcelaine ancienne et de verres fins. Les yeux bleus de l'abbé allaient des jeunes gens à mes mouvements. Il souriait et je ne savais à qui s'adressait son indulgence en entendant de loin leur conversation :

53

— Vous venez peut-être d'Italie ?

— Non, j'étais en Allemagne.

Il en fallait davantage pour freiner l'enthousiasme du jeune médecin.

— Vous avez connu notre général Hoche ? Ce fut une si grande perte...

Denis eut un air de regret, un sourire contraint :

— Je combats aux côtés du général Jourdan. Enfin, si l'on peut dire...

— Comment l'entendez-vous ?

— Nous tenons sottement la frontière pendant que d'autres vont de victoire en victoire. Je donnerais ma main droite pour être avec Bonaparte ! Voilà comment je l'entends !

— Moi aussi !

Belle opération que de les estropier tous deux ! Je cachai un sourire, qui, à les entendre, n'était pas de propos.

— On dit que Bonaparte l'a emporté seul, avec l'armée d'Italie, contre quarante mille Autrichiens !

— Il est comme la foudre ! Il a volé par-dessus les Alpes, tel Hannibal ! Le coup de Cadibonne est sans exemple !

— Et celui de Lodi ! C'est un nouveau César que nous avons là !

Je croisai le regard amusé du vieux prêtre qui profita d'un instant de silence pour glisser quelques mots de raison dans ce déluge de passion :

— S'il est un nouveau César, c'est bien préoccupant pour la République...

Mais nos deux centurions avaient la tête ailleurs et je ne sais s'ils l'entendirent. Pour moi, je

54

pensais comme mon ami qu'il est bien dangereux le général d'armée à qui sourit la fortune. Surtout s'il est César pour les uns et Hannibal pour les autres.

Barrade était revenue. Il était l'heure de passer à table et j'y conviai ces jeunes hommes en gardant pour moi mes préventions. Car il était vrai que le jeune général d'artillerie avait vaincu, avec une armée en haillons. Et nous avait rendu la paix, du moins pour quelque temps.

Barrade s'était surpassée, nous offrant les merveilles anciennes *dou pais*, foie gras aux truffes sous la cendre et oie confite. Il était tant d'amour dans sa cuisine que je ne savais si c'était ses mets ou sa gentillesse que nous savourions. Je fis quelques efforts de conversation, en vain. Malgré ces délices et en dépit de tout, Napoléon Bonaparte siégeait à notre table. C'était un hôte un peu contraignant ! Ses deux admirateurs ne parlaient que de lui, de Masséna à Rivoli, du pont d'Arcole. Marie desservait lentement, ne sachant qu'ôter de la table, où les verres devenaient des arbres, les couteaux des affûts de canon. Sur les dentelles de la nappe, nos escadrons dévalaient le Piémont. Les yeux s'écarquillaient. C'est si beau, une guerre de vaisselle ! Je croisai ceux de Barrade qui ne suivaient pas la manœuvre avec toute l'attention méritée par l'exploit et j'y lus l'ombre d'un souci. Quelque chose lui faisait peur, qu'elle chassait de sa main en remontant sous sa coiffe le friselis de ses cheveux. Elle était tout entière dans ce geste. Je crus que je la comprenais. Car je redoutais que ne vienne un jour de combats moins glorieux et de victoire plus amère.

55

Le jeune médecin nous quitta, s'acquittant de raccompagner la petite servante jusqu'à la ferme basse. J'avais en lui toute confiance, certaine que cette tâche ne le dérangeait pas trop.

Le lendemain, de grand matin, nous étions à cheval, mon frère et moi. Ce février était bien froid, la pluie se mêlant au gel. Mais nous n'aurions cédé pour rien au monde cet instant-là, qui était celui de nos vraies retrouvailles. Le vent était mordant comme une lame. Nous chevauchions à dents serrées. Nous avions décidé d'aller jusqu'au village pour aviser l'aubergiste de garder la malle de Denis jusqu'à ce qu'on vienne la prendre. Le prétexte, disons-le, nous convenait parfaitement. Après nous être entendus avec le père Magloire, tout fier de la visite du *Colonel*, nous avons pris la soupe chaude. Elle se buvait le plus souvent bien arrosée de vin, mais nous n'y tenions pas. Le père Magloire le comprit, bien qu'il hochât la tête pour dire que nous étions d'étranges corps. Nous ne savions pas ce que nous perdions.

Denis me regarda boire à l'écuelle, en riant, et me dit que j'eusse pu faire une bonne cantinière, au fond. Je profitai du sujet pour lui parler incidemment de ce que j'avais entrevu d'amertume dans ses propos de la veille. Il me regarda à nouveau, hochant légèrement la tête pour me faire entendre que j'étais bien curieuse, tout de même. Il en fallait plus pour me faire taire.

– Vous vous ennuyez là-bas, n'est-ce pas ?

Il hocha de nouveau la tête, en signe d'affirmation cette fois.

– Ne pas combattre, aux armées, est une bien lamentable chose, surtout quand d'autres vont de victoire en victoire...

– Vous aurez votre heure de gloire, Denis, j'en suis sûre.

– Vous êtes bien la seule...

– Qu'est-ce à dire ?

– On m'écarte, Adèle, sans grand ménagement. On se méfie de moi, parce que j'ai gagné mes galons avant Thermidor.

Il haussa les épaules. Le geste était résigné, la voix ne l'était pas.

– Sous la Terreur, j'étais suspect et après je le suis encore... Pas assez ci et bien trop ça ! Ce petit monde ne vit que d'étiquettes ! Que faut-il être, que faut-il faire pour leur plaire ?

– Il faut peut-être attendre un peu. Tout cela passera certainement.

Il eut un geste amer, frappant du poing le bois mal équarri de notre table.

– Mais quand ? Regardez-moi ! Je suis toujours colonel ! Cela fait cinq années que je vois passer devant moi des hommes qui ne me valent pas.

À le voir comme à le connaître, je ne pouvais que le croire.

– Vous serez bientôt promu. Le pays est victorieux. Il saura vous récompenser. Il n'est que d'attendre un peu. À votre âge, vous briguez fort haut...

– Vous-même, ma pauvre sœur, vous n'en croyez pas un mot ! La République a fait autant de généraux qu'elle l'a voulu ! Hoche était général en chef, à vingt-huit ans ! Bonaparte n'en a pas vingt-sept ! J'en ai trente passés ! L'âge n'a rien à voir dans tout cela. Je ne plais pas parce que je me courbe mal, voilà tout !

Il était plein de colère et je sentis soudain l'ambition qui le dévorait. C'était un feu brûlant, un peu fou, qu'attisait un sentiment profond d'impossible revanche. Un sentiment d'homme, qui m'était inconnu. Il eut un geste de lassitude et de dégoût en me montrant son épaule :

— Voyez où j'en suis, après tout ce temps ! Car j'étais à Jemmapes, s'ils l'ont oublié ! Et à Fleurus, aussi ! De pauvres imbéciles mal dégrossis montent avant moi et me donnent des ordres d'un air hautain, des ordres ineptes ! Et je dois me plier à leur obéir, à courber l'échine, en attendant une reconnaissance qui jamais ne vient !

— Elle viendra.

— Elle ne viendra pas seule ! Le monde des états-majors est aussi pourri que le reste, Adèle, et je suis sans appui.

Que lui dire ? Je ne connaissais personne pour l'aider. Je me levai pour couper court. Il fit de même. Notre soupe des champs était bue. Le père Magloire garderait la malle le temps qu'il faudrait au François Desmichels pour monter la prendre. Nous avons repris nos chevaux et nous sommes partis, tous deux songeurs. Denis était triste de m'avoir trop parlé et moi de ne pouvoir l'aider. En descendant sur Aiguebrune, dans la froidure maussade, je comprenais son sentiment. Je l'avais moi-même connu, autrefois, quand je n'avais pas même une robe décente et qu'il me fallait paraître au milieu d'un déluge de soie. Je

58

boitais, j'étais pauvre, je marchais au milieu de gens riches et droits. C'était autrefois, avant que ne me vienne cette triste sagesse que donne la connaissance du malheur.

Les jours sont lents, à la campagne. C'est à la fois son charme et son ennui et Denis s'ennuyait, je le voyais bien. Il s'isolait le plus souvent en promenades solitaires. Je ne le voyais guère qu'aux heures sacrées des repas. Il était morne alors, ou rêveur, et silencieux le plus souvent. Comment le lui reprocher, quand j'étais si triste moi-même? Deux semaines après le retour de mon frère, le docteur Labaurit vint nous voir, de façon impromptue. Ce n'était pas jeudi. Il pouvait être quatre heures. J'étais seule au salon quand il entra, à compter le rapport des coupes de bois. Denis avait accompagné sa mère pour cueillir des violettes. Barrade les adorait, et moi aussi, par souvenir. Elles étaient juste écloses sur les talus, pauvrettes déchiquetées de froid dont nous aimions trop l'odeur pour leur faire grâce de quelques jours. Marie était de la promenade. Si le jeune médecin en fut un peu désappointé, il n'en montra rien. Je lui offris de patienter un peu, mais il ne le pouvait. Les petits Barrère, des Bordes, avaient une fièvre de printemps. Une fièvre d'enfance, bien certainement, du moins l'espérait-il. Car il fallait que la chaleur soit bien haute pour qu'on l'ait appelé chez de si pauvres gens. Il devait aller voir. Et nous étions sur son chemin...

– Les petits de Michel Barrère?

Le sourire du jeune homme m'en dit long sur le temps qui passe.

59

— Je vous parle de ses petits-enfants.

Les enfants d'autrefois étaient devenus des hommes. Ils avaient l'âge de Denis et c'étaient ses cousins, quoiqu'il l'oubliât un peu. Je me promis de le lui rappeler, en sachant bien au fond de moi que je n'en ferais rien. Mon frère détestait qu'on lui rappelle les Bordes et les instants de misère qu'il y avait vécus. Car il était petit berger, là-bas, et fils de ferme. Je repoussai tout cela à mon tour et j'offris à mon visiteur un peu de café. C'était et restait mon seul luxe. Je pouvais me priver de sucre, mais pas de café. Il ne put qu'accepter. En reposant un peu brutalement sa tasse, il me confia la raison de cette visite pressée.

— En fait, je suis venu en messager.

En voyant mon air étonné, il prit dans son gilet une enveloppe bleue, sentant un parfum fleuri qui me surprit absolument. Lisant peut-être dans mon esprit, il voulut en dissiper toute méprise.

— Je soigne Mme de Boisrémond.

Cela ne me disait rien. Les mondanités charentaises m'étaient plus que jamais étrangères.

— Je ne vois pas bien...

— M. de Boisrémond vient d'acheter Verteuil. Le château était à vendre. Vous le saviez peut-être...

Je l'ignorais. Sans me peiner vraiment, la nouvelle me laissa songeuse. Verteuil était autrefois à ma tante. Elle l'avait vendu bien avant que n'éclate la Révolution. Une foule de souvenirs anciens envahit mon esprit, que je repoussai à grand-peine. Ils n'étaient ni de mise ni de saison.

60

– Mme de Boisrémond s'ennuie un peu et...

J'allais répondre au jeune médecin que je n'avais guère envie de soigner l'ennui de cette dame quand j'entendis un rire léger et cascadant. Un souffle frais fit trembler mes tentures. Les vendangeurs de violettes revenaient. Ils entrèrent dans le salon un peu trop chaud. Denis souriait et Marie avait les joues rosies de froid. Barrade déposa sur la petite table ronde un trésor fragile et bleuté. Denis, heureux d'une visite, saluait déjà notre ami, qui lui tendit la lettre bleue qu'il venait de poser devant moi. C'était à remettre en mains propres, certainement.

– Colonel, excusez-moi si j'ai pris la liberté de parler de votre séjour à des amis.

– En bien, j'espère...

Le jeune médecin sourit. Il tendait la lettre à mon frère mais ce n'était pas lui qu'il regardait.

– Mme de Boisrémond m'a prié de vous remettre ceci.

Denis ouvrit la missive. C'était une invitation pour un repas et un bal que donnait cette dame, le douze du mois. Denis me lança un sourire de loup et se tourna vers le médecin.

– Je vous remercie, Labaurit.

Le jeune médecin posa sa soucoupe et s'inclina un peu.

– C'est avec grand plaisir. Mais je crains que vous ne trouviez la bonne société d'Angoulême un peu terne...

– J'en jugerai avec plaisir, croyez-moi !

– Vous voudrez bien m'excuser. Je ne puis rester davantage.

C'était déjà beaucoup. Il venait d'apporter remède à un mal qu'il n'était pas en charge de

61

soigner. J'envoyai Marie le raccompagner. C'était bien le moins pour la peine prise ! Je contemplais mon frère non sans amusement. Il s'était levé, embrassait sa mère dans le cou, l'empêchant d'assembler ses fleurettes, puis retournait à la cheminée y agiter le feu. Il ne tenait plus en place. Les quelques braises qu'il tisonnait s'écroulèrent dans un embrasement d'étincelles. Denis se redressa alors et me regarda de toute sa hauteur, un rire de défi au fond des yeux.

5

Il n'était pas beau, il était superbe et je le lui dis. En grand uniforme, en habit bleu sombre, pantalon et gilet blanc, chamarré d'or, les épaulettes étincelantes. Il s'amusa un instant à hausser les épaules pour faire l'avantageux.

– Un paon est plus modeste, même en faisant la roue !

– C'est que vous n'avez pas tout vu, ma sœur !

Il tenait un baudrier à la main, qu'il ceignit avec l'aisance de l'habitude. Une large écharpe blanche s'enroulait à sa taille. Son sabre rutilait au soleil de l'hiver, comme les tresses d'or qui ornaient sa poitrine. Il frappa d'un petit coup son bicorne noir à plumet blanc afin qu'il se tienne droit et s'enleva en un saut au-dessus de ma brave Grise, qui prenait pour le coup du galon. Il était parti. Un rire de gamin mourait sur

62

le chemin. Amusée, je me tournai vers Barrade et Marie, sorties toutes les deux sur le perron. Mais ni l'une ni l'autre ne me semblèrent joyeuses de ce départ. Elles ignoraient ce que cela représentait pour lui. Denis était fait de deux mondes, contradictoires et souvent opposés. Lorsque l'un lui était offert, l'autre lui manquait.

Ces deux jours d'absence seraient longs à attendre. Je craignais qu'il ne nous revienne bien déçu. Le petit monde de la province, si haut qu'il veuille se hausser, n'avait peut-être pas les charmes qu'il lui prêtait. Je le pensais, du moins, en me promenant au bord de mon étang. L'eau était reverdie, brillante. Elle faisait penser à de l'or fluide, à des jours meilleurs. L'appel d'une grue déchira le silence puis ce fut un long jacassement, continu et mobile. Un triangle vivant écartelait le ciel. L'hiver était fini. Les voyageuses étaient revenues.

Je vis de loin la petite Marie qui se promenait elle aussi au bord de l'eau sombre. Quand je la rejoignis, je fus saisie de son air d'enfant triste, accablé par je ne sais quoi. Elle s'ennuyait peut-être à Aiguebrune. Elle était si jeune. Je regardai sa robe noire, l'une des miennes, arrangée par Barrade, un peu passée et lugubre dans ce jour de soleil. J'étais d'ailleurs vêtue de même étoffe. Dans tout ce printemps, cela me sembla tout à coup sinistre et incongru. Comment pouvait bien s'habiller Mme de Boisrémond ? Il faudrait que Denis me le dise. Je supporte difficilement la peine d'autrui, fût-elle dérisoire. J'eus une inspiration.

– Marie, nous n'avons pu aller à la foire du Carême. Nous irons donc à celle des Rameaux !

Elle ne me répondit pas. Pouvait-elle me répondre ?

– Les grues sont passées ! Nous ne pouvons rester fagotées d'hiver ! Nous devons faire honneur à Aiguebrune, n'est-ce pas ?

La petite leva sur moi ses yeux de forêt où brillait une flamme nouvelle. Nous rentrâmes au logis en parlant de rubans.

Le soir tombait. Je ne tenais plus d'impatience, cherchant à me raisonner un peu. Il était extravagant d'attendre aussi fiévreusement que passent deux jours quand nous supportions d'ordinaire des mois entiers sans lui. Mais c'était plus fort que moi. J'étais curieuse de tout ce qu'il pouvait avoir à nous dire. Je ne pouvais m'en empêcher. Je n'étais pas la seule à attendre. Barrade jetait souvent les yeux par la fenêtre. Elle s'efforçait de coudre quelque bout de linon et de cacher son inquiétude. Mais je savais tout de son angoisse. Denis était à Verteuil, et Verteuil, ce n'était pas bien loin. À Verteuil, quelqu'un pouvait tout savoir. L'insulte était si facile ! Denis était Barrère. Il n'était pas né d'Aiguebrune. Le chevalier n'avait pas reconnu son enfant. Pour Barrade, si ancienne que fût la faute, il n'existait pas de pardon.

J'entendis enfin un cheval et je le vis arriver, montant un peu penché sur le côté, comme mon père. Mon âme redevint gaie et je m'en fus l'accueillir, puisqu'il était mon frère, de toutes les façons. Je sentis tout de suite combien sa joie était grande. Pour m'embrasser, il me souleva presque :

— Mon Adèle à moi !

Il y avait si longtemps qu'il ne m'avait pas nommée ainsi. Un vertige m'entraîna le cœur.

— Ainsi, vous ne m'aviez pas tout dit ! J'en ai appris de belles sur vous, ma grande sœur...

Il riait, la main au licol de la Grise, si gai, si semblable à notre père que je ris avec lui, sans même savoir ce dont il me parlait.

— Vous avez passé un bon moment, à ce que je vois...

— Plus que bon, ma sœur, et cela grâce à vous !

Cette fois, je ne pus manquer l'allusion. Il me riait du coin de l'œil et je me sentis soudain aussi gênée que surprise. Je ne connaissais plus personne dans le monde. Qui avait bien pu lui parler de moi ? Nous entrâmes. Il s'effaça, me retenant la porte avec un excès de respect qui m'intrigua.

— Mais de quoi me parlez-vous, à la fin ?

— Ou de qui, ma chère !

Il s'était jeté dans le fauteuil de notre père, toujours riant en voyant ma figure. Enfin, las peut-être de mon saisissement, il reprit plus sérieusement :

— Adèle, vous me surprendrez toujours ! Figurez-vous que l'hôte d'honneur de M. de Boisrémond est un de vos amis, de fort longue date à ce qu'il m'a dit. Un ami qui ne tarit pas d'éloges sur vous, la plus charmante femme qu'il ait jamais vue...

Je me sentis rougir sottement. Mon frère, feignant de ne pas le voir, finit de m'achever :

65

— Il vient de rentrer en Charente.

Mon cœur cognait à grands coups. De rentrer ? De rentrer d'exil, peut-être... Denis avait un sourire dont l'ironie m'exaspéra.

— Je ne vois pas de qui tu prétends me parler ! Avec la colère s'en revenait le tutoiement !

— Il m'invite ce décadi, à Angoulême. Il y donne un grand repas, à la maison commune.

Je ne savais plus de qui il pouvait me parler. Je ne me voyais pas d'ami ancien qui pût disposer des salons de la République. D'un coup, je me sentis les jambes faibles et le cœur bourdonnant. J'étais debout, plantée devant mon frère, la plus ridicule qui puisse être.

— C'est un homme des plus aimables. Et qui n'est pas mal de sa personne, pour le peu que je m'y connaisse...

Excédée, j'allais le planter là, quand il me jeta, comme incidemment :

— Il est commissaire général, ma chère. Il se nomme Marsaud !

Je crus que le sol allait m'engloutir. Je me retins avec peine à la porte.

— Michel Marsaud ?

— Pour moi, j'ignore son prénom...

Ce ton de moquerie ne me convenait pas. Je me sentis vaciller. Il fallait que je m'assoie. Mes jambes ne me portaient plus.

— Mais il est mort sur la guillotine... En prairial. À Paris.

— J'ai fait la connaissance d'un fort beau fantôme.

Denis vit enfin ma pâleur. Il me prit le bras, presque tendrement. Ses yeux brillaient. Je

66

vivais tout cela dans un rêve. J'étais comme anéantie, partagée de tristesse et de joie. Marsaud n'était pas mort. Mon passé était revenu.

— Il m'a dit en effet que le bruit de sa mort avait couru, en quatre-vingt-treize ou quatre-vingt-quatorze. On tuait les gens sans plus de façon, à l'époque ! De fait ou de langue, mais assez promptement !

Je hochai la tête, incapable du moindre son. Oui, le bruit en avait couru... Je m'appuyai au bras de Denis pour atteindre mon vieux sofa. J'étais incapable d'une pensée un peu tenace. Mon esprit, comme mes jambes, était en fil de coton.

— Mais vous pourrez en juger vous-même, Adèle, car je vais l'inviter ici, dès que nous aurons rafraîchi un peu cette maison.

— Comment ?

Il était bon que je me sois assise.

— Cela lui fera le plus grand plaisir ! Voyons, ma sœur ! Je ne puis accepter toutes ces invitations sans les rendre ! Mais il faudra, avant, m'arranger tout ce fatras !

Ce fatras, c'était le mobilier de ma mère, ses fauteuils ravaudés, venus d'un autre temps, ses tentures poussiéreuses peut-être, mais qui m'étaient chères. J'étais abasourdie et avant que j'aie seulement pu ouvrir la bouche, Denis se tourna vers sa mère, qui nous avait suivis. Il la prit tendrement à témoin, sachant qu'en mon cas c'était un soin bien inutile.

— Non que je n'aime Aiguebrune tel qu'il est ! Mais je ne veux pas avoir honte de ma maison. Le salon de Mme de Boisrémond est peint à la grecque. C'est d'un effet splendide.

67

Je m'en moquais bien, vraiment ! Je me fis l'effet d'un poisson hors de l'eau, ouvrant la bouche, asphyxié, puis la refermant. Il voulait changer Aiguebrune, y inviter je ne sais qui ! Je me sentais gronder de colère et d'abattement. La voix de Barrade me surprit presque quand elle s'éleva.

– Je ne sais trop, Denis. Il y a tant de souvenirs...

– Eh bien moi, je le sais ! Il est temps d'oublier un peu le passé ! Et de vivre !

Ses yeux firent le tour de la pièce et revinrent se poser sur moi. Pour qui, pourquoi disait-il cela ?

– Vous ne le voyez pas toutes deux, habituées que vous êtes à vous morfondre ici ! Mais cette maison a un air de vétusté lugubre ! On s'attend à voir surgir les mânes de Voltaire dès que s'ouvre une porte !

J'allais m'insurger. Je me tus. Quel reproche pouvais-je lui faire ? Il disait vrai. Rien n'avait changé, à Aiguebrune, depuis ma petite enfance. Et c'était sa maison. Je la lui avais donnée de mon vivant, d'ailleurs bien menacé, en pleine Terreur. En suivant un conseil de Marsaud qui m'avait peut-être sauvé la vie. Un nouveau vertige me prit. Denis voulait changer Aiguebrune, Verteuil était vendu, Marsaud était revenu. Tout cela se mêlait sous mon pauvre crâne dans une sarabande sans rime ni raison. Je ne savais plus où j'en étais. Je balbutiai je ne sais quoi, et je sortis pour regagner ma chambre. Je dus me tenir à la rampe pour monter. Le désordre où je me trouvais était à lui seul un tel coup ! Je m'étais crue si raisonnable, l'étant si peu, que je ne savais pas si je devais en rire ou en pleurer. Je m'assis sur mon lit, désemparée au-delà de tout. Il m'était insupportable de voir que Denis voulait toucher à Aiguebrune. Il m'était doux, en dépit de moi, de savoir que Marsaud avait survécu. Il m'était difficile, pourtant, d'accepter l'idée de le revoir. Non, c'était faux ! J'avais envie de le revoir, il était mon passé. Mais il me semblait criminel de l'inviter à Aiguebrune. L'inviter, l'attendre, le recevoir, c'était pardonner. Je ne le pouvais pas. Je ne le devais pas. Il avait été le troisième juge. Il avait condamné Élise. Je revis d'un coup la salle verdâtre, les bancs entassés de gens hurlant, le marquis, pitoyable, ma tante, accablée, Élise, si blanche et si petite. Et trois hommes, inexorables sous leurs chapeaux emplumés. Harmand, Belleroche et Marsaud. La colère qui me prit m'emporta d'un coup. C'était un flot grouillant de rancunes amères, revenues de fort loin, mauvaises, impitoyables. Mais qui avait eu pitié d'elle ? Qui avait eu pitié de nous ?

Assise sur mon lit, vide et anxieuse dans le même moment, j'attendais que mon cœur se calme. À travers les grosses planches disjointes, le bruit des voix joyeuses s'élevait jusqu'à moi. Des couverts tintaient, on mettait la table, c'était l'heure du souper. Il fallait que je redescende. J'étais ennuyée de m'être enfuie de cette façon. Je refis un peu ma coiffure et je repris le vieil escalier dont je savais toutes les marches. J'eusse aimé que l'avenir lui ressemble, sans piège et sans surprise. Des rires, venus du salon, me bles-

69

saient étrangement. Lorsque j'entrai, une gêne pesait sur moi. Je me sentais importune sous mon propre toit. Mais il l'était si peu... Personne, d'ailleurs, ne le remarqua.

Denis, en verve, racontait le repas servi par les Boisrémond, les gens qu'il y avait vus, leur affectation. Le tableau était vif et moqueur mais il ne m'en contait pas. Si ridicules que lui parussent ces bonnes gens, il revivait. L'idée de retourner dans ce monde de vanité ne l'effrayait pas trop ! Il ne parlait que de cela. Il s'adressait à moi sans cesse, et je marmonnais je ne sais quelles réponses. Il voulait changer Aiguebrune. Il ne valait pas mieux que les gens qu'il moquait. Il m'agaçait prodigieusement. Malgré sa joie, il finit par s'en apercevoir.

— Une femme charmante, d'après le commissaire Marsaud ! Tant s'en faut ! Je crains qu'il ait bien du mal à vous reconnaître, Adèle, quand il viendra ici.

— Ne lui donnez pas cette peine ! Je n'ai que faire de le revoir.

L'abbé me regardait de ses yeux trop bons, trop bleus. Barrade ne disait rien. Denis posa lentement son couteau.

— Il va pourtant venir, Adèle.

— Je n'y tiens pas, savez-vous !

— Mais moi j'y tiens.

Ses yeux étaient de glace, ils valaient les miens. Marie, dans le silence, enlevait nos assiettes. Denis caressa de l'ongle le chiffre de la nappe avant de me regarder à nouveau :

— Je l'ai invité, Adèle. Et il viendra. À moins que je ne doive me dédire, si vous me dites clairement pourquoi !

70

Je ne répondis pas. Je ne pouvais pas lui parler de Champlaurier. Il en détestait jusqu'au nom. Je me levai et je quittai la table aussi dignement que je le pus. Je lui cédai la place. Aussi bien était-il chez lui ! Je montai à ma chambre. À cela du moins on ne toucherait pas ! Pour l'instant. J'enrageai à nouveau. De quoi se mêlait-il ! Je défis si vivement le lacet de ma robe qu'il siffla comme un fouet. Je m'allongeai sur mon lit, sans tirer les courtines, sans souffler ma bougie. Je voulais m'apaiser. Je m'attachai à considérer les contorsions de la flamme et les ombres dansantes qu'elle projetait au plâtre du plafond. Où était le calme de ma vie ? J'avais cru, un vague regret au cœur, que cet homme était mort. Les autres avaient payé. La faux qu'ils avaient brandie s'était retournée contre eux. Pourquoi fallait-il que celui-là soit revenu ? Le troisième juge. Celui que je ne parvenais pas à détester. Marsaud, qui avait ouvert pour moi les portes de la prison de Mareuil. Marsaud, qui m'avait apporté la lettre d'Élise.

J'entendais rire et parler en dessous de moi, comme si ma sortie était sans importance. Elle l'était vraisemblablement ! On se moquait bien de mes sentiments ! Quatre années de misère à faire semblant de vivre pour en arriver là ! Pour piétiner le passé et ouvrir toutes grandes les portes d'Aiguebrune à un jacobin. Je devinais sans peine les projets de mon frère. Il ne pensait qu'à lui, à cette ascension vers la gloire dont il rêvait et que pouvait faciliter un ami influent. Marsaud était commissaire général. Et c'était un ami de longue date. Sans que je puisse l'arrêter,

71

le plus vieux souvenir m'était revenu. Je revis le verger, dévoré de soleil, les prunes, écrasées sur mes mains, la porte que j'ouvrais et ce jeune homme insolent qui me déshabillait de ses yeux verts. Cette pensée me leva, la bougie à la main, et je tombai sur mon visage amer, reflété par le petit miroir de ma coiffeuse. J'avais trop pleuré. J'étais devenue laide. Mes joues s'étaient rougies de taches mauvaises. J'avais les cheveux en bataille d'y avoir mis les doigts. Et quarante ans passés. Je n'étais pas la plus charmante qui soit. Je ne l'étais plus. Marsaud le verrait bien, quand il viendrait. Denis l'avait invité, sans même m'en parler, usant de moi à sa convenance. Je me sentais si contrariée que j'en aurais pleuré ! Il est si facile de pleurer sur soi. Mon Dieu ! qu'il me répugnait de le revoir ainsi, de le décevoir et de trahir un souvenir ancien et doux, malgré tout. Il m'avait volé un baiser, autrefois, dans le parc de Verteuil, quand j'avais quinze ans. Mon premier baiser. Je rougis violemment. Excédée de mes réactions stupides, je posai brutalement mon méchant bougeoir. J'étais malade de sottise ! Je me frottai vigoureusement les tempes avec de l'eau de fleur. Il fallait que ma raison revienne, que je me calme, une fois pour toutes ! Tout cela était si vieux ! Et j'étais vieille, moi aussi ! Je n'étais plus en âge de me comporter de la sorte. Je me recouchai, cherchant à fermer les yeux, à tout oublier. Et je m'agitai de doute et de tristesse pendant toute la nuit.

L'aube nouvelle me retrouva comme la veille. Mais la nuit, dit-on, apporte son conseil. J'entendis qu'on sortait un cheval, qu'on partait au galop. Denis vivait à nouveau. Il brûlait d'espérance et je ne me sentais ni le droit ni la force d'entraver cela. Il ne me l'eût pas pardonné. Il n'aurait pas compris, pas voulu comprendre, car j'étais à lui avant d'être à Élise. Il n'admettait pas le partage innocent que j'avais fait de mon cœur entre elle et lui. Ils avaient été tous les deux mes enfants et je me disais, en y repensant, que j'étais un peu la mère de l'une, le père de l'autre... Auprès de Denis, j'avais tenté de remplacer l'absent. L'amour paternel est de tous le plus exigeant... Il veut, il ordonne. A-t-il pour autant raison ?

Je me levai, battue de lassitude. Sans avoir seulement mené cette guerre, j'étais déjà vaincue. Denis restait si peu de temps. Que me coûtait-il, au fond, de lui faire plaisir ? Pour moi, cela ne changerait rien. Je m'habillai rapidement, prête à ce qu'il voudrait, comme toujours. Élise était partie. Je n'avais plus que lui. Les morts pèsent si peu en face des vivants. Je m'assis à ma petite table pour demander pardon.

Quand il revint de sa chevauchée, le soleil était haut. Il posa la Grise à l'écurie et me rejoignit, tout naturellement. J'étais assise sur mon banc. L'étang m'avait donné un peu de son calme. Nous parlâmes de choses et d'autres, dans une fausse sérénité préférable à la lourdeur d'une explication. Il allait fixer une date raisonnable, puisqu'il fallait dépoussiérer notre vieille maison. Il s'en remettait à mon goût pour la décoration et me donna une somme assez rondelette, avec un petit air de triomphe modeste. Le fruit de ses économies aux armées, mille francs en assignats. Je devrais en user au mieux car c'était toute sa fortune. Emplie de papier, la bourse de cuir pesait à peine sur mes genoux.

— Que voulez-vous au juste, Denis ?

— Tant de choses ! Je suis insatiable, ne le savez-vous pas ? Heureusement que vous êtes toute raison !

Il riait en me regardant, avec une affection moqueuse qui me fit fondre. Il ne voulait pas l'impossible. Une journée de campagne pour quelques convives, c'était tout. Ne pouvais-je comprendre cela ?

— Mais il faudra m'arranger tout ça !

Un geste m'indiqua que tout ça, c'était moi.

— Vous nous épargnerez, je pense, ces voiles funèbres et ces linceuls noirâtres qui sont complètement hors de propos...

— Vous me permettrez, j'espère, d'en juger !

— Vous en jugez bien mal ! Une veuve a plus d'agrément !

J'étais furieuse et il riait. Ce fut ainsi, dès lors, entre lui et moi. Les quelques jours qui passèrent n'y changèrent rien. Notre paix était armée. Denis était gai, aimable et attentionné avec tous, allant jusqu'à porter le linge de Marie quand le panier était trop lourd. Il m'agaçait infiniment ! Il le savait, s'en amusait. Il n'était pas de jour où il ne me taquinât sur ce qu'il appelait mes cachotteries. Je trouvais la chose aussi pesante que déplacée, mais il riait dès que je m'offusquais.

— La plus charmante femme qui soit ! Et du plus heureux caractère !

Par chance, je ne le voyais guère ! J'étais accablée par la mission qu'il m'avait confiée. J'avais entrepris de transformer Aiguebrune sans le mutiler. Je voulais pour cela des tentures claires, un peu de pourpre, mais à peine, un peu d'acanthe et de dorure, mais pas trop. Mariette m'avait adressée à un jeune tapissier de sa rue qu'elle me dit honnête. Il n'était pas connu et avait bien du mal à le devenir. J'allai le voir avec elle qui lui exposa l'affaire en deux mots :

– C'est ton pied, mon garçon, dans un bon étrier ! Dans la réception de mon amie, il y aura la première plumette du pays !

Vu sous cet angle, le problème ne pouvait que séduire. J'avais envie de rire. Mais Mariette était plus sérieuse qu'un cardinal en concile. Elle voulait cette étoffe, là, pour la moitié du prix marqué, vraiment exorbitant ! Ce n'était, après tout, que du tissu qui venait de Lyon et non du bout du monde. Il fallait être raisonnable ! C'était comme pour ces chaises, fines, à dossier croisé, qui me plaisaient tant ! Qu'elles viennent de chez Jacob ne lui faisait pas plus d'effet que si elles fussent venues de chez Moïse ! Il fallait être raisonnable ! Était-ce fait pour poser le derrière, oui ou non ? Nous fîmes ainsi fondre de moitié la somme due. Ce n'était pas dans les élégances qui m'avaient été enseignées autrefois. Mais c'était inespéré.

Le jeune tapissier s'appelait Louis Beylau. Il était petit et mince, blond, avec une chevelure anémique qui faisait son désespoir. Il était vêtu avec toute la recherche et le soin que lui permettait la fortune. Il avait la voix fort claire et se frottait souvent les mains quand il était pris d'enthousiasme en répétant *C'est parfait! Parfait!* Ce qu'il ne fit pas souvent dans ses premiers jours à Aiguebrune. Le travail, borné pourtant par nos moyens, semblait immense. Mais il ne recula pas. Il tendit le couloir et le salon avec un gros de Tours, bon drap de couleur crème, qu'il avait eu pour rien. Ou presque. Il voulut à toute force repeindre de vert pâle les vieilles boiseries du cabinet de mon père. Mais je refusai les médaillons de profils romains qu'il désirait tant y mettre.

— Le camée d'Érigone, madame Adèle, et ce sera *parfait! parfait!*

Je tins bon. Le cabinet de mon père était mon sanctuaire. Quant à la mode, elle pouvait changer plus vite de fantaisie que moi de décoration. J'aimais trop les Romains de Tacite ou d'Horace pour apprécier de les singer si petitement. Je l'expliquai à Louis Beylau, malgré ses airs de doute. De guerre lasse, je le laissai draper à l'antique les fenêtres du salon. Il s'y surpassa. Il recouvrit de velours vert nos fauteuils les plus fatigués et donna un air oriental au vieux sofa d'antan. Puis il entreprit de disposer le tout dans une harmonie nouvelle, qui s'écartait de la cheminée. Nous pûmes admirer enfin le résultat. L'abbé se récriait, Barrade était ravie. Je craignais de croiser le regard de François. Denis était introuvable.

— C'est *parfait! Parfait!*

Nous voulions bien le croire. Comme le jeune tapissier raccrochait à la cheminée son vieux trumeau dépoussiéré de cinquante ans de suie, François me chuchota quelques mots en riant.

– Ce Louis me semble une Louison...

Pensait-il me faire rire à dire cela ? Qu'est-ce que c'était que cette sottise, à l'endroit de ce brave garçon ? Comment pouvait-on se moquer ainsi des gens, de leurs pauvres imperfections ? Un tel mot, dans la bouche de François, qui avait tant souffert d'être métayer, de n'être que cela ! Toujours juger, jauger, moquer, médire ! Il n'était rien à faire des hommes, décidément !

Tout était prêt. Nous avions rangé, frotté, nettoyé tout le jour. Marie était partie laver nappes et dentelles à la source. Il pouvait être quatre heures. Barrade et l'abbé s'offraient un thé bien mérité. Louis préférait une limonade d'écorce, François un verre de clairet. Je sortis, heureuse, pour chercher Denis et son approbation. Il ignorait tout de notre aménagement dont nous voulions lui faire surprise. Je ne le vis pas auprès de l'eau, où je le pensais en promenade. J'allai à l'écurie, pour voir s'il avait pris la Grise. Il partait assez souvent l'après-midi, à l'heure du repos. Et j'entrai à l'étourdi dans la grange entrouverte. La Grise était là, tranquille, un grand panier d'osier à côté d'elle. J'allais sortir quand un bruit me retint, un long gémissement saccadé que je ne reconnus pas. Quelqu'un était-il souffrant ? Je contournai les stalles, stupide vieille femme que j'étais, et je les vis, à demi nus tous deux, emportés de désir. Marie était allongée sous lui. Son visage était ravagé de plaisir. Elle fermait les yeux et de sa bouche sortait cette modulation haletante et passionnée. Je vis cela en un éclair et je m'enfuis dehors je ne sais trop comment. J'allai à l'étang, en courant presque, folle d'humiliation d'avoir vu cela. Mon cœur battait à grands coups. Mon Dieu, qu'avais-je vu là ? Qu'avais-je fait en amenant cette fille ici ? J'entendis vaguement un bruit de pleurs et de sabots. Quelqu'un cria mon nom. Denis venait vers moi, à longues enjambées. Il avait à peine remis sa veste. Sa chemise sortait de sa culotte. Ses cheveux étaient pleins de paille. Il me sembla si veule qu'une envie de le gifler me prit. Je ne sais comment je pus la retenir. Il avait tout sali, tout gâché ! Une rage me balaya l'esprit, soudaine comme un feu de grange.

— Pars d'ici ! Tout de suite !

— Et pourquoi partirais-je de chez moi ?

Il me défiait, haletant, aussi furieux que moi. Comme j'eusse aimé, à cet instant précis, que revienne mon père pour lui donner la volée qu'il méritait ! Il s'était avili, il avait cédé au triste délassement que peut aisément se donner un homme de trente ans avec une enfant de dix-sept ! Une enfant pleine d'innocence, que la vie m'avait confiée !

— Comment as-tu pu ? C'est une gamine, une enfant !

— Ce n'est pas une gamine, c'est une femme ! Elle était là, sous mon toit ! Il ne fallait pas l'y mettre ! Je suis un homme, ma pauvre Adèle ! Si vous ignorez ce que c'est, tant pis !

L'insulte me fit voir rouge ! Mais pour qui me prenait ce misérable ? Les mots étaient sur mes lèvres avant que j'eusse pu les retenir :

— Comment as-tu pu ! Toi ! Justement toi ! Tu ne sais donc pas d'où tu viens !

78

Il blêmit et je sus que j'étais allée trop loin. D'un coup ma colère céda.

— Denis...

Il me toisa avec un tel mépris que je doutai soudain qu'il me pardonne un jour.

— Je pars !

Il tourna les talons et me laissa anéantie. Je l'avais perdu ! J'allais le perdre ! Je ne le pouvais pas ! Je courus à lui qui rentrait sans m'attendre. Je le rejoignis à quelques mètres du perron et je lui retournai le bras.

— Tu m'écoutes, maintenant ! Je te demande de me pardonner ce que je viens de dire. Mais je ne supplierai pas. Je partirai d'ici plutôt !

Il me regarda. Ce fut un long regard où toute notre rancune se brisa. Il m'ouvrit simplement les bras. Je le serrai contre moi. Que m'importait, après tout ! Il était mon petit frère, ma seule famille. Tout ce qui me restait. Je sentais les coups de son cœur et le fardeau qui l'accablait, dont j'avais ravivé la souffrance.

— Pardonne-moi. Je ne voulais pas dire cela...

Il sourit tristement en me regardant. Incapables de rentrer, de retrouver le monde tranquille des apparences, nous sommes retournés à l'étang, sans réfléchir, pour nous asseoir sur mon vieux banc. Je regardais l'eau sombre, il regardait ses mains croisées sans les voir, sans qu'il y ait dans ce geste la moindre prière. Mon Dieu, que pouvais-je lui dire ? Un poids de faute me souleva le cœur.

— Je ne voulais pas dire cela.

— Le dire n'est rien ! Tant de gens le pensent qui ne le disent pas !

79

Il souffrait et je souffrais aussi. Comment avais-je pu penser qu'il avait mis sur sa blessure le trait qu'il m'avait dit ? Comment avais-je pu le croire ? Quand tout venait l'éveiller. Il la rongeait de sel. Enfin, quittant ses mains, son regard se posa sur moi. Sa voix était si calme qu'elle me fit mal.

– Vous la garderez, n'est-ce pas ?

Qu'avait-il cru ? Je n'allais pas la chasser, tout de même. Elle l'aimait. Je l'avais vu, compris. J'avais connu cela, autrefois. Je m'étais abandonnée, moi aussi, dans les bras d'un homme. Comment avais-je pu oublier l'amour à ce point ?

– Bien sûr...

Je ne savais que dire. Je n'avais rien à dire. En me levant, je pris sa main.

– Allons, venez admirer nos efforts ! Aiguebrune n'est pas Pompéi mais puisqu'il le faut, soyons romains !

Il sourit en posant ma main à son bras.

– Pour moi, je pense que vous l'êtes déjà.

6

La nuit était tombée depuis longtemps lorsque Marie revint. Elle était plus rouge qu'une pivoine et il était impossible de voir ses yeux, obstinément baissés. Ses joues étaient bouffies de larmes. Nous avions fini de manger et Barrade débarrassait tranquillement. La petite servante prit sans mot dire le peu de vaisselle qui était encore sur la table de la cuisine et entreprit de le laver. Elle me tournait le dos, penchée sur l'évier de pierre. Denis était au salon, avec l'abbé. Nous étions toutes les trois et je savais maintenant pourquoi les yeux de Barrade étaient si tristes en regardant la petite. Elle savait depuis le début ce qu'il en serait. Avant la jeune fille, peut-être. La petite servante l'avait remplacée, pour tout. J'en étais malade.

Je ne savais que dire. Dès que je voulais ouvrir la bouche, dire simplement à Marie qu'elle ne craigne ni la porte ni le moindre mépris, une gêne immense me saisissait de l'avoir vue comme je l'avais vue, couchée dans cette paille. L'extase animale de son petit visage me revenait sans cesse. J'eusse donné dix ans de ma vie pour n'avoir pas poussé cette porte. Marie lavait toujours les assiettes, d'une main qui tremblait un peu, à l'eau froide qui giclait de la cruche. Je pris un torchon et lentement, assiette par assiette, j'essuyai la vaisselle. Je resterais jusqu'à ce qu'elle ose enfin me regarder dans les yeux.

– Pauvre monde ! J'ai oublié de fermer mes volets !

Barrade était sortie sous ce méchant prétexte. La dernière assiette de faïence tremblait dans la main de Marie. Elle tomba sur le sol, se brisant en éclats. C'en était trop, sans doute, car elle se mit à pleurer en longs sanglots silencieux. Je me baissai pour ramasser ce qui restait de poterie.

– Ce n'est rien, voyons.

Elle se baissa à son tour, toujours pleurant, et m'aida à ramasser les pauvres débris de terre.

– Pardonnez-moi, Demoiselle ! Pardonnez-moi !

– Allons, ce n'est rien. Marie, je pardonne tout ça...

Mais elle ne m'entendait pas, pleurant toujours.

– Pardonnez-moi !

L'assiette était ramassée et nous restions là, toutes les deux à quatre pattes, les mains pleines de morceaux blancs et verts. C'était si ridicule que je me mis à rire et que Marie, surprise, me regarda enfin.

– Bien sûr que je pardonne ! À une condition, pourtant ! Ne m'appelle plus Demoiselle ! Si tu veux tout savoir, ce nom ne me plaît pas.

Le printemps avait décidé d'être beau, de nous aider dans notre fête. Denis recevrait le vingt de Germinal, quelques jours avant son départ qui s'était un peu précipité. Il était revenu plus que triomphant de l'invitation que Marsaud lui avait faite. Mon *ami*, pour parler comme mon frère, lui avait proposé de remonter avec lui sur Paris. Il pourrait ainsi profiter d'une escorte et éviter les chauffeurs et autres bandits qui rançonnaient l'Orléanais. C'était une excellente raison. Il en était une autre qui mettait des étoiles aux yeux de mon frère. Marsaud connaissait tout Paris. Il avait été commissaire aux Armées. C'était un ami de Barras. Le directeur était tout-puissant. On disait qu'il était l'ami intime de Bonaparte. Et Denis rêvait...

J'essayais, quant à moi, de faire face à ce que sa folie m'imposait. Aiguebrune n'était pas fait pour les fêtes. À mon souvenir, il ne s'en était jamais donné dans ma vieille maison. Nous avions pourtant prévu un déjeuner fin, puis une promenade sur l'eau et une collation. Nous n'aurions que quelques convives, le colonel Duplessis-Dangeau, qui commandait la place d'Angoulême, flanqué de sa femme, qui le commandait, lui, le commissaire général Marsaud et son ami M. de Boisrémond, sans oublier Madame! Pour des raisons nouvelles et anciennes, je tenais à la présence du docteur Labaurit. Avec Barrade, Denis et moi, cela faisait neuf, ce qui donnait un plan de table difficile. Nous avions jugé plus prudent de ne pas montrer notre pauvre abbé. Le Directoire avait encore des flambées de violence contre les prêtres. On déportait à nouveau, à Rochefort. Nous tenions ces tristes informations du commissaire Marsaud lui-même qui en avait incidemment parlé à Denis. Dieu sait pourquoi.

Je songeais que neuf personnes, ce n'était rien, mais Denis voulait que tout soit parfait. Et c'était toute une aventure. Grâce à Mariette, qui savait tout, j'avais retenu un pâtissier *à la mode parisienne*, un brave homme nommé Martineau. Deux mitrons l'assisteraient. Il amènerait deux autres garçons, pour le service. Marie n'était pas formée à l'art difficile de servir à table. Elle veillerait à tout, en cuisine. Depuis que je l'avais surprise avec Denis, quelque chose avait changé entre nous. Elle avait repris une sorte de distance et n'était plus la jeune fille de la maison. C'était une différence ténue qui était sensible pourtant et me peinait un peu. Mais il valait mieux qu'il en fût ainsi.

Nous nous activions depuis l'aube. Les vases de ma mère débordaient de lilas blanc et leur

83

fragrance douce nous poursuivait dans toute la maison, se mêlant aux effluves de la cuisine. Barrade n'avait pu se résigner à abandonner complètement ses fourneaux. Elle avait fait une terrine de foie frais, étendu sur un lit de truffes. L'air embaumait. Si j'entrais dans la cuisine, je ne pouvais m'empêcher de soulever le vieux couvercle de fonte où se produisait le miracle. Et je me faisais gronder, comme quand j'étais petite fille, ce qui était un autre délice.

– Adèle ! Allez-vous cesser ? Voulez-vous que tout se dessèche ?

Nous aurions du vol-au-vent forestier, des cailles farcies en gelée de cognac et pour finir des amandines, mais je savais que rien ne pourrait surpasser le plat de la Barrade. Dans l'après-midi, mille petits fours garniraient notre collation, avec des fruits montés, des cédrats et des oranges. Denis s'occupait des vins. En me faisant chasser du saint des saints, je songeai un peu tristement, je ne sais pourquoi, à l'odeur lugubre de chou et de crasse de l'hospice de Notre-Dame. J'essayai de me gronder d'avoir eu cette idée, en regagnant mon vieux cabinet transformé en salle à manger. Mais j'étais ainsi faite depuis que j'étais vieille. Je voyais toujours un mal dans le bien, un ver dans le fruit. Ce qui était *parfait, parfait* pour les autres ne l'était jamais pour moi.

J'avais ressorti ma nappe de dentelle ancienne, les porcelaines fines de ma mère, son argenterie un peu dépolie et ses cristaux toujours brillants. J'avais piqué des primevères et des jacinthes dans un gros bouquet de buis frais. Je vérifiais ma table, en me posant bien des problèmes de placement, quand j'entendis s'ouvrir la porte. C'était Denis, une aiguière ciselée à la main. Elle était pleine d'un liquide couleur de sang. Je parlai pour parler, sans lui demander vraiment son avis :

— Je pense que c'est bien ainsi.

— Je ne le pense pas.

La voix était un peu dure et le ton me surprit.

— Et pourquoi, je vous prie ?

— Nous ne serons que huit à table.

Il posa doucement son aiguière et ôta tout aussi uniment une assiette. Il la posa sur la desserte et se tourna vers moi. Avant que j'aie pu marquer ma surprise, demander qui s'était dédit, j'entendis une carriole grincer dans la cour. Le bruit m'était familier. Ce n'était pas celle du pâtissier. Je me retournai et je vis ma Barrade, tranquille sous son éternel chapeau bleu. Elle attendait l'attelage. François l'aidait qui portait son panier.

— Mais qu'est-ce que cela signifie ?

Je craignais de connaître la réponse quand il me la fit.

— Elle va aux Bordes, Adèle ! Elle ne veut pas rester.

La colère qui me prit était ancienne mais si brûlante qu'elle me laissa un instant sans voix. Mon père avait chassé la Barrade, autrefois ! Elle avait déjà été de trop ! Je me sentis devenir livide. J'allai vers la porte. Je ne laisserais pas cette lâcheté se commettre une seconde fois.

— Si nous ne sommes neuf, vous serez sept !

En deux pas il fut devant moi. Sa colère égalait la mienne.

85

– Vous ne comprenez rien, n'est-ce pas ! On ne peut rien vous dire, jamais !

– Oui, c'est ce que je vois !

Comme il était veule ! Il la chassait pour recevoir ces gens tellement comme il faut ! Il avait honte de sa mère ! Mais elle était aussi la mienne ! De fureur, je me jetai vers la porte pour la rappeler quand il me retint durement le bras.

– Comprendrez-vous enfin ce que nous sommes ! Ce que je vous dis ! Elle avait honte, elle avait peur et elle n'osait pas vous le dire ! Car vous ne comprenez rien ! Savez-vous seulement ce que c'est que d'être moins, infiniment moins qu'eux, dans le regard des gens ! Non, vous ne le savez pas ! Vous êtes tellement au-dessus de nous, au-dessus de tout, n'est-ce pas ?

Il tremblait de rage. J'étais stupéfaite ! Je l'aurais volontiers giflé !

– Vous ignorez cela ! Vous êtes d'Aiguebrune et vous le serez toujours !

– Croyez-vous que j'ignore le mépris ? Savez-vous ce que la nature m'oblige à supporter, jour après jour ?

– Vous ignorez le mépris, Adèle ! Vous l'ignorez absolument ! Vous redoutez la pitié d'autrui, un point c'est tout, et la pitié d'autrui n'est pas à tel point insupportable ! Avez-vous jamais mis votre pied à nu en public, au milieu d'un salon ? Non, n'est-ce pas ? Eh bien voilà tout justement ce que vous demandez à ma mère ! Elle parle à peine le français ! Elle est servante ! Elle s'enfuit, bien sûr ! Que feriez-vous, à sa place !

Je ne pouvais pas lui répondre. Dans ce qu'il venait de me dire, une lumière de vérité m'aveu-

86

glait et me faisait mal. Il lâcha mon bras en haussant les épaules d'impuissance et de dégoût.

— Oui, je suis content qu'elle parte ! Et elle l'est de partir ! Allez le lui demander, à la fin, puisque vous ne me croyez pas !

Il sortit et je le vis, par la fenêtre, qui embrassait sa mère. Ils étaient si loin de moi. Si différents. Je n'avais qu'eux, pourtant. Mes joues étaient en feu quand je les rejoignis.

— Au revoir, Adèle.

Barrade me souriait, si calme. Elle venait de me faire tant de peine.

— Pourquoi ne pas me l'avoir dit ?

— Pour ne pas vous fâcher... C'est un moment joyeux, profitez-en !

J'étais donc à ce point redoutable ? Peut-être, croyant bien faire... Je décidais, j'ordonnais. Mais qui l'eût fait sinon ? Comme il était injuste de m'en faire le reproche ! Si dure que l'on me dise, ma voix tremblait un peu :

— Quand reviens-tu ?

— Demain. C'est mieux, ainsi...

Je n'avais rien à dire. Elle m'embrassa et monta un peu lourdement dans la carriole. Il pouvait être dix heures. Je restai immobile à la regarder, incapable du moindre geste de la main. Je la vis s'en aller, si petite sous son chapeau bleu et si semblable à autrefois quand elle avait quitté Aiguebrune pour avoir son fils. Mon cœur était las de tout. Il se sentait trahi. Je la suivis des yeux jusqu'au tournant de la ferme basse et je m'en fus placer huit convives autour d'une table arrondie.

87

M. Martineau était à ses casseroles, tout était prêt. L'heure tournait. Il était grand temps *d'arranger un peu tout ça*! J'avais une robe de soie grise. Elle venait du meilleur tailleur de la ville, selon Mariette, un fourreau lacé. J'avais dû céder à la mode nouvelle d'une taille haussée, sans grande conviction. Une ceinture verte, roulée, me soutenait le buste. Elle me gênait un peu. Je me coiffai rapidement, laissant retomber mes cheveux à leur habitude. Ils cachaient depuis longtemps la disgrâce de mon dos et je ne pouvais songer à recevoir ces gens en longeant les murs. J'avais grande envie de m'enfuir, moi aussi... J'étais triste et surtout j'avais peur. C'était risible! Je me regardai un instant au miroir, sans m'y attarder, le spectacle étant désolant. Je ne mettrais pas de rouge à mes lèvres, à mes joues. Non que je n'en eusse besoin, car j'avais un teint cireux. Mais j'écoutais cet orgueil qui me tenait lieu de gouvernement. Il me disait que je me moquais bien de plaire.

En descendant l'escalier, je pensai tristement à la robe bleue que j'avais voulu offrir à Barrade pour cette belle occasion. Elle l'avait essayée avec tant de complaisance. Elle m'avait si bien menti! Elle semblait si heureuse de ressembler à une dame, *dans tout ce tissu*. Car elle croyait, dans sa naïveté, ne pas être une dame, quand elle en était une, parmi les plus grandes. Mon Dieu, comme j'étais seule! Il ne me restait que le pire. Attendre, crispée dans mes atours, l'arrivée de nos hôtes. Je me sentais nerveuse, loin de la dignité que je voulais avoir. J'avais arrangé plus de dix fois l'alignement parfait des verres, sur la table ronde, quand je les entendis. C'étaient deux landaus aériens, balancés, qui s'arrêtèrent doucement devant notre porte. Le plus verni des deux avait des roues superbement rouges, étrangement familières... Denis était sur le perron, recevant ses invités. J'entendais des rires, des exclamations joyeuses de ravissement. « Ah ! Mon Dieu ! Mais quel endroit charmant ! Charmant ! » Comme j'eusse aimé être ailleurs !

Je restai un peu en retrait. Denis s'était approché de la voiture la moins légère. Il aidait une dame à descendre, qu'il me présenta comme Mme Dangeau. C'était une forte femme, d'allure et de ton aussi militaires que son époux, si ce n'est plus. Il avait une moustache, elle non, certainement pour éviter la confusion. Elle était vêtue d'un gros taffetas vert. Les bottes du colonel venaient de claquer devant moi. Il m'avait pris la main comme on prend un cordon de portière. Et me l'avait enfin rendue. Il était grand, gris et moustachu, évidemment, une gravure de soldat de plomb. Je dis quelques formules creuses à ces personnes qui me répondirent avec la même platitude. Denis se tournait déjà vers l'autre voiture. Un couple était assis à l'arrière. Je ne m'attardai point à regarder le cocher. Mon cœur battait bien assez fort comme cela. Prenant la main qui lui était tendue, une sorte de nymphe sauta à terre, riante, légère. Mme de Boisrémond semblait descendue de la frise du Parthénon. Elle portait une robe audacieuse, dont le tissu complice voilait à peine un savant dénudement. C'était une mousseline aérienne, bordée d'un dessin doré figurant des arceaux grecs. Heu-

89

reusement pour notre élégante, qui frissonnait au vent de mars, une large étole rouge couvrait ses épaules. Elle était coiffée de bandelettes antiques, *à la Bérénice*...

En regard de ces dames, colorées comme des papillons, ces messieurs paraissaient bien ternes dans leurs sombres habits. Une cravate de mousseline blanche, nouée fort haut autour du cou, leur donnait un air rigide. M. de Boisrémond était un petit homme un peu chauve, un peu rond, aux yeux à fleur de tête. C'était, m'avait dit Denis, un homme fort riche. Sa fortune était plus assurée que sa particule. Un *bouffissou*, en somme ! Le colonel Dangeau n'avait pas mis son uniforme, la journée appartenant à ses loisirs civils. Denis était vêtu de même, dans un faux négligé, d'une veste marron taillée fort haut et d'un pantalon crème, tendu dans ses bottes lustrées. Il riait, à l'aise et détendu, me présentant à ses amis. Le conducteur de la seconde voiture venait de lâcher ses rênes, les confiant au petit Charles Desmichels qui nous servait obligeamment de garçon d'écurie. Il ôta lentement ses gants, les jeta dans son chapeau haut de forme. Ses yeux, plissés par le soleil, ne me quittaient pas. Je soutenais difficilement ce regard, d'un vert perçant, exaspérant. C'était bien lui. Tout à fait lui. Denis lui parlait en s'approchant de moi. Marsaud s'inclina puis se releva avec une lenteur qui me sembla calculée. Il me prit la main, la porta à ses lèvres. Je la retirai, je dois le dire, un peu vite. Mme de Boisrémond s'était approchée de nous.

— Vous avez là une belle voiture, monsieur Marsaud.

— J'aime à conduire. Cela me rappelle tant de bons souvenirs...

Il me regardait en souriant. Je lui rendis son regard, et son sourire. Allons, je serais amicale. Je me l'étais promis.

— Vous n'avez pas changé, Adèle...

— J'aimerais vous croire.

J'avais changé, comme lui. Des fils gris se perdaient à ses tempes. Un pli amer et sombre coupait son front, aiguisant l'arête du nez. Tant de choses, soudain, me revinrent, et le sentiment qu'il était doux, en somme, d'avoir une amitié ancienne. Il me prit le bras, sans sembler voir la jolie Romaine qui le regardait sous ses cils. Et nous entrâmes ainsi dans mon salon. S'il vit bien des différences depuis sa dernière visite, il eut le bon goût de se taire. Ces dames, cependant, se récriaient d'admiration. Marsaud s'assit tout naturellement à mes côtés, sur mon vieux sofa drapé de cachemire qui était devenu parfait, parfait.

— Cela fait bien longtemps que nous ne nous sommes vus.

— J'ai même cru ne plus vous revoir...

— Les mauvaises herbes ont la vie dure...

Nous n'en dîmes pas davantage, hésitant l'un comme l'autre au bord du drame qui nous séparait. Un pas dans le couloir, un air un peu confus. C'était le docteur Labaurit, essoufflé et honteux, s'excusant du retard. Une dame de Mareuil avait eu cette idée importune d'enfanter toute la nuit. Il était désolé. L'enfant était superbe ! Il fut en même temps gourmandé et pardonné. Denis servait un rafraîchissement dans mes vieux verres de Bohême. Je me rassurais peu à peu. Jusque-là tout allait bien. C'était gai et charmant. La conversation roulait, agréable et anodine à souhait. Le repas fut une réussite et j'en fus unanimement louée bien que je n'y fusse pour rien.

Nous avions pris le café et nous parlions de l'air du temps qui était doux pour la saison. Denis offrit à ses invités une promenade sur l'étang, qu'il appelait le lac. Marsaud, aimablement, proposa son bras à Mme Dangeau qui le refusa. La bonne dame se sentait un peu lasse et préférait se reposer en nous attendant. Le jeune médecin s'excusa de même. Il nous demandait congé, si nous n'y voyions pas d'inconvénient. Ses yeux se fermaient malgré lui.

Dehors, l'air s'était radouci. Les oiseaux d'eau chantaient sur quelques notes un peu tristes, têtues. Les saules commençaient à verdir. Nous avions trois petites barques peintes de bleu, achetées pour l'occasion. François avait jeté quelques planches sur la berge du pré. Denis monta avec Dangeau, et prit les rames. Il n'avait pas voulu voir les œillades appuyées de Mme de Boisrémond. Il était indifférent, et prudent. Les Boisrémond nous accompagnèrent, le citoyen commissaire et moi. La jeune femme babillait sans cesse, posant sur l'étang, sa flore ou sa faune, mille questions dont elle n'écoutait pas les réponses. Elle expliquait, toujours décidée à nous éblouir, que nous devions lui pardonner son ignorance de tout cela... Son mari avait acheté ce domaine, en Charente, pour avoir des terres, un château. Il y tenait. Mais elle, elle était parisienne. Paris lui manquait affreusement !

92

– Vous connaissez assurément Paris, madame ?

Non, je ne connaissais pas. À chacun ses ignorances. Rien n'est plus fatigant qu'un bavard, sinon une bavarde. Je n'écoutais guère ce que nous racontait la belle. Nous avions atteint ce centre de l'étang qui m'avait si souvent été le cœur du monde. Marsaud ne ramait plus. Nous glissions sur l'eau qui portait au loin les paroles de madame. De larges feuilles de nymphéas s'ouvraient à l'avant de notre bateau et se refermaient derrière lui. Je caressai l'eau du doigt, un peu attendrie par un je-ne-sais-quoi. Elle était froide, mordante à qui touchait son étendue de miel. J'enlevai ma main. Marsaud, qui me regardait, silencieux, me tendit un mouchoir pour la sécher, l'effleurant dans ce geste. Je croisai ses yeux et je les compris.

Mme de Boisrémond parlait toujours. Sa voix, qui massacrait plaisamment la syntaxe, écrasait les voyelles. Elle admirait le vol d'un héron cendré, auquel sans y penser elle venait de faire peur. Je la considérais, voyant tous les efforts charmants dont elle usait pour captiver Marsaud. Sans cesse, en dépit du vent, pour relever les bandes qui ornaient son front, elle découvrait une épaule ronde, un sein jeune et ferme. Elle ne portait pas de corset. Elle était ce qu'il désirait, bien plus que moi. Je n'étais pas faite pour les aventures. Il avait condamné Élise. Et mon cœur s'entêtait à cela. Au fond de cette barque, la promenade me pesait. Son regard me gênait. Qu'avait-il au juste pensé ? Pousser Denis pour me plaire ? Prendre enfin sur moi une vieille

93

revanche ? Ou la prendre sur ce temps d'autrefois, quand il était cocher, quand j'étais d'Aiguebrune... Je frissonnai sans m'en apercevoir.

– Vous avez froid, Adèle ?

Comme il aimait prononcer mon prénom ! Croyait-il établir ainsi quelque droit sur moi ? Il me tendit une couverture, où je m'enroulai. C'était vrai, j'avais froid. Mon âme, d'un seul coup, se sentait transie.

– Nous rentrons.

Il se courba sur les rames et fit un signe à l'autre barque. Nous fûmes sur la rive en quelques instants. Marsaud sauta à terre et tendit la main. Je dus donner la mienne. Il la retint un peu, mais je l'enlevai, en le regardant droit aux yeux. Il n'était pas nécessaire d'en dire davantage. Je le vis s'incliner et tendre à la jeune femme la main que j'avais abandonnée.

La collation fut agréable. Tout nous attendait sur la petite table du salon. Le papotage reprit, que je n'écoutai que d'une oreille polie. Je croisai à plusieurs reprises le regard un peu tendu de mon frère. Je voyais bien que je n'étais guère ce qu'il avait rêvé que je sois. Enfin j'étais restée. Qu'il s'en contente ! Un silence un peu creux se fit, comme il s'en produit souvent entre des personnes qui n'ont rien à se dire. Et Mme Dangeau le choisit pour nous parler du tremblement de terre de pluviôse. Le sujet était dangereux, je me sentais d'humeur aussi instable que le sol. Le colonel nous parla de la situation difficile de plusieurs bourgs du sud de l'Angoumois, à moitié effondrés. Heureusement, il n'y avait pas eu

94

beaucoup de pertes. Je n'aimai ni le ton ni le mot.

— En avez-vous souffert, à Aiguebrune ?

Qu'est-ce que cela pouvait leur faire ? Je ne déteste rien comme un apitoiement forcé ! Je fis quelques signes de vague dénégation. Quand partaient-ils, au juste ?

Mme de Boisrémond regardait autour d'elle d'un air d'héritier jugeant la succession.

— Ces vieilles maisons sont au moins solides !

Au moins... À défaut d'être belles, agréables, riches ! Ma maison était comme moi ! Laide et bancale mais toujours debout ! La Parisienne avançait le cou en buvant, levait niaisement le petit doigt ! L'épreuve était au-dessus de mes forces. Je sentis soudain se rompre le barrage de patience que j'avais patiemment édifié tout le jour. Je me contins, pourtant.

— Solides, c'est le mot juste...

Mme de Boisrémond, qui buvait son thé à petites gorgées de poule becquetant, se risqua à nouveau. C'était de grand courage :

— Il faut avouer qu'il est heureux que tout cela ait eu lieu au printemps !

Heureux ! Il n'était pas de mot plus juste ! Quelle aisance dans le vocabulaire, décidément !

— Février n'est pas le printemps !

— Vous voulez parler de plûviose, ma chère !

— Non ! Je vous parle de février ! Je changerai de calendrier quand la République pensera à secourir les pauvres gens !

Un silence navré suivit mes paroles. Marsaud, en posant sa tasse, me regarda avec un peu d'étonnement :

95

– La République fait ce qu'elle peut !

– Je ne sais ! Visitez les hospices de la ville dont vous prétendez être député et nous en reparlerons.

Il n'était revenu, m'avait dit Mariette, que pour les élections de prairial ! Où ne votaient que des bourgeois ! Je vis Denis rougir de colère et de gêne. Mme de Boisrémond s'absorba soudain dans la contemplation tardive du feu, les Dangeau dans celle du tapis. Et dans ce silence pesant, le commissaire Marsaud éclata de rire !

– Ne l'ai-je pas dit ? Adèle, vous ne changez pas ! Eh bien, je vous promets d'y aller dès demain si vous promettez à votre tour de m'y accompagner.

Un sourire approbateur revint sur l'assemblée. Les yeux de mon frère attendaient ma réponse. J'y lus tant de confiance ! Je dus hocher la tête et accepter. Que pouvais-je faire d'autre ? Je n'étais qu'une sotte !

7

Mme Berthe venait de nous ouvrir la porte. Marsaud s'effaça devant moi et me suivit dans le couloir sinistre dont le plâtre badigeonné s'écaillait en lambeaux. Une cohorte de fonctionnaires municipaux nous emboîta le pas. J'avais tenu parole, j'étais à dix heures à la patache, place du Château. Il y était aussi, tenant sa parole de même.

Avril nous trahissait ce matin-là. Il gelait. Dans le bâtiment glacé, il faisait plus froid que dehors. Une buée sortait des lèvres quand nous parlions. Mais nous parlions peu, nous contentant de suivre dans une visite pitoyable la brave femme qui nous servait de guide. Elle répétait de temps à autre, en hochant la tête et en me regardant :

— Ah ben ! J'aurais pourtant pas cru !

Et j'étais gênée de croiser la gratitude simple que contenaient ses yeux.

Le rez-de-chaussée de l'ancien hospice des sœurs de la Charité était encore présentable, tout sordide qu'il fût. Berthe montra à *M. le citoyen* la cuisine sans bois, où brûlait je ne sais trop quoi, en l'enfumant. Cela sentait le chou et la misère. Rien ne pendait aux poutres basses que quelques linges sales. Sur une étagère, je ne vis qu'une miche de pain de munition, grisâtre, à moitié entamée. La cour était toujours aussi lépreuse. Le marronnier s'était couvert de boutons gluants, brunâtres. Un soleil timide ne parvenait pas à chasser l'ombre des murs trop hauts. Les vieilles femmes étaient telles que je les avais laissées, serrées les unes aux autres, *attroupelées* à leurs bancs. Mme de Nonnac n'était pas là. Je m'en inquiétai auprès de Berthe.

— Elle n'est pas trop bien. Je la laisse dans la petite cuisine, où il y a un peu de feu.

C'était l'heure de la leçon, pour les petits voisins. Leurs cris manquaient comme une présence. Mes compagnons se tenaient là, les bras ballants, dans un grand silence de gêne. La bise d'avril mordait les mains sous les gants.

– Il fait bigrement froid ! N'y a-t-il une salle où mettre ces pauvres femmes ?

Marsaud regardait Mme Berthe. Je sentais sa colère dans sa voix.

– Dame, la chapelle est rendue au vent ! Il n'y a *pus* de toit !

Berthe n'en dit pas plus. Elle retournait au bâtiment, voulant nous montrer ce qu'il fallait que quelqu'un voie. Marsaud la suivait, sombre et froid, à grandes enjambées rageuses. Et son cortège derrière lui. Je devinais son sentiment. C'était pourtant vrai que nous nous connaissions bien.

Nous montâmes un escalier branlant. Le froid était insupportable dans le couloir central qui divisait les chambres où des paillasses s'entassaient, à même le sol. Quelques corps gisaient là, qui toussaient, soulevant les couvertures des convulsions de leur poitrine. C'étaient des filles perdues pour la rue. Et rien pour les soigner, qu'un peu d'eau bouillie d'oignon. Berthe s'en excusait presque, la pauvre femme. Elle était seule. Elle ne pouvait pas plus. Elle avait dû fermer le tourniquet. Elle ne pouvait pas prendre les nourrissons. Les pauvres filles le savaient, heureusement. Elles déposaient les petits plus loin. De l'autre côté du mur.

Notre visite était finie. Marsaud remercia la bonne femme, qui méritait ce nom.

– Sois sans crainte, ma bonne. Tu auras du bois et tout ce qu'il te faut avant demain.

Il se tourna vers un petit jeune homme, sec et brun, qui le suivait d'un peu plus près que les autres.

98

– Durand, tu restes ici et tu dresses la liste de tout le nécessaire. Je la veux pour deux heures à la maison civile !

Un petit geste sec pour congédier sa cour noiraude.

– Je vais vous raccompagner, Adèle !

– Je vous remercie, mais il n'est pas nécessaire de vous donner ce mal.

– J'y tiens.

– Il reste quelqu'un que je veux voir. J'y tiens également.

Nous étions face à face. Mme Berthe crut bon de s'en mêler.

– M. le citoyen peut venir avec vous, madame. Elle s'en moque bien, vous savez !

– J'aime à rendre mes visites seule, si je le puis.

Un sourcil un peu haut me répondit.

– Fort bien. Je vous attends. Il faut que nous parlions.

Il attendrait donc. Mme Berthe, un peu gênée, me conduisit jusqu'à une petite salle. Elle était de l'autre côté de la cuisine. C'était une souillarde, comme l'on dit chez nous, sans autre lumière que celle d'une ouverture dans le plafond, barrée de fer. Le sol était de terre battue et les murs grisonnaient d'un brouillard de salpêtre. Cette cellule affreuse était plongée dans une obscurité douceâtre, la cheminée de la cuisine chauffant le mur commun. Mme de Nonnac était prostrée sur une chaise, engloutie dans une couverture sans nom. Je m'accroupis devant elle.

– Comment allez-vous, madame ?

– Comme je peux, avec tout ça !

99

— Oui, bien sûr...

— C'est bien triste tout de même ce qui se passe ! Vous le pensez comme moi, n'est-ce pas ?

Je hochai la tête. C'était plus que triste.

— Mais ils ne s'en prendront pas au Roi ! Ni à la Reine ! Ce n'est pas possible, cela ! Non, non ! Ce n'est pas possible ! Le Roi et la Reine !

Elle dodelinait de la tête, fort assurée de son opinion. Ses mains tordaient une sorte de chiffon qu'elle pensait assurément coudre. Je me relevai, incapable de rester davantage. J'allais pleurer. Je ne le voulais pas. Je ne sais trop ce que je lui dis. Je mis un peu d'argent dans la main de Berthe. Le moyen le plus lâche de faire taire ma conscience. Je promis que je reviendrais.

— Oui, oui ! Nous ferons un jacquet !

Sa main, changeant de mouvement, jetait le cornet à dés. Elle souriait quand Berthe referma doucement la porte.

Marsaud n'était plus dans le couloir. Sans mesurer mon soulagement, je sortis, l'âme brisée, pour le trouver immobile sur le trottoir. J'en fus presque contente. À sa façon péremptoire, il mit mon bras sous le sien.

— Qui était-ce ?

Pourquoi lui cacher mon devoir ?

— Mme de Nonnac...

Il l'avait connue, après tout, quand il était cocher à Verteuil, quand Mariette y était servante. Une éternité avait passé, mais tous les nobles n'étaient pas morts. J'étais prête à le lui dire, mais mon compagnon s'abstint de tout commentaire. Les ruelles qui descendaient vers le cœur de la ville étaient glissantes de givre.

100

L'hiver luttait encore. Le pas de Marsaud ne me permettait pas de reprendre mon bras sans tomber. Je le lui laissai donc. Un voile blanc couvrait sa voix :

— Il faut vraiment que nous parlions !

Il le fallait, en effet. Je m'étais tourmentée toute la nuit à la pensée de cette visite, de cette rencontre écartée de témoins. Je ne pouvais rien accepter venant de cet homme. Et je savais combien Denis tenait à son appui. Mais à quel prix le mettait-il ? Rien ne pouvait exister entre nous. Comment lui dire sans le blesser que ma peine n'était pas morte ? Il me reconduisait sans un mot, perdu dans ses pensées comme moi dans les miennes. Les passants nous croisant devaient nous croire unis. Une gêne me venait à le sentir si proche. Il m'était cependant difficile de m'écarter sans l'offenser. Nous arrivâmes enfin sur la place du palais des Anciens Ducs. Je reprenais mon bras quand il me montra une auberge avenante, faite pour une clientèle à son aise. Il était trop tôt pour la patache de Mareuil. Je ne pouvais attendre dans ce froid et je devais me restaurer un peu. J'étais, paraît-il, fort pâle. Je le suivis donc. Marsaud traversa une première salle et s'effaça devant une porte voilée de velours rouge. J'hésitai un peu, confuse d'avance, puis j'entrai dans une seconde salle, moins vaste, tendue de toile bleue. Cette pièce était vide de gens. Deux fenêtres donnaient sur une cour ancienne. Une table nous attendait, nappée de blanc. Une jeune fille entra, posa un panier de brioches, un pot à café de faïence fleu-

101

rie et deux tasses. Elle ressortit sur une petite
révérence qui m'amusa un peu. Voyant ma
figure, Marsaud s'expliqua :

— Je viens déjeuner ici tous les jours.

Je regardai les deux tasses mais ne dis rien.
Pour une fois, je saurais me taire. Il me servit du
café et me considéra. Puis il se décida enfin :

— Je ne sais trop comment vous dire ce que je
veux vous dire. Ni par où commencer.

Bien ennuyée de ce que laissait envisager le
préambule, j'attendis la suite.

— Je sais ce que vous avez vécu. Et je sais
combien vous pouvez m'en vouloir. Sert-il à
quelque chose que je vous dise combien je
regrette tout cela ?

Cela ne servait pas à grand-chose. Mais cela
m'était doux...

— Je n'ai jamais voulu leur mort. Je voulais
que vous le sachiez.

— Ils sont morts, cependant.

Il me regarda et je vis sa peine. Ses yeux ne me
mentaient pas.

— C'était la guerre et la famine. La patrie était
en danger. Leur fuite les condamnait.

Je sentis ma voix se briser de chagrin.

— Ils n'étaient pas coupables pour autant.
Élise avait dix-huit ans ! L'avez-vous oublié ?

— Je n'ai rien oublié. Il n'est de jour où je ne
pense à elle. Elle était condamnée par son nom.
Par sa fortune. Vous le savez, Adèle.

Je regardais le liquide noir, dans ma tasse. Il
soupira.

— J'ai tenté de dire un mot pour elle, que vous
le croyiez ou non !

102

– Un mot, c'est fort peu...

– Je ne pouvais faire davantage.

– Oui ! C'était fort dangereux !

Croyait-il que j'allais me satisfaire de si peu ?
Ma colère était revenue. La sienne aussi, qui
flamba d'un coup :

– Oui, ça l'était. Pour vous ! Puisqu'il faut
vous ouvrir les yeux, j'avais barre sur Harmand.
S'il vous fut doux comme un agneau par la suite,
ce ne fut pas par pitié ! Et puisqu'il faut aller au
bout, comprenez-le enfin ! Vous étiez noble,
compromise jusqu'au cou, cachant un prêtre
réfractaire. Bien mal, d'ailleurs !

J'étais abasourdie. Ses yeux tenaient les miens.

– J'ai choisi entre deux innocences et sauvé ce
qui pouvait l'être. Vous pouvez continuer à me
haïr, mais c'est la vérité !

– La commission populaire m'a acquittée...

– Il valait mieux que je me taise devant les
gens du Salut public...

Un vertige me prit, un dégoût pétri d'une
boule amère. Il m'était impossible d'avaler fût-ce
une goutte de café. Les yeux de Marsaud étaient
tristes mais vrais.

– Pourquoi me le dire maintenant ?

– Avant, m'auriez-vous entendu ? Je sais ce
que c'est que la haine, Adèle. J'ai passé ma jeunesse dans la colère et l'amertume. Je sais que
rien de bon n'en peut venir. Ne détruisez pas ce
qui vous reste.

Allait-il, de surcroît, me donner des leçons ?

– Et que me reste-t-il, selon vous ?

– Votre frère, qui ne comprend pas votre rancune.

103

J'allais m'indigner quand toute la tristesse de ce que nous avions vécu s'abattit sur moi. Les instants de l'hospice, Mme de Nonnac et tout ce passé accablant. Je me sentis au bord de l'effondrement. Marsaud le vit, je pense. Il me sourit d'un air malheureux.

– Nous nous sommes assez combattus, poussés par d'autres. Cela suffit, je pense.

Je ne pus lui répondre.

– J'aimerais que nous soyons amis. Sincèrement. Pouvons-nous essayer cela ?

Je fis un pauvre signe de tête, incapable d'aller plus loin. Mon âme était en déroute. Tout m'était devenu incertain. Marsaud but un peu de café et changea le cours de la conversation. Il prendrait Denis sous son aile, non parce qu'il était mon frère, mais parce qu'il méritait mieux qu'une carrière subalterne. Je n'osai lui demander comment il avait pu lui-même, en si peu de temps, au sortir d'un cachot, monter ainsi au sommet de l'État. Tout homme a ses secrets, je crois. Il me dit simplement, en devinant peut-être mon étonnement, qu'il avait été commissaire aux Armées. Il surveillait les munitionnaires, des gens comme Boisrémond, qui construisaient leur fortune sur la misère publique. Je n'entendais rien à tout cela. Mes pensées étaient devenues vagabondes. Je ne pouvais les retenir. Je compris pourtant que *mon ami* partirait avec Denis à la fin de la semaine, pour retrouver Paris. Et qu'il serait heureux, à son retour en Charente, de venir me voir. Si je le voulais bien.

Dans la patache qui me ramenait, j'étais brisée. Je n'en pouvais plus. Les paroles de Mar-

104

saud éclairaient mon histoire d'un si triste jour. Il disait vrai, je le savais au fond de moi. Mais la vérité est parfois si dure. Les armes de ma rancœur gisaient au sol. On les foulait aux pieds. Comment me protéger, sans elles ? Pardonner, c'était oublier. Je ne voulais pas oublier et trahir celle qui n'était plus.

À Aiguebrune, on m'attendait impatiemment. Barrade était revenue des Bordes. Dès que François eut arrêté la carriole devant notre porte, Denis sortit et m'aida à descendre. Son visage marquait une inquiétude qui me fit sourire. J'étais si loin de ses soucis ! Je choisis de le rassurer tout de suite, pour avoir la paix.

– Tout va bien. Rien n'est changé... *M. le citoyen* partira vendredi avec toi, comme convenu.

Denis sourit, en découvrant ses dents aiguës, et se vengea :

– Il a bien du mérite à vous trouver si charmante, M. le Citoyen, dans cet engloutissement de noir où vous vous complaisez !

Je haussai des épaules sans lui répondre. Pensait-il que j'allais m'enchiffonner pour visiter de pauvres gens ? Le jeune imbécile ne connaissait décidément pas grand-chose à mon caractère, en particulier, ni aux femmes, en général ! Je le plantai là !

Les jours qui restaient furent si courts ! Denis partait. Malgré l'approche de la séparation, je lui gardais une ombre de ressentiment. Je me plierais, comme toujours, aux exigences de sa vie, je couvrirais ma douleur de cendres. Il le fallait,

semblait-il. C'était beaucoup me demander...
J'allais et je venais, occupée d'Aiguebrune,
dévorée par le soin de ses habitants. Mais à
l'aube, j'étais avec Élise. Je lui racontais tout.
J'avais rangé l'histoire de Champlaurier dans un
carton entoilé. Je ne la relirais plus. Je voulais
bien faire cet effort. Mais je ne pouvais abandonner celle-ci, bien qu'elle fût banale à mourir,
faite de mes pensées, tissée de mille insignifiances. Ma plume, courant sur le papier, parlait
toujours à mon enfant, la faisait proche. Elle
vivait un peu, en cet instant de confidence. Et
moi aussi.

Barrade s'occupait de cent provisions pour
Denis et Marie de son linge. La jeune fille
m'inquiétait bien plus que je ne l'eusse voulu.
Depuis qu'était fixée la date de ce départ, elle
perdait peu à peu toute vie, triste et alanguie
quand il n'était pas là, et soudain fébrile, faussement joyeuse en entendant son pas. Je ne savais
ce qu'il en était de leur histoire. Je voulais ignorer que cette petite devenait chaque jour plus
pâle. Je la guettais, pourtant, comme une
commère, craignant de lire sur son visage défait
la venue d'un petit enfant. Mais je ne lisais rien
d'autre qu'une expression d'angoisse et de vide,
intense et désespérée.

Quand Denis fut parti, son absence se mit à
emplir nos jours. Barrade ne chantait pas en
poussant son aiguille et Marie ne mangeait plus.
Elle n'était à rien de ce qu'elle faisait et son âme
triste épanchait sur nous sa mélancolie. Les jours
passaient, moroses et beaux. Le froid s'était
enfui et le printemps refleurissait sans nous. Au

106

début de prairial, nous reçûmes la première lettre. Remise en mains propres, par le député Marsaud. Il était venu nous l'apporter, en une courte visite imprévue, comme en permet l'amitié. Ce qu'il me dit, en sautant de voiture. J'étais avec Barrade, à ma porte, en tablier, luttant avec mes vieux rosiers. Je n'eus que le temps de me relever, d'ôter mes gants terreux, qu'il s'inclinait déjà. Il m'expliqua rapidement que le département l'avait élu, ce que je savais mais feignis d'ignorer avec une sottise passablement navrante. J'étais ennuyée qu'il ne m'ait prévenue. Je lui proposai un rafraîchissement qu'il refusa. Il m'expliqua qu'il était, en fait, en tournée de remerciement. Il en riait lui-même. Il tenait à rendre grâce aux électeurs qui l'envoyaient faire un petit tour aux Tuileries.

– Nous verrons si je peux être utile...

Ce fut sa conclusion. Je savais que Marsaud avait tenu la parole faite à Mme Berthe, payant sur ses fonds propres l'aide apportée aux femmes démunies. Mariette m'avait dit que toute la ville en avait été émue. L'avait-il fait pour cela? Pour une opinion? Pour une élection? En arrivant, il avait remis la lettre de Denis à sa mère, qui n'était pas trop basse pour lui à le voir lui parler gentiment. Puis il avait pris mon bras. Nous nous accorderions un instant au bord de l'étang. Sa verdeur douce reposait de l'ardeur du premier soleil. Du moins, me le dit-il. Je ne savais que penser de tout cela. Il dut lire un peu de doute dans mon regard car il ajouta en souriant qu'il aimerait me voir plus de confiance en lui, si nous étions amis. J'étais gênée. Il allait

107

un peu vite pour moi. Il le sentit car il s'arrêta de marcher, me regardant droit dans les yeux :

— Est-il quelque chose que je puisse faire pour mériter cette confiance ?

— Je ne sais.

— Dites-le-moi tout de même !

— Peut-être, étant si bien placé, pourriez-vous me donner des nouvelles d'un ami qui m'est cher.

Il avait froncé le sourcil. Il était presque aussi ombrageux que moi.

— Je ne sais si je garderai cette place tellement élevée. De qui s'agit-il ?

— De Cyprien Dulaurier.

Où était-il, le petit esclave arrivé dans une malle ? Le grand amour d'Élise... Marsaud haussa les sourcils, surpris à son tour :

— Il n'est pas mort, à Bordeaux ?

— Pas plus que vous. Il est parti pour Saint-Domingue, en floréal de l'an III. Je ne sais plus rien depuis.

— Saint-Domingue est une poudrière, Adèle.

— Je le sais bien. C'est pourquoi je m'inquiète.

Il me sourit. Nous avions atteint la courbure où l'étang s'agrandit. Des aulnes et des saules tombaient dans l'eau, écartant notre route de la rive bourbeuse. Nous remontâmes un peu. Des ormeaux perdaient une poussière dorée sur nos épaules, mousseuse comme un duvet d'oisillon. Les grands iris jaunes allaient fleurir. Ils miraient leurs lances étroites dans l'eau songeuse.

— Et c'est pourquoi je tiens à être de vos amis.

Je souris malgré moi. Il était dans ma vie depuis bien trop de temps pour n'être pas de mes amis. Je ne pouvais m'en défendre. C'était ainsi.

Le bas de ma robe se prit à des ajoncs fleuris. Il fit un semblant de geste mais je lui dis que les fleurs jaunes cachaient des épines acérées. Et qu'il fallait une main sûre pour ne pas déchirer le tissu. Ce que je lui montrai.

– J'ai encore beaucoup à apprendre. J'aimerais tant rester ici, à apprendre cela. Mais je ne puis.

Nous retournâmes sur ces mots. Sa voiture l'attendait. Il devait s'exhiber devant toute la notabilité du district. C'était fort redoutable, à mon avis. Il en riait pourtant.

Je retrouvai Barrade à la cuisine. En butant un peu sur les mots, la petite Marie lui lisait la lettre de son fils. Denis n'avait pu changer complètement d'affectation, quoiqu'il eût rêvé de suivre Bonaparte en Égypte. Il était en Belgique. C'était moins exotique, mais il pouvait gagner Paris en deux jours. Il semblait que ce fût là l'important. Il avait appris d'une source amicale et sûre, que je connaissais mais qu'il ne citait pas, qu'il serait bientôt sur la liste d'une nomination au grade de général. C'était une lettre pleine de vie et de joie. Il n'était pas parti au loin ! Nos inquiétudes s'apaisaient. À la fin de son message, sous quelques mots d'affection qu'il nous réservait, il envoyait à Marie son tendre sentiment. Était-ce un engagement ? Je ne savais qu'en penser. Mais à partir de cette lettre, la jeune fille reprit pied dans la vie. Elle chantait à nouveau, le matin, en claquant les volets. Elle savait qu'il ne l'oubliait pas.

109

Ce fut un printemps agréable et tranquille, un été sans orage. La moisson était belle, les blés levaient dans nos sillons. Nous poursuivions au jour le jour notre paisible vie. Les fruits succédaient aux fleurs. De grand matin, l'aube était douce. J'ouvrais grand ma fenêtre pour mettre un peu de ciel à ma petite table et j'écrivais simplement ce que la vie m'offrait. Le cri des hirondelles, les noisettes cueillies, les gerbes liées. Élise connaissait tout cela, le partageait avec moi. Une sorte de paix m'était revenue. Sur la frontière du Nord la guerre semblait s'être endormie. J'en cherchais en vain des nouvelles dans *la Gazette*, sans trop m'y fier. Tout est toujours si héroïque dans un journal quand il peint une guerre. Mais nos armées semblaient en de longues vacances. Dans tous les journaux, il n'était question que de la victoire éclatante de Bonaparte au pied des Pyramides. Le soir, avec l'abbé, pour tromper ce que je devais bien appeler mon ennui, je cédais à la fièvre égyptienne qui tenait son esprit. Je cherchais à m'instruire sur ce passé si grand, si mystérieux. Le soleil embrasait l'étang. J'eusse aimé être un homme, et le voir se coucher sur le Nil.

Une seconde lettre nous parvint, à la fin de fructidor. J'étais assise dans la cuisine, enlevant machinalement le noyau des prunes du verger. Barrade voulait faire de la confiture. L'odeur acide des fruits se mêlait à un parfum de sucre roux, de caramel. J'aimais cette odeur, emplie pour moi de souvenirs. Marie apportait un nouveau panier, plein à ras bord de mirabelles, quand François entra. Il venait de Mareuil, était

110

passé à la poste. Il me tendit la lettre. Elle venait de Paris. Je l'ouvris, joyeuse, avant de sentir mon cœur devenir de pierre. Les mots ne pouvaient franchir mes lèvres. Denis était enfin général. C'était la première nouvelle. Il allait se marier, c'était la seconde. Avec Olympe Duplessis Dangeau, la fille de M. Dangeau, commissaire général au ministère des Armées. Olympe était la nièce de ce colonel Dangeau qui était notre ami. D'ici quinze jours, Denis viendrait nous présenter sa femme.

8

Le docteur Labaurit arriva à la nuit tombante. Il était couvert de la poussière crayeuse de la route blanche. Elle formait un masque livide sur son visage. Je lus dans ses yeux qu'il l'avait cherchée partout. Mais Marie n'était nulle part. Une angoisse lourde me tenait le cœur depuis le matin. Nous n'avions pas vu tout de suite qu'elle était partie. Ce n'est que vers dix heures que Barrade s'en était inquiétée. Où était donc la petite ? J'avais pensé à elle toute la nuit, à la tristesse de cet abandon. Denis l'avait oubliée. Elle n'avait été, pour lui, qu'un amusement de permission. Je me sentais désolée et coupable. J'avais amené cette enfant perdre chez moi ses dernières illusions.

Ne la voyant pas venir, j'étais allée à la ferme basse, où Marie Desmichels me confia qu'elle

111

avait entendu la petite pleurer bien avant dans la nuit. La pauvrette devait dormir encore. Je montai lentement à l'échelle de bois qui conduisait à sa petite chambre. Je frappai doucement à la porte, sans réponse, et je l'ouvris, saisie au moment de mon geste d'un pénible pressentiment. La soupente était vide, le lit fait. Sagement alignées sur une barre de bois, les deux robes de Marie, éclairées par le soleil s'échappant des tuiles du toit. Elle était partie, sans un mot, sans rien. La *vraie* robe de Barrade était pendue avec la défroque noire dont je m'étais défaite.

Nous l'avons cherchée tout le jour. François était allé à Mareuil, où personne ne l'avait vue. Le docteur Labaurit, apprenant cette disparition, avait enfourché son cheval. Elle ne pouvait pas être loin. Si elle était partie, il la retrouverait ! Il ne l'avait pas retrouvée. Il était allé jusqu'à Angoulême. À l'hospice, personne ne l'avait vue. Je fis entrer le jeune homme, lui proposai un peu d'eau ou de vin. Il avait sans le savoir un air désespéré. Il me regarda simplement, sans rien me cacher de sa peine, avec une expression si triste et si bonne qu'il me transperça.

– Mais pourquoi, enfin, pourquoi ?

Il ne savait que répéter cela. Il s'assit un instant sur une chaise de la cuisine, gris comme une statue de sel, ne songeant pas même à ôter la poussière qui le couvrait.

– Mais pourquoi ?

Je ne pouvais pas lui répondre. Il se leva en titubant d'épuisement et sortit. Il était accablé de chagrin. Il l'aurait épousée, ce jeune homme-là, j'en étais sûre, qu'elle fût ou non servante, et qu'elle fût vierge ou non, fille perdue ou pauvre fille. Il l'aurait épousée et rendue heureuse. Pourquoi fallait-il que l'amour qui vient aux filles leur soit si souvent contraire ? Le docteur reprit son cheval. Je lui serrai bien fort la main. Il me redit tristement, ne pouvant croire qu'elle se soit enfuie :

– Croyez-moi, madame. Si elle était partie, je l'aurais retrouvée.

Ces mots me poursuivirent toute la nuit. Si elle était partie... J'avais peur maintenant d'un plus lointain voyage. À l'aube, j'étais debout, interrogeant de toute mon âme celui qui savait, peut-être, où était Marie. Mais l'étang d'Aiguebrune garde les secrets. Il ne me répondit pas. Les hirondelles venaient boire, dans un mouvement d'aile sombre. Leurs cris étaient aigus, pressés, indifférents.

Je fis appeler les Lambert, de la ferme haute, les Lémonie, et jusqu'aux Barrère, aux Bordes, tous mes métayers. Ils m'aidèrent de leur mieux à explorer l'eau sombre. Toute la journée nous avons cherché, au bord des berges, tenus au ventre par la peur de trouver ce que nous cherchions. Mais c'était une tombe sûre que mon étang. Au soir tombant, nous avons arrêté. Il le fallait. Je ne pouvais en demander davantage à mes gens. Ils partirent, à la fois tristes et soulagés. Je rentrai dans la cuisine où m'attendaient Barrade et le vieil abbé. Barrade pleurait sans bruit. L'abbé me regarda doucement :

– Elle est partie, Adèle.

– Je l'espère...

– Que pouvait-elle faire d'autre ? Qu'eussiez-vous fait, à sa place ?

Je regardai le vieil homme avec étonnement. Il savait, lui aussi, et certainement depuis plus longtemps que moi.

– Que portait cette enfant quand elle est venue ici ?

Je ne m'en rappelais pas bien. Elle n'avait pour ainsi dire rien. Cela faisait plus de six mois... Nous lui avions donné les robes qu'elle avait abandonnées là. Puis le souvenir me revint d'un vilain morceau de futaine qu'elle serrait contre elle en marchant derrière moi. Je sortis comme une folle et j'entrai sans frapper à la ferme basse. Les Desmichels allaient manger. La soupe fumait sur la table. Je m'excusai à peine et montai à l'échelle de la petite chambre. Je cherchai parmi ses pauvres effets, je ne trouvai rien. Pas le moindre fichu. Qu'un vieux bonnet de toile, déformé, hideux. À la foire des Rameaux, elle s'était acheté un petit chapeau de paille, à ruban vert. Avec ses premiers sous. Je tournai dans mes doigts le bout de chanvre de cette pauvre coiffe. Elle avait pris son chapeau. Elle était partie, petite fauvette envolée Dieu sait où, et elle avait eu raison. Je rentrai au logis, me rassurant tant bien que mal à cette pensée. Mais toute la semaine, le nez à la fenêtre, je l'attendis sans l'avouer. Le silence est parfois plein de voix. Il suffisait qu'un volet claque pour que je la croie revenue.

Il fallait que je trompe mon ennui. Je décidai de faire un grand rangement d'Aiguebrune. Il fallait que tout fût propre, étincelant, parfait, et même *parfait, parfait* quand Denis et sa femme arriveraient. J'y consumai mes forces, j'y détournai mon souci. Je lavai les planchers de bois à grande eau. Je frappai comme plâtre les rideaux pourpres du lit de mon frère, et j'y passai un peu de la colère qui me prenait quand je pensais à lui. J'achetai pour sa chambre de nouveaux tapis de cheminée vaguement orientaux. Les précédents n'en pouvaient plus. Je retrouvai des draps brodés, au fond de la lingère, un peu jaunis, mais toujours beaux. Les draps anciens d'un trousseau de noce. Le mien, cousu en vain par la mère Desmichels... Le temps passait, lent dans l'attente et bref dans mes travaux. Barrade, dans la cuisine, s'activait de même. Jusqu'au père de Lommières que je juchais sur une échelle pour qu'il attache les rosiers grimpants et fous qui s'écroulaient devant nos murs. C'était un septembre de roses. Barrade, qui les aimait, en faisait de jolis bouquets ronds. Ces fleurs me rappelaient des souvenirs amers et je ne sais pourquoi ma cousine Lucile, qui leur ressemblait fort, belle et parfumée, épineuse et cruelle. Mais c'étaient de si vieux souvenirs...

François vint un soir avec un pli qui me priait à Angoulême le dix du mois de vendémiaire. Olympe et Denis devaient arriver par la diligence de Paris. Le général Barrère comptait absolument sur moi. Il joignait à sa lettre l'ordre exprès de me trouver *une voiture convenable*, notre pauvre carriole de ferme ne suffisant pas à véhiculer la nouvelle générale.

Les ordres de monsieur commençaient à bien faire ! Et où voulait-il que je trouve une voiture

115

digne de la jeune dame ? Avais-je dix mille francs à jeter au vent ? Je remuais les pensées désagréables que faisait rouler en moi ce nouveau caprice en poussant la porte de la boutique de Mariette. À qui d'autre demander conseil ? L'étuve me prit à la gorge, comme à l'accoutumée. À moins que cette vapeur qui m'empourprait ne fût celle de mon agacement. Je dis le tout à mon amie, en posant rageusement mon pochon de café sur sa table.

– Elle a donc des fesses royales, cette petite dame !

Mariette résumait assez bien mon sentiment ! Elle réfléchit un instant, en versant de l'eau brûlante sur sa vieille cafetière. Puis me trouva, tranquillement, la solution.

– Je pense qu'on peut louer le carrosse. C'est ce que font les gens bien, quand ils marient leur fille.

– Les gens bien ?

– Enfin, les prétentieux qui veulent faire accroire !

Ce qui était tout justement mon cas.

– J'en ai vu, me croirez-vous, Adèle, qui étaient de bons épiciers en gros de la rue de la Poste et qui ont fait un mariage de calèche, avec des laquais de pied ! Il n'y manquait que la livrée !

Cela ne me dérangeait pas !

– Ça m'espoufiole, parce que ces mêmes bouffissous, ils avaient le bonnet rouge et la cocarde, il y a guère de temps de ça ! Enfin, c'est le commerce ! On se hausse, pas vrai ! On se croit ! Surtout quand on a des sous !

116

Assurément. Ma colère ne durait jamais bien longtemps quand j'étais avec Mariette. Et je ris sans pouvoir m'en empêcher.

— Nous louerons tout ça ! Louis saura bien nous dire où et comment.

C'était vrai. Louis savait tout de ceux qui ont de l'argent. Après moi, Marsaud l'avait fait travailler à la Maison civile où il avait pu mettre tous les bustes romains de son choix. Je ne sais si c'était tellement parfait, mais il m'était reconnaissant. Si sa voix était élevée, son âme l'était aussi. Nous prîmes notre café, toutes deux rassérénées.

C'est ainsi que j'attendais mon frère et celle qui était, à mon amusement, ma belle-sœur, par un après-midi fort doux, en fort bel équipage. J'étais posée sous une ombrelle claire dans un landau de bois verni, à hautes roues vermillonnées. Je portais ma robe grise et verte et, pour couronner cette magnificence, j'avais cocher et laquais de pied. Le tout pour deux cents francs la journée, ce qui était, d'ailleurs, exorbitant.

La diligence de Paris s'arrêta enfin et je vis Denis en descendre. Il tendit la main à une jeune femme petite et menue qu'il conduisit sans hâte jusqu'à moi. Olympe ne portait pas très bien son nom. Je m'attendais, je dois le dire, à tout autre chose. Elle était brune et, sans être laide, elle n'avait rien, de prime abord, pour retenir le regard. Le front était un peu bas, le menton fuyait. Elle était, en outre, d'une timidité extrême et s'empourpra à ma vue. Je cachai comme je le pus ma surprise et lui souhaitai la

117

bienvenue. Elle me répondit merci d'une toute petite voix. Mes faux laquais s'acquittaient de leur tâche à merveille, allant prendre les malles des nouveaux époux. Je me sentais une certaine gêne, que Denis dut partager, car je ne croisai guère ses yeux.

Nous roulions sur la route blanche, éclatante de soleil, qui menait à Aiguebrune. Denis parlait beaucoup. Olympe semblait muette.

— Il me tarde de retrouver ma mère, Adèle. Comment va-t-elle ?

— Elle vous attend tous deux avec impatience.

Je vis rosir la petite femme. Se pouvait-il qu'elle eût peur de rencontrer Barrade ? La surprise me clouait les lèvres. Denis le comprit certainement :

— Voyez-vous, Adèle, Olympe est un peu ennuyée que nous ayons convolé aussi vite.

Je le comprenais aisément. Il reprit, comme pour se justifier :

— Je n'ai pu faire autrement. Je vais partir bientôt pour l'Italie.

— Ah ! vraiment !

— Et je voulais vous présenter ma femme, auparavant, ainsi qu'à ma mère.

C'était bien le moins. Nous passions maintenant derrière le bourg de Mareuil. Denis faisait à sa femme l'article de notre belle province, lui montrant la forteresse basse qui avait protégé ce pays en lui glissant qu'elle appartenait à la famille de M. de Talleyrand. Le ministre des Relations extérieures... Olympe était admirative. J'étais consternée. Non qu'elle fût terne et falote à ce point, car elle était bien jeune ! Mais je ne

118

voyais rien, entre elle et lui, de cette intimité amoureuse d'un jeune couple en lune de miel. Ils étaient si raides, tous deux ! La jeune femme semblait plus craintive qu'heureuse et Denis était de marbre. Je n'y comprenais rien. Mon frère parlait maintenant à sa femme du passé glorieux de nos ancêtres d'Aiguebrune. Elle semblait ravie d'être entrée en une aussi prestigieuse famille. Elle le disait, du moins, fort poliment. Je ne voyais pas bien à quoi pouvait rimer tout cela.

Nous arrivâmes enfin à Aiguebrune. Barrade et l'abbé attendaient le jeune couple sur le perron. C'est tout juste si la jeune Mme Barrère ne fit pas la révérence à notre Barrade.

– Je suis heureuse de vous voir arrivés, mes enfants.

– Je vous remercie, madame d'Aiguebrune.

Barrade, gênée, ne savait que dire. Je fronçai un peu les sourcils. Mais enfin, qu'avait-il raconté à cette petite ? Nous entrâmes au salon. J'offris un siège à la jeune dame. Elle était un peu pâle du long voyage. Elle me remercia gentiment et je lus avec surprise une vraie détresse dans ses yeux. Elle voulait bien faire. Elle ne savait que faire. Nous lui faisions peur. Barrade le sentit comme moi. Gentiment, elle se mit à parler de choses naturelles et simples, du temps, si doux dans notre région. Puis proposa d'avancer un peu l'heure du repas. Il lui semblait qu'Olympe était bien lasse.

– Je vous remercie, madame.

Décidément, elle ne savait que dire cela ! Denis était resté debout devant la cheminée, les

119

mains dans le dos. Il ne s'attardait guère à croiser mes yeux. Je considérai un peu mieux cette nouvelle sœur que me donnait mon frère. Elle n'était pas la jolie personne que j'attendais et son prénom impérieux soulignait plus que tout son manque d'aisance. Elle serrait avec gêne ses mains l'une contre l'autre. Je vis briller à son annulaire une bague fort belle. Un général devait avoir bien des moyens pour offrir à sa promise un semblable cadeau. Je l'espérais, du moins. Barrade se leva, parlant de passer à table et nous l'imitâmes. Je ne m'avisai qu'à cet instant que la jeune femme portait encore son manteau de voyage. Nous étions des hôtes bien peu attentionnés.

— Voyons, il est un peu tôt, ce me semble, pour manger déjà. Venez, Olympe, je vais vous montrer votre chambre. Vous pourrez vous défaire et vous mettre à votre aise. Nous vivons ici fort simplement.

Elle me sourit, reconnaissante. Je la précédais devant la porte quand Denis demanda, innocemment :

— Marie ne saurait-elle montrer à Olympe son appartement ?

— Elle ne saurait. Elle nous a quittés.

Je le vis pâlir. Un muscle de son visage se crispa sous l'effort qu'il fit pour se maîtriser.

Je guidai la jeune femme dans l'escalier de bois jusqu'à la chambre qui était celle de mon père. Je versai l'eau d'un pot dans une cuvette de faïence et lui dis la première vérité qu'elle entendît. Nous n'avions pas encore remplacé notre servante. Si elle avait besoin de mon aide, il suffisait de m'appeler.

– Vous êtes très bonne, madame.

– Je m'appelle Adèle. Il faudra m'appeler ainsi, si vous voulez me faire plaisir.

Elle hésita un peu. Mais elle était obéissante.

– Merci, Adèle.

Je refermai doucement la porte, gênée de la laisser là, seule, dans cette maison qu'elle ne connaissait pas. Je descendis pensivement l'escalier et regagnai sans hâte le salon. Denis tisonnait le feu, à son habitude dans l'énervement.

– Quittés ? Comment cela, quittés ?

Je tus mon inquiétude. Il me tournait le dos, comme indifférent.

– Fort simplement. Sans adieu et sans adresse.

9

Depuis quatre jours qu'ils étaient arrivés, je ne cessais de me ronger de questions. Certaines étaient de celles qu'on ne pose pas. Et puis bon ! La pudibonderie ne m'a jamais plu ! Je me demandais si Denis couchait avec sa femme ! Ils étaient l'un envers l'autre tellement courtois et déférents. On sentait qu'une gêne pesante les séparait, qu'ils tentaient de cacher tous deux par une prévenance constante, pénible à supporter. J'eusse préféré des scènes, des cris, suivis de franches embrassades. Mais nous n'avions droit qu'à ce ballet compassé et triste que font devant autrui les couples qui ne s'aiment pas. Ils n'étaient pas mariés d'un mois ! Je me perdais en

121

conjectures toutes plus sottes les unes que les autres. Barrade, qu'il me fallait absolument appeler Denise, par le temps de mensonge où nous nous débattions, Barrade, je le savais bien, le sentait comme moi. Mais que pouvait-elle faire ? Elle se montrait à peine à sa belle-fille, de crainte qu'un mot de patois, une expression un peu populaire ne trahisse ce qu'elle était. Crainte stupide entre toutes, puisqu'elle était la bonté même et qu'il n'est rien au-dessus de cela. L'abbé s'était réfugié dans ses livres. Et pour moi, j'avais honte. Je ne parlais presque pas à Denis, qui s'enfuyait assez tôt de la maison et ne rentrait guère qu'aux heures des repas. Il me laissait cette petite femme qui n'était qu'une enfant. Peu à peu, elle se rapprochait de moi. Non qu'elle me fît vraiment confiance, mais je la sentais moins apeurée en ma présence. Nous faisions de longues promenades toutes deux au bord de mon étang et je recueillais les confidences légères qu'elle me faisait innocemment. Comme moi, elle avait perdu sa mère sans en avoir le souvenir. Son père était un républicain de la première heure, comme Denis. Elle me l'affirmait avec une gêne qui me remplissait de soupçon. Il était important, travaillait beaucoup aux soins de l'État. Il s'était remarié depuis peu. Je n'en sus pas davantage, ce qui était me dire beaucoup, car on aime toujours à parler des siens quand ils sont loin. Olympe était fille unique.

Je répugnais à l'interroger directement. Si elle voulait me parler, j'étais là et je sentais confusément qu'elle le savait. Je n'avais pas davantage le goût d'interroger mon frère, non que l'envie ne m'en prît, parfois. Mais je ne voulais pas parler au dos de cette jeune femme de ce qu'elle me semblait être ou de ce qu'elle n'était pas.

Ce matin-là, Denis descendit en tenue. Si un colonel est chamarré, que dire d'un général ! Il devait venir de ce lointain pays d'Eldorado cher à Candide ! Je le lui dis. Il ne répondit pas. Soit ! Au diable la conversation ! J'étais moi-même au faîte de mes élégances. Nous allions déjeuner chez le colonel Duplessis-Dangeau et Madame. Nos chers amis étaient devenus nos chers parents. Ils avaient hâte d'embrasser leur nièce. Nous attendions Olympe, en bas de l'escalier. *Denise* était bien évidemment trop souffrante pour se joindre à nous. Je me demandais quand mon frère l'aliterait tout à fait ! Enfin ! Il faisait beau. Je me sentais joyeuse de sortir un peu d'Aiguebrune. J'étais heureuse d'une toilette d'un brun mordoré qui m'allait fort bien. J'avais sorti les perles de ma mère, mon éternel bijou. Olympe arriva enfin. Elle était engloutie dans une robe de couleur crème, certainement coûteuse, mais peu propre à l'embellir. Elle ressemblait à un petit pot de lait. Ses boucles, qu'elle avait soulevées avec maladresse, se tortillaient niaisement au-dessus de ses oreilles un peu décollées. On ne voyait qu'elles. La jeune femme hésitait à descendre, consciente, je pense, de la triste vanité de ses efforts. Et je me souvins soudain d'une petite Adèle, boiteuse, mal fagotée, qui assistait à son premier bal cachée sur une terrasse en regardant d'autres jeunes filles tourner et briller.

123

— Denis, vous avez bien quelques minutes !

— Mais bien sûr !

— Allez, je vous prie, demander des noix fraîches à la ferme. Ce n'est qu'un présent bien modeste, mais je crois me souvenir que Mme Dangeau en raffole !

Il s'inclina, surpris, en me jetant un regard inquiet.

Étais-je devenue folle ? Quand il fut sorti, je me tournai vers Olympe. Je ne pouvais la laisser ainsi.

— Olympe, ceci ne vous va pas du tout.

— Je le sais bien... Mais je ne sais pas trop que mettre.

— Eh bien moi, je le sais !

Je remontai l'escalier. Elle me suivit, sans oser rien me dire. Puisqu'elle était ma sœur, elle allait apprendre le sens de ce mot ! Je cognai à la porte de Barrade.

— Tu peux venir nous aider, je te prie !

Barrade accourut. Je sortis de mon armoire ma robe verte. J'avais cédé à une envie, je m'étais un peu gâtée. Cette robe neuve, je l'avais gardée pour je ne sais quelle occasion. Passons ! Je pris un corset monté, un turban tourné à la mode odalisque qui faisait, paraît-il, fureur à Paris, et courus à la chambre où m'attendait Olympe.

— Allons, enlevons ce fatras ! Barrade, tu prends de quoi coudre, je te prie.

Nous nous passerions des *madame d'Aiguebrune* pour cette fois. La jeune Olympe obtempéra, comme toujours, devant la loi. Je la vêtis de ma robe. Elle lui allait, à deux mains de lon-

124

gueur près. Olympe était immobile et Barrade à ses pieds cousait un ourlet. Pendant ce temps, j'entortillais ses cheveux dans le turban qui lui donna soudain un port agréable, la grandissant, lui dégageant le front. Une cascade bouclée pendait dans son dos. Je me reculai d'un pas. C'était infiniment mieux. Des gants hauts, blancs ! Elle en avait. Et cette étole de gaze qui traînait là. Je ne prétends pas qu'elle soit devenue belle, mais elle était jeune et plaisante. Il manquait encore un je-ne-sais-quoi. Je la regardai d'un œil de maquignon, et je sus, soudain, ce qu'il lui fallait. Je courus à ma chambre prendre mon pot de carmin, dont je n'usais jamais. J'en déposai un peu sur une brosse. Olympe recula d'un pas.

— Du rouge... Mais je ne sais...

— Êtes-vous mariée, oui ou non ?

La question n'était pas des plus heureuses. Elle rougit, ce qui l'embellit, mais ne dura pas. J'avais donc raison ! Elle me tendit ses joues que j'ombrai délicatement. La porte d'en bas avait claqué. Denis devait s'impatienter. Je pris tout de même le temps d'aller chercher mon miroir. Olympe en s'y voyant ouvrit de grands yeux. Elle avait un beau sourire et je le lui dis. Denis nous regarda descendre, souriant de mes tours, et je me fis la remarque que je ne l'avais guère vu sourire ces derniers jours. Olympe était devant moi, attendant. Mes yeux, quand Denis les croisa, étaient impérieux. Il comprit leur message.

— Vous êtes bien jolie, Olympe.

Elle rayonnait. Ce fut un trajet charmant. Mais dans la voiture qui nous emportait, durant

125

toute la route, sans qu'elle s'en rendît compte, ses yeux ne quittèrent pas les miens.

Les Duplessis nous recevaient au commandement de la place. Notre voiture s'engagea donc dans une vaste cour carrée, pavée, où allaient et venaient de jeunes soldats. Certains traînaient leurs fusils comme ils l'eussent fait de râteaux à faner et Denis m'expliqua en riant qu'ils étaient les premiers conscrits de la loi de vendémiaire. Il ne semblait rien augurer de bon de ce service militaire.

— C'est un métier qu'être soldat !

Puisqu'il le disait... Un jeune ordonnance nous attendait au garde-à-vous sur les marches d'un large perron arrondi. Bien qu'il fût en visite privée, Denis était général. Je dois dire qu'accoutumée depuis longtemps à l'étalage de sa pompe martiale, je l'avais oublié. Ce repas devait me servir de leçon.

À l'exception des inévitables de Boisrémond, il n'y avait aucun civil dans le salon de Mme Duplessis Dangeau, trop étroit pour tant de sabres. Le colonel avait invité ses officiers en second, et je sus, sans autre leçon, ce qu'était la vie militaire. Tous s'observaient, soucieux de plaire, hésitant sur la façon de *se faire bien voir*, comme eût dit Mariette. L'ambiance était compassée. Denis était général. L'âme de tous ces hommes était au garde-à-vous. Mon frère était le seul à sembler à son aise dans cette situation. Ses yeux brillaient, il riait, sans que rien fût vraiment drôle dans les fadaises de circonstances que débitaient les uns ou les autres. Il était au-dessus de tous. Il avait rang sur eux.

126

Était-ce cela qu'il voulait ?

Était-ce pour lui le moyen d'être heureux ?

Denis étant retenu au centre de ces messieurs, Olympe ne me quittait pas d'un pouce. Je me sentais pourtant aussi peu à ma place que mon frère semblait l'être à la sienne. Les présentations avaient été rapides et nous restions plantées là, avec la colonelle qui ne savait visiblement que nous dire. C'est à peine si elle semblait reconnaître Olympe.

— Vous avez fait un bon voyage ?

— Oui, ma tante !

Je laisse à deviner les attraits de la conversation. Nous nous assîmes enfin et Mme de Boisrémond, général en jupon de la place féminine d'Angoulême, se mit à parler, à parler avec une profusion qui faisait son seul délice. Elle était aussi jolie que peut l'être une sotte, dans une robe rouge. Elle était piquante et bien faite, force m'était de le reconnaître. Et elle n'avait pas trente ans, ce qui ajoutait, je pense, à mon agacement. Je tentais de suivre le cours capricieux et imprécis de son flot de paroles. En vain. La navigation fluviale n'est pas aussi facile qu'on le prétend. Enfin nous passâmes à table. J'étais au bras du colonel, plus raide qu'un piquet. Il avait dû chapitrer sa femme, qui tremblait de je ne sais quelle bévue et ne quittait pas des yeux les jeunes soldats chargés du service. Ils en pâlissaient de crainte. C'était affligeant. Et interminable. Olympe était placée à l'autre bout de la table à la droite de Denis. À sa gauche palpitait Mme de Boisrémond.

— Dites-nous un peu, madame Barrère, comment vous semble la région ?

127

— Fort belle, madame.

Elle ne put en dire plus, répondant de la sorte aux quelques questions qui lui furent faites. Non qu'elle fût dépourvue d'intelligence, bien au contraire. Elle avait cette conscience qu'ont les timides d'ignorer bien des choses. Cette conscience modeste et précieuse, qui faisait largement défaut à d'autres ! Mais elle semblait manquer du moindre esprit. Denis parlait pour elle et Mme de Boisrémond pour tout le régiment. Elle était de Paris et une Parisienne ne peut vivre longtemps loin de la capitale. Elle en arrivait donc ! Mon Dieu que toute chose, ici, semblait vieillotte ! Je n'écoutais plus. Par-delà la table, je lançais des sourires à Olympe, qu'elle me rendait timidement. Mme de Boisrémond, Dieu sait comment, s'en avisa.

— Vous semblez aimer beaucoup votre nouvelle sœur, mademoiselle d'Aiguebrune.

Elle insistait sur mon célibat de la façon la plus perfide. Mais j'avais reçu, jadis, à Champlaurier, d'assez bonnes leçons de perfidie.

— Beaucoup, en effet. J'aime les gens qui savent se taire.

L'ange de Jéricho en avala sa trompette. Olympe baissait le nez. Denis me lança un regard partagé de colère et d'envie de rire. La fin de ce repas, si elle ne fut pas délicieuse, fut du moins supportable.

Le colonel avait tenu à ce que Denis visitât la place et Olympe avait dû l'accompagner. C'était là son devoir d'épouse. Je pressentais mal ce dont serait fait l'avenir de cette petite. Nous étions donc assises au salon. Mme de Boisrémond avait retrouvé son naturel, que je n'avais chassé qu'un instant. Elle bavardait, curieuse. Elle voulait en savoir plus :

– Dites-moi, ma chère Edmée, comment notre général Barrère a-t-il fait la connaissance de votre nièce ?

– Je ne sais trop. Chez sa tante Pauline, je pense. Elle est l'amie du député Marsaud, vous savez.

– C'est un homme charmant.

Marsaud avait bien des amies... Je souris en comprenant qu'elle pensait m'ennuyer, me piquer. Je savais depuis fort longtemps qu'il plaisait aux femmes. Elle ne m'apprenait rien... Dépitée, je pense, de mon indifférence, elle voulut me blesser d'une autre façon et y parvint, cette fois, au-delà de ses espérances.

– Olympe avait une fort belle dot, d'après ce que l'on dit à Paris. On m'a parlé de trois cent mille francs, en or. Les parents de sa mère étaient porcelainiers, je crois...

Mme Duplessis-Dangeau lui répondit fort bas, sans oser me regarder.

– Orfèvres, je pense...

Mme de Boisrémond tournait sa cuillère dans sa petite tasse, le doigt levé, minaudant.

– Oui, oui ! J'aime beaucoup le vermeil. Il est dommage qu'il soit un peu passé de mode.

J'avais du mal à prendre mon café, gorgée après gorgée, d'un air indifférent. C'était donc cela. Il avait voulu être riche. Il s'était vendu. Le liquide noir me brûlait la gorge. Qu'il était donc amer, ce café-là !

Il pouvait être cinq heures. Dans la voiture qui nous ramenait, nul ne parlait. Denis était sombre. Comme la voiture s'engageait enfin sur le chemin d'Aiguebrune, il décoinça les lèvres.

— Vous pourriez, ce me semble, faire un effort, Olympe, au moins par courtoisie, et répondre quand on vous parle !

Elle s'empourpra, rouge jusqu'aux cheveux. Sa voix était celle d'un enfant pris en faute.

— Mais j'ai répondu...

— Si vous appelez cela répondre, moi pas ! Je pense aller seul aux prochaines invitations qui nous seront faites !

Elle avait de grosses larmes plein les yeux. La voiture s'arrêtant, il sauta à terre, furieux, et claqua sur nous la porte vernie. Olympe pleurait maintenant, sans retenue. Elle s'enfuit dans sa chambre. Je l'y suivis. Je parlerais plus tard à Denis. Il ne perdrait rien pour attendre ! Mais je ne pouvais la laisser ainsi.

Elle s'était jetée en travers du lit. De lourds sanglots la secouaient. Je m'assis à côté d'elle et lui caressai simplement les cheveux. Elle pleurait, pleurait et se calma peu à peu.

— Ce n'est pas si grave, voyons...

— Oh si..., oh si...

C'étaient de véritables hoquets de désespoir. Je la redressai, un peu de force. Elle se mit à pleurer de nouveau, dans mes bras. J'essuyai enfin son visage.

— Denis est coléreux, mais il n'est pas méchant. Cela lui passera, Olympe.

— Non... Il... Il m'en veut !

Elle s'écarta un peu de moi et me dit avec une détresse d'enfant :

130

– C'est ma faute... Je n'ai pas voulu, Adèle. Je n'ai pas voulu...

10

Je devais faire une bien étrange figure. Rien ne m'avait vraiment préparée à ce rôle-là. Je la serrai dans mes bras. Qui a reçu semblable confidence d'une âme mise à nu saura ce que j'éprouvais de tendresse à ce moment-là. En pleurant, peu à peu, elle me conta sa triste histoire. Celle de tant de filles à marier. Elle venait de sortir du pensionnat, avec cette sensation qu'on ne voulait pas vraiment d'elle sous le toit paternel. Elle n'y avait plus de place. Elle avait connu Denis en prairial, à un bal de débutantes où sa tante Pauline l'avait emmenée. Cette tante Pauline était la sœur de sa mère. Cette histoire me rappelait bien des choses...

Denis avait été charmant, l'avait invitée à danser, plusieurs fois. Il était venu la voir en permission. L'avait promenée au défilé du parc. Cela plaisait à son père. Denis était général. Il avait des amis influents. En deux mois, l'affaire avait été conclue. Il l'avait épousée et elle avait eu si peur, une fois la nuit venue. Elle ne savait rien du mariage, sinon que des époux dorment au même lit.

Sa voix hoquetait, misérable. Je lui caressais toujours les cheveux.

– Quand il a voulu, j'avais si peur, voyez-vous ! J'avais si peur ! Je lui ai demandé d'arrêter. Je n'ai pas voulu...

J'allai chercher un peu d'eau dans la cuvette de faïence, triste et presque écœurée de la misère de cette nuit de noces. Comment pouvait-on marier ainsi les jeunes filles, les élever dans l'ignorance et les livrer comme des juments ! Une colère me prenait que je devais calmer. J'essuyai doucement les joues d'Olympe. Elle attendait que je lui parle. Sa confiance si soudaine et presque aveugle me bouleversait. Elle n'avait personne d'autre à qui parler.

— Mais il ne faut pas s'inquiéter de la sorte. Cela arrive bien souvent. On ne dit rien aux filles et si peu aux garçons ! Tous ont peur, savez-vous, Olympe. Et c'est bien naturel.

— Mais Denis ne le sait pas...

— Il le sait. Il a eu une première fois.

— Mon Dieu, Adèle, il me fait peur ! Il n'est jamais content ! Il me regarde et jamais rien ne va !

Je savais bien comment il pouvait être. Et je savais aussi ce que cachait cet emportement. Mais je ne pouvais le dire à cette petite fille qui me regardait avec un tel dénuement d'âme...

— Il a pourtant besoin de vous, Olympe !

— Besoin de moi ?

Elle me regardait, incrédule. Il avait plus de trente ans, il était général. Comment pouvait-il avoir besoin d'elle ?

— Il a besoin d'avoir confiance en lui. Vous pouvez lui donner cela.

Elle ouvrait de grands yeux écarquillés. Le rouge dont j'avais badigeonné ses joues avait coulé, son turban s'était effondré. Elle me parut si mignonne, pourtant.

132

— Denis a eu une enfance difficile. Notre père est mort quand il était tout jeune. Il lui a manqué cruellement. Et vous le voyez certainement, nous n'avons pas beaucoup d'argent.

Je ne pouvais lui en dire plus sans trahir mon frère. Ni la laisser ainsi. Elle me regardait toujours en essuyant du revers de sa main les larmes de ses joues. Son regard était celui d'un enfant.

— Il s'est toujours senti humilié par cela. Et c'est pourquoi il a besoin d'être admiré, sans cesse, par revanche. Il n'est pas le riche et brillant général qu'il feint d'être. Il a aussi peur que vous.

En lui parlant ainsi de mon frère, j'amenais à ma propre raison un mal que je tentais de me cacher depuis longtemps. Denis était bien différent de moi. Son orgueil n'était pas le mien. Il avait une violence qui se souciait d'une paire de bottes défraîchies, d'un manteau trop râpé. Il voulait avoir plus, il voulait éblouir. Il n'avait pour miroir que le regard d'autrui. Il se détruisait dans cette course sans fin. Je ne pouvais dire tout cela à Olympe, qui ne l'eût pas compris. Je n'étais pas assurée de le comprendre moi-même.

Elle me regarda, songeuse.

— Il a aussi peur que moi...

— Mais oui ! Allons, vous êtes jeunes, tous les deux. Vous aurez bien d'autres nuits.

Je la vis rougir à nouveau. Mais elle ne pleurait plus.

— Maintenant, cessez de pleurer ! Et reposez-vous !

Je la quittai et descendis. Denis n'était pas dans la maison. Je savais d'instinct où il se trouvait et j'y allai. Les roseaux de l'étang étaient son abri d'enfance, son île. Il était assis là, sur un

133

arbre mort, la tête dans la main, en grand habit de général républicain. Il ne leva pas les yeux à mon approche crissante. Il savait bien qui arrivait.

— Elle m'a tout dit.

Je m'assis à côté de lui. Nous restâmes longtemps silencieux. J'allais parler à nouveau, quand il devança le reproche qu'il craignait d'entendre :

— Elle m'a supplié, Adèle ! Que pouvais-je faire d'autre ?

— La prendre dans vos bras. Être tendre. Et cesser de lui en vouloir parce qu'elle n'est pas celle que vous lui préférez !

Il redressa la tête. Il me regardait, avec des yeux si tristes qu'ils me firent mal.

— Je ne savais pas, Adèle. Je ne savais pas...

Il s'était cru plus fort que cette tendresse qu'il avait voulu oublier. Il avait cru que ce n'était qu'une amourette. Et elle lui consumait le cœur. Il avait tout maintenant ! Tout ce qu'il avait toujours voulu avoir. De l'argent, de la puissance. Et il était assis, comme un enfant perdu, au milieu des roseaux de son enfance.

Je le laissai là. Pour ce retour sur lui-même, il avait besoin d'être seul.

La nuit était tombée quand il rentra. Nous étions au salon. Sa femme regardait le feu, de peur de croiser son regard. Il ne dit rien, mais mit le bras au dos de son fauteuil. Le repas fut tendu, un peu gêné. Je parlai d'abondance, consciente de ne pas valoir Mme de Boisrémond malgré mes efforts. Olympe nous quitta un peu tôt et Denis la suivit. Barrade cousait un nappe-

134

ron, l'abbé me racontait ce qu'il avait lu de la ville du Caire et de l'accueil triomphal fait par les Cairotes au général Bonaparte. Même lui, qui s'y mettait ! Il me montrait avec passion les dernières feuilles du *Petit Moniteur*, à la gloire de l'armée d'Orient. Je le moquai de cet engouement étrange et peu mystique. J'avais, il faut le reconnaître, la tête ailleurs.

Le lendemain, ils descendirent ensemble. Je les guettai un peu et Olympe rosit en me voyant. Je fis comme si de rien n'était. D'ailleurs, rien n'était changé, mais tout était différent. Je leur servis du café avec du lait, du pain beurré, de la confiture de prunes. Nous étions à la campagne, n'est-ce pas ? Denis me fit un sourire et dit à sa femme :

– Que ferions-nous sans notre Adèle ?

Je lui répondis tout net :

– Les imbéciles !

Nous riions tous les trois quand Barrade nous rejoignit.

Les jours qui suivirent ces émotions furent légers et rapides. Nous montrâmes à Olympe tout ce qui faisait notre pauvre région de landes et d'eaux dormantes si belle à nos yeux. L'automne nous y aidait, ensoleillé, superbe. Olympe ne connaissait rien de la campagne, petite fille de la ville prenant l'herbe des Champs-Élysées pour de vrais pâturages. Son ravissement d'enfant était sincère. Comme son affection. Mille fois par jour, à propos de rien, elle venait m'embrasser ou me serrer la main. Denis souriait.

135

– Je ne sais trop qui est en lune de miel...

Et moi, je ne savais, au juste, où ils en étaient tous les deux. Pour mieux se connaître, il leur aurait fallu un temps qu'ils n'avaient pas. Denis rejoindrait son régiment dès qu'il serait rassemblé. Le moment du retour approchait déjà. Un soir, comme Olympe me disait qu'elle admirait la décoration de mon salon, le propos roula sur la maison qu'il leur faudrait trouver, à Paris. Il n'était pas question de s'imposer trop longtemps sous le toit paternel. Cela me surprit.

– Mais vous serez donc seule, Olympe ?

– Je le pense...

Elle s'était rembrunie à cette idée. Dans un regard de dix-huit ans, on peut tout lire.

– Je ne sais comment je vais faire, pour cette maison, et pour tout...

Barrade sourit.

– Vous pouvez rester ici, je pense.

Mais Denis était d'un autre avis. Il voulait que sa femme le représente dans le monde en son absence. Le Directoire oubliait aussi vite ses généraux qu'il les avait faits. D'ailleurs les courriers des armées n'étaient faciles qu'avec Paris, où Olympe avait sa famille. Sa tante, en particulier. Barrade n'insista pas. Qu'ajouter à d'aussi bonnes raisons ? Ce fut Olympe qui reprit, doucement, comme surprise de son intrépidité.

– J'avais pensé que... peut-être...

– Eh bien ?

– Qu'Adèle pourrait venir avec nous... pour m'aider !

La surprise nous cloua tous. J'étais si habituée à rester à Aiguebrune que l'idée me semblait

136

incongrue. Elle n'était jamais venue à personne.
Je regardai Denis. Il riait.

– Mais oui ! Adèle peut venir vous aider ! Elle
saura trouver la maison qu'il nous faut !

– Et les livres dont j'ai besoin ! C'est une
excellente idée !

L'abbé s'y mettait à son tour ! Je cherchai vainement que répondre :

– Mais... je ne peux vous laisser...

Barrade riait !

– Et pourquoi non ? Nous sommes d'âge à
rester seuls ! Je suis remise et je promets de
prendre soin de moi. C'est une bonne idée,
Olympe ! Adèle a grand besoin de voir Paris !

Ah bon ! J'étais ravie de l'apprendre. Je devais
faire une tête d'ahurie car ils se mirent tous à
rire.

– Allons, Adèle, ne vous faites pas prier ! Il
est vrai que je serai plus tranquille si je sais
Olympe avec vous.

Olympe, dont les yeux brillaient.

– Dites-nous oui... Pour ces mois d'hiver, qui
me font un peu peur...

Je haussais les épaules en prenant un petit air
faussement résigné quand un torrent de joie
m'inonda le cœur. Je verrais les jardins des Tuileries, les galeries du Palais-Royal, l'Institut ! Je
verrais Paris !

137

11

Il était six heures. Il faisait sombre et la pluie fine de Bordeaux transperçait son fichu. Fichu, il l'était tout à fait. L'Épauleur le lui avait dit, qui voulait lui en offrir un autre, à larges fleurs rouges, au bord effrangé de soie. Mais Marie se méfiait du maquereau. Il mettait les filles dans une vitrine. Elle les avait vues. Elles avaient la poitrine à l'air et les marins passaient là-devant, pour choisir.

Marie ne ferait pas ça. Jamais! Mais il faisait bien froid cette nuit encore. Elle s'abrita un peu sous un balcon de bois, à l'angle de la rue des Piliers-de-Tutelle. Elle avait faim et n'avait plus un sou. Son argent avait filé si vite en arrivant ici, où le pain valait dix-huit sous. Un pain lui faisait deux jours. Quand elle avait pu travailler, elle allait s'acheter un hareng ou un peu de soupe chaude aux baraques du pont qui nourrissaient les déhaleurs. Marie frissonna en marchant un peu plus vite. Ses semelles allaient avoir des trous. Elle sentait déjà l'arête des pavés sous ses pieds. Ça n'allait pas bien fort.

L'Épauleur le lui avait prédit, pour la décider. Avec l'hiver qui arrivait, elle allait prendre la mort et finir à l'hospice. Si elle voulait le croire, elle aurait de beaux habits, une ombrelle à faire tourner sur les allées de l'intendant Tourny et une loge, au grand théâtre! Mais elle ne voulait pas l'écouter. Elle connaissait la fin de son histoire. Elle en venait. Elle savait comment les filles finissaient, sur des paillasses, couvertes de taches noires, avec la vérole et plus personne pour leur offrir un ruban. Une soupe. L'idée d'un potage chaud qui descendrait dans son ventre lui donna une crampe qui fut longue à passer. Deux fois, quand elle avait eu trop faim et trop froid, elle avait été voir Pelletier. Il la prenait dans la diligence, à moitié courbé sur elle, sur la banquette. Quand il n'y avait plus de place à Saint-Michel, elle pouvait venir dormir là, à condition d'y passer. Au point où elle en était, elle s'en moquait bien. Quelques secousses, quelques grognements dans le noir et c'était fait. Pourvu que ce ne soit pas la rue... Et qu'elle se sente libre de le faire, ou pas. On l'avait bien assez vendue, déjà ! Marie hésita à remonter vers la place de Saint-Michel, où était la diligence. C'était facile, si elle y allait, d'avoir à manger. Mais elle ne voulait pas de Pelletier. Pas plus de lui que d'un autre ! Il commençait à l'ennuyer. Il voulait savoir d'où elle venait, ce qu'elle faisait. Il se mettait à l'attendre. Il était nerveux quand il la voyait, déjà possessif. Et elle s'était promis de n'être plus jamais à personne, dorénavant.

La pensée de Denis lui vint, brûlante, inattendue. C'était plus douloureux à chaque fois, la tenant au ventre. Elle avait envie de lui, de le revoir, de ses mains à ses hanches, de sa bouche à son cou. Elle était folle ! Elle parlait toute seule. *Qu'il crève ! Mon Dieu, qu'il crève !* Les mots qui sortaient de son cœur lui faisaient du bien, comme si quelqu'un d'autre, marchant dans l'ombre à son côté, les eût entendus et compris. Elle criait presque et savait, dans le

même temps, que s'il avait été là, à l'autre bout
de cette rue, elle n'y aurait pas tenu. Un regard
de cet homme suffisait à tout effacer. C'était
comme une maladie. Elle n'avait plus de dignité,
plus de nom, quand ses mains étaient sur elle.
Elle était pire qu'un chien, qu'on bat et qui toujours revient. C'est pour cela qu'elle était partie...

Sous ce balcon, dans cette rue à caniveau, elle
se revit sur la route d'Angoulême, si blanche de
grand soleil, courant, fuyant, petite ombre éperdue jetant son âme dans cette course. On avait
bien dû la chercher, au logis ! S'inquiéter, peut-
être ! Elle les détestait, revoyant leurs visages
défaits, leurs mots désolés ! Elle les haïssait tous !
Ils étaient bons et lui avaient fait plus de mal que
les plus mauvais maîtres. Bien plus que le père
Laurent, quand il la violait dans le noir, sous
l'escalier de la cave, en étouffant ses cris avec sa
main. Bien plus que le premier, l'homme en noir,
qui avait tué son enfance. Bien plus que tout ce
qu'elle avait jusque-là subi. Parce qu'elle les
avait aimés, avec tout ce qui lui restait de
confiance et d'abandon.

Comme ils l'avaient trompée ! Barrade, lui
parlant du Maître, qui l'aimait, lui laissant penser que ce serait pareil, pour elle ! La Demoiselle, avec ses yeux si doux, qui lui parlait de
faire honneur à Aiguebrune, avec un chapeau de
printemps ! N'était-ce pas la reconnaître, cela ?
Lui donner une place ? N'était-ce pas avoir
compris ! Et lui ! Elle revoyait son écriture, le
mot tendre qu'il lui envoyait pour mieux la trahir

140

ensuite. Elle entendait malgré elle des paroles d'amour fou, qu'il avait dites quand son corps tremblait contre lui. Il mentait ! Il en épousait une autre, dans le même temps ! La douleur de cette pensée fut si aiguë qu'elle lui coupa le souffle. Elle s'adossa au mur. Non, elle n'aimerait plus personne.

Elle avait trouvé des paysans, sur la route, pour la mener jusqu'à Angoulême. Et la diligence, sur la place, qui allait partir. Le cocher l'avait regardée de haut.

– Je peux monter ?

– C'est pour Bordeaux !

Elle voulait une grande ville, où vivre et se cacher.

– C'est combien ?

L'homme la considéra, sourit, descendit sans regarder le postillon qui riait en le traitant de bougre de coureur !

– Un franc la lieue ! Mais on verra à s'arranger...

Il portait une pelisse de cuir, des bottes aussi hautes qu'elle. Il était grand, fort, très brun, la joue mordue d'une balafre pâle. Il semblait une montagne humaine. Son regard était posé sur elle, sans équivoque. Elle s'en moquait et lui tendit son baluchon.

– C'est tout, fillette ?

Il l'aida à monter, poussant d'un geste des commis à gilet rouge. C'est ainsi qu'elle avait connu Pelletier. C'est ainsi qu'elle était arrivée là. Le mur mouillé lui perça soudain les os. Elle avait froid et il pleuvait. Une femme jeta des épluchures par le balcon. Avisant cette fille, ren-

141

cognée dans l'ombre, elle lui hurla d'aller traîner
sa carcasse plus loin! Marie reprit son chemin.
Que faisait-elle d'autre? Elle traînait sa carcasse, de plus en plus maigre, sur le pavé mouillé
de la ville. Il était presque impossible d'y trouver
un travail honnête. S'il y en avait un, un gars
l'avait. Les rues du petit matin étaient pleines
d'hommes qui chômaient. Certains avaient des
femmes, des enfants. Ils se seraient donnés pour
rien. Les entrepôts de bois étaient presque vides.
Devant la rivière, les petits magasins de sucre se
fermaient un à un. Plus rien n'arrivait des îles,
par la faute des Anglais, disaient les gens. Les
ateliers de filature fermaient, eux aussi. Et tous
les petits métiers qui vivent d'un peu d'aisance
disparaissaient lentement. En arrivant, comme
elle avait cherché à se placer, à trouver un travail, n'importe lequel! Elle avait lavé du linge,
vendu des fleurs, traîné des seaux d'eau, mais on
ne la gardait nulle part. Elle n'inspirait pas,
disaient les gens. Elle était trop libre des yeux,
pour les femmes, et pas assez, pour les hommes.
Marie haussa les épaules. C'est presque fou, un
monde comme ça.

Elle hésitait sur le meilleur chemin. Le soir
tombait vite, l'hiver venait. Demain, si elle le
pouvait, elle partirait de cette ville. Un gamin lui
avait dit qu'on cherchait des mains pour la ven-
dange. Dix sous la journée, nourrie, logée dans
la paille d'une grange. C'était mieux que rien.
Pour l'heure, il fallait manger un peu. Elle avait
encore quelques piécettes dans la poche de son
tablier. Elle ne tiendrait pas bien longtemps
comme ça. On vendait des lentilles, sur le port.

Elle entreprit de descendre la rue des Bahutiers. Ce n'était pas un quartier bien honnête quand les menuisiers fermaient leurs volets. Des formes s'étreignaient dans l'ombre des petites rues étroites, debout, contre les murs. Ce n'était pas encore l'heure de ces pauvres accouplements. Marie marchait comme elle le pouvait, en essayant d'éviter d'écorcher ses chaussures. Au-dessus d'elle, des ménagères préparaient leur soupe et ça sentait bon à faire mal. Des femmes jetaient de l'eau sale dans le caniveau de la rue. La jeune fille s'en écarta un peu. Perdue dans ses pensées, elle ne l'entendit pas venir. C'était un phaéton noir et jaune, à la mode, qui dévalait la rue pour rejoindre les quais. Le conducteur s'amusait à mener train d'enfer. Il se croyait assez habile pour éviter les rares passants qui marchaient à cette heure entre chien et loup. Il tourna, enlevant presque une roue et ne vit pas l'ombre fluette qui allait lentement. Quand il l'aperçut, il était déjà sur elle. Il voulut retenir le cheval, qui fit un écart. La voiture, lancée, eut un sursaut de bête et glissa violemment sur le pavé mouillé. Il se leva, tirant aussi fort qu'il le pouvait. Il passait presque quand la pierre du trottoir bloqua la roue. La voiture sauta sur le côté. Il y eut un long sifflement, un cri. Le cheval, fou de douleur se cabra, se cabra encore, et s'arrêta enfin. Des fenêtres s'ouvraient. Des gens accouraient, sortis d'on ne sait où. Ils s'indignaient ! Il courut au paquet de chiffons ramassé qui gisait là-bas. Un homme le retournait doucement. C'était une jeune fille, presque une enfant, une petite ouvrière, sûrement, avec un grand tablier

143

et un fichu misérable. Elle avait perdu un petit chapeau de paille, fait pour l'été, qui s'envolait au vent. Hippolyte sentit une main glacée lui mordre le cœur. Est-ce qu'elle était morte ? Il se pencha, ôtant de ce visage de longues boucles fragiles et rousses. Sur la peau pâle de la jeune fille, coulant de son front, il y avait un peu de sang qui tacha ses doigts.

— Elle bouge, pauvre couillon ! Tu vas la laisser là ?

L'homme qui lui parlait le secouait aux épaules. C'était un des bahutiers de la rue. Fort. Furieux. Il avait des enfants qui jouaient tout à l'heure encore, dans cette rue. Un charron arrivait en renfort, le tablier retourné à la ceinture.

— Si c'est pas malheureux de voir des choses pareilles ! Mais tu vas te bouger !

Une grosse femme s'en mêla, avec un accent de montagne si épais qu'Hippolyte comprit à peine ce qu'elle disait.

— Allons, menez là cette pitchoune.

Elle montrait une boutique dont elle venait de sortir, petite échoppe mal éclairée d'une seule bougie. Hippolyte, en entrant dans cette ombre, sentit revenir sa peur. On l'avait enfermé, autrefois, dans une pièce un peu semblable. C'était encore si proche. Plus personne pourtant ne s'en souciait. Immobile dans le couloir étroit, il gênait ! On le bouscula en l'insultant de colère. Le bougre d'animal ! Les deux hommes portaient la fille. Elle gémit un peu et ouvrit les yeux.

— J'ai mal ! J'ai mal au cœur.

Une crampe avait pris Marie, tordant son estomac vide. La grosse femme sourit en hochant la
tête :

— Ça ne sera pas grand-chose ! Boun Dious !
T'as la tête bien dure, ma pauvre petite.

Marie la regardait, ne se souvenant pas.

— Mais d'où viens-tu, fillette ?

Elle ne répondit pas. Elle avait un air complètement égaré. Un des hommes en tablier bleu se
gratta la tête.

— Mais qu'est-ce qu'on va en faire ?

Personne ne lui répondit. Qui pouvait, par ce
temps, se charger d'une bouche de plus ? D'une
fille malade. Puis, après réflexion, il se tourna
vers le jeune homme. Pour rouler carrosse, il
faut être riche :

— Qu'est-ce que tu comptes en faire, citoyen ?

Hippolyte, saisi, regarda la jeune fille. Ses cheveux roux barraient à nouveau son visage en un
long ruissellement de soie. Elle posait sur lui des
yeux qui lui parurent immenses. Des yeux
d'océan, étranges, qu'elle ne baissait pas, qui
étaient tout ensemble une prière et une invitation. Il sentit monter en lui un désir violent, inexplicable, qu'il voulut chasser. Il était
complètement fou.

— Alors, tu fais quoi ? T'écrases comme ça les
gens dans la rue ?

Il devait faire quelque chose. Cet homme avait
raison.

— Je vais la mener chez moi et la faire soigner.

— T'es bien sûr de la soigner ? Je demande à
voir !

La grosse femme le regardait d'un drôle d'air.

145

– N'ayez crainte... J'habite rue des Trois-Conils...

Personne ne semblait bien convaincu. Puy-Paulin, Saint-André... Le beau monde! Il dut leur en dire plus.

– Je suis Hippolyte de Grassi.

Les deux artisans et la bonne femme digérèrent l'information, un vague air de mépris à la lèvre. En soutenant la jeune fille, l'aristo l'aida à sortir de ce bouge, à monter dans sa voiture. Le cheval n'avait rien. Il encensait de colère et de peur. Hippolyte ramassa le petit chapeau de paille, dans l'eau de la ruelle. La jeune fille le regardait sans surprise. Il se sentait à la fois soulagé et gêné par la tristesse de ce regard. Il faisait froid et nuit. Il se sentait stupide et démuni. Il claqua son fouet. Il avait hâte d'être chez lui.

Comme la voiture légère tournait à l'angle de la rue et reprenait sa course, le charron se tourna vers ses compagnons, la lippe retroussée de mépris :

– De Grassi! Ça faisait moins le beau, avant!

La matrone soupira, en fermant à nouveau ses volets :

– C'était bien la peine qu'on se donne tout ce mal! Vous avez vu! Plus rien ne les arrête. Ils sont pires que dans le temps!

Marie s'étira. C'était si doux de dormir dans des draps. Elle était au chaud sous un édredon de plume, léger, douillet. C'était délicieux. Elle vit par les volets que le jour était grand, déjà, et referma vite les yeux. Puis un sourire plissa son petit nez. Elle pouvait se prélasser. Elle était malade...

146

La veille, elle avait vu, malgré sa fatigue, la vieille maison de pierre ocre, les hautes pièces pleines de tapis, de rideaux, de mille merveilles. Le jeune maître l'avait conduite lui-même jusqu'à cette chambre, pendant que des valets couraient devant elle en portant des chandeliers. Il l'avait laissée, pour demander des soins, puis était revenu, en frappant à la porte. Un médecin allait l'examiner. Il ne fallait pas qu'elle ait peur. Ce docteur était un vieil homme à l'air doux mais aux mains un peu froides. Il la palpait et lui fit mal, soudain, sous un sein. Il lui dit qu'elle avait une côte cassée, et que ce ne serait rien, pourvu qu'elle consente à prendre du repos. Elle y consentait volontiers ! Il pansa son front et, quand M. de Grassi revint, lui dit que c'était un miracle et qu'avec du ménagement tout irait bien. Elle retrouverait certainement la mémoire en peu de temps. La mémoire, vraiment ! Marie se dit qu'elle aurait bien donné tout l'or du monde pour l'avoir vraiment perdue.

Elle s'adossa à un oreiller et regarda mieux sa chambre. C'était une pièce assez petite, intime, tendue d'un tissu rose qui figurait des bergères enlacées, des moutons et des chiens. Elle avait un lit en forme de bateau, en bois sombre, une armoire, une coiffeuse à glace où l'on avait posé des peignes et des brosses à manche d'argent. Une brosse suffirait à nourrir une famille pour tout l'hiver. C'était, finalement, ridicule et triste. Quelqu'un frappa. Elle fit mine de dormir encore et ne répondit pas. On frappa à nouveau et une petite servante entra. Propre, chaudement vêtue. Elle avait de la chance, celle-là, d'avoir trouvé cette place.

147

— Voulez-vous déjeuner un peu ? Que désirez-vous, Madame ?

— Un peu de chocolat, s'il vous plaît. Et j'aimerais me laver, si je parviens à me tenir debout.

Marie s'essayait à parler comme la demoiselle. La petite servante lui sourit et disparut. Elle revint cinq minutes plus tard, accompagnée d'une autre fille. Elles l'aidèrent toutes deux à se dévêtir. La pauvre chemise de Marie, plus grise que blanche, ne lui permettait pas de jouer les grandes dames. Mais les servantes ne disaient rien, ne pensaient rien, bien trop soumises pour cela. Elles aidèrent la jeune femme à se laver. L'eau était chaude, le savon parfumé. C'était si bon. Puis elles lui mirent une chemise de vrai coton, si douce et fraîche, dont le col et les poignets s'évaporaient de dentelles. On alla lui chercher son chocolat. Et Marie les renvoya toutes deux pour le savourer tranquillement. C'était un instant de bonheur équivoque, fait de revanche et d'une sorte de volupté à avoir tout cela sans l'avoir mérité. Le chocolat était si cher. À Aiguebrune, ils n'en avaient pas ! Le souvenir s'était insinué comme un serpent et la mordit. Elle avait encore mal en y pensant. Mais cela passerait ! Elle oublierait ! On frappait à sa porte. Elle but, sans se tacher, et s'enfuit vers le lit.

— Entrez !

Il entra. C'était le maître de cette maison qui s'inclinait pour prendre de ses nouvelles. En lui disant qu'elle était un peu bouleversée, elle ne mentait pas. Il ne l'était pas moins. Marie le

148

regarda entre les cils. Il n'avait pas trente ans. Il était grand, d'un blond frisé de mouton. Il avait les yeux et le teint pâles, un nez un peu long, de belles mains, fines et blanches. La main gauche ne portait pas d'anneau. Il n'osait pas s'asseoir auprès d'elle, elle le voyait bien. Il l'amusait. Elle avait vu depuis longtemps qu'il était comme tous les autres. Il la regardait de ce même regard de chien. Il hésitait à lui parler, puis il prit une chaise.

— Me permettez-vous ?

Comme il était poli ! Elle hocha la tête, le laissant parler seul.

— Vous ne vous souvenez de rien ?

Elle secoua la tête. Les boucles rousses se répandaient sur l'oreiller comme un nuage mousseux.

— Je sais que je m'appelle Marie. C'est tout ce que je sais. Et que je suis seule. Je n'ai pas de parents.

Il prit un air désolé, le bel hypocrite ! Et n'ayant rien qu'il puisse lui dire, malade de ne pouvoir la prendre dans ses bras, il se leva gauchement :

— Eh bien, reposez-vous et remettez-vous vite !

Elle s'affaissa un peu sur ses oreillers blancs, s'amusant à le troubler en le regardant. N'y aurait-il que des hommes comme celui-là dans sa vie, maintenant ? Elle se sentit une sorte de peine et la chassa. Elle ne voulait pas retourner à la rue, aux grincements sinistres de la diligence. Aussi lui sourit-elle en lui tendant la main :

— Je vous remercie pour tout cela...

– Non, ce n'est rien. C'est moi qui suis désolé...

Elle lui sourit à nouveau, avec son air le plus innocent. Pour qu'il sorte. Pour ce qu'il voulait, il pouvait bien attendre.

12

La voiture s'était arrêtée à la lanterne, la veille au soir, dans cette auberge de malle-poste, sur la route de Montlhéry. C'était la dernière nuit du voyage, et malgré les six jours que nous venions de passer à cahoter sur des routes défoncées de gel, il me tardait de reprendre ma place à la portière de la diligence. À midi, m'avait dit le cocher en riant, à midi, nous serions à Paris. Mon cou était raide comme celui d'une vieille baronne, à s'efforcer sans cesse de tout voir par la vitre trop haute d'où s'échappait un petit vent coulis. Mais j'avais le cœur en fête, l'âme en noce de tout ce que j'avais vu, dont j'étais veuve sans le savoir et qui était mien, désormais. Les gabares de la Charente étaient loin... La route, si éprouvante fût-elle, offrait mille vues diverses et douces. Nous avions traversé des plaines simples, apaisantes au regard, infinies sous le ciel gris, des vallées moutonnées, des falaises crayeuses, et la Loire, enfin, si puissamment belle. Dans chaque ville, à chaque pont, au moindre embarras de charrette, je sentais mes jambes s'agiter sous moi. Je voulais sauter sur la route, sans regarder l'ornière ou la boue. Je voulais tout voir, tout connaître, effrayée malgré moi de cette jouissance qui m'était soudain accordée comme d'une impossible permission. C'était peut-être la seule, la première et dernière fois, qu'il m'était donné de voir tout cela, tant de pays, de lieux, en avalanche. Mon bonheur était celui d'une recluse à qui s'ouvre la porte de sa prison.

À midi, nous serions à Paris. Il n'était pas de mot pour peindre mon excitation. Jeune fille à mon premier bal, je n'avais pas connu cette joie, cette impatience. Avec l'inconscience de la jeunesse, je pensais alors que d'autres bals viendraient. Et je savais déjà qu'ils ne seraient pas donnés pour moi. Mais il me semblait, maintenant, par je ne sais quelle folie de présomption, qu'en cet hiver superbe Paris m'attendait. Cette illusion avait toute la violence de mes anciens renoncements, tout le désir d'une vie à son automne. Le barrage s'était ouvert qui laissait rouler la rivière.

Je me retournai pour la vingtième fois dans mon lit trop court, dont les draps de chanvre me semblaient glacés. Cette auberge de relais de poste suivait la mode antique à sa façon, qui était spartiate. Pas de feu dans les chambres, un brouet pour tout potage, une mine rechignée chez la patronne, patibulaire chez le patron. Nous en avions ri la veille, Denis, Olympe et moi. Pour ce retour, mes deux compagnons avaient retenu une turgotine à notre seul usage, geste qui me semblait fastueux, mais qui ne me dérangeait pas. Nous n'avions pas à subir de voyageurs bavards ou moroses, ni les contraintes

151

des haltes forcées. Nous partions quand nous le voulions, nous arrêtant à notre gré. Il me semblait que, dans l'intimité close de ce voyage, Denis et sa femme étaient devenus plus proches l'un de l'autre. Olympe riait plus souvent, et Denis ne passait plus son temps à regarder l'horizon ou la pointe de ses bottes. J'espérais que la jeunesse aidant, l'amour y mettrait un peu du sien. Son arc était assez prodigue. Que lui importait une flèche de plus ?

Je me sentis sourire bêtement dans l'ombre grise de ma chambre. Allons, je ne devais pas me mêler de tout cela. Je tirai les draps à mon menton. Ils étaient humides de froid. Se lever serait un supplice, mais rester couchée me pesait davantage. Je pris mon courage à deux mains pour sauter hors du lit, saisir mon châle et m'y entortiller. Quelle heure pouvait-il bien être ? Cinq heures ? Peut-être un peu plus. J'entrebâillai avec un courage héroïque l'huis de ma fenêtre. Un vent glacé m'enveloppa. Des charrettes roulaient déjà sur la route de Paris. Leurs lanternes brinquebalantes tremblaient devant mes yeux.

S'il en était ainsi, nous pourrions bientôt faire route ! Je pris sur moi de me dévêtir. Sur l'eau de ma cruche, un fin miroir de glace s'était formé. Je le cassai, me frottai de mon savon, l'aubergiste n'en ayant pas laissé. J'y mettais la dernière énergie ! D'abord le visage, le buste et les bras. Puis véritablement digne de figurer dans mon Tite-Live, au rang des prouesses illustres, je mis ma cuvette au sol et mes pieds dedans. Brrr ! C'était peut-être romain, mais que c'était donc froid ! Je m'étrillai tout le corps, et devais être au bord de la pneumonie quand je me sentis enfin propre. Aujourd'hui, nous arrivions à Paris. Les parents d'Olympe, prévenus, nous attendraient. En descendant de voiture, je serais plus percluse qu'une centenaire et assurément aussi fripée, mais je serais propre. Je me jetai sur mes habits et les enfilai en un tour de main. Cette mode nouvelle qui avait proscrit les laçages et les corsets m'était une aubaine. Enfin coiffée je ne sais trop comment, je descendis dans la salle, inquiète de la trouver close. Mon inquiétude était vaine. Le monde du travail s'était éveillé bien avant moi. Un feu ronflait dans la cheminée. Des rouliers entraient et tapaient du poing sur les tables en demandant de la soupe.

– Et que ça saute, la mère !

Ils avaient un accent inimitable, chantant plus que parlant et perchant la fin des phrases en l'air. Malgré l'hiver s'engouffrant par la porte, ils n'avaient pas froid à la langue, non plus qu'aux yeux et ne se gênaient pas à me lorgner. Une femme seule intéresse toujours, même un peu bossue et franchement boiteuse. Je m'en amusais. Cela ne m'ennuyait pas. Rien ne pouvait gâcher mon plaisir. Aujourd'hui je verrais Paris...

La mère, qui n'avait rien pourtant de bien maternel, vint me demander mon *quoi*, comme elle disait. Je voulus un peu de café, mais je dus le payer d'avance pour l'avoir.

– Dame, on n'a guère de *quoi*, nous autres.

Je fis signe que ce n'était rien. Je ne pouvais pas me plaindre. C'était bien ma faute si nous

153

étions là ! La veille, Denis voulait s'arrêter bien avant, dans la meilleure auberge du pays. Mais je voulais pousser davantage, vaille que vaille. Il avait accepté en riant, en me disant que Paris m'attendrait sagement, sans bouger, sans changer de place et que je ne devrais pas y mettre une telle hâte. C'était à son tour de jouer les donneurs de leçon, par un juste retour des choses qui ne lui était pas trop déplaisant.

Je bus lentement mon café brûlant, tournant la cuillère dans le gros bol de faïence, voulant ainsi passer le temps. Les chariots, sur la route brune, reprenaient leur chemin. Il fallait tant de choses à la grande ville. Un jour blafard se levait peu à peu. C'était une aube de givre. Depuis que nous avions franchi la Loire, il me semblait que tout était plus clair, de contour plus découpé, plus froid. Mon pays si doux était déjà loin.

Ils descendirent enfin cet escalier branlant, en riant d'être tombés en un tel endroit, en se tenant l'un à l'autre. Je le vis tout de suite, en baissant mon nez et mon sourire dans mon bol, assez grand pour cacher des moustaches de hussard. Il s'était passé quelque chose, quelque chose de tendre et d'infiniment naturel. Je le lisais dans les yeux d'Olympe, sur sa peau rosie, sur son front songeur. Ils avaient trouvé la meilleure façon de réchauffer un lit trop froid. Je n'avais peut-être pas si mal choisi cette auberge, en fin de compte.

Après un déjeuner rapide, comme ils avaient pitié de moi, nous sommes repartis. Je ne voulais pas être importune, et les laissai à un silence

154

attendri qui me convenait aussi. Le nez à la fenêtre, fermée pour cause de froid, je regardais les lieues se succéder. La route coupait une forêt sombre. Je baignais dans une euphorie heureuse et confiante. À midi nous serions à Paris. Je le croyais, du moins, car la voiture cessa bientôt de rouler, et prit une allure propre à ma désolation. Malgré les protestations d'Olympe, qui se gelait, je me penchai à la fenêtre. Mais qu'y avait-il, à la fin ? Nous nous traînions lamentablement ! Denis riait.

– Il ne se passe rien. Nous arrivons !

– Mais... C'est à cinq lieues encore, au moins !

Je tentais de voir au loin, dans une plaine en pente douce d'où les bois avaient disparu.

– Il faut passer les barrières, Adèle, nous ne sommes pas seuls et il n'est qu'une voie...

Je rongeais mon frein bien difficilement. Par la vitre, je ne voyais qu'une interminable file de voitures bâchées, de charrettes, de carrioles et de chariots, de tout ce qui peut traîner et cahoter ! Des gens nous dépassaient maintenant, des cavaliers, ce qui s'entend, mais aussi des paysans à pied. Je voyais flotter des paniers à hauteur de mon nez, pendus à des perches, des volailles, attachées par les pattes, des lapins, des bottes de poireaux. Sans lui voir une allure de triomphe, j'avais imaginé bien autrement notre entrée dans la capitale.

Enfin, le buste à la portière, les yeux mouillés de froid, je vis la ville, ou plutôt une ligne grise, continue, qui s'étendait à l'horizon. Des flèches et des clochers émergeaient de cet océan de pierre, verticaux et sombres. Autour de moi, un

155

grand nombre de petits jardins, sagement enclos, bordaient la route. Quelques bosquets, çà et là. C'était Paris, cela ?

Il nous fallut une grande heure pour passer la porte. Des remparts anciens, à demi écroulés, se devinaient par endroits, dévorés par des jardinets et des maisons resserrées, de plus en plus hautes, de plus en plus nombreuses. Des fourneaux de cheminées fumaient. C'était Paris. Denis me citait des noms.

– C'est la barrière de Sèvres, c'est la rue de Sèvres ! Voyez, Adèle, l'École militaire est ici, à main gauche !

Je me tordais le cou, n'y voyais pas grand-chose. Les noms se succédaient que je retenais à grand-peine, apercevant sans cesse une chose à la place de celle que l'on venait de me nommer. Il ne m'en restait que l'admiration du savoir de mon frère et la conscience de la profondeur de mon ignorance. Autour de nous, la foule grondait, amicale, mais immense à mes yeux, comme un corps liquide ayant son propre mouvement. Par-dessus tout cela, le bruit des roues cerclées de fer sur les pavés avait un grondement d'océan. Des gens hurlaient, couraient en tous sens. La chaussée crissait de mille sons aigus ou graves. Elle se divisait en autant de rues que peut en former une gigantesque toile. Ahurie, le nez gelé à ma portière, je me faisais l'effet d'être une mouche tombée dans un piège.

Denis me signala l'abbaye Saint-Germain. Ses beaux-parents habitaient tout près, derrière le Palais de Justice.

– Vous verrez, Adèle, les Cordeliers sont tout près...

156

Je me souciais des Cordeliers comme d'une guigne !

– Mais le Palais-Royal ? Les Tuileries ?

– Paris est grand, ma chère. Si vous tordez votre cou, vous pourrez voir un peu du Luxembourg, là, à gauche !

Nous étions passés et je n'avais rien vu ! Mes Parisiens, en jeunes vaniteux, riaient tous deux de ma déconvenue. Il faut ne pas savoir ce qu'est une vie de campagne pour rire sottement ainsi ! Exaspérée, je le leur dis, ils ne cessèrent pas pour autant ! Enfin, après un moment qui me parut fort long, en tournant et retournant dans un dédale, au fond d'une rue semblable aux autres, je vis un dernier angle de pierre. Une large porte cochère venait de s'ouvrir pour nous, à deux battants. Deux valets en retenaient les vantaux. Quelques tours de roue, dans une cour fort belle. Nous étions arrivés.

Denis sauta au bas de la voiture et aida sa femme à descendre. Puis il me tendit la main, et je posai enfin mon pied si disgracieux dans cette ville de toutes les grâces. La maison d'Olympe était belle. C'était un bâtiment du début du siècle, qui respirait la douceur de vivre et l'harmonie. Au rez-de-chaussée, de larges portes s'ouvrant en fenêtres, et sur toute la façade en rotonde légère d'autres fenêtres, en encorbellement. Des ballons de fer se tordaient au premier étage. Je fus impressionnée par la beauté de l'ensemble, un peu triste aussi à la pensée évidente que ce n'était peut-être pas une demeure de famille. C'était certainement un hôtel noble, acquis en vente de bien national. Où étaient-ils,

157

ceux qui avaient couru, petits enfants, sautant et dévalant ces marches ? Dans l'entrée vaste et claire où nous venions de pénétrer, un escalier de pierre blanche prenait son envol. Les souvenirs qu'il me rappela n'étaient ni de mise ni de saison. Mais qui peut commander à son âme ? Certainement pas moi.

Un couple descendait cet escalier à notre rencontre. L'homme écrasait la femme. C'était le père d'Olympe. Il était grisonnant et froid. Il l'embrassa au front et serra amicalement la main de son gendre avant d'arrêter ses yeux sur moi. C'étaient des yeux attentifs, profondément enfoncés sous une paupière un peu lourde. On sentait un homme dur, que la vie n'avait pas ménagé, qui avait rendu coup pour coup. Il était de taille moyenne, de corpulence aussi. Rien n'indiquait en lui le goût du commandement si ce n'est un regard observateur, un peu méfiant. Il me considéra l'espace d'un instant. Puis il me prit la main, assez rudement et la serra un peu trop. Ce n'était pas un mondain, M. Dangeau. La petite femme ronde qui le suivait imitait en toutes choses ces effusions un peu forcées. Elle était ce que l'on appelle boulotte et, quoique habillée en dame de la société, elle me semblait quelque personne d'un autre emploi. Elle avait des traits assez fins, perdus dans un visage lunaire, des yeux un peu fuyants. Un sourire rigide lui barrait le visage. Le père d'Olympe nous dit quelques amabilités banales, sur lesquelles elle renchérit, qu'il faisait un peu froid, que les encombrements de Paris devenaient un problème. Cette femme était une ombre, un écho au féminin. Dans sa voix parisienne, qui transformait en O les A, il y avait une sorte de contrainte. Je m'expliquai mieux la timidité d'Olympe, à présent.

M. Dangeau nous conduisit à un salon où s'étalait un luxe pompéien. Bustes, fresques à l'antique, frise grecque courant sur des murs à panneaux. C'était au point que, lorsqu'un jeune domestique ouvrit une porte, annonçant au commissaire que le repas était servi, je m'attendais à lui voir porter cuirasse et glaive. Je fis un compliment un peu rapide à notre hôtesse sur son intérieur romain. Elle bafouilla un vague remerciement. Denis déclara qu'il aimerait l'adresse de son maître d'œuvre et M. Dangeau lui dit, comme une chose toute naturelle, qu'il n'y entendait rien.

– C'est Pauline qui s'est chargée de tout cela. Elle s'y connaît ! Lorsque j'ai acheté, j'ai voulu changer. Je n'aime pas porter les bottes d'autrui.

Je le comprenais bien. Mais après cela, que leur dire ? Avions-nous simplement quelque chose à nous dire ? Le repas me sembla long, bien qu'il fût excellent. M. Dangeau parlait, s'adressant à Denis, de la position difficile de quelques généraux envers le Directoire. Certains s'étaient rempli les poches, en Italie. Denis écoutait avec le plus vif intérêt et semblait considérer son beau-père comme un oracle. Jusqu'où espérait-il que cet homme le pousserait ? Cet hôtel magnifique, cette richesse pompeuse, tout cela avait dû l'éblouir. Partout l'argent s'étalait, et cela me pesa, soudain. J'avais l'impression

159

confuse de trahir quelqu'un. Je me sentis prise d'une vraie lassitude de cœur. Je ne pus faire honneur au gâteau de marasquin qui achevait notre repas :

– Mais quelques bouchées... Juste pour goûter, tout de même...

Mme Dangeau me suppliait presque. Je dus m'exécuter. Mon hôte semblait contrarié et sa femme si ennuyée de mon faible appétit...

– C'est toute cette route, voyez-vous, qui m'a un peu levé le cœur. Mais c'est excellent, vraiment délicieux.

J'avais la pénible impression d'être de trop. Olympe, à l'autre bout de la table ronde, me sourit d'un air malheureux. Elle devait se douter de mes sentiments. Enfin nous passâmes au salon. La conversation tourna sur notre belle région d'Angoumois et de Périgord. M. Dangeau était natif d'Albi dont il nous parla un peu, sans s'y attarder. Puis, le café pris, il se leva en s'excusant. Il avait à faire, au ministère des Armées. Il proposa à son gendre de l'accompagner, ce qui ne se refuse pas.

Sans Denis, sans un mot d'Olympe pour tenir la moindre conversation, je me sentis prise d'une incertitude. Qu'est-ce que je faisais ici ? Il était convenu que nous resterions quelque temps, celui de trouver aux tourtereaux, pour parler comme M. Dangeau, un véritable appartement. J'espérais que nous trouverions vite, il faut bien l'avouer. Un silence un peu contraint s'était installé. Avant de sortir, mon frère sur ses talons, le commissaire général se ravisa brutalement. Il se tourna vers moi :

160

– Nous sommes des gens simples, madame. Nous espérons pourtant que vous vous plairez chez nous.

Interdite, je bredouillai je ne sais quoi, une quelconque politesse. Pourquoi me dire cela ? Il se méprenait sur ma réserve. C'est, du moins, ce que je me dis, confuse et ennuyée. Mais il reprit, en me regardant fixement :

– Mon père était forgeron. Je n'en ai pas honte. Je l'ai dit à Barrère avant de lui donner Olympe. Je tiens à ce que vous le sachiez.

– Vous avez raison. Avoir honte de son père déshonore un fils. C'est ce que disait le mien.

– Il était fort différent du mien. Les grands-parents d'Olympe étaient des orfèvres connus sur la place de Paris. On vous l'aura peut-être dit...

Je hochai légèrement la tête. On me l'avait dit, en effet.

Il me montra sa femme d'un geste du menton.

– Le père de Marguerite était marchand d'étoffes au carreau du Temple.

Je ne savais que dire. Ce défilé d'ancêtres me pesait un peu. Il dut sentir ma gêne et poursuivit plus doucement.

– Je n'ai pas à cacher ce que nous sommes. Je ne dois rien qu'à moi-même, voyez-vous. Et à la République.

Qu'entendait-il me faire comprendre et pour qui me prenait-on ? Piquée, j'allais répondre à mon tour un peu sèchement, mais je croisai les yeux d'Olympe. Ils étaient si tristes que je me contins :

161

– Vous avez raison... Mon père était différent des gens d'aujourd'hui. Mais il savait reconnaître le mérite d'autrui.

M. Dangeau me regardait et je soutins son regard. Il finit par me sourire et ajouta, maladroitement :

– Ma fille vous aime beaucoup, madame. Vous êtes ici chez vous.

Il sortit sans s'étendre davantage. Denis le suivait. Je fus plus que surprise quand je lus dans les yeux des deux femmes une sorte de soulagement.

L'après-midi s'écoulait, gris et froid. J'avais hâte de voir Paris. Mais je sentais dans tous mes membres une révolte de courbatures. Mes jambes ne me portaient plus. Mon bagage défait, je me reposai donc, dans une chambre agréable et claire, tapissée de bois couleur de crème. Luxe extrême ! Ma chambre était chauffée d'un feu de cheminée qui m'engourdissait de bien-être. La fenêtre donnait sur une petite cour intérieure. Une fontaine chantait dans cet espace minuscule où s'étiolait un frêne. Ses branches nues giflaient parfois mes carreaux. Ne sentant plus mes pieds, je m'étais étendue et je regardais depuis mon lit ce mouvement rageur. J'étais un peu endormie, un peu songeuse. M. Dangeau n'avait pas eu tort à ce point. J'avais eu un réflexe de prévention en arrivant chez lui. Un réflexe d'éducation. C'était une réaction qui me surprenait moi-même plus que tout. Je détestais le fait de l'avoir eue, de m'être sentie si infiniment supérieure à ces gens. La devise de mon père me revint : *d'Aiguebrune,*

162

par l'esprit et le sang. C'était bien dépassé, à présent... Et par l'esprit, je n'avais pas fait montre d'une si grande noblesse ! Je me promis de ne plus manquer à ce point d'humilité.

J'en étais là de mes réflexions quand j'entendis un rire flûté, suivi d'un pas précipité. Quelqu'un courait dans le couloir, la voix d'Olympe faisait :

– Non, non, elle se repose voyons !

Mais on frappa légèrement à ma porte.

Je me redressai et cachai au plus vite mes tristes pieds dans mes pantoufles.

– Entrez...

Une femme m'obéit et entra, dans un tourbillon de parfum et de mousseline rosée. Olympe la suivait. L'arrivante était très brune et petite, le nez busqué, l'œil rieur. Elle vint à moi, assise sur mon lit, médusée, me prit les mains et me dit en riant :

– Il fallait que je sache ! C'était à ne pas y tenir ! Si vous êtes la sœur d'Olympe et que je sois sa tante, dois-je vous appeler ma nièce ?

– Tante Pauline ! Voyons ! Tante Pauline !

13

– Une nièce de votre âge me gêne un peu pour cacher le mien ! Soyez la bienvenue, pourtant !

Elle riait, en s'asseyant sur mon lit. Elle avait un naturel si direct, une telle aisance que j'en

163

restai interdite. Olympe, rose de confusion, n'osait interrompre cette tornade soyeuse. Pauline me regardait, avec une attention presque passionnée qui me gêna un peu. Puis, incapable de rester assise plus longtemps, elle se releva d'un mouvement vif et souleva le rideau de ma fenêtre. Que vit-elle dans cette cour un peu triste que je n'avais pas vu? Elle se retourna et me dit, un rire d'amitié au fond des yeux :

– Cela va être un tel plaisir, Adèle, de vous montrer Paris!

Peu habituée à de si vives façons, et devenue un peu méfiante, par la triste force des choses, je la remerciai avec une certaine retenue. J'étais confuse, également, d'être assise ainsi devant cette femme. Heureuse cependant de lui avoir caché mes pieds! Certaines blessures ont la vie dure. Elle hésita un instant, sentit peut-être ma réticence et revint s'asseoir auprès de moi.

– Vous me pardonnerez, j'espère, mon intrusion. J'avais une telle hâte de vous connaître. L'amie de ma nièce est la mienne à l'avance, voyez-vous...

Je lus dans ses yeux qu'elle tenait à me convaincre. Elle me sourit. C'était une âme d'intuition, fine et vive. Pauline avait cette séduction facile de la joie de vivre. Elle rit, un peu de ma gêne, un peu de son sans-gêne et me le dit.

– Mais vous êtes lasse et je vous ennuie... Que voulez-vous, je suis une incorrigible curieuse! Il fallait que je vous voie. Et que je vous remercie de ce que vous avez fait pour cette petite fille...

Elle me montrait Olympe, n'osant entrer, et qui attendait à la porte en se tenant gauchement les mains. Que savait cette femme, qu'avait-elle deviné ? Le regard que nous échangeâmes à cet instant était lourd de sens et de complicité.

Il est des fines mouches, qui voient tout. Pauline était de celles-là, et ô combien ! Se levant d'un mouvement gracieux, elle changea vivement le cours de la conversation :

– Avez-vous pu voir un peu de Paris ?

– Mon Dieu, je n'ai guère vu que la rue de Sèvres et l'École militaire.

– L'École militaire, vraiment ! Comment se fier à des soldats ? Je vous le demande un peu !

Son rire me gagna malgré moi. Puis je repris un peu de sérieux :

– Demain, Mme Dangeau m'a aimablement proposé de visiter le quartier...

– Et quoi donc, dans le quartier ? L'hospice des Incurables ou la prison des Carmes ?

– Tante Pauline, voyons !

– Je ne veux pas contrarier de si beaux projets ! Du moins pour le matin, car le matin, je dors ! Mais gardez pour moi votre après-midi ! Je passerai vous prendre vers trois heures, si cela vous convient !

Si cela me convenait ! Pauline rit et me dit en plissant les yeux :

– Je vous montrerai, moi, ce qu'une femme doit voir, à Paris !

Elle se pencha, me déposa un chuchotement de baiser sur la joue et me dit doucement ces mots surprenants :

– Soyez indulgente, ma chère ! Mes bons parents ont si peur de vous...

Si peur de moi ? J'en restai abasourdie, mais avant que quelque lumière ne se fasse en mon pauvre esprit, elle embrassait sa nièce. Il fallait qu'elle se sauve, elle n'était venue qu'en passant ! On l'attendait, pour une bouillotte ! Elle sortait déjà, dans un frou-frou léger, quand je me levai, saisie de mon impolitesse. J'accompagnai Olympe et sa tante jusqu'au palier de l'escalier blanc en m'efforçant de boiter le moins possible sur mes pauvres pieds torturés de fatigue.

– Ne vous donnez pas le mal de descendre !

Pauline allait partir. Olympe me souriait d'un petit air d'impuissance navrée, qui m'avouait qu'elle n'avait pu la retenir à la porte de ma chambre. Ce n'était pas bien grave ! Mais les étranges paroles de ma visiteuse me tourmentaient malgré moi. Elle m'en avait trop dit, ou pas assez :

– Excusez-moi, mais je ne vois guère en quoi je puis leur faire peur !

– Je le vois donc pour vous ! Mon Dieu, cette pauvre Marguerite ! Elle doit être aux cent coups !

– Tante Pauline, voyons !

Incapable de se taire, elle se pencha vers moi :

– Vous l'avez assurément deviné et ce n'est pas un mystère ! Mon beau-frère a épousé sa logeuse ! Voit-on cela, à Angoulême ? Eh bien, qu'en dites-vous, ma chère ?

Ce que je devais en dire ? La question n'était pas pour moi et la réponse me jaillit des lèvres, sèchement, avant que j'aie pu réfléchir :

– Qu'il est toujours beau d'aimer !

Ma réponse la stupéfia. Elle hésita un moment, la main sur la rampe, les sourcils levés. Puis elle rit et s'en fut dans cet escalier, rose et légère, en m'envoyant un dernier *à demain* !

166

Je me tournai vers Olympe et la vis, rouge de gêne, les yeux au sol. Mme Dangeau se tenait derrière moi, sur le pas de sa chambre. Écarlate. Je ne pouvais douter qu'elle n'ait tout entendu. Elle me lança un regard perdu d'étonnement et referma doucement sa porte. Je balbutiai quelques mots à Olympe et regagnai ma chambre, confuse, ennuyée. Quelle sottise que tout cela ! Puis je me raisonnai, me persuadai sans trop de conviction. Ce n'était pas si grave. La pauvre femme n'avait peut-être pas entendu.

C'était si bon d'être à Paris ! J'avais tant attendu, tant souhaité cet instant qu'un entêtement égoïste me rendit peu à peu mon plaisir. J'entendais la voix de Pauline, chantante et perchant haut ses phrases, me rebondir sur le cœur. *Cela va être un tel plaisir, Adèle, de vous montrer Paris...*

Je le savais, bien malgré moi et malgré les défauts que j'entrevoyais déjà, j'étais conquise. Et comment résister ? Pauline était le charme même. Je venais à peine de la rencontrer et j'attendais déjà de la retrouver. Elle était si vivante ! Je me sentais comme une gamine. J'essayai de modérer un peu mon impatience mais je ne pouvais raisonner mon espérance. C'était un sentiment ancien que cette attente, enfoui en moi, prêt à renaître. Le désir d'une amie qui me soit un peu semblable. Je le gardais au cœur depuis longtemps. Depuis Lucile et les faux-semblants de Verteuil... J'avais Mariette, bien sûr, comme une sorte de sœur aînée. Mais je pressentais ici une entente plus subtile, trou-

167

blante comme une inclination. Cette femme était curieuse, bavarde, un peu médisante, assurément. Pourtant elle m'attirait le cœur. Elle était ambiguë, amusante, pleine d'esprit ! Elle était un peu l'image, au fond, que je me faisais de Paris... Je me levai, ne pouvant me reposer davantage. J'allai à ma fenêtre. Derrière le froissement du frêne sur les vitres, j'entendais un grondement sourd, fait de mille bruits, celui de la ville qui m'attendait.

Cette première nuit parisienne fut un peu difficile. Un vent plus aigre encore que celui de la veille s'était levé, et l'arbre de la cour frappait à ma fenêtre par intervalles irréguliers, comme pour demander d'entrer se protéger du froid. Le bruit grondant de la ville s'était apaisé depuis longtemps, mais j'entendais sonner un bourdon grave, assourdi et lointain, d'heure en heure. Il me suffisait de penser que c'était celui de Notre-Dame pour voir s'enfuir tout sommeil. Je m'assoupis enfin et me réveillai en sursaut. Des criaillements aigus, des sifflements et des sabots déchiraient à nouveau la paix du petit matin. Mon lit était baigné de pénombre. Une lumière de feu éteint flottait sur les panneaux de bois blanchi. Il était quatre heures à la pendulette qui trônait sur le marbre gris de la cheminée. Paris s'éveillait à nouveau. La ville bruissait, comme une mer montante, d'un bruit régulier, toujours plus proche et plus précis. Je l'écoutais, dans la pénombre de cette maison silencieuse, encore endormie. C'était un moment d'impatience mesurée, attendrie. Je savais qu'aujourd'hui serait le jour de notre rencontre. À l'angle de ma chambre, une petite table blonde, à pieds très fins, charmante. Une main soucieuse y avait déposé de la poudre et un nécessaire à coiffer. Les manches de nacre brillaient doucement. Je repoussai cela et installai mon écritoire. C'était l'heure d'Élise. Je lui peignis en quelques lignes mes sentiments de pensionnaire sortie du couvent. Je pouvais tout lui dire sans craindre son jugement... Puis je me préparai. Comme le temps me semblait lent ! J'entendis enfin du bruit, une porte qui grince, qu'on ouvre doucement, puis une autre. Les domestiques s'étaient levés, bientôt viendrait le tour des maîtres.

À huit heures, n'y tenant plus, je descendis lentement l'escalier blanc qui me rappelait tant de choses. Le déjeuner se prenait, m'avait dit Olympe, dans une petite pièce claire, donnant sur cette cour à fontaine qui éclairait ma chambre. Mme Dangeau m'y attendait, seule et bien gênée de l'être. Je ne l'étais pas moins.

– Bonjour, madame.
– Bonjour, madame.

C'était une conversation un peu courte. Elle me fit servir par une petite bonne brune, à l'air avenant et un peu effronté, qui s'appelait Martine. Elle s'inquiétait de me voir prendre seulement un peu de thé, une tartine de pain. Puis n'osant insister et ne sachant que me dire, la pauvre femme entreprit de rompre un silence obstiné qui revenait toujours de lui-même. Il faisait vraiment froid. Elle espérait que j'avais bien dormi. Les cloches de la cathédrale étaient un peu dérangeantes. Quand son mari avait acheté

169

cette maison, on ne les entendait pas. Elles étaient interdites. Les idées que traînait le souvenir de ce temps de lourde police la firent se taire. Elle craignait d'en dire trop, peut-être de me désobliger. Son malaise m'était proche. En buvant lentement mon thé, je la regardai mieux. Mme Dangeau avait de la douceur en elle, et tant d'humilité. Ses yeux, d'un bleu délavé, s'effrayaient sans cesse de croiser les miens. Elle voulait bien faire, cela se sentait à cette poudre qu'elle mettait sur son teint un peu trop fleuri, à cette dentelle fine qui couvrait ses cheveux. Elle s'habillait de clair, pour suivre le ton, et cette mode de remonter les cheveux en brioche lui donnait un air de pâtisserie crémeuse. Pourtant je ressentais son désarroi. Elle ne savait que me dire et ne pouvait me planter là. Allons, je ne serais pas cette péronnelle campagnarde, dressée sur ses quartiers de noblesse, qu'elle redoutait tellement. Ses préjugés valaient assurément les miens.

– Permettez-moi de vous remercier de la gentillesse de votre accueil.

– Mais ce n'est rien...

– Je ne trouve pas. Vous vous êtes donné beaucoup de mal.

Elle eut un sourire, timide. Je ne voulais pas m'arrêter à cela.

– Le repas était délicieux... Si je l'osais, je vous demanderais même...

Je pris un air un peu confus. La bonne dame me regardait, surprise.

– Je vous demanderais la recette de ces artichauts sublimes que vous nous avez servis hier au soir. Je n'ai jamais rien mangé d'aussi bon !

170

– Cette recette ?

– Mais oui ! Je cuisine aussi mal que je couds. Une vraie catastrophe !

Elle me fit un large sourire et prit un ton de confidence :

– Ce sont des artichauts à la ravigote...

– Tiens donc !

– Cette recette fait fureur à Paris. Mon mari me l'a rapportée du *Veau qui tète*...

Elle m'expliqua que c'était un fort bon restaurant. Puis elle me dit le détail de cette recette, dont toute la finesse était de bien lier le roux. J'écoutais, je hochais la tête, et elle me resservit du thé, en oubliant d'appeler Martine pour ce faire. Je lui dis à nouveau à quel point j'étais une piètre cuisinière. Elle me répondit qu'on ne peut tout savoir. Il y avait une mélancolie assez douce dans sa voix et dans cet instant.

– Vous devez faire le régal de vos invités, Marguerite. Je n'ai pas une salle à manger aussi belle, à Aiguebrune. Ni de tels talents...

Sur les subtilités de ce fond d'artichaut, nous avions échangé nos prénoms. J'avais beaucoup insisté pour cela. Nous avions le même âge, elle et moi. J'y tenais, si elle voulait que nous soyons amies. En inclinant légèrement son visage, Marguerite Dangeau me regardait. Je vis dans ses yeux une sorte d'espoir un peu craintif, une étrange prière. Sa voix tremblait un peu quand elle me répondit.

– Nous recevons fort peu... Vous l'avez compris, n'est-ce pas ?...

Je ne savais pas jouer longtemps la comédie. À quoi bon ? Je lui souris, assez piteusement, ne

171

trouvant pas les mots qui exprimaient mon sentiment.

– Oui...

Elle se tut un instant, puis me vida son cœur
avec cette naïveté si touchante des gens simples
et droits.

– Je ne suis pas du monde. Ni du petit, ni du
grand. Autant vous le dire, puisque Pauline a
commencé à le faire. M. Dangeau louait un
appartement chez moi. Il était veuf et j'étais
seule. Il était secrétaire, en ce temps-là, et les
gens étaient moins compliqués. C'était la Révolution, vous savez. Il était riche, moi pas, mais on
voulait croire à de l'égalité. Moi, j'y croyais.

Elle se tut à nouveau. J'étais désarmée, émue
de sa confiance. Dans quelle solitude pouvait-
elle se débattre pour faire cette confidence à une
inconnue ? Je comprenais, maintenant, les mots
de M. Dangeau, la veille. Recevoir une aristo-
crate à l'ancienne sous ce toit qui était si peu le
sien avait dû la terroriser.

Les cloches de la cathédrale, gravement, sonnèrent la demie. Je n'avais pas le temps de lui
parler de ma Barrade, que mon père n'avait pas
épousée, et je ne savais pas si je le pouvais.
J'ignorais où Denis en était dans ses confidences
familiales. Il valait mieux taire ce point. Mais il
fallait que je la rassure, sinon sur le monde, du
moins sur moi. Je le savais d'instinct, obs-
curément. Elle attendait de moi un aveu aussi
lourd que le sien. Je lui parlai donc de cette iné-
galité qui était la mienne et que je traînais moi
aussi comme je le pouvais. Celle de mon pied-
bot.

172

Il était tard. Neuf heures, au moins. Une porte s'ouvrit, M. Dangeau entra et nous découvrit, riant toutes les deux. Il venait prendre Denis. Était-il prêt ? Nous n'en savions rien ! Nous avions décidé, quant à nous, d'aller à la Cité et de voir les chalands du pont de la Tournelle. S'il fut surpris, il n'en montra rien. Il mordillait seulement sa moustache en regardant sa femme. Marguerite m'avait servi une troisième tasse de thé.

Nous marchions dans Paris, toutes les deux, comme nous le pouvions, moi en boitant et elle en s'essoufflant. Il n'était pas aisé pour Marguerite, ronde comme elle l'était, d'affronter les désordres hasardeux de la rue. Et elle ne voulait pas s'attarder ! Si le regard parvenait à se glisser dans les ruelles qui coupaient notre chemin, il entrevoyait tout un monde de pauvreté et de misère. J'apercevais des murs lépreux, des colombages branlants. À ma grande surprise la ville ancienne cachait mal ses taudis. Marguerite ne brillait guère, je le sentais bien. Elle avait peur, malgré l'heure matinale, de s'aventurer dans ce quartier incertain. Deux dames, à pied, c'était un peu dangereux... Mais je ne voulais pas de voiture ! D'ailleurs, que faire d'une voiture dans ces ruelles tortueuses qui nous conduisaient au cœur vibrant de la vieille ville ? Tout vivait, criait, virevoltait autour de moi ! Tout m'étonnait ! Je n'en revenais pas ! Enfin nous arrivions au pont. Il était si chargé de baraques et de monde que c'est à peine si j'entrevis la Seine. Je dus faire à la mode de Paris et jouer des coudes

173

pour voir enfin couler le fleuve. Il était gris, comme le ciel, avec des reflets d'acier très pur. Il me sembla couvert des voiles de ses pauvres bateaux.

Les monuments de l'île étaient beaux, immenses, un peu abandonnés. La cathédrale me semblait un rêve de pierre, issu d'un temps d'orgueil et de foi sans mesure. J'y pénétrai comme chez moi, Marguerite trottinant sur mes talons. Saisies toutes les deux par la majesté de ce lieu, nous avons longuement déambulé sous le regard coloré de la grande rosace. Des statues, brisées, manquaient par endroits. Marguerite, en baissant la voix, m'avoua qu'elle croyait, un peu. Un culte étrange, théophilantropique pour parler avec la commune simplicité du temps, allait se dérouler dans la cathédrale, et cela nous chassa. Notre-Dame, auparavant, avait été vouée à la Raison, nouvelle déesse triomphante que proclamait la République ! Tout cela me semblait bien vain et justement assez peu raisonnable, mais je n'avais ni le temps ni l'envie de m'y arrêter. Ces hautes pensées n'étaient plus pour moi. Nous traversâmes la place, à grand-peine. Lassée de regarder en l'air et de me faire par vingt fois bousculer, je finis par baisser le nez. Les beautés de Paris n'étaient rien, en regard du miracle quotidien que prodiguait la rue. Les gens vivaient dans une sorte de vibration joyeuse, qui m'était inconnue. Ils riaient, s'apostrophaient en se coulant dans la foule, en glissant sur les pavés. Ils ne marchaient pas, ils volaient ! J'en étais tout ensemble ravie et étourdie. Nous remontions vers une petite place où il

174

y avait marché ! D'après mon pauvre guide, on y trouvait de tout ! Des étals chamarrés répandaient des effluves d'épices lointaines et de simples potagères. Ça sentait la cannelle et l'oignon ! C'était un enchevêtrement extravagant de légumes ordinaires et de fruits, précieux pour la saison. Un maraîcher vantait ses poires, les dernières de brumaire, la livre pour trois sous ! Je voulais tout voir, tout admirer, emportée malgré moi dans cette vie de la rue qui avait la force et la violence d'un océan. Se méprenant à mon air, un homme m'aborda. C'était une sorte de paysan en blouse bleue, raidie d'empois, quelque Normand, selon Marguerite.

– Lait d'amour, lait d'amour, deux francs le seau ! C'est par ici, ma p'tite dame ! Pour se faire la main aussi douce que l'œil ! Aussi douce qu'un sein de demoiselle...

Je m'approchai, curieuse. L'homme me montrait un seau. Me tirant, Marguerite m'entraîna au loin !

– Mais que vend-il ?
– Du lait d'ânesse !
– Cela se boit ?
– Non pas ! L'on se baigne dedans, parfois...
Elle riait franchement en voyant ma mine.

Ce fut notre première promenade. Nous étions comme deux fillettes, heureuses de notre escapade, complices de je ne sais trop quoi. Vibrant dans l'air froid, le gros bourdon de la cathédrale vint couvrir de son timbre grave le piaillement des voix qui m'entouraient. Il était onze heures, déjà ! Il fallait absolument rentrer ! Marguerite me prit le bras et, moitié en riant

175

moitié en grondant, me poussa sur le chemin du retour. Il me parut plus long qu'à l'aller. Notre liberté matinale était terminée. Nous avions quitté la Seine, les murs gris de la ville nouvelle m'enserraient à nouveau dans leur carcan de pierre. Nous marchions plus aisément dans ces rues élargies, croisant des voitures ou des cavaliers. Mais nous marchions sans entendre gouailler. Personne ne nous eût bousculées, par ici, et j'en avais une sorte de regret. Les rues ressemblaient aux rues. C'était, à tout prendre, un quartier bourgeois et austère que celui-là. Confortable. Sans âme. Je confiai mon impression à Marguerite, qui me sourit bravement.

– Je suis née rue du Petit-Carreau ! Que diriez-vous, Adèle, si vous étiez à ma place ?

C'était vrai. Je comprenais tous ses ennuis. Ce Paris-là ne valait pas l'autre, qui était le sien.

Nous venions d'achever le repas de midi. Nous prenions le café. Sur la cheminée du salon, je guettais la course des aiguilles enfermées dans un cercle doré que soutenaient lestement deux nymphes. Je ne pouvais plus raisonner mon cœur d'enfant ! C'était un moment pourtant agréable, déjà intime et familial. Olympe et Denis nous parlaient de cette maison de la rue de Babylone, qui était à vendre et qu'ils iraient visiter l'après-midi même. Leur hâte était grande ! Olympe s'excusait pour la troisième fois, apeurée de me laisser seule aux mains fantasques de sa tante.

– Vraiment ! Cela ne vous ennuie pas, Adèle, si je ne vous accompagne pas ?

– Mais non...

176

Rien ne pouvait m'ennuyer, je crois! J'écoutais d'une oreille distraite le cours si sage de leurs propos. Cette maison était située dans un quartier de bon ton, dont les murs cachaient de vrais jardins! De grands jardins avec des arbres! M. Dangeau, qui songeait sans s'en cacher au prix d'une telle maison, prit une voix un peu grave, un ton de sage raison.

– Un grand jardin est-il si important? C'est un quartier de banquiers, cela! Et fort riches!

Olympe n'osait pas lui répondre. Je répondis pour elle.

– Un grand jardin s'impose pour élever de petits enfants...

Elle rougit, son père me regarda, un rire dans les yeux, en mordillant sa pauvre moustache.

– Oui, c'est vrai... Irez-vous, mesdames, avec nos jeunes gens, les modérer un peu? Dans leurs achats, s'entend...

Nos jeunes gens n'avaient rien demandé à personne. Ils souhaitaient, peut-être, rester seuls. Je l'espérais, du moins. Marguerite me regarda brièvement et hocha la tête.

– Pauline vient chercher Adèle. Pour lui montrer Paris.

Elle n'en dit pas plus. Et il ne demanda plus rien. J'avais déjà compris à quel point ces deux femmes étaient dissemblables. Je me tus, moi aussi. Olympe babillait, légère et mignonne en cet instant où elle était heureuse. Elle voulait tout de même que Denis ait vu leur maison avant de partir. Qu'importait le prix, si cette maison de la rue de Babylone leur plaisait à tous deux?

177

— C'est votre argent, ma fille ! Mes conseils ne sont pas des ordres !

Il souriait, la voix amusée. Mais nul ne semblait croire qu'il le pensât vraiment !

Vers deux heures, Denis et sa femme partirent visiter cette demeure en nous promettant de ne pas s'engager trop légèrement. M. le secrétaire général prit congé, en nous disant qu'il le regrettait et qu'il ne s'appartenait pas. Mais je doutais qu'il se passionne pour nos propos. Nous étions à nouveau seules, Marguerite et moi. Elle prit un ouvrage. Le temps se traînait. Enfin, à la demie, n'y tenant plus, je sortis pour me préparer. Je m'excusai auprès de ma compagne en lui confiant mon impatience de voir d'autres endroits de l'immense ville. Elle sourit en me répondant sur un ton de conseil que je ne compris pas.

— Vous n'irez pas à l'île. Pauline va vous montrer des endroits à la mode...

Le ton était presque réprobateur ! Mais moi, je l'espérais bien ! Je fus dans ma chambre aussi vite que je le pus, mis mon manteau qui s'était un peu défroissé et arrangeai les rubans de mon chapeau de velours noir. En un clin d'œil, j'étais prête. Je rejoignis Marguerite et son ouvrage, auprès de sa cheminée. Incapable de m'asseoir, je restai debout, le dos au feu. J'avais tellement attendu cet instant ! Je me sentais comme une enfant à qui l'on a promis quelque friandise ! Puis je croisai le regard perplexe de Marguerite. Quelque chose n'allait pas. Elle me regarda un instant, ne sachant trop si notre amitié un peu neuve lui permettait de me dire ce qu'elle avait au bout de la langue. Puis elle s'enhardit, en rosissant de son audace :

— Adèle, il faut que je vous dise...

— Mais oui...

— Pour vous promener avec Pauline...

Elle hésitait, de plus en plus mal à l'aise.

— Eh bien ?

— Vous n'avez pas d'autre manteau ?

Elle me parlait de mon manteau noir, le seul que j'avais. Il était un peu fripé, certes, mais de bon drap. Je n'avais pas de garde-robe bien étoffée, c'était vrai, j'en avais conscience. Je n'avais que ma robe grise et verte et ma robe brune que je portais sur moi. Deux robes de printemps ne sont rien, en hiver, à Paris. Quant au reste... C'étaient mes robes noires, des robes de campagnarde. J'avais suivi Olympe et Denis sans prendre le temps de m'arrêter à cela. Marguerite me sourit, un peu énigmatique.

— Pour sortir avec Pauline, il vous faut autre chose...Vous ne seriez pas à votre aise, sinon...

Elle posa son ouvrage et sortit, me laissant au cœur de ma perplexité. J'avais mis ma robe brune, qui était de taille remontée, la meilleure des trois. Que pouvais-je faire d'autre ? Quand Marguerite revint, son bras droit avait disparu sous une chose magnifique et douce. C'était une cape noire, en soie. Le col était de zibeline. Marguerite l'étendit sur le sofa, devant moi. Interdite, je ne pus retenir ma main de caresser cette merveille.

— Vous mettrez cela.

Je regardai Marguerite. C'était elle, si réservée, qui donnait des ordres et non des conseils.

179

Elle me sourit :

– C'est un cadeau de M. Dangeau. Il est bien trop beau pour moi !

Et elle reprit, non sans maladresse, pour me décider tout à fait :

– Je ne l'ai jamais mise. Pauline ne le saura pas.

J'étais confuse ! Je ne pouvais pas accepter. Mais je vis dans ses yeux que je ne pouvais pas refuser non plus.

– Mais Pauline ne se moque-t-elle pas de cela ? Le vêtement que l'on porte, c'est si peu de chose...

– Pauline ?

Marguerite me regarda en riant de bon cœur.

– Bien sûr ! Elle s'en moque complètement ! Mais Pauline ne sait pas ce que c'est que manquer ! Elle est très intelligente, mais elle ne sait pas cela. Ses parents étaient riches. Ses grands-parents aussi ! Elle vit dans un monde doré, depuis toujours ! Elle va vous y mener tout droit ! Et les gens de la belle société acceptent tout des leurs, et même un peu de boitement. Tout, sauf un habit mal taillé.

Je regardais Marguerite venir vers moi, élever la cape et me la tendre. Je ne pouvais pas repousser un tel geste sans la froisser. Et je savais, au fond de moi, qu'elle avait raison. Avais-je donc oublié les leçons d'autrefois, si amères ? Je la laissai m'envelopper dans cette caresse noire, étonnée, émue. Comme je m'étais trompée sur cette petite femme ! J'allais la remercier, quand la porte s'ouvrit. C'était Pauline, parfumée, coiffée, maquillée d'un soupçon de rouge et couverte de fourrure, évidemment.

– Bonjour à toutes deux ! Je vous vois déjà prête, Adèle ! Ma chère Marguerite, je l'emmène au Carrousel. Venez-vous avec nous ?

– Non ! Je n'ai guère le goût à tout cela !

– Ni un mari qui vous le permette ! Enfin, n'en parlons pas ! Nous reviendrons pour le thé !

– Je vous attends.

Un dernier regard de reconnaissance jeté à Marguerite, un gant parfumé sur mon bras, une porte qui s'ouvre, une voiture légère qui s'envole sur des pavés gris. Nous étions parties. Pauline, en riant, me glissa à l'oreille un mot qui m'eût fait sourire, la veille :

– Ne pas aimer le Carrousel, où sont les plus jolis chapeaux de Paris ! Quel pot-au-feu, cette petite femme-là !

Mais cela ne me fit pas rire. Je n'étais plus de cet avis. On change vite d'idée, à Paris. C'est, paraît-il, un effet du vent.

14

Cette promenade était un vrai tourbillon ! Pauline, assise à mes côtés, avait fait baisser le toit de sa voiture, fine et légère. Nous étions toutes deux emmitouflées de fourrures et leur douceur m'apprenait un luxe jusque-là inconnu de moi. Car s'il est une chose de l'admirer sur d'autres, il en est une autre, fort agréable, de le voir posé sur soi, comme un papillon précieux. Ma main, plus étonnée que mon âme, caressait par instants cette cape si douce qui m'enveloppait. Le vent frais qui montait du fleuve m'emportait dans ses bras. Nous roulions bon train, ayant passé la Seine au pont de l'Égalité, puis longeant son cours alangui. Il me semblait rêver. Ma compagne s'était tue, me laissant savourer cette rencontre. Elle me jetait un nom, de ci de là, que j'attrapais au vol. Je reconnus le palais des Arts. C'était le Louvre, sa symétrie parfaite, ce ton d'ordre et d'autorité qui était le sien. J'entrevis la Grande Galerie et les Tuileries, ses jardins savamment ordonnés, ses arbustes enfermés dans de hauts baquets verts. J'aperçus la place du Carrousel, déjà passée. Nous arrivions à grands claquements de fouet sur une autre place, immense. La place de la Révolution.

Je sentis tout à coup le souffle me manquer, à moins que ce ne fût l'air trop vif de cette course folle. J'avais reconnu cet endroit. Il était paisible, quelques rares passants allaient et venaient, s'arrêtant à des étals protégés de toiles blanches. Le vent frémissait longuement dans ce tissu, comme un souffle qui expire. Je retenais mes larmes, étonnée de les sentir si proches. Mais c'était plus fort que moi et mon sentiment d'amertume refusait de céder la place à l'insouciance de l'heure, à la gaieté du moment. Avant, c'était le Cours-la-Reine, cette allée si belle que nous venions de prendre. Avant, cette place où il était mort portait le nom du Roi-Louis. Je sentais une tristesse me prendre, aussi poignante que l'avait été ma joie. La guillotine s'était dressée au centre de cet espace si pur. Je regardais

182

sans la voir une immense statue de la République assise à cet endroit. Elle était armée d'une lance.

Je ne pouvais plus parler. Je n'avais pas pensé que j'éprouverais cela. Mais il ne pouvait en être autrement. C'était un si triste pèlerinage. Sur cette place, je voyais ma petite Élise, en chemise, ses beaux cheveux coupés sur la nuque. Je fermai les yeux, incapable de supporter cette image. Je pensais mon chagrin moins sauvage, il ne l'était pas. Je ne sais si Pauline devina ma pensée, mais elle fit sans rien dire un signe à son cocher. Il descendit et remit sur nous la capote de la voiture. C'était un voile funèbre qui m'était nécessaire. Nous restâmes ainsi un moment, immobiles et silencieuses. Puis ma compagne ébaucha un signe et nous fîmes demi-tour, dans un grand tournoiement de roues.

Nous reprîmes le même chemin, en sens inverse, jusqu'à la place du Carrousel. Le cocher, averti à l'avance, nous conduisait au pas et nous croisions à même allure d'autres voitures, légères et jolies, dont les occupants nous saluaient aimablement. Je me remettais peu à peu, confuse de ma tristesse, importune à ma compagne et à tout ce qui nous entourait, qui était charmant et gai et me semblait factice et vain. Pauline, une main levée, saluait à son tour ses connaissances, avec un sourire de reine. J'étais un peu surprise de ce cérémonial, si je ne le lui dis pas. Enfin, devant les hautes colonnades des galeries du Palais-Royal, la voiture s'arrêta. J'essayai de repousser mes tristes pensées. J'avais tellement désiré voir tout cela ! Et j'étais comme détachée de mes envies, en cet instant précis qui eût dû me combler. Tout me semblait un peu irréel et j'avais peine à croire que j'allais enfin pénétrer dans ce temple des désirs féminins ! Le cocher nous aida à descendre. C'est ici qu'il nous attendrait, me confia Pauline, insouciante du froid qu'il devrait endurer deux heures durant. Elle plissa le nez et me glissa à l'oreille, comme on dit un secret :

– Nous allons vous montrer Paris, ma chère !

Puis elle me prit le bras, et m'entraîna gaiement. Je m'abandonnai à ce bras et à cette gaieté.

Les galeries du Palais-Royal n'étaient pas telles que je les avais imaginées. Elles étaient en bois et sous leurs voûtes pendaient fichus et châles, en guirlandes légères. Des cordes étaient tendues de colonne en colonne, où s'alignait tout ce qui pouvait se porter d'élégant ou de nouveau, ombrelles et cannes, gants parfumés de musc, dentelles et rubans, aumônières brodées, chapeaux, bonnets et réticules, le tout pendu en chapelets sagement balancés au vent. Mes yeux s'arrêtaient à mille pacotilles et mon cœur, secoué lui aussi, se calmait peu à peu. C'est sous ce bazar digne d'un marché d'Orient que se croisait le Tout-Paris. C'était un lieu étrange, un peu équivoque, qui tenait de la promenade familiale et du rendez-vous galant, dans un savant mélange de fausse innocence et de curiosité. Les gens s'arrêtaient ici et reprenaient là leur course imprécise. Je regardais, émerveillée, les comptoirs qui déversaient jusque sur le sol une débauche savamment ordonnée de soieries et de mousselines. De jeunes élégants nous croisaient, nous regardant insolemment. Leur mise avait de quoi surprendre. Elle était aussi *incroyable* qu'eux ! La taille de leurs habits arrivait presque à leurs genoux qui disparaissaient dans des pantalons si larges qu'on eût dit quelque robe persane. Cette largesse dans le bas répondait à une étroitesse dans le haut qui ne pouvait que prêter à rire. L'ajustement de leurs épaules empêchait leurs bras de retenir un chapeau minuscule qui tombait sans cesse de leurs cheveux amoncelés. Me montrant tout cela, Pauline riait des muscadins ! Puis c'était une écharpe vivante qui s'en venait à notre hauteur. Les jeunes dames, à ma grande surprise, se tenaient par la taille ou le bras, sans nul souci de maintien ou de convenance. En passant, elles nous regardaient effrontément par-dessus leurs éventails. Elles étaient vêtues de soieries glissantes et légères, portant à peine une étole pour se protéger du froid. Elles riaient fort, parlaient de même, et laissaient derrière elles un doux sillage de parfum et de libertinage qui me fit sourire. Je pensais à tout ce qui avait fait l'éducation de leurs mères, des yeux que l'on baisse, des corps que l'on cache. Tant de désirs interdits ou dissimulés.

Sous les galeries de bois, le monde se grisait d'envie de vivre. Cédant à la mienne, j'achetai un éventail à manche d'ivoire, d'un travail fort beau. Ce n'était pas tant l'objet lui-même qui me plaisait, je dois l'avouer, mais l'idée d'une coquetterie un peu légère qui se cachait sous sa dentelle. Toutes les illusions me semblaient pos-

185

sibles, dans ce gentil dédale. Enfin, au bout d'une allée, comme je voyais s'approcher l'alignement sage des buis des Tuileries, Pauline me prit le bras.

– Vous n'avez que faire des Feuillants ou du Manège, n'est-ce pas ? Et les Arts attendront !

Nous passâmes l'eau sur une passerelle légère. Puis elle traversa hardiment une rue qui me parut un fleuve, m'entraînant sans égard pour ma marche tordue. Je m'essoufflais à la suivre. Des vitres dépolies brillaient devant moi. Nous étions devant une porte à larges poignées de bronze, où deux griffons déployaient leurs ailes. Ces portes s'ouvrirent devant nous avant que nous ne les ayons poussées. Nous étions attendues, déjà fêtées avant même que d'entrer. Pauline me précéda, et je la suivis, intimidée malgré moi. C'était une salle immense. Sur les murs, mille glaces renvoyaient notre image et celle, imprécise et évaporée, des fresques peintes sur les murs. Des nymphes fuyaient sans trop de hâte, perdant dans cette course complaisante leurs écharpes ou leurs voiles. Leurs rondeurs dénudées, reflétées par les miroirs, me gênaient un peu. Je suivais Pauline, à l'aise et riante, qui montait à un escalier contourné. Je me trouvais noire et funèbre, boitante et déplacée, au milieu de tout cela. Je sentais sans les voir des regards qui se posaient sur moi.

À l'étage, bien trop en vue pour mon goût, une petite table nous attendait dans une sorte de baignoire de théâtre. Pauline commandait du café et il fallait bien que je prenne mon parti de cette représentation qui se donnait alentour.

186

C'était une comédie légère où je devais tenir un rôle. Ma compagne s'était dévêtue. Il faisait en effet fort chaud. Je quittai mon chapeau et ma cape, à regret, comme on quitte une armure. Ne voulant pas penser à ma tenue trop simple, j'entrepris de regarder un peu autour de moi. J'étais étonnée du grand lustre de cristal taillé, des chaises à dossier doré, des tapis rougeoyants étalés çà et là, de tout ce luxe tapageur. J'eus une pensée, rapide, pour les taudis du vieux Paris. Où était passée la Révolution dans tout cela ? J'entendais monter vers moi le brouhaha diffus qui s'élevait des tables, le cliquetis fragile des verres entrechoqués. J'admirais ces chemins incertains et contournés que prenaient des hommes vêtus d'habits noirs, un plateau à la main, une serviette à l'autre. C'était donc cela, un café !

— Le Café Français, justement ! Prendrez-vous une pâtisserie, ma chère Adèle ?

— Je n'y tiens pas trop...

Pauline me sourit, d'un air complice.

— Je n'y tiens pas non plus ! Le sucré me pèse ! Il nous faudrait en prendre, pourtant, si nous voulons ressembler toutes deux à ce que Paris fait de mieux...

Elle me désignait des yeux une jolie vénus brune, quelque peu dévêtue d'une tunique à la grecque retenue par des broches d'argent. J'admirai sa coiffure courte, savamment bouclée.

— Elle est coiffée à la Titus... C'est Mme Tallien.

Cela ne me disait rien. La belle dame, très entourée, écoutait quelque complimenteur

187

d'estaminet, le menton dans la main. Son bras, savamment dénudé, avait une courbe ronde et douce, celle de la jeunesse. Pauline se pencha vers moi, avec cet air de délice que prend une bavarde en veine de potiner.

– Elle a fort bien réussi, par les hommes qu'elle a épousés, la petite demoiselle Cabarrus...

Ce nom, parmi tout ce luxe, me fit mal. C'était un coup d'aiguille, inattendu. Je me revis, cherchant Cyprien jusqu'à l'entrepôt Cabarrus, sur les quais de Bordeaux. La tristesse de la place de la Révolution me revint, que je ne pouvais plus chasser. L'ombre du passé m'était revenue. Sans s'aviser de mon malaise, Pauline salua d'un sourire cette dame, qui le lui rendit. Notre café arrivait déjà. Pauline faisait mine de ne rien voir de ceux qui nous entouraient et baissait les yeux sur sa tasse. Un jeune homme au visage englouti dans deux aunes de mousseline s'était levé de la table de Mme Tallien. Il s'inclina devant la nôtre. Pauline lui tendit négligemment la main, sans grande hâte, à ce qu'il me sembla.

– C'est un grand plaisir que de vous rencontrer, madame !

Il se tournait vers moi. En souriant, elle me présenta.

– Ma chère Adèle, laissez-moi vous présenter M. de Noailles. Mon cher, vous serez bien aise d'apprendre que mon amie est Mme d'Aiguebrune, la sœur de notre cher général Barrère.

Le jeune muscadin m'embrassa la main et se retira aussi vite qu'il était venu. Je regardai Pauline, un peu surprise de l'intrusion. Elle confirma mes doutes.

188

– Il est venu aux nouvelles ! Un nouveau visage excite leur curiosité ! Ils vont maintenant se repaître de votre venue...

Sa voix cachait mal son dédain. Je m'étonnai, cependant, du nom de ce jeune homme.

– De Noailles...

Un quatre août, voilà presque dix ans, un M. de Noailles avait demandé l'abolition des privilèges. Ce ne pouvait être ce jeune homme... Pauline ne comprit pas le sens de mon étonnement.

– Mais oui ! C'est un fils de famille, un émigré. Il en revient un peu plus chaque jour. La Rive gauche se repeuple peu à peu...

– Mais le gouvernement...

– Le gouvernement les surveille et ferme les yeux. Il veut la paix civile, Adèle ! Et un peu de prospérité ! Tous ces gens-là sont encore bien riches...

Je digérai l'information. C'était, bien sûr, mieux ainsi... Je pensais à certaines personnes que je savais en exil, me demandant ce qu'elles étaient devenues, quand un brouhaha nouveau se fit autour de la porte. Quatre hommes entrèrent, vêtus de lourdes capes pourpres. Ces habits de drap rouge semblaient d'un autre âge en ce lieu. Je me sentis pâlir. Je connaissais l'un des députés ! Quel jeu jouait-on sans m'en aviser ? Pauline s'était redressée. Elle riait, avançant sa gorge, montrant ses dents ! Dieu qu'elle m'agaçait, à cet instant ! Je me sentais trahie, dans cette robasse brunâtre, informe, qui était la mienne et jurait avec les mille élégances qui se déployaient autour de moi ! Ma compagne, je le

189

sentais bien, n'osait pas croiser mon regard. Je me fis soudain l'effet d'une souris stupide de laquelle un chat se joue !

Marsaud avait ôté ce bonnet carré qui le rendait semblable à quelque juge ancien. Il avait relevé la tête. Je ne pus me tromper à son air de surprise ! Il n'était peut-être pas du complot. Il sourit d'un air ravi et nous adressa un signe de reconnaissance. Pauline lui répondit d'un autre signe, amical, anodin, charmant. J'admirais son aisance et sa fourberie. Elle se tournait vers moi, me prenant tout bonnement pour une idiote :

— Le hasard fait bien les choses, n'est-ce pas ?

— Et Paris est tout petit, n'est-ce pas ?

Marsaud, à sa façon rapide, avait déjà monté ce fâcheux escalier. Les tables d'alentour feignaient de ne pas trop nous regarder. J'essayai de calmer ma colère tandis qu'il s'inclinait devant nous :

— Ma chère Adèle ! Comme je suis surpris de vous voir en ce lieu !

— Il n'est pas fait pour moi, c'est certain !

Il rit en s'asseyant.

— Eh bien, disons que j'en suis heureux !

Marsaud nous expliqua qu'il n'avait qu'un moment un peu court ! Les Cinq Cents siégeaient aux Tuileries, qui étaient proches. S'il me l'apprit, une autre le savait déjà ! Il était, en quelque sorte, en récréation. Il nous parla des séances de la Chambre, et du ronflement persistant de certains vieillards, accrochés à leurs sièges ! Je me moquai un peu de sa vanité. Il n'était plus aussi jeune qu'il le croyait et ce costume de sénateur ne le rajeunissait pas !

190

– C'est vrai que vous m'avez connu en tout autre costume !

– Vous n'étiez pas plus modeste pour autant !

Nous riions tous les deux et Pauline nous regardait, un peu lointaine, un vague sourire aux lèvres. Je racontai à Marsaud, qui voulait tout savoir de ma venue *inespérée* dans la capitale, mon arrivée à Paris, les charmes du voyage, l'auberge de Montlhéry. Pauline ne parlait guère. C'était pourtant un moment très gai. Comme Marsaud se commandait à boire, je la regardai à la dérobée. Un rien m'alerta, une lueur triste et angoissée qui se cachait dans le sourire plissé de ses yeux d'écureuil. Je la vis suivre du regard la main de mon ami. Que dis-je, la suivre ? Elle la caressait du regard. Et je compris enfin pourquoi elle m'avait invitée ici, et toutes les bonnes grâces faites à ma famille par cette petite femme. Elle avait pris Denis sous son aile, l'avait présenté à sa nièce... C'était trop de bonté ! Son intérêt pour nous me devenait limpide. Pauvre Pauline ! Elle venait de poser son étole sur le dossier de sa chaise, dégageant les broderies de son corsage dans un geste savamment maladroit, quand elle se retourna, et croisa mes yeux. Elle y lut, je le sentis sans le moindre doute, que j'avais tout compris. La conversation reprit, légère. Enfin Marsaud leva au plafond des yeux pleins d'ennui. Il devait nous quitter ! La séance allait reprendre.

– Eh bien, retournez donc à votre sieste, mon ami !

– À bientôt, je l'espère ! Nous avons à parler, vous et moi, d'une certaine île...

Et sur ce il s'en fut, rapidement, comme il était arrivé. Pauline, en baissant les cils, le suivit des yeux jusqu'à ce que la porte le dérobe à sa vue. Mon café était froid, je le bus pourtant lentement. Je savais qu'elle peinait à me regarder en face. J'hésitais entre un peu de colère et un peu de pitié. Le second sentiment l'emporta.

— Vous connaissez le député Marsaud depuis longtemps, Pauline ?

— Depuis un an, je pense...

Elle pensait, en effet. Ses yeux se perdaient sur une jeune femme, brune et lascive, vêtue de gaze blanche, qu'il avait regardée d'une certaine façon, tout en nous parlant. Elle soupira. Un sourire amer marquait les commissures de ses lèvres. Et je la vis soudain comme elle se voyait elle-même, ni très belle ni très jeune, fardant son cœur comme ses joues d'une fausse couleur. Une ombre de duvet tremblait sur sa lèvre supérieure. Je ne l'avais pas vue auparavant. Sa voix, quand elle me parla, était enfin sincère, et triste.

— Pardonnez-moi, Adèle, si je vous ai désobligée. Je pensais que ce serait une heureuse surprise, pour vous, que de connaître quelqu'un, ici.

Cet ici, qu'elle me montrait vaguement du doigt, c'était ce petit univers fait de tables et de papotages également bas. Tous ces gens, leurs soupirs d'éventail, leurs petites rivalités mesquines, tout cela m'indifférait assez complètement. Pauline serrait nerveusement ses mains l'une contre l'autre. Elle cachait mal son désarroi de se savoir devinée. Démasquée, elle était pitoyable.

192

– Disons que j'eusse aimé un peu moins de surprise. Mais il est toujours agréable, en effet, de rencontrer un ami.

Elle me proposa un peu plus de café et se servit une seconde tasse. Le nez baissé, elle put enfin me demander ce qui lui importait tellement :

– Et vous-même, ma chère ? Vous le connaissez depuis longtemps ?

Je ris en la regardant franchement :

– Mon Dieu, depuis une éternité ! J'avais, je crois, quatorze ans, la première fois que je l'ai vu !

– Vraiment...

– Vraiment !

Elle se tut sur mes paroles, finissant sa tasse. Je savais bien ce qu'elle imaginait, ce qu'elle craignait, peut-être, et je ne voulais pas de cela. Mais je ne pouvais pas lui parler d'Élise, ni de tout ce qui me liait et me séparait de Michel Marsaud. Sa peine était pourtant aussi visible qu'elle voulait la cacher. Je me décidai d'un coup. La franchise est mienne depuis bien trop longtemps.

– C'est un ami, Pauline ! Rien d'autre !

Je ne pouvais lui en dire plus et elle ne me répondit pas tout de suite. Puis elle me regarda enfin, avec un triste sourire :

– Je suis bien sotte, n'est-ce pas ?

Que pouvais-je lui dire ? Ses yeux brillaient de larmes contenues. Elle n'était pas si sotte.

193

15

Marie dormait, penchée sur le côté, et la douceur régulière de son souffle désarmait peu à peu sa colère. Comme il l'aimait! Pourquoi avait-il fallu qu'il rencontre cette femme? Un désir d'elle lui revint, qu'il chassa. Elle dormait.

Hippolyte se leva doucement et partit contempler l'aube naissante, à la fenêtre. Elle était grise, comme lui. Une sorte d'accablement le tenait, dont il ne pouvait se défaire, et cette douleur de vide lui était presque devenue chère. C'était un vertige où il se perdait. Il se voyait disparaître peu à peu dans cette souffrance morbide et douce. Il l'aimait, comme un fou. Elle s'en moquait bien.

Elle s'en était toujours moquée! Tout à l'heure, il l'avait prise dans ses bras, ployée sous lui. Ses cuisses tendres s'étaient ouvertes, indifférentes. Elle avait, quand il lui faisait l'amour, un air d'attente lasse, de triste contrainte, et se défaisait de lui, sitôt qu'il en avait fini, avec l'air que l'on prend en payant ce que l'on doit. Il tremblait, sur elle, de passion et d'amour. Elle ne le voyait même pas, fermant les yeux pour lui cacher la somme immense de son ennui.

Hippolyte appuya son front à la vitre glacée. Il savait un sanglot qui crevait sur son cœur et dont le son ne pouvait sortir. Il en étouffait. Il se sentait plein de rancune, et de rage, mais cela ne changeait rien à son asservissement. Bien au contraire. Plus il souffrait par cette fille, plus il l'aimait ! Il était devenu veule et lâche. Comment cela lui était-il arrivé ? Comment était-il tombé à ce point de renoncement ? Il avait connu des femmes avant elle, des servantes, surtout, petites proies faciles et tendres. Elles frémissaient dans ses bras. Elles faisaient au moins semblant. Il s'était cru capable de leur donner du plaisir. Il s'était cru un homme.

Un bruit léger l'éloigna de la fenêtre. Marie venait de bouger doucement, gênée, peut-être, de sentir la place vide et le lit froid. Cette idée l'émut. Il en était là. Doucement, il s'approcha du lit où elle dormait. Elle était si peu cruelle, ainsi étendue, nue, blanche et simple. Ses longs cheveux incendiaient les dentelles où ils se perdaient en rivière. Elle n'y était pour rien, s'il en était là. À cet instant, dans son sommeil presque enfantin, elle était à lui. Elle lui appartenait, enfin. Il se recoucha auprès d'elle, et la couvrit un peu afin qu'elle n'ait pas froid. Il se reprit à espérer qu'un jour, avec du temps... Il n'y pouvait rien. Son cœur était plein de tendresse.

Peu à peu le jour se levait. Il pleuvait. Il entendait le glissement de soie de l'eau sur les vitres, son chant dans le ruisseau. Il était l'heure de la laisser. L'heure la plus difficile. Cela s'était fait ainsi, peu à peu, jour après jour. Il arrivait vers trois heures, dînait avec elle, dormait avec elle et la quittait à l'aube sur un dernier baiser de sommeil. Elle l'avait peu à peu chassé de ses matins... C'était mieux ainsi ! Il devait s'occuper de ses affaires ! Du moins voulait-il s'en persuader. Loin d'elle, il était incapable de penser. Rendu à la vie, il était comme mort. Hippolyte

195

se souleva doucement sur un coude, et la regarda, comme s'il devait l'emporter avec lui une dernière fois. Elle bougea doucement, le sentant éveillé, refusant de quitter son propre sommeil. Il lissa un instant les beaux cheveux roux qui s'échappaient de sa main, comme tout ce qu'il voulait retenir, et il se leva. Il s'habilla sans bruit, enfila doucement ses bottes. Songeur, il prit sa montre dont la chaîne barrait une petite table. Sept heures à tuer ! Il ne l'avait pas encore quittée et il attendait déjà de la retrouver. C'était une maladie rongeante et un bonheur brûlant, tout à la fois. Il referma doucement la porte de cet appartement où il l'avait installée. Elle n'avait pas voulu rester chez lui. Elle voulait être chez elle où elle dormait. Et il voulait tout ce qu'elle voulait dans ces débuts merveilleux où elle s'était donnée à lui. Il descendait l'escalier vivement, heureux de l'air froid qui viendrait le frapper dans la rue. Il avait besoin de cette morsure pour secouer son mal.

Marie s'éveilla en entendant la porte se refermer. Elle ne dormait plus vraiment depuis un bon moment. Doucement, de peur qu'il ne l'entende, elle se glissa hors de son lit. Elle alla à la fenêtre pour y entendre le claquement familier de la grande porte du bâtiment. Quand elle l'entendit, elle soupira de soulagement. Cet homme-là était fou, pesant, étouffant ! Il voulait tout savoir d'elle, il la dévorait des yeux. Parfois, quand elle se mettait nue, il s'agenouillait devant elle et se tenait à ses genoux. Elle éprouvait, dans ce moment-là, une violente envie de s'enfuir, un dégoût soulevait son âme, qu'elle ne pouvait pas raisonner. Elle le devait, pourtant, car il n'était pas méchant. Il était riche. Jour après jour, il la couvrait de bijoux, de robes et de cadeaux. Mais elle n'arrivait pas à lui en avoir la moindre reconnaissance. Il payait ces cadeaux sans connaître leur prix de peine et de larmes. Pour une bague, des milliers de seaux d'eau. Pour une robe, combien de coups de battoir? Marie prenait tout ça, puisqu'elle était une poule, puisqu'elle l'était devenue. Il la payait, elle aussi, avec tout ça.

Inquiète, elle se pencha un peu à la fenêtre. L'autre était-il là? Elle l'avait vu, deux soirs durant, se rencogner au mur d'en face, noir, immense dans sa pelisse de bure, caché sous son chapeau à rebord. Mais était-ce bien lui? Elle n'avait pas vu son visage. Ce n'était qu'une inquiétude sourde qui la taraudait. Elle se trompait, certainement. Ce n'était pas pour elle que cette ombre noire attendait dans la nuit. Elle frissonna et se sentit comme nue. Mais c'est vrai qu'elle était en chemise, aussi. Elle s'entoura un peu dans les plis crémeux de son rideau et se pencha d'un coup. Il n'y avait personne! Son soulagement était tel qu'il lui fallut un bon moment pour se sentir respirer à nouveau. Elle était bien sotte d'avoir peur ainsi! De qui, d'ailleurs, et de quoi? Elle ne devait rien à personne. Sa vie était à elle!

Légère, heureuse, elle retourna à sa couche et tira voluptueusement sur le cordon qui faisait son éternel émerveillement. Dans quelques minutes, sa servante serait là! Car elle avait une

197

servante! Et en effet, une jeune fille vint, qui pouvait avoir son âge. Elle s'appelait Nicole, était forte et rougeaude, avec des mains déjà durcies de gros travaux. Elle lui apportait timidement son chocolat. Le bain de Madame serait bientôt prêt! Marie lui fit un petit geste satisfait et la regarda sortir. Allons, elle supporterait encore ce pauvre de Grassi qui lui avait montré qu'elle pouvait avoir si aisément tout cela.

Elle sortit lentement du parfum mauve de son bain. Il sentait le lilas et elle aimait cela. Marie adorait les parfums. Elle détestait seulement l'essence de violette. Quelle robe allait-elle mettre pour ce matin qui était son moment, sa liberté chérie? Elle choisit une jolie toilette de drap jaune clair, un manteau assorti, soutaché comme la vareuse d'un gentil petit soldat, des gants fins comme une seconde peau, un chapeau en cabriolet, couvert de soie blanche. Un parapluie à manche d'argent, un petit réticule qu'elle laissait traîner et qu'elle retrouvait toujours appesanti d'argent. De Grassi était un amant délicat. Elle allait sortir! Elle aimait tellement cela, se promener tranquillement par les rues, prendre une voiture, la quitter au jardin, et descendre doucement par les fossés du Chapeau-Rouge en s'arrêtant aux boutiques si belles, où on la connaissait, où on la saluait. Elle allait, portée par le vent frais de l'hiver, enfin heureuse, achetant ce qui lui plaisait, un rien, parfois, mais avec un sentiment de gloire. Elle pouvait s'offrir l'étole la plus rare, le parfum le plus coûteux.

Elle laissa quelques ordres à sa petite bonne, un peu pour le plaisir de jouer à la dame et s'en fut, plus jolie que Psyché, se promener dans les rues de la ville. Il faisait un peu froid. Elle marchait de son pas vif, ne voulant prendre de voiture, ce matin. Marcher ne lui ferait pas de mal! Elle allait finir grasse comme une caille, sinon! Un sourire lui vint à cette idée! Elle qui n'avait que la peau sur les os, il y avait si peu de temps... Ne pouvant la laisser chez lui, de Grassi l'avait installée dans un appartement du quartier des Chartrons, dans un hôtel tout blanc, aux grands balcons de fer bleu. C'était une île de richesse. Elle s'y sentait fort bien, loin des clochetons noirs de la vieille ville et de la raideur qu'elle y pressentait. Tout y était gai, nouveau, aimable. Elle irait jusqu'à la place de la Comédie. Elle aimait le grand théâtre, sa beauté rigoureuse et parfaite. De là, elle descendrait les allées, sans aller jusqu'aux quais pour autant. Les quais n'étaient plus pour elle.

Marie marchait, en regardant par instants ses chaussures si fines, qui ne craignaient pas l'eau des flaques. Il pleuvait un peu et ses cheveux se mouillaient, qui s'échappaient en frisettes de son petit chapeau. Elle avait bien un parapluie, mais elle n'aimait pas s'en servir. C'était une prison de toile qui cachait le ciel. Il pleuvait tout de même un peu trop. Elle s'arrêta, pour ouvrir la fleur de tissu qui pendait à son bras quand elle entendit un pas qui courait, derrière elle. Un coup violent la saisit, la jetant dans une porte cochère. L'homme la giflait à la volée. Son parapluie était tombé, son chapeau s'était envolé! Elle avait relevé ses bras, dans un geste ancien de petite fille, pour se protéger des coups. Il la

199

serrait contre lui et lui tordait les cheveux, contraignant son visage à se courber sous sa main. Elle était presque à genoux, contre des bottes de cuir qui sentaient l'écurie et la boue.

– Salope! Petite salope!

Il avait un visage si déformé de haine et de colère qu'elle ne comprenait pas les mots qu'il lui crachait à la figure.

– Tu croyais m'échapper, hein! Tu croyais qu'on peut me la faire! Traînée! Saleté! Petite pute!

Les coups pleuvaient de nouveau sur ses épaules sans qu'elle parvienne à seulement crier.

– Mais je sais où tu perches, catin! Et tu auras ma visite, tu peux me croire! Tu ne perds rien pour attendre! Tu en veux, ma belle! Tu en veux! Et bien tu en auras!

Il avait un rire obscène. Une main la retenait toujours, l'autre cherchait entre ses cuisses, sous la barrière fragile de son manteau. Est-ce cela qui la réveilla de son anéantissement? Elle se mit enfin à crier, de toutes ses forces. Un homme arriva en courant, puis un autre, un soldat. Elle se sentit lâchée, jetée à terre. Dans un brouillard cotonneux elle vit des bottes sales. Puis plus rien.

Quand Marie revint à elle, elle était allongée sur le sol, étendue au froid du pavé. L'eau de pluie ruisselait sur son visage. Des gens l'entouraient et deux soldats étaient penchés sur elle. Elle les voyait à peine, tant la tête lui tournait.

– Que vous est-il arrivé, madame?

Que pouvait-elle leur répondre? Elle se releva, difficilement, et leur demanda d'appeler une voiture. Les deux soldats la soutenaient,

200

pleins d'obligeance. Auraient-ils été aussi obligeants si elle avait ressemblé à Nicole ? Marie ne sentait plus ses bras, et ses pensées, dans sa pauvre tête, roulaient comme des folles. Les gens, autour d'elle, questionnaient, s'impatientaient, avides de savoir.

– Mais enfin qu'est-ce que c'est, ma p'tite dame ?

– On vous a pris vot' sac ?

Une grosse femme, le poing à la hanche, s'adressait aux soldats :

– Et vous laissez faire des choses pareilles, vous autres, en plein Bordeaux et en plein jour !

Marie tremblait. Il lui sembla bien long d'attendre ainsi, à nouveau misérable, sous cette pluie. Elle n'avait plus qu'une idée, plus qu'une envie, partir ! Quitter cette ville ! S'enfuir d'ici ! Une boule d'amertume et de haine étreignait sa gorge et l'empêchait de respirer. Un soldat le vit, qui l'aida à rejoindre un banc.

– Vous ne voulez pas qu'on vous raccompagne ?

Il avait de beaux yeux, très bleus. Non, elle ne voulait pas... Enfin la voiture arriva, qu'elle paya d'avance. Comme avant. Elle était entièrement tachée de boue. Salie pour toujours. Elle se fit déposer à deux rues de sa maison et attendit, dans l'ombre d'une porte, que la voiture reparte. Elle quitta là son beau petit manteau et le roula en boule. Sa robe était à peu près passable, hormis le bas. En serrant les dents, elle longea les murs qui la ramèneraient chez elle. Pas après pas. Vaillamment. Elle avait au ventre une peur venue de très loin, la peur de le voir revenir. Il

201

lui semblait, dans son angoisse, que l'homme noir d'autrefois et Pelletier ne faisaient qu'un. Et que jamais, jamais, il ne la laisserait ! Elle monta doucement l'escalier, en s'accrochant à la rampe, marche après marche.

L'hôtel semblait vide. Elle se glissa chez elle comme une voleuse et se déshabilla. Nicole était aux courses du repas. Elle n'avait pas encore vidé l'eau du bain, qui tremblait, froide et vaguement mousseuse. Marie se jeta dedans. C'était froid, si froid. Ce n'est que là, dans la pièce close, qu'elle put enfin pleurer. C'est bon, parfois, de pleurer. Les larmes lui firent du bien. Elle se leva enfin, transie, grelottante. La servante allait revenir. Elle ne pouvait pas rester là, comme ça. Elle se regarda un instant dans une grande glace oblique qui lui faisait face. Avec ses longs cheveux mouillés, sa peau si pâle, elle semblait sortir d'une peinture ancienne. Mais elle ne le savait pas. Elle ne voyait que les traces rouges et bleues qui marquaient son buste, ses bras. Qu'allait-elle dire à Grassi ? Il saurait en la voyant ainsi. Et elle ne voulait pas qu'il sache. Il avait du respect pour elle, malgré tout. Elle était encore quelqu'un dans son regard gris et elle ne pouvait pas perdre cela, aussi. Elle ne lui avait pas menti, mais elle ne lui avait rien dit de son passé. Il ne fallait pas qu'il sache que d'autres l'avaient payée avant lui. Et si peu. Elle était sûre qu'il ne pourrait plus l'aimer, s'il apprenait cela. Et elle tenait à ce qu'il l'aime, au fond. Elle en avait tellement besoin.

Que pourrait-elle bien lui dire ? Qu'elle était tombée sur le pavé glissant ? Mais elle n'avait

202

pas de traces sur les jambes. Elle prit avec emportement un petit ciseau d'ongles sur sa coiffeuse. Où avait-elle mis ses chaussures ? Elle les trouva, enfin, et s'acharna sur la petite bottine qu'elle aimait tant, lacérant le cuir souple de la cheville. Elle devait faire vite, Nicole allait rentrer ! Sans hésiter, en serrant les dents, Marie retourna sur sa chair laiteuse les pointes froides du ciseau. Elle entailla sa jambe, lentement, sur toute sa longueur. Le mal ne vint pas tout de suite. De toutes les façons, elle méritait cette douleur. Quelque chose le lui disait. Le sang, qui perlait maintenant, semblait couler d'une autre.

Lorsque Hippolyte revint, à trois heures précises, à son accoutumée, la petite bonne le prévint que Madame n'était pas très bien. Il trouva Marie allongée sur une chaise longue. Elle était vêtue de sa robe la plus chaude et portait une écharpe de gaze autour de la gorge. Sa voix était comme brisée. Et sa jambe, qu'elle avait découverte, était pansée, elle aussi. Il lui prit la main et elle ne la retira pas tout de suite. Il s'assit auprès d'elle, en hésitant presque.

– Mais que vous est-il arrivé ?

– Rien de bien grave. Je suis sottement tombée en glissant sur le pavé mouillé ! Et je suis rentrée si péniblement que j'ai pris un mal de gorge.

Il était préoccupé, désolé, elle le voyait dans ses yeux. Et il voulait tellement la croire ! Elle sentit quelque chose de doux pour lui, à cet instant-là, et d'un geste sans calcul mit sa main dans ses cheveux.

203

C'était un moment tendre, un moment rare, comme il en existe parfois quand des ennemis font la trêve, quand ceux qui se déchirent se regardent soudain. Hippolyte s'assit au bord de la méridienne. Il était incapable de parler tant il était ému. Marie le regarda un instant, coulant vers lui son regard si triste et si beau.

– Je veux partir d'ici...

Il se sentit accablé. Son cœur cognait à lui faire mal.

– Mais comment cela ? Comment cela ?

Il ne trouvait rien de plus à lui dire. Elle voulait partir, déjà. Il avait toujours su qu'un jour elle le quitterait, mais pas déjà. Pas déjà ! Il eut une sorte de cri étouffé et mit sa main devant son visage. Elle l'avait suffisamment rabaissé comme cela. Il ne voulait pas qu'elle le voie pleurer.

– Je voudrais voir Paris. Je m'ennuie, ici.

Il ne répondit pas. Il en était incapable. Quand la voix douce qui lui arrachait l'âme ajouta, simplement.

– Mais je n'irai pas sans vous.

16

Tant de bruit, de foule et d'agitation, pour si peu... La promenade m'avait épuisée. Marguerite servait le thé, ne semblant s'intéresser qu'à la quantité de sucre à mettre dans nos tasses. Mais ses yeux me souriaient, croisant parfois les

204

miens. Un jour de plus en plus faible passait à travers les portes-fenêtres de son salon, si antiquement décorées par une autre. Elle ne parlait guère, et Pauline se taisait, un peu maussade depuis que nous étions rentrées. Une bûche s'effondra dans l'âtre. J'entrepris de ranimer le feu avant qu'il ne s'éteigne. La flamme d'un feu est si facile à raviver.

Une porte qui claque, un rire et des pas nous rendirent à la vie. Olympe entrait, rosie de froid et de plaisir, suivie de Denis. Ils vinrent tous deux se réchauffer les mains à la cheminée et la gaieté de leur présence changea en un instant l'atmosphère de la pièce.

— Alors, cette maison ?

— Une glacière !

Ils riaient en hésitant à se défaire de leurs manteaux. Je repris ma question. Il en était de plus difficiles et j'étais venue à Paris pour cet aménagement, si je voulais bien les croire.

— Mais encore ?

Denis regarda sa femme et me répondit :

— Nous ne savons pas trop. Elle peut être fort belle, mais elle manque de tout ! Elle est restée longtemps fermée... Les boiseries s'écartent des murs, le plâtre s'y lézarde.

Une maison longtemps fermée. Je l'imaginais presque et les raisons de cet abandon ne m'étaient que trop claires. Olympe me les confirma naïvement.

— Elle est vraiment belle, avec un vrai jardin et des tilleuls ! Elle était à la famille du comte d'Antraigues, m'a dit le gardien...

Pauline posa enfin sa tasse et revint parmi nous.

205

— En ce cas, achetez-la vite en proposant beaucoup moins, mais tout de suite ! Il doit avoir besoin d'ôter son château de famille des biens nationaux ! Ils font tous cela ! Et où se trouve cette demeure si froide ?

— Rue de Babylone !

— C'est un fort beau quartier ! M. Ouvrard habite dans cette rue, je crois.

Marguerite me regardait et je lui rendis son regard. Nous connaissions toutes les deux le plus beau des quartiers de Paris. Denis s'assit à mes côtés, sur le sofa. Il semblait hésiter un peu.

— Olympe l'aime déjà... Mais elle coûte deux cent cinquante mille francs... Je ne sais si c'est bien raisonnable !

Pauline soupira en haussant les épaules.

— Eh bien, au diable la raison !

— Qui donc pour tenir de tels propos dans ma maison ?

M. Dangeau venait de franchir à son tour le seuil de la porte. Sa fille le mit au courant de tout, avec une excitation joyeuse que je ne lui avais jamais vue jusque-là et qui la rendait presque belle. Charmante, en tout cas. Il écoutait, un peu sombre.

— Cet argent est à vous, ma petite fille ! Mais vous ne savez guère ce qu'il en coûte de gagner une telle somme. C'est un achat qui ne peut se décider à la légère.

Denis entrait dans cette opinion :

— C'est pourquoi nous n'avons pris aucun engagement avant de vous en parler. Il faut compter une fortune pour restaurer l'intérieur. Même si l'on me dit que le bâti et la toiture sont bons... Je ne m'y connais guère à cela, je l'avoue.

206

Pauline l'interrompit en se levant.

— Ne voyez-vous pas la figure de cette enfant ? Mon Dieu ! Les hommes sont tous les mêmes, ce ne sont que des rabat-joie !

— Vous êtes donc bien aise, ma chère sœur, de n'en être point encombrée !

Le commissaire avait un rire sous la paupière. Cet homme gagnait à être connu. Pauline prit un air faussement fâché. En voyant la mine déçue d'Olympe, je me décidai à l'aider un peu...

— Nous pourrions peut-être aller voir cette maison avant de vous donner nos avis. Je crois que ce serait la sagesse...

Pauline riait, moins gaiement qu'elle ne l'eût voulu. Ses yeux ne me trompaient plus.

— Pfui ! La sagesse ! Mais quelle horreur !

Denis reprit en souriant :

— Eh bien nous irons tous demain, si vous le voulez bien !

Nous le voulions, bien sûr ! La conversation roula encore un peu sur cette maison, puis sur les tissus que l'on pouvait trouver rue du Temple, si beaux et si peu coûteux, d'après Pauline. Puis sur mille riens qui me firent à nouveau sentir combien j'étais lasse de cette première journée parisienne. Je n'avais ni l'habitude de la foule ni la coutume de la ville et je fus bien aise, quand le thé fut pris, de pouvoir regagner ma chambre jusqu'au dîner. Pauline n'en serait pas. C'était un soir de salon, pour reprendre ses mots. Et je songeais à d'autres soirs avec un certain embarras.

— Un de ces jours, ma chère Adèle, nous irons au bal de Thélusseau. Tenez, pourquoi pas samedi ?

— Mais je n'y suis point invitée...

Tous se mirent à rire.

— Il vous faut vraiment sortir, ma chère... Il est grand temps !

Sur ce elle nous avait quittés, apparemment légère. S'étourdir de monde, s'oublier dans le bruit, c'était ce dont elle avait besoin. Le monde nouveau. Celui de l'argent. J'y pensais, à demi couchée sur mon lit. J'avais enfin ôté mes chaussures et la sensation que mes pieds avaient doublé de volume ne me quittait pas. Je les avais glissés sous la courtepointe sans vouloir seulement les regarder. J'étais harassée, et songeuse. Je n'avais pas perçu, en me laissant entraîner à Paris, les difficultés qui seraient miennes. Après cette première journée, je ne pouvais plus me les cacher. J'avais cru, toujours aussi sotte, qu'il me suffirait de peu pour faire ici quelque illusion. Mais le monde parisien n'était pas le salon de la colonelle Dangeau. Cet après-midi, j'avais vu un nuage d'argent se poser sur toutes choses. Ce monde était celui de la plus futile apparence. Il était, à n'en pas douter, celui où vivait Pauline, celui où Denis ambitionnait de briller. Et je ne pouvais m'y traîner avec ma robe de faille brune.

En quittant les dorures du Café Français, juste avant de me raccompagner, Pauline m'avait menée chez sa faiseuse, Mlle Despaux. Elle devait y prendre un manchon et s'informer de sa dernière folie... Serait-elle prête pour le bal de Thélusseau ? Toute à ses essayages, elle m'avait abandonnée un instant. Tout ce qui arrêtait mes regards sentait un luxe éperdu, avide et presque brutal dans son besoin de contentement. La Terreur, en partant, avait donné à la jouissance une sorte d'absolution. Paris était fou de fêtes, m'avait confié Pauline. En songeant aux amères raisons de cette gaieté, je caressais doucement une étole de cachemire quand une dame entra, dans un grand trémoussement de soie et de fureur. Elle était vêtue à l'antique, et donnait le bras droit à un collet noir. Une jeune vendeuse tentait de calmer sa fureur.

– C'est en raison des broderies de la frise. Il faut attendre un peu...

– J'attends, ma chè'e ! Mais je n'attend'ai pas longtemps ! Je vous le dis ! Et ne le 'pate'ai pas !

Ce reniement des r était d'un ridicule achevé. J'allais me cacher pour rire quand la me'veilleuse ajouta :

– À cinq mille f'ancs la toilette, c'est intolé'able !

Je n'avais plus du tout envie de rire, après cela. J'avais chassé cette scène de mon esprit tout le restant de la soirée. Mais la nuit aggravait mon souci. Cela me torturait. Je n'avais pas d'argent à dépenser ainsi. Tout mon avoir se réduisait à quelques mandats territoriaux qui valaient à peu près cinq cents francs. J'avais cru que ce serait assez. Et ce n'était rien. Que pourrais-je avoir avec si peu ? Car il n'était pas question pour moi de la plus légère confidence, du moindre emprunt. Je préférais aller vêtue de sacs plutôt que de m'abaisser ainsi ! Enfin, c'était facile à dire ! Je ne savais pas moi-même ce que je préférais... Étais-je ici, à Paris, pour refuser toutes les invitations qui me seraient faites ? Ce supplice me désolait d'avance. Mais comment soutenir mon nom, avec si peu, à ce bal de Thélusseau qui semblait de tel renom ? Je revoyais les robes des dames que j'avais aperçues, au Café Français. Je n'avais pas les moyens de leurs après-midi. Que dire, pour leurs soirées ! Et je ne pouvais engager davantage. Cinq cents francs étaient déjà une somme extravagante à dépenser en robes, en plumes ou en gants. Je pensai soudain à Aiguebrune, à François qui devait espérer, à cette heure, un bon gel franc et pas trop d'eau. L'odeur douce et forte des sillons retournés m'envahit le cœur. Une honte me prit, celle d'un enfant qui entend enfin la vanité de ses caprices.

On frappait à ma porte. C'était Martine, qui venait m'aider à m'habiller pour le dîner. Elle tombait bien ! Je lui demandai un peu d'eau chaude et de gros sel, pour mes pauvres extrémités, qu'elle m'apporta bientôt en souriant :

– V'là vot' eau, M'dame ! Faut'y prép'rer vot' robe ?

– Oui, s'il vous plaît. La grise, je vous prie.

Avec mon étole verte, elle pourrait passer. La petite servante ouvrit l'armoire où pendait toute ma garde-robe et me jeta un regard par en dessous qui en disait long :

– Vot' mall' n'est pas encore arrivée, M'dame ?

Je lui souris en m'asseyant. Mes pieds, dans cette bassine, s'épanouissaient comme des fleurs sous une pluie d'été. Mon Dieu que c'était bon !

– Je n'ai pas d'autres robes. J'ai pensé trouver mieux, à Paris...

Elle me rendit mon sourire en se rengorgeant, parisienne avant que d'être servante, et fière de l'être !

– Ah, pour ça oui, M'dame !

Ce n'était guère flatteur pour mes pauvres élégances ! Je lui souris pourtant. Elle était mignonne, avec de beaux yeux et des cheveux bruns assez mousseux sous le bonnet pour me rappeler une autre petite personne.

En descendant dîner, mes pieds se plaignaient à chaque marche du bel escalier blanc. J'avais beau m'en défendre, je songeais à mon problème si difficile à résoudre en m'agaçant moi-même de ma frivolité ! À mon âge, tout de même ! Mais à mon âge, surtout ! Je savais bien que ces folies seraient les dernières. Je n'étais pas jeune, comme à Champlaurier, quand les parures d'autrui venaient se briser comme des vagues inutiles sur la belle indifférence de mes quinze ans. Et je devais faire, dans cet univers de fortunes nouvelles, la meilleure figure, pour l'honneur de mon frère. J'avais plus de quarante ans ! Si je devais aller dans la lumière du monde, je ne pouvais espérer de terrasse un peu sombre où me réfugier ! Aucune ombre ne me cacherait aux yeux cruels de tous ces gens.

Durant tout le repas, cela me tourmenta, comme un petit caillou dans une chaussure. Ce n'était pas bien grave. Et pourtant je ne pouvais l'oublier. Peut-on le croire ? Je dormis assez bien, de fatigue, jusqu'à ce bruit grondant de l'aube qui me réveilla complètement. Il était quatre heures à ma pendulette et je ne trouvais rien d'autre à penser qu'à mon équipement mon-

211

dain ! Comment le confier à mon Élise ? C'était si vain, si futile. Si vrai. À six heures, excédée de ma sottise et de ne pouvoir l'oublier, j'écrivis une longue lettre à Barrade, à mon pauvre abbé et à François. Cela m'apaisa presque. Aiguebrune était toujours mon refuge et ma rédemption. Aiguebrune, qui avait dû, lui aussi, mettre une robe grecque ! Une pensée me saisit et ne me quitta plus. La poste étant lente et peu sûre, Louis Beylau m'avait donné une lettre pour un de ses amis, nommé Nicolas, qui travaillait chez Charbonnier. Le meilleur garçon coiffeur de tout Paris...

— Il a, madame Adèle, un coup de ciseau...
— Parfait, parfait ?
— Mais oui, tout justement !

Au petit matin, je rejoignis Marguerite dans sa pièce de déjeuner. Elle m'y attendait, je le savais bien. Nous avions décidé, la veille, d'ajourner la promenade que nous avions prévue, pour aller visiter vers onze heures la fameuse maison babylonienne. Il pleuvait d'ailleurs abondamment. L'eau coulait comme un ruisseau continu sur les vitres de la porte. Tout me semblait gris et j'étais de la même couleur, sans m'en apercevoir.

— Vous êtes triste, Adèle ? Vous avez un souci ?

Ses yeux un peu ronds me regardaient avec une sorte de tendresse imprécise. Pouvais-je lui mentir, après ce qu'elle m'avait dit la veille ?

— Je vous remercie de la cape, Marguerite. Vous aviez raison... Je ne suis pas à la hauteur de toutes ces dames...

— Elles ne sont pas à votre cheville, oui !

Je ris malgré moi ! Marguerite avait quelque chose de Mariette en me disant cela ! Une bouffée de nostalgie me prit en pensant à mon amie ! Quitte à soulever tout Paris, elle eût trouvé à résoudre mon ennui !

— Elles sont fort bien vêtues...

— Voulez-vous que je vous accompagne chez M. Leroi ?

Je souris sans répondre. Elle débordait de gentillesse... et de dentelles. Je ne pouvais me fier à elle en ce cas difficile. Ni à Olympe. Je n'avais pas assez d'argent pour cela !

— Je me suis chargée un peu étourdiment d'une lettre. Pensez-vous que j'aie le temps de la remettre ?

Marguerite n'insista pas. Elle me remplit une seconde tasse de thé, par une sorte d'habitude maternelle qu'elle prenait avec moi.

— Je le pense, si vous empruntez la voiture. Avec cette pluie, c'est plus raisonnable.

Elle ne me demanda pas pour qui était cette lettre, et ne proposa plus de m'accompagner.

— Je ne serai pas longue...

— Nous attendrons, s'il le faut...

Le cocher m'arrêta en haut de la rue Saint-Honoré. Il avait un air résigné qui en disait long sur les attentes forcées qu'il y avait connues. Sur quelques pas se trouvaient assemblés les hauts lieux de l'élégance parisienne. Sous un porche qu'il me désigna, je trouvai une boutique verte et dorée. Des échafaudages savants encombraient la vitrine. Les perruques montées faisaient

213

fureur... C'était un nuage de blondeur. J'entrai, surprise de l'effervescence qui régnait déjà dans ce qui me sembla un espace étouffant. L'air était encombré d'une forte senteur d'essence de rose qui s'entêtait à dissimuler l'odeur plus commune qui montait des fers à friser. Des fleurs de tissu gisaient sur un comptoir. Des hommes en chemise, dans une arrière-boutique, dressaient des chevelures bouclées sur des têtes d'osier. Leur grincement m'entraîna vers de tristes images, chassées par une jeune femme venant vers moi. Elle avait sur le visage cet air de fausse amabilité que produit parfois le commerce. Elle était belle, mais avec cette pénible suffisance que donne un joli minois à une sotte.

– Vous désirez, madame ?

– Voir M. Nicolas, je vous prie.

J'avais mon manteau noir, et j'étais polie, deux raisons pour qu'elle n'ait plus pour moi la moindre considération... Elle prit un air las, vaguement excédé. Sa voix s'alourdit :

– Nico ! Nico ! On te d'mande !

J'attendais, ennuyée à présent de me trouver là, ne sachant trop ce que j'y faisais, quand un étrange jeune homme s'approcha de moi. Petit, un peu courtaud, il tentait vainement de prendre des airs raffinés. Il était coiffé fort haut, à l'ébouriffée, et son habit, des plus coûteux, disait son habileté. Frac de soie prune, gilet à double rang, pantalon de prince turc, il n'avait rien à envier aux incroyables les plus fortunés.

– Vous vouliez me voir, madame ?...

Je lui tendis la lettre de notre ami commun. Il la lut et rosit.

214

– Louis ! Mon cher Louis !

Sa voix, perchée aussi haut que son menton, ne me surprit pas. Paul, appelant Virginie, devait avoir ce ton-là ! Je dois dire que je m'y attendais un peu. Il voulait tout savoir de son ami si cher. Il m'entraîna dans un petit salon rouge caché par une portière de velours. C'était à étouffer de poudre et de parfum. J'entrevis mille frivolités coûteuses, épingles dorées, rubans et tresses. M. Nicolas allait s'occuper de moi, à l'instant !

– Prenez pour moi, ou faites attendre !

Il me fit asseoir. Un immense miroir ovale me renvoyait l'image d'une dame dans la quarantaine, passablement brune et fort étonnée. Nous parlâmes un peu d'Angoulême, beaucoup de Louis Beylau. Cependant il soupesait mes cheveux, les relevait avec une moue, les effondrait puis les soulevait de nouveau. J'étais gênée de ces mains blanches courant sur eux. Je n'étais pas venue pour cela. Mais comment lui dire ce qui m'amenait ?

– Couperons-nous ?

Le voile de mes cheveux cachait depuis si longtemps ma bosse. Sans eux, je serais comme nue. Je n'osai lui répondre, et il trancha.

– Quelques boucles sur le devant, pour dégager le front et le cou. Ils sont trop beaux pour être sacrifiés.

Il prit un ciseau dans une petite corbeille de peau d'Espagne. La lame, si proche de mon cou, me donna enfin du courage.

– Louis m'a dit de me fier à vous...

Il penchait le visage, cherchant une attaque...

– Mais oui ! Bien sûr...

215

— Pardonnez-moi, Nicolas. Je ne suis pas venue pour mes cheveux...

— Vraiment ?

Il avait un air d'enfant déçu.

— Je ne sais trop comment vous le dire...

Mon Dieu, qu'il m'était difficile de faire cette confidence à ce petit jeune homme inconnu, à ces yeux ronds, à cette moue...

— Louis vous l'a peut-être dit, dans sa lettre. Je suis la sœur du général Barrère et je me vois obligée, étant à Paris, de m'habiller un peu...

— Oui, je vois...

Décidément, on ne me ménageait pas. Le ridicule de la situation me prit tout à coup aux cheveux, si je puis dire, les ayant encore.

— Et je ne dispose que de bien peu d'argent.

— C'est-à-dire ?

— Cinq cents francs...

J'en avais presque honte...

— En or ?

— En monnaie de papier...

Nicolas me regarda, d'un air perplexe, puis il changea de visage. Il se leva et ouvrit devant moi la portière de velours qui nous cachait au reste du monde.

— Eh bien, allons ! Il ne sera pas dit qu'on ne trouve de robes, dans Paris, pour une amie de *mon* Louis ! Caro, mon petit cœur, je prends une heure !

— Mais ces dames...

— Ma foi, elles attendront ! Elles adorent attendre !

C'était dit ! Nous sortîmes et il me conduisit à l'autre bout du porche. Je le suivis dans un

216

dédale de couloirs. Nous arrivâmes enfin dans une cour encombrée de voitures, de charrettes vides, et d'ouvrières courant sous la pluie dans leurs tabliers noirs. Nicolas s'effaça pour me faire entrer dans un atelier très clair, perdu de longueur, où des filles brodaient, penchées sur des soieries lumineuses. C'est à peine si elles levèrent le nez, nous voyant. Une grosse femme, maîtresse de ces lieux, s'avançait vers nous d'un pas majestueux. Elle avait un visage noyé de graisse et de sévérité, avec cette lippe un peu trop lourde qui donne à certaines femmes une bouche de poisson. Un double rang de blonde noire entourait son front.

— Vous désirez, m'sieur Nicolas ?

— Je viens à la regratte... Si c'est possible...

— C'est pour elle ?

— Oui...

La grosse femme, en s'approchant de moi comme d'une poupée de son, entrouvrit mon manteau et me regarda le ventre. J'en restai les bras ballants.

— C'est possible, en robe, mais pas en manteau...

Tous commençaient à m'énerver prodigieusement avec mon pauvre et brave manteau. Mais je me retins de parler. Nicolas, dans l'ombre humide d'un couloir, m'avait recommandé de me taire. Il avait pris le bras de la maîtresse d'atelier et un air de marchand d'esclaves, par la même occasion, lui parlant bas, en confidence...

— Son frère est général, nouvellement promu...

— Ouais, son frère... Et elle a combien à y mettre, la sœur du général ?

217

— Cinq cents, en mandat...

On haussa des épaules ! La République payait bien mal ! Le bonnet noir en tremblait de dépit.

— Cinq cents balles, ça fera deux, à tout casser...

— Allez, madame Thérèse ! Disons trois ! Il n'en faut qu'une à danser ! Je vous le revaudrai bien !

Ses doigts voletant dans l'air mimaient des ciseaux. Un sourire vint enfin s'accrocher au visage de cette femme. Se pouvait-il qu'elle quittât ce bonnet ? Elle se tourna vers moi, consciente d'être faible et bien trop bonne !

— On se défait un peu, mon p'tit ! Loulou, tu la mesures !

Je dus m'exécuter, enlever mon manteau et dévoiler mon fourreau brun, le sommet des élégances charentaises. Ces dames s'en moquaient bien ! Une ouvrière tournait déjà autour de moi. On me mesura la poitrine, la taille et le bras, ce qui fut fait en un tour de main. Il faisait froid. Je remis mon manteau, si laid fût-il, aussi vite que je le pus.

— Ça ira ! Une chance qu'on soit fin de saison ! Tu livreras ?

— Bien sûr...

J'osai prendre un instant la parole, pour montrer que je savais parler...

— J'aime les couleurs sombres, les couleurs un peu froides...

Mme Thérèse haussa les épaules, comme pour dire *Toutes les mêmes !* Nicolas eut un petit geste évasif. Nous allions enfin partir quand la matrone me retint le bras.

218

– On n'oublie rien ?

Je dus mettre mes cinq cents francs, toute ma fortune, levée sou à sou de la terre d'Aiguebrune, dans cette main avide et grasse qui la fit prestement disparaître. J'avais le cœur navré, en ressortant de là. Je n'avais pas vu une seule robe. Malgré ma contenance et un grand air d'indifférence, une peur stupide m'étreignait. Maintenant, je n'avais plus rien. Nicolas dut comprendre ma gêne. À l'abri du porche, il m'expliqua :

– Il reste toujours des robes chez Germon ou chez Leroi. Des robes de montre-en-vitrine, ou des robes commandées avant quelque revers... Les maisons permettent la regratte aux ouvrières. À la condition de tenir le secret. Sinon, elles y perdraient leurs pratiques.

Il ajouta dans un sourire :

– C'est un secret sans risque. Qui n'aime à faire croire qu'il a payé fort cher ce qu'il a sur le dos !

Il me montrait en riant son bel habit couleur de prune et son rire me rasséréna un peu. De toutes les manières, au point où j'en étais, il ne me restait guère que la confiance.

– Je ne sais comment vous remercier, Nicolas !

Il rit à nouveau, heureux de m'avoir fait plaisir et montra de la main mes cheveux.

– Moi je le sais ! Je viendrai ce quintidi vous apporter vos robes. Et vous me laisserez toucher un peu à cette forêt vierge ! Seigneur ! A-t-on jamais rien vu de semblable ?

Il me raccompagna sous la pluie, toujours battante, jusqu'à ma voiture. En le quittant, presque malgré moi, je lui embrassai la joue. La tête de mon cocher, voyant cela, ne peut se peindre.

Nous étions rue de Babylone. Cette maison était une glacière, en effet ! Nous le vérifiâmes, en ouvrant les portes battantes de ses salons en enfilade. L'eau avait fait gonfler le bois des fenêtres, qui résistaient à s'ouvrir autant qu'elles le pouvaient, avec des gémissements épouvantables. Pauline s'émerveillait des volumes, parfaits, et de la hauteur des plafonds. Elle mimait un pas de danse sur le parquet dont les lambris devaient être fort beaux. La poussière les dissimulait à vrai dire passablement bien ! Je suivis Olympe sur un balcon de fer forgé qui courait autour de l'étage. Je ne savais rien lui dire de cette maison, qui était, pour moi, comme profanée par notre visite. Les pièces étaient vastes, bien desservies de couloirs. Mais elle était vide d'âme depuis bien trop longtemps. La cheminée du grand salon était lourde, avec des renflements baroques assez peu modestes. Voilà tout ce que j'avais vu. Mais quand Olympe ouvrit pour moi le montant de bois qui me cachait la vue, je sus qu'elle avait raison. De ce côté de la maison, la ville n'existait plus. Un pigeonnier à demi effondré nous parlait d'un autre temps. De longues herbes folles avaient été repliées par le souffle de l'hiver, les verdures des buissons étaient mortes. Et de grands arbres étaient là, humides, silencieux, qui attendaient. Le clapotis infini de la pluie chantait dans un bassin de pierre. L'eau arrondie brillait faiblement sous le gris du ciel. Un jour prochain, le printemps reviendrait parfumer les lilas.

Olympe referma la fenêtre, et nous descendîmes toutes deux rejoindre ses parents et son mari. Il faudrait poncer cet escalier de pierre. Et c'était peu de chose en comparaison de tout le reste. M. le secrétaire général déclara, en regardant sa fille, qu'il en proposerait cent cinquante mille francs, en or. Si l'affaire se faisait à ce prix, elle aurait une belle maison !

– Mais les travaux seront un peu longs. Vous devrez rester chez nous, avec Adèle, encore un ou deux mois...

C'était la première fois qu'il m'appelait Adèle. Je vis que sa femme avait passé sa main sous son bras. Elle me regardait en souriant :

– Pour moi, ça ne me dérange pas...

Pauline était ravie ! Elle voyait cela ici et ici cela. Je me promis de rappeler tout de même à Olympe qu'une maison n'était pas un décor de théâtre et qu'elle devrait choisir elle-même ce qui lui plairait ! Mais ce n'était pas le moment pour de tels conseils ! Nous revenions chez les Dangeau, également transis, également mouillés, fort joyeux, chacun pour de multiples raisons...

Les jours qui suivirent me semblèrent si courts que j'avais à peine le sentiment d'avoir vécu une journée quand deux s'étaient écoulées. Je partageais mon temps entre Marguerite, le matin, et Pauline, l'après-midi. Je faisais de mon mieux pour laisser Olympe seule avec son mari. Le départ de mon frère approchait. Il partirait dans trois semaines, qui sait pour combien de temps ? Je les voyais unis, tous deux, et je ne doutais plus des sentiments d'Olympe à son endroit. Elle avait un regard émerveillé quand elle le regardait, un regard timide, touchant, un regard de première fois... Mais il y avait parfois une ombre d'ennui dans les yeux de Denis et j'étais, comme d'habitude, assez peu sûre de lui. Il avait toujours caché ses peines comme un loup ses blessures. Il était imprévisible. Il était ainsi.

Les matins étaient calmes, après le petit déjeuner qui nous était devenu rituel. Marguerite me parlait un peu bas de soucis anodins. Nous allions parfois dans Paris, comme elle disait. La ville était attirante et mobile comme une eau vive. Je l'aimais. Ce matin, pourtant, nous n'irions pas en promenade. J'attendais le coiffeur !

— C'est un peu dommage, tout de même, disait gentiment Marguerite avec un regard de pitié sur mes pauvres cheveux.

— J'ai un tel air de campagne, sous tout cela ! Je ne veux pas sembler traîner à mes semelles toute la boue de mon pays !

Elle hochait la tête, peu convaincue. Je ne l'étais pas davantage ! Mais tout complot a son mystère et son cheminement. Si un coiffeur venait me voir, il fallait bien qu'il me coiffe ! La demie se traînait ! Le temps ne bougeait pas. Les nymphes de l'horloge se moquaient de moi. J'attendais Nicolas, bien sûr, et mes robes, surtout ! Dans la crainte et le doute. Ce soir nous allions au bal !

— Parlez-moi un peu de ce bal de Thélusseau, Marguerite !

— Je n'en sais pas grand-chose ! Je ne vais pas au bal, Adèle ! Mais ne soyez pas en peine de cela ! Ce n'est pas un bal d'invitation ! On paie pour y entrer, pour y danser ! C'est une sorte de carnaval !

Croyait-elle me rassurer en me disant cela ?

Ce bal m'inquiétait, pour des raisons qui me semblaient simples, n'ayant rien à me mettre, et qui étaient certainement plus compliquées que je ne voulais l'avouer. Payant ou non, c'était un bal, à Paris... Pauline n'avait rien voulu me dire, riant quand je l'interrogeais. Devant mon embarras, Denis m'avait déjà expliqué ce qu'il en était. Malgré les apparences, Paris vivait encore dans la crainte. Recevoir, c'était posséder une maison de prince, un cercle d'amis, constituer, en somme, une société. C'était à la fois être riche et dangereux. Des hommes de commerce, dans des endroits choisis, s'étaient donc chargés d'accueillir la foule mêlée qui voulait sortir et s'amuser. S'étourdir, oublier... Il y avait le bal de Richelieu ou celui de Thélusseau en hiver, les jardins de Tivoli en été.

– Vous serez un peu surprise, je pense, d'en voir la presse. C'est bien simple, tout le monde y vient !

– Tout le monde...

Cela me laissa songeuse.

– Mais oui, les gens du faubourg Saint-Germain aiment à danser autant que ceux des Tuileries !

Il ne songeait pas, en me disant cela, qu'avant d'être à l'Assemblée, les Tuileries étaient au roi...

J'entendis enfin retentir la sonnette de l'entrée. Je me levai plus vivement que je l'eusse

223

dû, à mon âge. Mais je n'y tenais plus. C'était bien M. Nicolas, chargé d'une corbeille qui me parut minuscule. J'ouvrais à peine la bouche quand je vis un jeune garçon qui le suivait et disparaissait presque derrière un grand panier d'osier. Martine ouvrait des yeux en roue de charrette. Il en fallait, des choses, pour me coiffer ! Je cachais mal une envie de rire qui se fit d'autant plus pressante qu'elle était incongrue. Nicolas riait aussi, en me suivant dans l'escalier. Ma chambre était prête pour la mise en scène. J'avais rangé mes papiers et disposé un miroir sur la petite table, préparé des éponges, de l'eau, de la poudre, que sais-je. La porte fermée, j'allais me jeter sur la malle d'osier quand il me retint d'un geste.

– Tout à l'heure, je vous prie... Je dois passer chez Mme Leclerc à dix heures ! Et elle n'est pas la sœur de Bonaparte pour rien, la Générale, c'est moi qui vous le dis !

Je m'assis, morfondue, résignée. Nicolas prenait mes cheveux, les enroulait sur son bras, les soupesait, les faisait tourner et cela m'agaçait, de le voir si peu pressé ! Il faut dire, aussi, que cela me gênait sottement. Il y avait si longtemps que personne n'avait perdu ses doigts dans mes cheveux. Puis il se mit entre le miroir et moi, et entreprit je ne sais quel massacre savant. Des boucles tombaient au sol, sans bruit, doucement. Mon cœur était mordu de crainte. Mon Dieu, à quoi allais-je ressembler, après cela ? Puis il me contourna et m'ordonna de baisser la tête. Je sentais les ciseaux, si froids sur ma nuque, et toute l'insouciance du moment s'envola.

224

L'ombre familière m'était revenue. Je pensais au cou fragile qu'on avait mis à nu. Nicolas releva enfin ce qui restait de ma chevelure et la tordit avec l'aisance experte de l'habitude. Il enroula mes boucles dans un réseau de bandelettes vertes et me laissa enfin le loisir de me voir. Une femme étrange me regardait avec attention, sombre et belle. Et c'était moi.

– Merci, Nicolas !

Il ne voulait pas que je le paye mais j'y tins par-dessus tout. M. Charbonnier ne devait rien savoir de notre complicité. J'étais debout, fébrile. Et il ne put y tenir. Mme Leclerc pouvait attendre un peu, elle aussi ! J'ouvris la malle. Pliées dans un papier de soie, trois robes attendaient de vivre. Je les levai de leur linceul. Elles étaient si belles que j'en eus des larmes aux yeux.

– Merci, Nicolas.

Je ne pouvais en dire plus et je l'embrassai dans un transport de joie presque enfantine. Comme j'avais attendu cela, ces jolies robes, Paris ! Cette revanche, pour moi aussi !

– Que dirait Louis à nous voir ainsi embrassés !

– Allons ! Vous pourriez être mes fils, l'un comme l'autre !

– Cela, je ne le crois pas !

Il était sincère et je ne sais ce qui me rendit le plus heureuse, de mes robes ou du gentil compliment.

Enfin il se sauva et je restai seule à regarder mes parures pendant un moment bien court qui me fut bien doux. Je les caressai de la main. Comme il faut peu de chose à notre bonheur,

225

parfois ! Je croyais même avoir de la chance, en cet instant précis.

J'étendis ma robe du soir sur mon lit. Un petit carton, au revers du corsage, parlait d'une étole de gaze. Dès l'après-midi, j'irais la chercher, avec Pauline, si elle le voulait bien. J'avais un peu d'or, tout de même, dans une petite bourse. Allons, j'étais bien folle... Le moyen de faire autrement !

Il était quatre heures, environ. Je précédais Pauline dans le labyrinthe des galeries, légère, heureuse de connaître cet étal, de m'y entendre à ces rubans... Mes emplettes finies, pour tromper mon impatience et la sienne, peut-être, elle m'entraîna chez elle. Elle avait une maison charmante, rue des Trois-Pavillons, dans le Marais. L'extérieur, paisible et sage, en était bien trompeur. L'intérieur me suffoqua. C'était un mélange d'aspirations antiques, confuses et mêlées, un grand rutilement de luxe et d'incommodité. Un sphinx trônait dans le vestibule, énigmatique à souhait ! Pauline voulait mon avis, ou plutôt des soupirs d'admiration, des pâmoisons d'envie. Je lui prodiguai le peu que je pus... Elle aimait les tentures alourdies d'or, les moulures de faux marbre et les fontaines en trompe-l'œil. Elle adorait ces mille faux-semblants qui cachent la vérité. Ou qui la révèlent... Elle vivait dans une angoisse de solitude et de vieillissement, comme toutes les femmes qui ont eu des amants et non des enfants. Elle entreprit, d'ailleurs, de m'en parler, d'un ton léger, affectant de se moquer de ce dernier emportement qui avait pris son

226

pauvre cœur d'amadou. C'était une chose comique, à l'en croire... Risible, vraiment ! Elle savait tout des hommes jusqu'à ce jour, pour n'en rien faire, et tout ce qu'elle savait, devenu fort utile, ne lui servait plus à rien. Qui peut aimer sans déposer les armes ? Pauline riait, sans grande joie. Elle avait un naturel confondant. Elle savait être si proche, parfois. Les mains au feu, selon son habitude, elle me jetait par instants un regard coulé et reprenait sa confidence. Je l'écoutais, n'ayant pas de réponse à la question qu'elle ne me posait pas. Quittant le feu d'un mouvement, elle me dit brusquement que je lui faisais penser, ainsi coiffée, à une divinité sans appel, inconnue, peut-être un peu cruelle.

— Vous riez-vous de moi ?

— Mais non ! Vous êtes si étrange pour moi, Adèle, si différente...

— Je ne vois pas en quoi !

— Il me semble souvent que rien ne peut vous atteindre !

Elle me connaissait donc bien mal ! Je ne le lui dis pas. D'ailleurs, elle savait aussi bien se taire que moi ! Sa main, légère, caressait la soie du divan où elle s'était un instant posée, quand elle me dit enfin ce qui emplissait sa tête et l'avait rendue si charmante tout l'après-midi.

— Enfin, vous êtes ainsi faite ! J'ai une nouvelle, qui vous fera peut-être quelque plaisir. Une nouvelle pièce va être jouée, à l'Odéon, le huit ! Nous y sommes invitées toutes deux, avec le général Barrère, bien sûr, et Charlotte.

— Charlotte ?

227

Pauline éclata de rire.

– Ma nièce s'appelait ainsi avant la mort de Marat ! Mais ce n'est plus vraiment la mode, non plus que Louis... On a proscrit de si vilains prénoms ! Comme toutes les vieilles gens, j'ai du mal à me faire à de tels changements.

Elle riait mais je restais plus que songeuse. Pauline craignit de m'avoir blessée et se tut un instant. Fort bref, évidemment.

– Cette invitation m'enchante. Ne vous fait-elle plaisir ?

– Je suis ravie de l'apprendre ! Je n'ai pas reçu le moindre carton ! Est-ce là comme au bal de ce soir ? Sommes-nous invitées à payer ?

– Comme vous êtes grand siècle, parfois ! Un carton, vraiment ! Je n'ai pas encore reçu le mien ! Mais j'ai vu hier au soir votre ami tellement ancien ! Nous sommes ses invitées...

Ses yeux brillaient ! Elle riait, presque heureuse.

– Allons, Adèle, ne soyez pas grognon ! Ce sera magnifique ! Il y a toujours tout le monde, le soir d'une nouvelle pièce ! L'Odéon n'est pas le théâtre Feydeau ! Ni l'hôtel Thélusseau ! Je pourrai vous présenter bien des gens ! À force de boutiques, vous devez avoir de quoi éblouir tout Paris !

– Je n'ai pas envie d'éblouir tout Paris !

Elle rit franchement, en me regardant à nouveau par en dessous ! Ce regard d'entre cils était hautement agaçant !

– Ni moi non plus ! J'ignore les vôtres, ma chère, mais mes ambitions, vous le savez, sont plus modestes !

228

17

L'après-midi s'étirait, maussade et gris. Il faisait au-dehors une bise aigre qui giflait les joues. La pluie, depuis deux jours, n'avait pas cessé. La pluie, en ville, est toujours triste. À Paris, elle est un châtiment. D'ailleurs, pourquoi sortir ? Pour aller où ? Les quelques francs qui me restaient encore m'étaient indispensables pour assurer les plus modestes besoins. J'étais, disons-le franchement, complètement ruinée ! J'avais été bien folle ! Ce n'était que justice !

Le bal de Thélusseau avait été fort gai, je ne pouvais en disconvenir. Les danseurs, parfois, s'étreignaient même d'un peu trop près. Il régnait, dans les grands salons bondés comme sur la rotonde, une ambiance de grosse fête campagnarde, bien loin de ce à quoi je m'attendais. Nous étions arrivés vers dix heures et la presse était déjà accablante. Il avait fallu les épaulettes de Denis pour nous frayer passage jusqu'à un canapé d'angle. Il y avait assis sa femme, un peu pâlie, mais il avait gardé mon bras.

– Vous permettez, Olympe !

Denis s'était tout de suite mêlé à un groupe d'oiseaux de son plumage, à la poitrine barrée d'or, à l'uniforme rutilant. Il tenait à me présenter, non sans une fierté un peu taquine, à ses compagnons d'escadron.

– Mes amis, voici ma sœur...

– Bon Dieu, Barrère, mais où la cachiez-vous ?

229

Ils s'inclinèrent dans un grand bruit de bottes. Leurs yeux prenaient d'assaut, eux aussi, à n'en pas douter ! Je portais la robe que la fortune m'avait offerte, éloignée de toute sagesse. Elle était grecque, en mousseline verte, si légère et si fine que je n'en sentais pas la caresse. Une large bande dorée s'évasait autour de moi, qui figurait un enlacement de pampres et de lauriers. Cette imitation avait un charme un peu troublant. Curieusement, cela ne me gênait pas. Dans les yeux de ces jeunes hommes, je lisais mon pardon.

Après quelques paroles, malgré leur insistance, je rejoignis Olympe. Elle était restée seule dans un coin de l'immense pièce. Pauline dansait déjà, un air de rêve sur les lèvres, avec un jeune aide de camp, charmant, celui de Bessières, je crois. Les noms trottaient dans ma tête comme les visages sous mes yeux. Des visages gais et charmants, parfaitement inconnus cependant. J'entrevis une vénus blonde. C'était Mme Leclerc, toute vêtue de mousseline dorée et semblant Artémis en son char. Cette brunette piquante, entourée d'hommes, c'était Mme Hamelin. Je m'amusais à son manège quand je vis deux messieurs me regarder de loin, hésiter un peu, puis franchir à grande difficulté l'espace qui nous séparait. Ils avaient prudemment attendu la fin de la cavalcade qui faisait trembler le plancher. Ils vinrent s'incliner devant moi. Étais-je donc vieille à ce point ? Venaient-ils m'inviter à danser ? Ils semblaient sortis d'une boîte à musique, avec leurs visages de porcelaine grise et leurs habits de soie. Tous deux avaient des cheveux poudrés, retenus en arrière.

230

— Excusez-moi, madame, mais votre visage ne m'est pas inconnu. Permettez que nous nous présentions. Je suis M. d'Hautefort.

— Je suis M. de Caulaincourt.

Ils étaient fatigués, tous deux, d'être là. Une tristesse diffuse poudrait leurs traits que je ne comprenais que trop bien. Je connaissais leurs noms.

— Nous avons pu nous voir, autrefois, chez ma cousine, Mme de Champlaurier...

— Oui, c'est cela, mon Dieu, exactement cela! Vous êtes...

— Adèle d'Aiguebrune.

Nous n'eûmes pas le temps de nous sourire. Marsaud était devant moi. En le voyant, les deux fantômes me sourirent, s'inclinèrent et disparurent comme ils étaient venus, lentement.

— Il me semble qu'un danseur tel que moi vous conviendrait mieux!

— Mais je ne danse pas... Surtout cela!

Une danse effrénée venait de reprendre. Les danseurs tournaient, enlacés, comme des totons. J'étais ébahie de voir cela, au point que mon compagnon éclata de rire!

— C'est grand dommage! Ne voulez-vous apprendre?

— Une autre fois!

— Je le tiens pour une promesse!

Pauline revenait vers nous, toute rosie de danse et la tête tournant. Marsaud s'en fut bien courageusement lui trouver un verre d'eau. La foule s'était encore épaissie. Je cherchais mon frère des yeux. La petite main d'Olympe, livide, s'était crispée sur la mienne.

231

— Je me sens mal, Adèle. Je crois bien que je vais vomir.

Le temps de retrouver mon frère, de nous excuser auprès de Pauline, qui entendait bien rester, et le bal de Thélusseau était terminé, du moins pour nous.

J'étais, depuis, vaguement déçue. Paris, ce n'était que cela... Des nuits de grosse cavalcade et des jours gris de pluie... Marguerite, à côté de moi, levait souvent les yeux de son ouvrage. Elle me souriait sans mot dire, consciente, je pense, de mon humeur maussade. Il était un peu tôt pour le thé.

— Olympe et Denis ne devraient pas tarder...

Ils ne le devraient pas ! Olympe s'était vite remise. Ce n'était qu'un vertige de chaleur, mais elle était fragile et ils s'épuisaient, tous deux, en courses diverses. Ils avaient acheté cette maison de la rue de Babylone, et se donnaient la joie de la meubler. Ils parcouraient le faubourg, à la recherche d'étoffes, de draperies, de ces mille riens qui font l'âme d'une maison. La jeune femme s'étourdissait ainsi du départ de son mari, chaque jour plus proche. Il se distrayait aussi à cela. Peut-être. Un voile de tristesse vint d'un coup se poser sur mon cœur. Comme en écho, le gros bourdon de la cathédrale se mit à sonner les quatre heures qui séparent, en hiver, le jour de la nuit.

— Un monsieur d'mande à vous voir, M'dame...

Martine tenait un petit plateau d'argent, où Marguerite prit une carte.

— Mais faites entrer, Martine !

Marguerite, surprise, posait son ouvrage quand Marsaud entra. Pauline, aux Tuileries, risquait d'être déçue.

— J'espère, mesdames, ne pas vous déranger d'une visite aussi impromptue.

— Il n'en est rien, monsieur le député...

Elle le disait, mais tout témoignait du contraire. Elle était devenue rouge, hésitante de confusion. Comme j'aimais Marguerite, par moments ! Il s'inclinait déjà vers moi.

— Vous voyez, vous ne pouvez pas me fuir ! Je vous retrouve toujours...

— Je ne fuis pas mes amis, Michel.

Jamais je ne l'avais appelé ainsi. Je le vis surpris. Je m'en amusai un peu... J'avais, reconnaissons-le, envie d'un peu d'amusement. Marguerite s'était ressaisie.

— Mais je vous en prie, asseyez-vous...

Il s'assit donc. Un silence flottait dans l'air, que je pris garde à ne pas rompre.

— Il fait un bien vilain temps !

— Un temps épouvantable ! Un temps de chien !

Marsaud me regarda en souriant. Il était bien élégant, en redingote à double boutonnage. Le col blanc, la cravate haute, mais la peau toujours un peu brune.

— Ou un temps de cocher !

Nous nous mîmes à rire et Marguerite nous accompagna, gentiment, sans savoir pourquoi. La tristesse morose du jour s'était enfuie loin de moi.

— Adèle, vous êtes insupportable !

233

— Pourquoi venir me voir en tel cas ?

— Qui peut s'empêcher d'avoir pour vous de l'amitié ?

Il regardait Marguerite en souriant pour la prendre à témoin. Elle lui rendit son sourire et nous pûmes parler un peu de tout et de rien.

— Je voulais venir vous inviter moi-même à cette représentation de théâtre. Y viendrez-vous, madame Dangeau ? Je serai en ce cas heureux de vous accueillir dans ma loge...

— Je ne crois pas que nous y allions... Mon époux, voyez-vous...

Elle était gênée de nouveau, n'osant lui dire que ce Paris assis à l'orchestre lui faisait tellement peur. Mais il le comprit, je pense, fort bien, car il n'insista pas davantage.

— Mais vous viendrez, Adèle ?

Il ne serait pas dit que je me sois ruinée en toilettes pour rien ! Je fis mine d'hésiter un peu.

— Que donnera-t-on ?

— Ne le savez-vous ?

— Ma foi, non ! On ne me parle, pour cette soirée, que de l'Odéon, si nouvellement beau, et de ces belles gens que nous y verrons ! Ce qui fait que je ne sais si la pièce sera nécessaire, ni quels seront, au juste, les comédiens !

— Jugez-en par vous-même ! On y donnera *Misanthropie et repentir* !

— C'est en effet bien ambitieux !

— C'est allemand !

Nous riions à nouveau.

— Il me plairait de venir vous prendre, avec votre famille. Disons... à huit heures ?

— Disons-le !

234

Marguerite doucement se leva, s'excusant de devoir nous laisser. Elle voulait que le thé soit parfait, je pense. Marsaud, assis sur le divan trop bas, étira un peu ses jambes. L'éclat de métal de ses bottes attira en mon âme je ne sais quels souvenirs. La pensée d'Élise m'était revenue. Sentit-il ma tristesse ? Il était aussi grave que moi.

– Je suis en fait venu, Adèle, pour vous parler de tout autre chose. Je ne pouvais vous en parler, hier. D'ailleurs, je n'en ai pas eu le loisir. Et ce n'était le lieu ni le moment...

Je le savais bien. Il était venu me parler de Cyprien.

– En avez-vous eu des nouvelles ?

– Non... Je crois la chose presque impossible. J'ai eu quelques nouvelles d'Hédouville. Sa mission, vous le savez peut-être, a été un désastre !

Comment l'aurais-je su ? Je ne savais rien et je le lui dis. L'ignorance des périls où se débattent ceux que l'on aime est d'un terrible poids. J'entendais encore, certaines nuits, la voix de Cyprien m'appelant *Tante Adie*. Une voix de plus en plus lointaine.

Marsaud se tut un instant, changeant la position de ses jambes tellement encombrantes. Puis il m'expliqua ce qu'il savait :

– La République a envoyé le commissaire Hédouville en mission à Saint-Domingue, pour y rétablir son autorité. Mais les îles ne sont pas la Vendée ! Louverture l'a chassé du Cap, comme on chasse un insecte d'un revers de main.

– Et les Anglais ?

– Vaincus, eux aussi ! Jetés à la mer ! Le général noir tient l'île.

235

Fallait-il s'en étonner ? J'entendais Cyprien me dire qu'on ne rend pas la liberté à des hommes pour mieux les enchaîner. Soudain je le revis, petit esclave, agitant un éventail trop lourd. Et jeune homme éperdu d'amour et de justice ! Mon Dieu, qu'était-il devenu ? Marsaud sentit mon découragement. Il me sourit tristement.

— Je ne sais ce qu'il adviendra de Saint-Domingue, mais le plus grand désordre semble y régner. Les esclaves qui ont rompu leurs chaînes ne veulent plus travailler à la canne.

— On peut le comprendre...

— Oui, on le peut...

Tout à l'heure, Marguerite allait revenir, avec le thé, avec du sucre roux, si doux aux uns et si amer aux autres. Marsaud reprit gravement.

— Dans ces circonstances, je n'ai pu en savoir davantage. Au ministère, on m'a dit ne pas connaître de mulâtre appelé Dulaurier, en mission, à Saint-Domingue... Il a pu changer de nom...

— Je l'ai déjà pensé...

— Et je ne sais s'il faut le faire rechercher, là-bas, à son de trompe. Il se cache peut-être. J'en parlerai à Hédouville quand il sera rentré.

Ses jambes l'ennuyaient encore. Il changea de position puis me regarda profondément.

— On m'a dit aussi qu'une guerre sournoise oppose les Noirs à ceux qui se prévalent d'un peu de sang blanc...

C'était pitoyable ! Je ne savais que dire. Marsaud hocha la tête...

— La seule chose que nous puissions faire est d'attendre. Peut-être que cela s'arrangera...

236

Mais il n'y croyait pas plus que moi, je le sentais bien. Marguerite revenait pour le thé. Et nous le prîmes, en échangeant à nouveau les mille banalités du moment. Un peu de sucre, au fond de ma tasse, se dissolvait doucement. Puis Marsaud se leva. Il était en train de prendre congé quand la porte vitrée s'ouvrit.

— Mais quel temps !

Pauline, les joues enflammées, s'était arrêtée au seuil de la pièce. Marsaud, ne voyant rien du désarroi de ses yeux, s'inclina devant elle.

— Je suis désolé de vous dire bonjour et au revoir dans le même moment !

Il l'était moins qu'elle, qui me jeta un regard presque noir.

— Mesdames, à bientôt.

J'expliquai à Pauline que Marsaud nous invitait dans sa loge et nous servirait d'escorte le huit, à la huitième heure. Mais elle se tourna vers la flamme qui se tordait dans la cheminée, jetant à son front un rougeoiement de colère.

— Mais il me l'avait déjà dit ! C'était déjà convenu ainsi !

Puis elle se retourna vers moi, fiévreuse et accablée.

— Mon Dieu, vous êtes... vous êtes !

Elle avait des larmes dans les yeux et la voix. Surprise, je me levai, mais elle s'était enfuie avant que j'aie pu la retenir. J'étais désolée ! Je fis un signe à Marguerite, qui restait là, comme pétrifiée, sa plus jolie théière à la main.

— Je n'y suis pour rien... Je ne sais ce qu'elle a !

— Ce n'est rien. Cela lui passera bien vite !

237

Je me sentais mortifiée, peut-être un peu coupable. Mais de quoi ? Pouvais-je, pour complaire à Pauline, refaire l'histoire de ma vie ? Marsaud était venu pour me parler de Cyprien. Il était mon ami. Et il était aussi de ceux qui m'avaient pris ma petite fille. Nous étions tout ensemble unis et éloignés par cette peine. Pauline ne savait pas cela et je ne pouvais le lui dire. Ces mots-là refusaient de passer mes lèvres. Je ne pouvais le dire qu'à celle qui n'était plus. Ou à l'étang d'Aiguebrune. Un mal de chez moi me prit, soudain et profond. Qu'est-ce que je faisais, ici, sinon me trahir moi-même ? Je m'assis, ne sachant plus que penser, les pauvres mots de Pauline me revenant sans cesse.

– Vous êtes, vous êtes ! Mais que suis-je à la fin ?

Marguerite, relevant son visage penché sur une tasse, m'adressa un sourire apaisant.

– Ma pauvre Adèle, n'en tenez pas cas ! Vous êtes tout ce qu'elle n'est pas !

Les jours de pluie se suivirent, également gris, sans que Pauline revienne. J'en étais triste, un peu froissée malgré moi. Ne saurait-elle me croire, me faire confiance ? J'avais ce pénible sentiment d'un doute en son esprit. Trop d'orgueil, aussi, pour aller la voir. On ne se refait pas. Enfin, de bourrasque en averse, ces journées maussades s'enfuirent, comme les autres, bien lentes à mon gré, bien trop rapides à celui d'Olympe. Elle cachait elle aussi son chagrin, mais fort mal. Dès que Denis s'absentait, elle devenait absente à son tour, inquiète, nerveuse.

238

Son petit visage chiffonné mêlait un air de désarroi et d'enfance qui faisait peine à voir. Aimer est également doux et malheureux. Quand le moment approchait de son retour, quand l'ombre envahissait lentement les pièces, à l'heure blonde de la première bougie, elle l'attendait. On la voyait sursauter à la moindre porte qui s'ouvrait, au moindre bruit de voix. Quand Denis arrivait enfin, jetant un baiser pressé sur son front, elle semblait à nouveau heureuse, vivante et gaie. J'appréhendais chaque jour davantage le moment de leur séparation.

Ce soir-là ne pouvait être pleinement joyeux. C'était une fête d'adieu. Denis partirait le quinze de nivôse. Il irait rejoindre Joubert et l'armée d'Italie. C'était dit. Olympe voulait l'oublier. Elle tournait autour de moi, dans une robe un peu trop dorée à mon goût. Elle portait une perruque blonde, des sandales un peu hautes, qui la rendaient plus grande, plus fine encore et s'était mis un peu de rouge, exactement comme il le fallait. Mais elle avait un teint défait qui ne trompait pas. Comme elle s'en plaignait, je lui dis de passer un peu de poudre sur son cou et ses bras, son visage en semblerait plus rose. Il allait être huit heures ! Elle devait se hâter ! Elle s'enfuit de ma chambre et je pus m'occuper un instant de moi. L'image que me renvoyait ma glace de cheminée me surprit presque. Était-ce bien moi ? J'avais passé ma seconde robe, de soie bleu sombre, pure et fine comme un dessin. La lumière douce de la nuit semblait m'enlever dix années, à moins que ce ne fût cette ombre noire sur mes yeux, ce peu de carmin à mes lèvres.

J'avais trahi Nicolas et laissé l'ordre naturel de mes cheveux rouler le long de mon dos. Le temps les avait un peu assombris. Je n'avais pas de cheveux blancs. Pas encore, me soufflait méchamment une petite voix perfide tandis que j'attachais les perles de ma mère à mon cou. Le bijou était de monture ancienne, mais moi aussi, après tout... Je mis mes gants, en regardant un peu mes bras. Ils étaient assez beaux. J'étais toujours longue et mince. Je n'avais pas ces tristes renflements que donne la maternité. Je chassai de mon cœur le petit pincement qui s'y trouvait toujours en pensant à cela. Ce soir, je voulais être belle. Cela m'arrangeait qu'à quelque chose malheur fût bon... J'entendis retentir tout ensemble le bourdon de Notre-Dame et le carillon de la porte. Je sortis de ma chambre. Des voix égayaient l'entrée, que je reconnus. Pauline parlait avec Denis. Marsaud arrivait à son tour. Jaillissant de sa chambre, Olympe tendait vers moi son cou.

– Est-ce mieux, ainsi ?

Je n'y vis pas la moindre différence.

– Oui, beaucoup mieux !

Et sur ce mensonge, nous descendîmes toutes deux. Le bas de l'escalier me parut plein de monde. M. Dangeau et sa femme échangeaient avec Marsaud les civilités d'usage. Pauline, charmante dans une toilette de soie mauve, semblait un bouquet de lilas. Je lui souris et elle fit de même, sans la chaleur d'autrefois. Mais je ne voulais pas m'attarder à cela. Nous sortions déjà, enveloppées dans nos fourrures. La cape de Marguerite m'était douce à la peau et au cœur.

240

J'étais assise à côté de mon frère, ayant eu soin de laisser Pauline à côté de Marsaud. Olympe était mignonne, je n'étais pas trop mal et Denis était plus que beau, en grand uniforme. J'étais assez fière des d'Aiguebrune et du visage qu'ils montraient. J'étais aussi misérablement sotte qu'on peut l'être dans la vanité. Le trajet me parut bien court. Le temps de passer le fleuve et nous arrivâmes.

Un grand bâtiment s'illuminait de lumières vacillantes. Une avancée monumentale, soutenue de colonnes, s'ouvrait sur des arcades. Un désordre de voiture me permit d'admirer un instant l'édifice, son volume classique et parfait, ses courbures adoucies. Puis nous descendîmes, entraînés dans un joyeux tourbillon. Il fallait être gai ! Il fallait être là, en grand habit ou en toilette de soie, et se montrer. Des rires de femmes fusaient, un peu haut, des écharpes, déjà, glissaient sur des épaules rondes. Des regards se croisaient, pleins d'un défi tacite qui me surprit un peu. Nous montions l'escalier. J'étais au bras de mon frère, pesant sur lui pour boiter le moins possible. Des gens allaient plus vite, d'autres prenaient des airs de grande majesté. Les avait-on vus, au moins ? Ces diamants étaient bien à cette dame, ce frac parfait à ce gandin ! Je me sentais amusée, malgré moi. C'était aussi cela, Paris...

Marsaud nous conduisit avec aisance jusqu'à sa loge, sorte de balcon en avancée qui dominait le bas de la salle. Un arrondi de luxe et de privilège bordait les flancs du théâtre. Les ors, les velours, les franges et les colonnades, tout cela était tel que je l'avais imaginé. Et le public de même. À côté de nous, les balcons s'emplissaient peu à peu. Des laquais allumaient des chandelles. Un bruit diffus courait sur la salle close, fait de voix un peu trop élevées, de rires et de bruissements d'éventail. Combien de calomnies légères courant sur toutes ces bouches, combien de compliments vrais ou faux ? Quelques dames, en face de moi, avaient fixé à leur œil de fines lorgnettes d'ivoire. On nous lorgnait ! Eh bien tant mieux ! On me les nomma, d'un air de grande indifférence. Cette petite brune, c'était encore Mme Hamelin, et cette beauté limpide, toute de blanc vêtue, Mme Récamier...

– Elle est vraiment belle !

Olympe avait une voix un peu triste. Marsaud lui sourit.

– Vous n'avez rien à lui envier !

Je croisai son regard. J'eusse tellement voulu que ce fût vrai... Pauline, rieuse, entreprit de nous distraire de quelques anecdotes amusantes. Elle avait la moquerie sûre, le trait fin et beaucoup d'esprit. Marsaud et Denis riaient et je ne pouvais me retenir de sourire. Soudain, un mouvement se fit sur les visages, qui s'orientèrent tous vers le fond de la salle, en même temps. Dire que l'on avait tué combien de courtisans ? Les occupants de la loge centrale venaient d'arriver. Une dame brune, fine, donnant le bras à un petit homme sec et brun, que l'on me présenta vaguement, une autre dame, blonde et vaporeuse, un peu alanguie. Elle se tournait vers un homme assez pâle, au regard voilé d'une paupière de chat, coiffé à l'ancienne. Marsaud, posant sa main sur mon bras, me dit en souriant :

– Enfin quelqu'un qui vous ressemble...

– Qui est ?

– M. de Talleyrand.

Je regardai à mon tour le ministre et allais m'intéresser du moins un peu à la conversation, quand une silhouette sombre se profila derrière lui. Mon cœur, dans ma poitrine, eut un coup qui me fit mal. Je me sentis pâlir. Était-ce bien lui ? Vraiment lui ? Il avait ce même air de hauteur un peu triste qu'il posait autrefois sur toutes choses. Mais pas sur moi. Un voile gris s'était déposé sur son visage, sur ses cheveux, peut-être, qui semblaient poudrés. Il était toujours grand, plus droit que jamais. C'était lui ! Je le crus du moins, heureuse au-delà de tout, jusqu'à ce que son regard, froid comme une lame, me glisse dessus pour s'éloigner, indifférent.

18

Les lumières se baissaient déjà et le souffle bavard de la salle s'apaisait peu à peu. Les coups précipités de mon cœur suffisaient à m'emplir le silence. Je n'entendais plus rien. Je ne savais plus où j'en étais ! Non, je ne savais plus. Était-ce bien lui, mon amant d'autrefois, le seul homme qui m'ait tenue dans ses bras ? Une salle entière nous séparait maintenant. Et plus, peut-être. Il ne m'avait pas reconnue.

Les mots se pressaient sur les lèvres d'une héroïne charmante que je n'écoutais pas. Méricourt était là, dans cette ombre, derrière moi. Un frisson me souleva tout entière. Je me sentis abandonnée à lui, à nouveau, comme autrefois. Mes mains tremblaient. Je cachais comme je le pouvais leur pauvre tremblement. Il fallait applaudir ! Feindre de comprendre quoi que ce soit à ce déluge de mots qui bourdonnaient à mes oreilles. Méricourt était là ! Il était revenu, il était vivant ! La faux l'avait épargné et cela suffisait à me mettre des larmes aux yeux. Un chuchotement m'agaça un instant l'oreille :

– C'est fort beau, n'est-ce pas ?

Je répondis Dieu sait quoi ! Que m'importait cela ? Un ravage de joie, un océan d'incertitude se partageaient également mon esprit qui ne pouvait parvenir à rassembler ses idées. Il ne m'avait pas reconnue ! Combien j'avais dû changer ! Vieillir ! Quand il m'avait quittée, je n'avais pas trente ans... Quand il m'avait quittée. Un sanglot me monta aux lèvres, que je cachai mal. Denis, surpris, me regarda un instant. Puis il revint au drame qui se jouait sur la scène et me laissa au mien. Il ne m'avait pas reconnue... Je me sentis si vieille et si laide en cet instant que ma joie mourut sur place. Ou bien m'avait-il oubliée, lui qui était le plus cher souvenir de ma vie ? Mon cœur se serra tant à cette idée que la raison me manqua. Non, ce n'était pas cela ! Cela ne se pouvait point ! Il ne m'avait pas vue, bien certainement ! On baissait déjà les lumières quand il était arrivé. C'était ça ! Mais oui, c'était ça ! Une impatience me prit le pied. Il fallait que je sache, que je le voie. L'effort que je déployai pour me contenir me fit serrer les dents. Une douleur montait dans mon ventre, comme un désir. Méricourt était assis dans l'ombre de ce théâtre, derrière moi. Il me semblait sentir son regard sur ma nuque, son souffle sur mon cou. La Terreur avait tué tant des nôtres, les dispersant comme des feuilles mortes au vent furieux de sa violence. Mais nous avions survécu tous les deux.

Un torrent d'applaudissements s'élevait de la salle. Des lumières, çà et là, s'allumèrent. Je fis un des plus grands efforts de ma vie pour ne pas me retourner.

— Mais ce n'est pas fini...

Marsaud riait.

— Mais non, voyons, c'est l'entracte ! Il faut bien changer les chandelles ! Il serait bon, mon amie, que vous sortiez davantage. Venez, nous allons prendre quelque rafraîchissement.

Je me levai, les jambes coupées. Le député avait pris d'autorité mon bras. Je m'appuyai sur lui, l'âme en déroute, puis je me retournai enfin. La loge centrale était vide.

On me parlait, je ne répondais pas. Nous allions vers le grand salon, comme tout le monde, enfin le monde de l'argent qui gazouillait autour de moi. La vaste pièce était pleine de gens mais il ne fallut qu'un instant à mon cœur : il n'était pas là ! La déception était si amère que je me sentis sur le point de pleurer. J'étais plus que ridicule avec mon cœur en écharpe, à plus de quarante années ! Un reste d'orgueil, pêché je ne sais où, vint à mon secours.

— Adèle, qu'avez-vous ? Vous êtes toute pâle !

— C'est ce monde, cette chaleur...

— Ah oui...Vraiment !

245

Pauline me regardait d'un air dubitatif. Tant pis ! Je me jetai à l'eau !

– Connaissez-vous M. de Talleyrand ?

– Fort peu ! Il n'est rentré que depuis une année... Voyez-vous, autrefois, je ne hantais pas la noblesse de cour...

– Connaissez-vous cet homme qui l'accompagnait...

– M. de Méricourt ?

– Oui...

Je n'avais plus de salive. C'est à peine si je pouvais articuler un son.

– Il est de ses anciens amis. Il vient de rentrer d'exil. Il a beaucoup souffert, dit-on. C'est un homme assez sombre. Je crois qu'il a perdu sa femme.

Pauline me regardait, en tapotant son sac à petits coups d'éventail. Ce bruit saccadé m'emplissait la tête. J'étais au point de m'évanouir.

– Quel est l'heureux mortel qui a perdu sa femme ? De qui donc parlez-vous ?

Marsaud nous avait rejointes, nous montrant un banc. Nous le suivîmes dans une foule de gens. C'était un moment bien difficile. Le vin de Champagne que j'avais devant moi refusait de franchir le bord de mes lèvres. Marsaud et Pauline parlaient de la pièce. J'étais aussi loin d'eux qu'on peut l'être quand on est assis auprès de quelqu'un. Marsaud se leva enfin et me proposa son bras.

– Il nous faut regagner nos places. Tenez-vous à moi, Adèle, si vous n'êtes pas bien !

Nous franchissions des lignes humaines. Les gens nous regardaient. C'était comme si le sol

246

allait se dérober sous moi. La tête me tournait. Nous arrivâmes enfin. La pièce allait reprendre. Le silence revenait peu à peu. Pauline s'arrêta, et fouilla dans son sac.

— Je n'ai pas de mouchoir ! Adèle, en avez-vous un ?

J'ouvris mon réticule comme je le pus. Marsaud, devinant quelque souci de dame, s'entretint avec mon frère. Et Pauline, en prenant mon mouchoir, me sourit.

— J'ai des amis proches de M. de Talleyrand. Ils tiennent salon le mercredi. Nous irons les voir, si vous le voulez.

Je ne pus lui répondre. Si je parlais, je pleurais. Ses yeux posés sur les miens étaient en même temps préoccupés et doux.

— Puis-je vous demander pardon, Adèle ?

Elle le pouvait. Elle avait enfin compris.

J'étais seule, dans la pénombre de ma chambre. Une bougie, à mon chevet, allait bientôt mourir. Je regardais stupidement vaciller sa flamme et grésiller la cire qui tombait sur ma table. J'étais épuisée. Je n'en pouvais plus de ce passé qui ne voulait pas mourir ! Je mouchai enfin ma chandelle. La nuit, je le savais bien, ne m'apporterait pas la paix. Il ne m'avait pas reconnue, certainement ! Mais je revoyais pour la centième fois son regard posé sur moi, si froid. Une sorte de haine brûlait dans ses yeux, que j'imaginais, peut-être ! Mon Dieu, je ne savais plus où j'en étais ! Je ne pouvais croire à son oubli. Il ne m'avait pas reconnue, c'était la seule raison... En me quittant, torturé, malheureux, il avait maudit le jour de

247

notre rencontre. Mais c'étaient des mots de peine et d'amour ! Je n'avais pas voulu le suivre. Je n'avais pu lui sacrifier ma petite Élise. Deux amours ne peuvent lutter l'un contre l'autre. Il faut bien que l'un cède. Je n'avais pu abandonner l'enfant des autres, la petite fille boiteuse qui n'avait que moi pour l'aimer. Il ne pouvait pas m'en vouloir encore, ni à tel point ! Je me trompais certainement.

Un poison d'incertitude me rongeait maintenant le cœur. Il fallait que je le retrouve ! Et que je sache ! L'amour que je lui avais porté avait soutenu mon âme pendant tant d'années si noires ! J'avais, au moins, eu cela ! Cet homme, qui m'aimait, qui tremblait quand j'étais dans ses bras. Et je ne pouvais pas perdre la tendresse de ce souvenir.

Incapable de dormir, j'attendis l'aube, allongée dans ce lit comme une morte. Je laissai passer l'heure d'Élise. Je ne pouvais écrire ce que je ressentais sans donner vie à mon angoisse. Les mots font que les rêves deviennent vrais... Je me levai enfin, par habitude. Ma pendulette marquait sept heures. J'allai à ma fenêtre. Il pleuvait encore. Le lent écoulement de l'eau formait sur les vitres un chemin de ruisseau. Je le regardai un instant. Paris me semblait triste et gris. Puis cette idée me revint, forte comme une espérance. Il ne m'avait pas vue. Mais nous étions dans la même ville et un jour, comme ces gouttes écrasées sur le verre, nous nous rencontrerions.

Je laissai cette pensée m'envahir l'âme. Je rangeai tristement ma robe bleue, posée contre une chaise comme une dépouille abandonnée. Je pensais que je ne la mettrais plus jamais avec plaisir. Et je descendis le grand escalier de Marguerite en me rappelant à chaque pas que je boitais bien bas. Il y avait fort longtemps que je ne m'étais pas arrêtée à cela.

Marguerite m'attendait, tout naturellement. Elle savait déjà par Denis, parti fort tôt retrouver ses hommes, que la pièce avait été un triomphe. Heureusement qu'elle ne me demanda pas de lui raconter l'intrigue. Tout cela m'était passé fort au-dessus du bonnet ! Je la priai de m'accompagner jusqu'à la cathédrale, si la pluie ne lui faisait pas trop peur. J'avais un peu besoin de Dieu, ce matin-là. Sous les grandes voûtes de pierre, la paix était froide. L'humidité suintait des murs. Je priai un peu, demandant vaguement une chose qui ne regardait guère les gens du paradis. Cela me fit pourtant du bien. En relevant mon nez, je vis une lézarde courir sur le mur, dessinant sur les pierres un chemin verdâtre. Nul ne semblait s'inquiéter de l'état misérable de la cathédrale. Elle était vieille. Elle en avait tant vu.

En sortant de Notre-Dame, je pris le bras de Marguerite. Malgré sa gentillesse, je n'avais pas envie d'aller au marché. La pluie était plus forte maintenant. Pour couper au plus court, le cou enfoncé dans nos mantes, nous sommes passées par ces rues borgnes qui couraient dans le pauvre Paris. Les façades, lépreuses, débordaient sur la chaussée, s'inclinant parfois bien dangereusement. De fortes matrones balayaient leur salle, jetant la poussière à l'eau de la rue. Les gens qui passaient par là n'amusaient pas le pavé. C'était une foule colorée, ouvrière, en culotte de futaine,

249

en mauvaises chaussures trouées. Tous allaient tête basse et nous allions de même quand je le vis, au détour d'une rue. Il était petit, très blond, très pâle, avec cet air un peu vieil qu'ont parfois les petits enfants. Il était vêtu d'une misère de lambeaux, quasiment pieds nus. Et il riait, tendant au ciel ses petites mains grises, cherchant à attraper l'eau tombante. Puis, lassé de n'y point parvenir, il leva la tête aussi loin qu'il le put et ouvrit la bouche pour que la pluie tombe dedans. Il était là, petit garçon pauvre, riant, heureux, illuminant toute la rue de sa joie. J'emportai avec moi son image. Sa leçon. Je ne sombrerais pas.

La fin de la matinée se passa en préparatifs de toutes sortes. Denis avait besoin de mille objets et Olympe d'aide en toutes choses. La jeune femme était d'une pâleur si grande que je pouvais sembler rose en regard d'elle.

L'après-midi même, Pauline était là ! Elle était venue me chercher, comme si de rien n'était. Elle m'emmenait, me dit-elle, à une bouillotte ! Je la regardai sans comprendre.

— Mais je n'ai pas si froid !

Elle rit, moqueuse, de ma sottise provinciale !

— C'est un jeu, ma chère et non une chaufferette ! Un jeu qui se joue sur une table de même nom ! On ne connaît donc pas cela, à Aiguebrune ?

— Pas vraiment !

— Je vois ! Mais je ne vous emmène pas en cette tenue ! On croirait que vous voulez faire carême, ainsi vêtue !

Je dus quitter ma robe noire pour remettre la bleue, la moins habillée des trois mais qui suivait

250

cette mode décolletée propre à ôter aux femmes leurs poumons ! Je m'exécutai, impatiente malgré moi. Pauline savait désormais qui j'entendais rencontrer à Paris. Elle n'était plus jalouse. Au triste jeu qui était le nôtre, je n'étais pas mieux lotie qu'elle.

Le salon où elle m'emmena était fort beau. Des ors anciens déclinaient leurs lumières sur tous les murs. Quelques dames entouraient notre hôtesse, qui n'était autre qu'une jeune femme brune, assez belle, moyenne de taille et d'esprit, fort riche au demeurant, d'après Pauline. C'était cette Mme Hamelin que l'on m'avait montrée la veille, comme on montre un fort beau cheval sur un champ de courses. Mes autres compagnes étaient des femmes jeunes et charmantes, dont j'oubliais les noms quand on me les disait. J'avais la tête un peu absente, je l'avoue. Je m'assis néanmoins auprès d'elles et écoutai leur conversation. Rien de ce qui se faisait dans le monde d'autrefois n'effleurait l'esprit de ces dames. Elles parlaient fort haut du tailleur de l'une, du parfumeur de l'autre, de ce décorateur, tellement de bon ton, et tellement cher, qui avait recouvert *magnifiquement* les sièges d'une troisième. On se battait à coups peu mouchetés, à grands coups d'argent. J'étais plus que surprise, non que la société ancienne ne ressemblât à celle-ci ! On s'y étalait tout autant, avec la même complaisance enfantine. Mais on ne chiffrait pas soi-même ses dépenses. Il convenait de feindre de mépriser l'argent. J'étais surprise et cela dut se voir car la conversation vint bientôt à mourir. On se jetait des regards de dessus d'éventail. On n'avait rien à

251

dire. Je vis venir le moment redoutable où elles allaient parler de leurs accouchements ! Par une chance ultime, un bruit se fit, nous sauvant de cette dernière extrémité. Des hommes, enfin, entraient dans le salon. Quelques militaires, chamarrés, un peu raides, d'air et de propos, jurant parfois un peu trop haut, quelques bourgeois à l'air avenant, ronds et contents de la vie.

— Crédié, quel temps !

— Jouerons-nous un peu, mesdames ? Un reverdi ? Un loto-dauphin ?

Oui, elles le voulaient bien ! On sortait les cartons et les sacs de petites boules. Elles étaient redevenues bavardes, charmantes. J'eusse aimé être homme moi-même pour goûter tout le charme de ces fraîches poitrines qui se soulevaient d'un rire cascadant, ou de ces yeux, doux et impérieux qui semblaient attendre je ne sais quoi. Un bruit s'était fait à la porte. Mon cœur tressauta et se calma dans le même instant. C'était M. de Talleyrand. Il était seul. Il traversa bien lourdement la pièce, plié sur une canne, puis s'arrêta derrière le haut fauteuil de Mme Hamelin, auquel il s'accouda. Il y avait, dans ce geste, toute la distance d'une désinvolture effacée. Mais je savais qu'il cachait ainsi son pied et sa fatigue. J'étais en face de lui. Il me regardait d'un air amusé. Il avait un nez moqueur, relevé d'insolence. Ses yeux étaient plus gris que bleus.

— Vous me regardez, madame, avec bien de l'étonnement. N'avez-vous jamais vu de boiteux ?

Le silence qui se fit me fut pénible. Je lui souris, pourtant.

— Jamais qui ne me ressemblât trait pour trait.

Ses sourcils se haussèrent. Son regard avait changé, imperceptiblement.

— Nous avons donc la même allure, si je vous entends bien !

— Parfaitement !

— Et comment vous l'expliquez-vous ?

— Nous venons tous les deux de fort loin !

S'il était *Taille rang,* j'étais d'*Aiguebrune.* Par l'esprit et le sang ! Par la langue, surtout !

Le ministre eut le bon goût de rire. On me présenta plus amplement.

— Vous connaissez mon frère d'Hautefort, ma chère ! Il m'a parlé de vous !

— Des gens moins fraternels m'ont rendu la pareille à votre endroit !

Il rit.

— Je n'en doute pas.

Il fit tirer un fauteuil à mes côtés et nous entreprîmes de causer un peu, tous deux, tandis que dames et messieurs se passionnaient de chiffres. Ce fut une conversation charmante, à la mode d'autrefois, mais qui ne dura guère. Le ministre se devait de retourner à son ministère.

— Madame d'Aiguebrune... Eh bien, j'espère vous revoir bientôt ! Où demeurez-vous ?

— Chez le commissaire Dangeau... Mon frère, le général Barrère...

— Oh ! Oui ! Je vois...

Il repartit d'un pas si claudicant qu'il me fit mal. Son soulier était une chose monstrueuse à voir, que tout le monde feignait de ne pas remarquer. Le désir d'être homme m'avait fuie. À peu d'instants de ma vie j'ai autant béni ma fortune d'être une femme. Un pied peut toujours se cacher sous un jupon.

253

Pauline, qui jouait comme un hussard monte, me souriait de loin. Un M. Berthier lui parlait, me semblait-il, en se penchant fort bas. Cela ne paraissait pas la gêner beaucoup... Elle me dit, quand nous revînmes chez les Dangeau, que toute société me serait désormais ouverte. À Clichy comme au faubourg Saint-Germain ! Talleyrand était un des hommes les plus puissants de ces temps. Et je lui avais plu... Si contente qu'elle fût, je l'étais moins. Je n'avais guère envie de tous ces vains bavardages. Je le lui dis. Elle me répondit d'un mot :

– Qui veut pêcher doit s'assurer d'abord d'étendre ses filets !

C'était certain, mais fort déplaisant à entendre. Comme de savoir que ma déception se lisait ainsi sur mon visage, malgré tous mes efforts.

– Nous essaierons un autre mercredi...

Je ne lui répondis pas. Que lui répondre d'ailleurs. Si humiliée que je me sente, j'attendrais ce nouveau mercredi...

Le quinze de pluviôse était brumeux, si triste. Denis partait. Deux régiments de cavaliers roulaient l'orage de leurs chevaux frappant le pavé. Il n'était pas midi. J'étais auprès d'Olympe, dans une voiture, à faire des signes de la main. De ces signes inutiles si nécessaires, auxquels s'accroche l'espoir d'un retour.

Dès l'aube, me sachant levée, il était venu me rejoindre dans ma chambre. Nous n'aimions pas les effusions publiques.

– Faites attention à vous, Denis...

Il me lança son clair regard de gamin fatigué d'entendre toujours la même ritournelle.

254

– Mais oui !

Que lui dire d'autre ? Il partait à la guerre. Jamais, auparavant, je n'avais ressenti ce creux d'angoisse au fond de mon ventre. Il me regarda en souriant.

– Et vous, faites un peu attention à vous...

J'étais étonnée du ton qu'il avait pris à me dire cela. Il avait deviné un peu de ma peine. Cela faisait bien longtemps que nous n'avions été aussi proches. Ému, presque ennuyé, il sortit de sa poche un petit paquet enveloppé de blanc.

– C'est pour vous, Adèle.

Je l'ouvris, surprise. C'était deux camées d'or, dessinant un visage de femme, d'un profil très pur. Ils brillaient dans ma main sous la douceur du petit jour.

– Mais c'est une folie...

– Ils m'ont paru vôtres dès que je les ai vus. J'ai pensé qu'avec cette robe verte...

Il pensait bien. Il savait que j'étais triste. Nous n'en dîmes pas plus. Je l'embrassai pour ce présent et toute cette absence qui allait nous séparer.

À présent, je le regardais s'éloigner. Il montait, hautain et un peu penché, à la tête de ses hommes. C'était un bruit de tonnerre, un grondement de tempête. Les chevaux allaient de leur trot mesuré. Les cavaliers allaient aussi, secouant les ors et les cuivres de leurs brossettes au rythme lourd de leurs montures. Ils gardaient la tête droite dans la pluie mauvaise. Les lourds bonnets à poil ne tremblaient pas. Tous ces hommes étaient si semblables, vus d'un peu loin, qu'ils me firent penser à une armée de plomb agitée par la

255

main d'un enfant de géant. Olympe pleurait. Je la serrai contre moi dans cette voiture froide. Tant de larmes de pluie coulaient autour de nous que pleurer était bien inutile. Denis reviendrait bientôt ! Il le lui avait promis. Je le lui dis, elle me le répéta.

Combien de ces soldats avaient fait à leur belle la même promesse ?

Nous sommes restées là, transies, immobiles, jusqu'au moment où tous les soldats eurent disparu de notre horizon, dévorés par les pierres de la ville. Puis je la ramenai chez elle. Ou plutôt chez son père. Olympe était chez Denis, rue de Babylone, chez son père, rue du Parc. Elle n'avait pas encore de chez elle... Elle était si jeune, n'ayant pas dix-neuf ans. Et elle avait sans cesse besoin d'être prise en tutelle, comme un petit enfant.

— J'ai si peur, Adèle ! Croyez-vous que ce sera long, cette guerre d'Italie ?

Que pouvais-je lui répondre ? Que les trumeaux dorés de Paris n'étaient qu'une illusion ? Les Anglais avaient de nouveau ligué l'Europe entière contre la République. Les armées françaises s'embourbaient dans l'hiver alpin. Bonaparte s'épuisait en Orient. Notre flotte s'était perdue, en Méditerranée. Il n'était que de lire la gazette entre les lignes pour le comprendre... Il suffisait d'écouter l'inquiétude de son père, filtrant à demi-mot. Mais elle ne le voulait pas. Et pourquoi l'aurait-elle voulu ? Elle s'accrochait à ce bonheur si court, si fragile, qu'elle venait de vivre, comme un naufragé veut croire qu'un pauvre bois flottant sera sa planche de salut.

256

J'étais inquiète, moi aussi, et bien plus qu'elle pouvait le penser.

Olympe m'effrayait par son enfance, et l'absolue confiance de ses sentiments. J'avais peur pour elle. J'eusse voulu ne jamais avoir vu mon frère, courbé sur Marie, presque méconnaissable de désir et d'amour. L'avait-il oubliée ? Les hommes oublient-ils tous, si vite ?

Je ne pouvais rien dire à cette pauvre petite. De quelle sagesse lui parler quand je soufflais chaque jour sur la flamme vieillie d'une amourette morte depuis plus de douze ans ? Moi qui ne vivais plus guère que de mercredi en mercredi ! Les jours passaient, semblables, jusqu'au soir où je sortais mes parures. Toujours pleine d'espoir. Toujours en vain. Méricourt avait disparu. Il était à Paris, pourtant. On m'avait dit son adresse... Mais je ne pouvais lui écrire. J'avais si peur de ce regard de plomb qu'il avait posé sur moi, au théâtre. Lui écrire m'exposait à accepter qu'il ne me répondît pas. Et je ne pouvais accepter cela.

Après le départ de Denis, mon ennui redoubla. La vie sous le toit des Dangeau m'était devenue bien pesante. Mes jours étaient semblables et inutiles. Je tâchais de divertir un peu Olympe. Mais rien ne semblait l'intéresser vraiment, si ce n'est sa future maison. Nous parcourions souvent les longues pièces vides. Des travaux s'étaient doucement entrepris, dont la lenteur l'impatientait. Elle la voulait prête pour le retour de son mari.

– Ce sera fini au printemps, n'est-ce pas ?

Nul n'osait lui dire qu'elle avait bien le temps.

Cet après-midi-là, le soleil était revenu. Un soleil clair et doux, dans un ciel lavé, si bleu que le

257

voir enfin était une joie. Après tant de grisaille c'était une promesse! D'autant que la Seine, bourbeuse, menaçait de s'échapper de son lit si la pluie persistait. Mais pourquoi s'inquiéter? Ce jour était beau, enfin, et très doux. Pauline était venue nous chercher pour une promenade au défilé du bois. Marguerite, pour une fois, avait accepté de venir. Olympe nous accompagnait. Emmitouflée dans une fourrure qui la noyait, elle avait l'air d'avoir dix ans. Nous nous regardions au-dessus d'elle, sa belle-mère, sa tante et moi, avec des yeux qui en disaient long. Un papier mâché avait bonne mine à côté d'elle. Décidément elle n'allait pas du tout.

Nous roulions tranquillement, la capote presque abaissée. Au bois, il fallait voir l'équipage de chacun et en être vu. C'était la règle. Nous roulions donc, la roue vermillonnée et toutes plumes au vent. C'était un après-midi léger et charmant, celui d'un monde ordonné, fait d'allées peignées et lisses, de costumes pimpants et de voitures vernies. Un monde d'illusions. Pauline cherchait à entrevoir un cavalier un peu brutal dans ses étriers. Je glissais autour de moi d'autres regards, cherchant, Dieu sait pourquoi, un homme très brun sur un cheval très noir. C'était ainsi, dans mon souvenir. Je pensais, non sans tristesse, à la chasse de Champlaurier. À Méricourt, si sombre, à Mme d'Épernay, flamboyante à ses côtés. C'était si loin... Est-ce cette idée de chevelure qui attira mon regard? Un couple venait à notre rencontre, dans un cabriolet jaune et noir. L'homme était grand, blond et pâle. Il avait quelque chose d'insignifiant. Mais la femme était rousse. Le flamboiement de ses cheveux attirait toute la lumière de ce premier soleil. Elle eut un mouvement de la tête, inconscient et gracieux, qui me laissa pétrifiée de surprise. J'eus à peine le temps de la reconnaître. C'était Marie, la petite Marie d'Aiguebrune !

Je me penchai vivement vers le cocher.

— Passez cette voiture, voulez-vous !

Il eut un petit geste de chapeau et nous suivions déjà, le long des frondaisons dépouillées, la voiture de Marie, légère comme une guêpe.

— Mais qu'est-ce, Adèle ? Qu'avez-vous ?

— Je crois connaître cette jeune personne, dans cette voiture...

Pauline se renversa en riant sur la banquette.

— Cela m'étonnerait fort ! C'est la voiture de M. de Grassi...

— Je n'ai pas dit que je le connaissais !

— Mais voyons, Adèle, c'est une poulette... Comment la connaîtriez-vous ?

Je ne lui répondis pas. Le phaéton s'était engagé du côté d'un étang, ou de ce qui en figurait un, dans ce parc apprêté. Il s'était presque arrêté à l'ombre d'un bosquet de saules et roulait lentement parmi d'autres voitures. Je vis la jeune femme s'étirer d'un mouvement familier. Je la regardai encore. C'était bien elle ! Olympe, à côté de moi, me considérait avec surprise. Elle s'était enfin éveillée de sa torpeur.

— Mais qui est-ce ?

Marguerite s'inquiéta soudain.

— Vous n'allez pas... Adèle, voyons ! Adèle ! Vous n'allez pas... lui parler !

Elle était scandalisée ! C'est à peine si elle osait parler. Je ne lui répondis pas. C'était la petite

259

Marie. Je m'étais tant inquiétée pour elle ! Mue
par un mouvement de l'âme, je fis placer notre
équipage à la hauteur de la jeune femme. Au pas.
Je croisai son regard et elle s'empourpra violemment. Je lui fis un geste amical, de la main, et je
dis au cocher de poursuivre. Je ne voulais surtout
pas la gêner. Mais elle était vivante, charmante
sous un petit chapeau de modiste, et cela seul
m'importait. Dire que je m'étais fait un tel souci !
Je me mis à rire. Il me semblait, dans ce moment
d'hiver si clair, n'entendre que mon rire. Nous
étions déjà loin. Olympe était surprise, Marguerite sidérée, et Pauline semblait s'amuser franchement.

– Cette Adèle, tout de même !

Marie vivait ! Elle avait l'air heureuse. Je me
sentais soudain le cœur plus léger !

– Mais enfin qui est-ce ?

Je ne répondis pas. Cela, c'était pour Élise.
L'allée du bois s'éloignait à grands tours de roue.

19

Le temps meurt à coup sûr, mais il le sait. Qu'il
est donc lent à passer ! Sur la cheminée de marbre
du salon, une aiguille dorée allait sa ronde imper-
ceptible. Nous attendions midi. C'était un nouveau jour gris, languissant. Je m'en sentais lasse
par avance. Tous les jours, à la même heure, au
même moment, nous nous retrouvions pour le
repas. Nous échangions quelques vagues propos,

parlions de nos projets du jour. Mais je n'en avais plus guère et le babillage anodin de Marguerite ne pouvait combler le vide qui se creusait en moi. Je me sentais de trop dans cette intimité familiale. J'envisageais chaque jour davantage de donner une date à mon départ.

J'avais reçu des nouvelles d'Aiguebrune, apaisantes, comme toujours. Les lettres de François étaient rapides et claires. Elles sentaient la terre fraîchement retournée. J'imaginais tout mon pays quand je tenais ce gros papier d'herbe entre mes doigts. L'hiver n'était pas froid. Il pleuvait, là-bas aussi. J'entendais, au travers des mots simples de mon ami, chanter les grives qui lorgnaient les sillons depuis l'abri des buissons nus. Tout cela me manquait, m'appelait. Mais je ne pouvais pas m'en aller. Un fil me retenait ici, dans cette pièce un peu trop chaude, sous le regard moqueur des nymphes qui soutenaient un cadran de bronze d'un bras jeune et léger.

Mon ennui avait un nom que je me refusais à prononcer. Je n'avais pas revu Méricourt. J'avais essuyé en vain toutes les mondanités et fait un effort louable dans ces salons pompeux et vulgaires où s'échangeaient les platitudes faussement civiles, curieuses, prétentieuses du nouveau monde parisien. Mais il n'était nulle part. Dîners et soupers me semblaient infiniment semblables. J'avais appris tout ce que l'on savait de lui, au fil des conversations, chez Mme d'Orsay ou chez Mme Garnier, toutes deux amies intimes de Pauline. M. de Méricourt était rentré d'exil peu après le retour de Talleyrand lui-même, vers la fin de quatre-vingt-dix-sept. Ils avaient séjourné tous deux en Angleterre. Méricourt avait eu le courage de rentrer en France, même s'il y restait plus ou moins menacé. Talleyrand le protégeait certainement... N'ayant pas voulu suivre les routes amères de l'exil, Mme de Méricourt était morte à la Conciergerie. C'était tout ce que Paris savait.

J'étais triste, et chaque jour passant ajoutait à ma peine. S'il m'avait vue, s'il m'avait reconnue, dans ce théâtre, pourquoi n'était-il pas venu me saluer ? L'incertitude et la surprise se mêlaient chaque jour un peu plus à une impression de rejet, de dédain. Je ne pouvais pas m'expliquer à moi-même ce sentiment, je le repoussais sans cesse aux frontières de mon âme. Mais il revenait toujours. Pourquoi ? Pourquoi l'avoir revu sans pouvoir lui parler ? Il me semblait que j'avais tant de choses à lui dire. À lui, qui avait connu Champlaurier. À lui, qui avait été ma jeunesse.

Marguerite cousait, attendant son mari. J'enviais sa paix et son attente tranquille. Olympe, à nouveau, perdait ses yeux dans la lumière grise et mouillée de la fenêtre. Et son attente, bien différente, n'était pas à envier. Je secouais un peu ma lassitude de cœur. Je ne pensais qu'à moi ! Je devais m'occuper d'elle. J'avais déjà vu ce mal. Élise avait été ainsi, au départ de Cyprien, fermée au monde, repliée sur l'absence qui lui dévorait lentement le cœur. Je l'avais vue se détruire peu à peu. Je voulais me persuader que c'était bien différent, pour Olympe. Denis reviendrait. C'était son mari. Elle pourrait construire avec lui toute sa vie. Son attente, pour longue qu'elle fût, n'était pas aussi désespérée. Je voulais du moins le croire et chassais de moi de

262

vagues pressentiments. J'avais décidément le cœur à tout peindre de noir. Il fallait que je me reprenne.

La porte s'ouvrit. M. Dangeau entra en souriant, embrassa femme et fille et nous passâmes à table. La vie, arrêtée un instant, reprenait son cours.

— Il pleut encore ! Cela devient plus que préoccupant !

Marguerite hochait la tête et Olympe s'arrachait enfin du vide de la fenêtre pour regarder son père.

— Avez-vous eu des nouvelles ?

— Rien de nouveau, ma fille !

Denis nous avait écrit du Piémont. Une lettre à sa femme, une lettre pour moi. Deux mots, vagues et rassurants. Olympe m'avait montré le sien. Il était fort semblable au mien.

— Ne sois pas si inquiète ! Il est général ! Il n'est pas en première ligne, que diable !

M. Dangeau mordillait un peu sa moustache en la regardant. Il ne savait trop que lui dire et je le comprenais. Les nouvelles de l'armée d'Italie étaient loin d'être bonnes. Tant de forces s'étaient à nouveau unies contre le drapeau des trois couleurs. La bataille s'annonçait mal. Les journaux n'en parlaient guère, signe qui ne trompe pas. Et nous le cachions à la jeune femme. Elle était assez triste comme cela. Olympe avait maigri. Son petit visage avait perdu ce modelé enfantin qu'il avait encore quand je l'avais connue. Ses joues, creusées, lui donnaient un air maladif et presque souffreteux d'enfant mal nourri. Sa pâleur devenait extrême. Elle me faisait peur, par instants.

263

– Un peu de brioche, Olympe! Vous n'avez presque rien pris. Il faut manger un peu, tout de même...

La bonne Marguerite devait penser comme moi. Mais Olympe oubliait le morceau de pâtisserie blonde qui gisait au bord de son assiette.

– Mangez un peu, ma fille! Croyez-vous que votre mari sera heureux de retrouver un sac d'os quand il reviendra?

Elle rougit faiblement, le sang laissant sur ses pommettes un nuage mauve. Mais elle fit un effort pour avaler son dessert. Son père sourit, changeant de ton.

– Vous aurez certainement plaisir à apprendre, mesdames, que notre ministre des Relations extérieures donnera un grand bal, pour l'année nouvelle, et que nous y sommes conviés.

Marguerite me jeta un regard d'angoisse.

– Quand cela?

– La nuit du trente et un... La dernière de l'an VII! Je viens de recevoir son invitation. C'est un honneur qu'il nous fait! Nous irons!

C'était un ordre, ou quelque chose d'approchant. Il le sentit et ajouta plus doucement :

– Ce sera magnifique! Talleyrand s'y entend quand il donne une fête!

Certainement. Un espoir nouveau me prit. Méricourt était dans la loge de Talleyrand quand je l'avais vu. Il serait à ce bal. Je sentais mon cœur battre à me faire mal à cette idée de le revoir vraiment. C'était un émoi de jeune fille, une folie douce. Mais je n'y pouvais rien.

– Que faites-vous ce jour, mesdames?

Nous ne le savions pas trop. Olympe était lasse. Sa maison, dévastée de travaux, n'était pas visi-

264

table. Elle se reposerait un peu. Marguerite n'avait pas envie de s'enrhumer à sortir par ce temps.

– Pauline vient-elle vous prendre, Adèle ?

Je fis non de la tête. Pauline avait découvert une voyante extraordinaire ! Elle voulait absolument se faire prédire l'avenir ! J'avais refusé de l'accompagner dans sa visite. Je détestais depuis toujours l'obscurantisme et la charlatanerie. On avait bercé mon enfance des contes de Voltaire. Ce n'était pas pour que j'aille me pâmer à de prétendues divinations ! Quant à l'avenir de Pauline, tout comme le mien, il me semblait le connaître sans avoir besoin de dons extravagants. C'était celui des solitaires et il était de couleur noire.

– Je vais me promener un peu... Je n'ai pas encore visité le palais des Arts. Et je ne puis quitter Paris sans l'avoir vu !

– Rien ne presse voyons !

Je pensais chaque jour un peu plus le contraire. Il était plus que temps que je rentre chez moi.

– Je puis vous accompagner en allant au ministère et vous reprendre au Pont-Royal, si vous le souhaitez.

Les noms anciens s'oublient difficilement... Je remerciai M. Dangeau et nous convînmes de cinq heures. Marguerite était un peu confuse de ne point m'accompagner.

– Vous n'avez pas peur d'y aller seule, Adèle ?

Heureusement pour moi. N'étais-je pas seule, où que j'aille ?

Je repensais aux noms anciens. Le palais des Arts s'appelait le Louvre, avant... J'errais depuis

265

longtemps dans cette immensité glacée. Les vastes peintures ne parvenaient pas à réchauffer de leurs couleurs violentes l'air froid et triste du vieux palais. Je suivais une route un peu fantasque, seulement guidée par mes yeux. Je m'arrêtai longtemps à contempler *La Transfiguration* de Raphaël. Une foi ardente brûlait la toile, que j'eusse aimé ressentir. J'étais tellement vide, si revenue de tout, en cet instant de solitude. La petite galerie, bien mal nommée, me parut immense. Elle m'écrasait. Les hautes fenêtres envoyaient sur toutes choses une lumière grise et crue. Elle éclaboussait les marbres blancs qui me faisaient escorte. J'allais dans cette allée, indifférente à la foule qui se pressait autour des œuvres antiques. Et je sentais peu à peu me quitter ma peine. Ces statues m'accompagnaient de leurs regards pesants et sages. Elles avaient une beauté simple qui me laissait rêveuse. Les gens, peu à peu, baissaient la voix, saisis d'un étrange respect. Les trésors anciens ramenés d'Italie par nos légions victorieuses attendaient là je ne sais quoi, dans un désordre de profusion. C'était un tribut de barbares. M. Dangeau m'avait fièrement conté, en m'accompagnant, leur défilé de triomphe, au printemps passé, à la gloire de nos armes. Ce qui me sembla dérisoire devant leur calme et leur grandeur. Le temps s'était aboli. Je marchais lentement, émue. La puissance de l'art est une si grande chose. Je n'avais d'yeux que pour mes compagnons immenses, une diane, élevant son arc, chassant une biche lointaine, une vénus, saisie dans un geste de pudeur, remontant sur son sein un voile envolé. Je m'arrêtai un instant devant Lacoon, étouffé avec ses enfants par les convulsions d'un serpent et j'arrivai enfin devant lui, toute songeuse de ce que je venais de voir. Il me dominait de toute sa taille, jeune dieu éternel. Je savais qu'il était là, on parlait de lui dans toutes les gazettes, mais je n'attendais pas le vertige qui me saisit en le voyant. L'apollon n'avait pas la nudité sage des autres statues. Il était beau et impudique, presque moqueur. Il soulevait du bras sa cape aux longs plis harmonieux et semblait regarder ailleurs, loin au-dessus de nous, pauvres mortels qui l'admirions. Le tissu relevé caressait la hanche fine dans un mouvement fluide et l'aine qui se dévoilait était si abandonnée, si pure, que je me sentis soudain accablée par tout le poids de mes regrets. Avoir un homme, tout contre soi, le sentir plein de désir et d'amour. Des images douces et confuses m'étaient revenues, intimes, inavouables sous la lumière crue qui tombait de la voûte bleutée. Le trouble qui faisait battre mon cœur était ridicule. Que pouvait en penser le dieu qui dédaignait me regarder ? Je m'enfuis presque, consciente de mon corps triste et laid, vieillissant et tordu, indigne des hautes ombres de marbre qui défiaient le temps.

– Adèle ? Adèle d'Aiguebrune, vraiment ?

C'était une voix de femme, inconnue, qui me transperçait. Je me retournai, éperdue de confusion, sentant sottement battre mon cœur. Mon nom, d'une présence incongrue, n'avait rien à faire ici. Je vis deux dames me regarder, toutes deux fort bien mises, d'une élégance rigoureuse et austère. L'une d'elles, quittant l'autre, s'approchait vivement de moi.

— Mon Dieu, mais oui, c'est elle ! Qui l'eût cru ?

Saisie, je restais immobile. Je ne voyais pas bien qui pouvait me reconnaître. Cette dame était maigre, un peu décharnée et jaunie. D'un chapeau sombre s'échappaient des cheveux trop blonds, en boucles trop sages pour être vraies. Je ne savais rien de cette personne. Elle me souriait, pourtant.

— Vous êtes bien Adèle, n'est-ce pas ?

— Mais oui...

— C'est admirable de voir combien vous avez peu changé !

Je ne pouvais lui retourner le compliment. L'autre dame l'avait rejointe.

— Adèle, permettez que je vous présente à Mme de Saint-Aulaire. Ma chère Valentine, voici Adèle d'Aiguebrune. À moins, ma chère, que vous n'ayez un autre nom ? Vous êtes-vous mariée ? Je me sens bien sotte de vous retrouver ainsi !

— Non...

L'amie de ma *connaissance* me fit un sourire un peu distant. L'autre dame reprit, d'un air serein qui apporta quelque chaleur au sourire de sa compagne.

— Adèle est la cousine de Mme de Champlaurier.

Et ce n'est que lorsqu'elle eut dit ce nom que je la reconnus. Mon Dieu, comme elle avait changé ! C'était, autrefois, une si jolie rousse, Charlotte d'Épernay ! Le Dieu grec, au-dessus de nous, semblait sourire avec une ironie cruelle. Nous étions de si pauvres créatures. Sans me laisser le temps de me remettre, Mme d'Épernay m'entraînait déjà :

— Vous avez bien un instant, j'espère ! Il me semble rajeunir à vous revoir, ma chère !

Il me semblait tout le contraire. Je revis en un éclair la jolie Charlotte sur son alezan bai, partant à la chasse, dans la cour d'honneur de Champlaurier. Et une tristesse immense me prit de comparer cette image et le triste reflet de ce qui en restait. Elle avait mis son bras sous le mien, à la grande morosité de sa compagne. Un peu de douceur s'écoula sur ma peine. Je ne l'avais pas reconnue. On peut fort bien ne pas reconnaître les gens, quand rien ne vous prépare à les retrouver.

— Venez, passons par le jardin.

Mme d'Épernay marchait vivement sur les feuilles noircies des marronniers des Tuileries. Elle contourna l'ancien palais en me faisant un petit sourire.

— Dire que je suis venue ici, voir la Reine...

Nous n'en dîmes pas davantage. Un terrible carnage avait eu lieu dans les lieux tranquilles que nous traversions. Charlotte nous conduisit je ne sais trop comment à un petit café simple et un peu reculé. Il n'avait rien de ce qui peut vous mettre en avant mais un gros poêle de faïence y dispensait une chaleur bienfaisante, qui nous importait plus que tout. Il pleuvait à nouveau, à petits coups serrés et la froidure humide du temps semblait se coller à l'âme. Nous prîmes un thé, fort et chaud.

— Eh bien, Adèle, qu'êtes-vous devenue ?

— Peu de chose.

269

Une pudeur, une méfiance aussi, ancienne et têtue, m'empêchait de parler de mon frère. C'était un lien qui ne regardait pas ces dames.

— Mais vous êtes à Paris, pourtant !

— Pour fort peu de temps. Je suis chez des amis. Je vais rentrer dans quelques jours à Aiguebrune.

Le nom de ma maison résonna doucement sur mon cœur. Oui, il fallait que je rentre...

— C'est donc un hasard merveilleux que nous nous soyons vues !

Charlotte d'Épernay but un peu de thé, lentement, et me regarda non sans gêne. Son regard était un peu voilé quand elle me demanda d'une voix douce :

— Et Champlaurier, dites-moi...

— Champlaurier n'est plus...

Je sentis se briser ma voix. Je ne pouvais pas en dire davantage. Je sentis soudain un sourire plus vrai chez mes deux compagnes. Mme de Saint-Aulaire détourna les yeux. Charlotte d'Épernay eut un petit soupir triste.

— Mais nous sommes encore là... Désormais, c'est ce qui importe.

Je n'en étais pas si sûre. Le jour baissait rapidement, l'ombre montait. Je m'en avisai au travers de la vitrine sombre du petit café.

— Il va falloir que je vous quitte.

— Déjà, ma chère !

— Je ne puis faire autrement...

Il m'était impossible de faire attendre M. Dangeau... Mme d'Épernay sentit ma contrainte et me sourit.

— Nous n'avons pu nous retrouver pour si peu. Voulez-vous venir me voir demain, ma chère ? Je tiens un peu salon, si l'on peut dire.

270

Comme j'hésitais, elle griffonna prestement un carton m'indiquant son adresse.

— Venez ! Vous y retrouverez des amis anciens.

Je me sentis rougir sous son regard. Je la remerciai en prenant le morceau de papier que barrait hautement son écriture un peu ancienne.

— J'y compte, n'est-ce pas ! Nous avons tant de choses à nous dire !

Je m'enfuis presque, le cœur battant. Était-ce le dieu de Raphaël qui avait entendu ma détresse, ou l'éphèbe immobile dont la vue m'avait fait tant de mal ? Je courais comme je le pouvais à travers le palais de pierre, serrant dans ma main l'espérance de retrouver celui qu'il m'importait tellement de revoir.

20

Devant le Pont-Royal, la voiture m'attendait. M. Dangeau, fort calme, descendit en me voyant courir vers lui, si l'on peut dire qu'un boiteux court. Il était ennuyé, et ne fit pas mine de repousser mes plates excuses.

— Je suis désolée de vous avoir fait attendre.

— Attendre n'est rien ! J'étais inquiet ! Paris n'est pas une ville sûre !

Je m'assis auprès de lui. Une grosse femme et deux gamins roulaient déjà une marmite de soupe à l'angle du pont. La lourde odeur du bouillon nous parvint par effluves. M. Dangeau suivit mon regard.

– Trop de misère s'y mêle à trop d'argent...

C'était bien mon avis. Mais ce n'était pas moi qui étais du gouvernement !

Je lui expliquai en deux mots la raison de mon retard. J'avais retrouvé, par un hasard extrême, une amie fort ancienne, devant *l'Apollon du belvédère*. Nous roulions à grand trot, la nuit tombant. Je ne voyais pas le visage de mon compagnon, plongé dans l'ombre.

– Et comment se nomme cette dame ?

– Mme d'Épernay.

Le commissaire Dangeau ne répondit pas tout de suite. Cognant impérieusement à la vitre de la voiture, il fit ralentir le cocher. Les rues n'étaient pas encore éclairées. La pénombre nous enveloppait, et le silence.

– D'Épernay, dites-vous ? Je ne connais pas cette dame, mais je sais ce qu'elle est.

– Elle est... ce que je suis...

J'avais envie de rire. Je savais sans le voir qu'il devait mordiller sa moustache. D'Épernay, cela sentait fort la noblesse, pour ne pas dire que ça puait l'aristo ! Et il lui était délicat de me le dire.

– Je ne crois pas qu'elle soit ce que vous êtes...

– C'est une amie de vieille date. Elle m'a invitée chez elle dès demain...

– Vous l'aviez perdue de vue, pourtant !

– Elle rentre à peine d'exil...

– C'est bien ce que je vous dis. Je ne pense pas qu'il soit bon, pour vous et votre frère, de trop fréquenter cette dame...

Il m'ennuyait, à la fin ! La Terreur était morte ! Il était bien ravi, lui, d'être invité par M. de Talleyrand, comte du Périgord ! Je ne lui répondis pas, mais il dut sentir mon agacement.

272

– Je ne veux pas vous ennuyer, Adèle. Mais, tout de même, méfiez-vous un peu. Je sais bien que vous ne voyez le mal nulle part...

– Et que craignez-vous ? Ce n'est qu'une invitation d'après-midi...

Il hésita. Je compris qu'il cherchait des mots qui ne me blesseraient pas.

– Adèle, vous êtes du monde d'autrefois. Celui que regrettent vos d'Épernay et autres gens à particule ! Je me renseignerai mais je ne crois pas me tromper en vous disant que c'est moins vous que votre nom qui les intéresse.

– Ils m'intéressent aussi fort peu, rassurez-vous ! Ce n'est qu'une visite de pure forme. Je n'ai pu la refuser.

Je mentais, confuse d'ailleurs de le faire, sentant dans son propos autant d'amitié sincère que d'ennui. Nous arrivions, malgré la course ralentie. Il pleuvait fortement. On nous attendait, au perron, sous un grand parapluie. Le cocher nous précédait de sa lanterne. M. Dangeau me regarda profondément de ses yeux un peu lourds.

– Ne soyez pas trop confiante. Évitez les exilés ! La République a toléré leur retour. Elle ferme les yeux. Mais ils la haïssent. Ils comploteront contre elle dès qu'ils le pourront.

Sa voix était calme, son ton mesuré. Mais sa main serrait à l'étrangler le manche de ce parapluie.

– Qu'ils bougent seulement, tous ces paltoquets de salon ! Qu'ils intriguent ! Notre poing se refermera et nous les écraserons !

Un silence s'ensuivit, un peu difficile. Nous étions au bord extrême de tout ce qui nous sépa-

273

rait. Et nous ne voulions ni le voir ni le savoir. Il s'effaça pour me laisser passer. Je réfléchis un instant. Je connaissais au fond bien mal Mme d'Épernay. Elle était si éloignée de moi, jadis, à Champlaurier, quand je n'étais pour ainsi dire rien. Craignant de m'avoir froissée, le commissaire Dangeau reprit sur un autre ton :

– Vous avez peut-être des amis dans leurs rangs. Des amis d'autrefois...

Le mot me fit mal mais il ne suffit pas à déraciner mon espoir. Ce n'était pas Charlotte d'Épernay que demain j'irais voir... La porte se referma derrière nous, laissant au-dehors le froid et l'eau.

– Il est vrai que ces personnes peuvent aimer à vous revoir. Ce n'est peut-être que cela...

Que cela... Pour moi, c'était infiniment.

Marguerite nous attendait, vaguement inquiète, et Olympe, toujours aussi fragile. Je leur racontai les merveilles du palais des Arts, et mille choses. Ma langue parlait toute seule, petit organe hypocrite s'il en fut ! Le soir vint, enfin, et la nuit. Je n'arrivais pas à fermer l'œil ! J'étais pleine de doute et de prières ! Je me sentais stupide, ridicule comme une pensionnaire de couvent ! Mais si l'on m'eût dit d'aller à cloche-pied jusqu'à la cathédrale pour être assurée de la présence de Méricourt chez Mme d'Épernay, je me fusse ruée dehors d'un seul pied. J'étais folle ! Je finis par m'endormir d'un sommeil agité qui me fut bientôt délicieux. J'étais dans les bras d'un homme dont je ne pouvais voir le visage, noyé dans mon cou. Il m'embrassait avec douceur, avec passion. J'étais nue, seulement vêtue d'une cape de pierre que j'écartais tendrement d'un bras. Je me réveillai en sursaut, affolée, le cœur battant ! Mon Dieu, j'étais folle, vraiment ! Mon rêve était si doux. Mais ce n'était qu'un rêve, le triste reflet de mon désir et de ma lamentable solitude. Ne pouvant plus dormir, je m'enveloppai dans ma courtepointe et je me levai. Il faisait froid. Le frêne de la cour grinçait à ma fenêtre, donnant un baiser obstiné à la vitre qui le repoussait. Je ne pouvais écrire. Il est des choses qu'il faut garder pour soi. J'ai longtemps attendu que la lumière revienne, le front appesanti sur la surface lisse et froide de ce carreau.

L'après-midi arriva enfin, après un interminable repas où je ne mangeai guère plus qu'Olympe. J'étais dans un état que l'on pourra aisément imaginer. J'avais tué le temps jusque-là ! Mais je ne pouvais plus me mentir à moi-même. Un espoir de jeune fille faisait battre mon cœur. Il serait là ! Il fallait qu'il y soit ! Ah, j'avais bien pu me moquer de la folie des femmes, et croire que le lait d'ânesse fût vendu pour être bu ! Ma propre coquetterie n'avait pas de limite ! L'heure approchait. Je n'étais plus moi-même en cet instant, fébrile, nerveuse et presque terrifiée à l'idée de ne pas être digne du souvenir ancien que l'on pouvait avoir de moi. Si l'on était à ce salon. Si l'on ne m'avait pas oubliée.

J'avais revêtu ma troisième robe, verte et argent. Ma robe de mercredi. Elle avait un reflet d'eau d'hiver, d'eau dormante. Une robe d'Aiguebrune eût dit mon père. En ces heures de lutte, en cette veillée de mes faibles armes de femme, il n'était de moment où je ne pense à lui, à ce qu'il m'avait dit, lorsque j'étais jeune et que le monde me faisait peur... *Par l'esprit et le sang,* je valais tout le monde, peut-être ! Mais je ne brillais pas par le courage, cet après-midi-là ! J'avais peur d'un regard sombre et froid, presque méchant, que je repoussais dans l'ombre et qui en revenait sans cesse.

Je me rassurai à ma robe. Elle me faisait ressembler à un ajonc. Les fils soyeux s'y mêlaient si habilement qu'elle était verte à la vive lumière et brillait d'un gris très doux dans la pénombre, tout ondulante de reflets. J'avais fait appeler le jeune coiffeur le matin même. Il m'avait relevé les cheveux de bandelettes blanches. La mode d'une coiffure rajeunit une femme, dit-on.

— Que mettre ? Me faut-il des bijoux ?

Nicolas avait souri de ma nervosité.

— Ne mettez rien, madame ! Absolument rien !

— Mais...

— Cette robe suffit ! Elle vous ressemble. Ne la tuez pas de bijoux. Soyez vous-même !

Voilà qui est facile à dire ! Mais qu'est-ce que cela signifie, *soyez vous-même* ? Savons-nous jamais nous-mêmes ce que nous sommes ? Je roulais ces pensées et bien d'autres encore dans la voiture qui m'emmenait à ce salon, caressant d'une main inquiète la douce cape de Marguerite qui enveloppait mes atours. Elle n'était pourtant pas à moi, elle procédait de mon pauvre mensonge de dignité, tout comme la voiture que les Dangeau m'avaient prêtée pour ce qu'ils appelaient *ma sortie.*

La voiture remontait lentement la rue Saint-Honoré, arrivant à ces beaux quartiers qui entou-

276

raient la résidence du défunt roi, où il était jadis
de bon ton d'habiter. L'hiver était aussi gris qu'à
l'accoutumée, n'en finissant pas. Nous passâmes
une place ronde et charmante puis, à l'angle
d'une rue, ma voiture s'arrêta. Le cocher m'attendrait là. C'était un jeune homme pâle, aimable et
fataliste, à l'accent vaguement picard. Il m'aida à
descendre. L'hôtel d'Épernay s'abritait derrière
une porte cochère. Il donnait sur une cour pavée
qui me parut pleine de gens. Deux boutiques
d'orfèvrerie encadraient l'entrée, jetant par les
vitrines quelques clartés dorées. On était dans un
quartier riche ! Des ouvriers entraient, allaient et
venaient, me poussant presque de leur passage.
Un peu perdue, je demandai mon chemin à un
homme vêtu d'une carmagnole. Il me regarda à
peine en me répondant :

– C'est à l'étage, à droite !

Comme je reprenais mon chemin, en soulevant
un peu le bas de ma robe, il ajouta, avec cet air
goguenard et insolent des gens de Paris :

– Pour les aristos, c'est à droite ! Tout le reste
est loué, maintenant !

Je ne relevai pas l'aigreur du sous-entendu.
J'avais bien d'autres idées en tête, à commencer
par mon pauvre cœur battant la breloque. Je
montai donc au bel étage par un escalier de
marbre, sali par d'autres pieds boueux. J'essayai
de prendre un air digne et calme en pénétrant
dans une petite pièce à plancher marqueté. Il y
faisait une chaleur étouffante. Ce lieu était tué
par le fourmillement de mille objets divers. Porcelaines et pendules fines, bibelots et verreries,
tout cela s'entassait assez tristement. C'était assu-

277

rément ce que la maîtresse des lieux avait pu sauver du naufrage, à moins que je ne me sois trompée et aie pénétré dans quelque magasin de porcelainier ! Cette pièce était une antichambre où de la vaisselle attendait... Je suivis un laquais dans une seconde pièce, qui me sembla immense et nue en regard de la précédente. Il claironna mon nom. Il n'avait pas de livrée, la Convention les ayant interdites. Ce seul détail empêchait de se croire revenu au temps *béni* d'autrefois. Rien de romain, ici. Les ors et les miroirs du siècle n'avaient pas bougé de leurs cadres épais.

– Madame d'Aiguebrune !

Mon nom sembla retentir comme une sorte de défi lancé au temps qui était le nôtre, où il ne voulait plus rien dire. Je relevai le menton, afin de le mieux porter et j'entrepris de boiter le moins qu'il me serait possible pour traverser cette salle trop grande. Mais j'étais seule, cette fois. M. de Talleyrand n'était pas là. Un groupe de personnes me regardait venir. À l'exclusion de mon hôtesse, qui sourit en me voyant avancer, je ne connaissais personne. Les femmes étaient vêtues de robes montées comme la mienne. La mode, pour une femme, ne se discute pas. Mais les hommes me surprirent un peu. La plupart portaient l'habit d'autrefois, le gilet long, à revers brodé. Des dentelles s'enfuyaient de leurs manches. Leurs cheveux, poudrés, étaient attachés sur la nuque. Autant de signes qui me laissaient fort à penser. Charlotte d'Épernay fit un semblant de pas pour m'accueillir.

– Je suis charmée de vous revoir, ma chère !

– C'est à moi de vous remercier de votre aimable invitation.

Nous n'en dîmes pas plus. Madame d'Épernay parlait de choses et d'autres en me présentant à ses amis. Je connaissais, bien sûr, Madame de Saint-Aulaire. Des noms anciens pleuvaient sur moi. Ils m'étaient vaguement familiers. Quelques fauteuils légers encerclaient une cheminée de rocaille. Ils restaient vides, comme nous, les bras ballants. Nous attendions d'autres hôtes. Des paroles un peu fades, compassées, tenaient lieu de conversation à tous ces gens, comme s'ils se fussent depuis longtemps tout dit dans l'interminable monologue de l'exil. Mais étaient-ils vraiment revenus ? À voir l'affectation de leur attitude, leur choix presque sourcilleux de phrases oubliées, je compris pleinement le regard gouailleur du jeune ouvrier qui m'avait renseignée tout à l'heure. C'était l'aristocratie, cela, ce ramassis pompeux de perruques. Cela sentait la poussière plus que la poudre, et l'aigreur plus que la dignité.

– Monsieur de Grassi !

Un grand jeune homme pâle venait d'entrer. Il était vêtu d'un frac sombre et portait des bottes à revers. Est-ce pour cela qu'il me plut d'emblée ? Il s'inclina devant moi très simplement quand on me le présenta. Ce n'est qu'en croisant son regard triste que je le reconnus. C'était le jeune homme du bois, l'ami de Marie ! Il vit dans mes yeux que je l'avais reconnu et me fit un étrange sourire d'amitié timide, qui me toucha.

La conversation roulait toujours en propos légers, qui ne parlaient ni d'autrui ni de soi. Ni de rien. Nous nous étions assis, finalement. La pluie, se déversant toujours sur Paris, coulait aussi dans nos propos. M. de Grassi, évoquant ses terres du Bordelais, entreprit incidemment de me faire parler des miennes. Il voulait connaître Aiguebrune, je le devinais bien. Je lui en parlai simplement, prenant plaisir, d'ailleurs, à le faire. Aiguebrune me manquait vraiment. Pourquoi étais-je si loin de lui ? Pourquoi étais-je ici ?

– Monsieur de Méricourt !

Je me sentis pâlir. Les mots que je formais moururent sur mes lèvres. Méricourt s'avançait vers nous, long et sombre. Il portait un habit gris, à l'ancienne, à peine éclairci de quelques dentelles. Ses cheveux, noués en arrière, dégageaient l'angle durci et broussailleux de ses sourcils. Je le regardais, souriant malgré moi, mais il ne croisa pas mon regard. Il semblait ne pas me voir et je sentis monter en moi ce sentiment si lourd d'être trop peu de chose pour être vue, pour être aimée. C'était une brûlure ancienne, une plaie qui se rouvrait. Le plancher, s'il m'eût engloutie, m'eût exaucée.

– Méricourt, mon ami, regardez un peu qui j'ai retrouvé !

Charlotte d'Épernay, moqueuse, le prenait par le bras. L'abandon qu'elle y mit ne me laissa guère de doute. Méricourt me regarda de haut. J'étais assise devant lui.

– Mon cher Méricourt, ne connaissez-vous plus Mme d'Aiguebrune ?

Un signe de tête, bref, vaguement dédaigneux.

– Mais oui. Comment allez-vous ? Fort bien, semble-t-il.

La phrase était aimable, le ton indifférent. Il allait passer, s'asseoir plus loin, sans un geste. Je

le regardai de nouveau. Comme il semblait amer !
L'idée des souffrances qu'il avait endurées
m'effleura un instant. Je balbutiai une politesse
de circonstance. Douze années nous séparaient
du jardin de Champlaurier. Un siècle. En
s'asseyant à ses côtés, Charlotte d'Épernay me
sourit.

— Il est admirable de voir comme Adèle a peu
changé, n'est-ce pas ?

Il se pencha vers elle avec un geste de tendresse
un peu retenue qui me brisa le cœur.

— C'est comme vous...

La galanterie était des plus mièvres. Prise et
reprise à la ronde, elle jeta la conversation sur ce
qui change et ce qui reste, une philosophie de
boudoir, écrite avant d'être pensée.

— Je n'ai pas reconnu Paris, en rentrant ! Tant
de choses ont changé ! C'en est invraisemblable !

— Il est vrai que c'est à ne plus rien
reconnaître ! Avez-vous vu qui loge au palais
quand nous sommes au faubourg !

Il me semblait exister des peines plus grandes.
Je croisai sans mot dire le regard de M. de Grassi,
que je sentis fort proche de mon ennui. Le propos
durait, parlant de mille endroits si charmants
autrefois, maintenant désertés. M. de Saint-Maur
soupira sur les dentelles de son jabot.

— Comment cela a-t-il pu avoir lieu ?

Comment penser encore que cela puisse
n'avoir pas lieu ? Je gardai cette idée pour moi, et
bien d'autres, de même farine, quand j'entendis
qu'on me parlait. Mme de Saint-Aulaire était fiel-
leuse à souhait.

— Vous habitez près du Palais de Justice, je
crois. Ma maison, autrefois, était derrière

281

l'abbaye Saint-Germain... C'est un quartier fort agréable...

— En effet.

— Vous n'êtes pas... partie ?

— Je n'y suis point chez moi... Je n'habite pas à Paris.

On se détourna de moi. Une nostalgie commune peuplait des souvenirs qui n'étaient pas les miens. Mme de Saint-Aulaire conclut sur la forte pensée qu'une folie avait brûlé le siècle, mais qu'on en reviendrait, par la force des choses ! De l'égalité, je vous demande un peu ! Et quoi d'autre, je vous prie ? Je regardais les visages qui m'entouraient, frappée par leur ressemblance. Ils approuvaient cette sottise, cette négation idiote des faits et des idées qui les avaient portés. Des idées qu'ils avaient partagées, pour certains d'entre eux ! Je regardais Méricourt. Allait-il laisser dire cela ? Il laissa. L'impression que je n'avais rien à faire dans ce cercle me devint insupportable. Je baissai les yeux, pour qu'on n'y lise leur déception. Mon voisin s'en avisa sottement.

— Il me semble, madame, que vous êtes d'un autre avis...

— Du tout, monsieur ! Les villes changent, les hommes aussi...

Mme de Saint-Aulaire n'attendait que cela.

— Les hommes sont changeants, dites-vous. Certaines femmes aussi !

Un silence gêné suivit ce mot. Il semblait qu'elle me l'ait adressé. Je n'en voyais pas la raison. J'hésitai à abandonner la place, à partir sous l'insulte, comme une personne honteuse que l'on chasse et qui y consent. Je pris sur moi pour soutenir l'orgueil des miens. Mais de ma vie je ne m'étais sentie aussi seule.

Ennuyée du tour qu'elle prenait, Charlotte d'Épernay jeta la conversation sur les inondations probables qui ne manqueraient pas de se produire si la pluie continuait de la sorte. Une dame fila quelques banalités sur les cultures qui en pâtiraient, sur le grain qui pourrait manquer à Paris. Non que la disette l'effraie. Une peur du peuple, une angoisse d'émeute se devinaient dans ses propos.

– S'ils bougent, je vous le dis, je pars de nouveau !

Croyait-elle manquer à quiconque ?

Mme de Saint-Aulaire fit remarquer que nos appartements étaient tout de même restés *au bel étage.*

– Nous n'aurons pas les pieds mouillés ! C'est au moins cela !

Après quelques traits du même esprit, nous nous assîmes autour de la bouillotte, une petite table ovale où se distribuaient les cartes. Par une malice extrême, j'étais placée à la gauche de Méricourt. Il dut avancer ma chaise, avec l'effort que l'on peut supposer. Mon effort pour le remercier ne fut pas moindre que le sien. Le jeu sauva quelques instants, occupant les mains et les propos. Je tremblais d'une colère sourde et tendais toute mon âme à tenir les cartes droites dans ma main. Je les regardais sans les voir. L'insulte que j'avais essuyée n'était rien. Mais que ma peine était amère à me voir abandonnée de la sorte ! On

283

m'avait oubliée. Avais-je été de quelque importance dans la vie de cet homme ? Quelques nuits... La conversation languissait à notre table. Nous en laissions le pénible soin à un petit homme grassouillet, assis à ma gauche, et à une jeune femme longue et morose, à côté de lui. Je jetais ce que je pouvais, sans réfléchir au jeu, sans parler ou même répondre aux questions qui m'étaient faites. Une boule, dans ma gorge, refusait de se dissiper.

Le jeu lassant tout le monde, nous prîmes le thé. Je pourrais bientôt m'en aller. Je comptais les secondes. Les amis de Mme d'Épernay se mirent à deviser de choses et d'autres. Et de quoi peut-on parler, en France, autour d'une table ? Le sujet se mit sur le gouvernement.

– Paris est insalubre et quasi inondé ! Et que croyez-vous que fassent nos édiles municipaux ? Ils jouent à la bouillotte !

N'était-ce pas, précisément, ce que nous venions de faire ?

– Paris n'est rien ! L'ensemble des provinces va à la débâcle !

Le ton était aigre et le regard gourmand ! Quelle jubilation, tout de même, que toute cette misère !

– Il est pitoyable de voir nos régicides à l'œuvre ! Il n'y a plus de banque dans ce pays !

– Ni de routes ! Je reviens du Sud ! Les routes y sont impraticables ! Et quand elles ne le sont, elles sont ravagées de brigands !

– Comment le commerce pourrait-il se faire, dans de si tristes conditions ?

Je les regardai, surprise malgré moi. Ces gens-là semblaient pourtant ne manquer de rien.

Mon voisin croisa malheureusement mes yeux. Il crut bon de me demander mon avis. Il eût mieux fait de s'abstenir.

– Qu'en dites-vous, madame ? Vous arrivez d'Aquitaine, je crois...

– Un pays en guerre souffre toujours.

Un silence se fit à mes paroles, tombées dans un vide de conversation. Mon voisin reprit avec entêtement :

– Mais nos routes, madame !

– L'état de nos routes n'était pas meilleur à la fin du Grand Siècle, après la guerre d'Espagne.

Une voix aiguë s'en mêla, toujours la même !

– Que voulez-vous nous faire entendre par là, ma chère ?

Le ton montait. Mais que m'importait, maintenant !

– Que la guerre dure, dans ce pays, depuis bien trop longtemps.

La vieille perruche qui préservait ses pieds bien au sec m'apostropha à l'autre bout de la table.

– En aurions-nous la faute ?

– Nous l'aurions, en lui refusant la paix.

Ils se turent, saisis. Il fallait pourtant qu'ils sachent que d'autres qu'eux avaient souffert. Des gens du peuple, en haillons sur les routes, des gamins de seize ans, partant combattre en sabots, des filles de vingt ans, montant sur l'échafaud. L'orage se calmait. Ils avaient pu revenir. Était-ce pour souffler sur le feu mal éteint ?

– Notre pays a tant souffert. Nul n'a été épargné.

Un homme s'en mit, s'emportant soudain.

– Je ne sais si vous savez ce que vous dites, madame ! Vous osez nous parler de souffrance !

Nous avons tout perdu dans cette folie ! Nos maisons, nos parents, nos amis ! Nous revenons de l'étranger ! De l'étranger, qui nous a soutenus dans la tourmente ! Est-il injuste que nous le soutenions à notre tour ?

Je ne voulais pas lui répondre. Je n'avais pas envie de le faire. À quoi bon. Mme de Saint-Aulaire le fit donc pour moi.

– Madame n'est pas partie, comme nous... Et sa tête tient fort bien à son cou.

Mais que me voulait cette femme ? Je me tournai vers Méricourt. Il détourna les yeux.

– Je n'ai pas pu fuir.

Qui, pour m'entendre ?

– Vous n'en aviez pas besoin, à ce qu'on m'a dit !

– Je n'en avais pas les moyens !

– Vous eûtes donc beaucoup de chance ! Tous ceux des nôtres qui sont restés sont morts !

Je me levai, les jambes tremblantes.

– Je ne sais ce que vous voulez dire. Je n'ai trahi personne.

Le silence qui suivit était si lourd que ma voix me sembla étrangère quand je l'entendis résonner.

– J'ai survécu, c'est vrai. Si vous étiez restés, si vous aviez connu ce temps, vous vous garderiez de me le reprocher.

Une voix s'éleva doucement. Ce n'était pas celle que j'attendais.

– Nul ne saurait vous le reprocher, surtout devant moi. J'ai survécu à la Terreur, tout comme vous, madame, je ne sais pas encore comment.

– Mon cher Grassi, vous vous abusez si vous pensez avoir les charmes de madame...

286

On tenait décidément à me traîner dans la boue. Je regardai péniblement ces gens, cette femme que je n'avais jamais vue, qui me crucifiait, cet homme, que j'avais aimé, qui me trahissait. Je sentis des larmes monter que je ne pouvais retenir. Je devais partir. J'abandonnai la table, en courant presque et en boitant affreusement. M. de Grassi s'était levé. Charlotte d'Épernay me poursuivait. J'entendais sa voix désolée qui m'appelait. Mais il fallait que je parte. Elle me rejoignit dans son antichambre surchargée.

— Mon Dieu, Adèle ! Je suis désolée. Valentine est à moitié folle. Je ne sais ce qu'on lui a dit. Elle a perdu son fils, savez-vous. Adèle, je vous en prie...

Ses yeux étaient tristes, sincères. Je les vis à peine, des larmes brouillant ma vue. Je ne pus que serrer un instant sa main et je sortis. Je ne sais comment je me retrouvai au pied de l'escalier. Toute la pluie de Paris était tombée dans mes yeux. Je traversai la cour sans seulement penser à reprendre la cape de Marguerite. L'amertume du ciel tombant sur moi n'était rien. Mon Dieu, qu'avait-on dit pour m'avilir à ce point ? Que croyait-on, au juste ? Il me sembla entendre mon nom, une dernière fois. Je ne me retournai pas. Je courus, bien mal, loin de cette maison. Les gens qui s'y trouvaient n'étaient plus les miens. Qu'ils se laissent ronger par leurs rancunes et leurs revanches dérisoires ! Rien ne les changerait ! Ils n'avaient rien compris !

La pluie m'aveuglait tout à fait. Je me réfugiai sous le faux péristyle d'un bâtiment immense. Un homme en haillons m'y aborda, la main tendue. Ses yeux étaient plissés de convoitise.

— Je vous raccompagne, m'dame ? Faut pas rester comm' ça !

J'allais lui répondre quand j'entendis un claquement de bottes.

— Laisse-la et vite !

C'était le cocher des Dangeau qui m'avait vue sortir comme une folle. Il me tendit sa pelisse avec un air de pitié et d'humeur.

— Vous allez prendre du mal, M'dame !

Il me reconduisit paternellement à la voiture. Je voulais partir, disparaître ! Jamais plus je ne voulais revenir ! Un hoquet déchirait ma gorge. Je sanglotais malgré moi comme un enfant. Je trébuchai sur la traîne de ma robe, qui se prenait dans les anfractuosités du pavé. Le jeune cocher me saisit le bras, m'empêchant de tomber.

— Allons, M'dame, ne vous en faites pas comme ça !

Il y avait tant de gentillesse dans sa voix ! Le peuple de Paris n'avait plus de colère. Elle était bien finie, la Révolution ! Ils n'avaient rien à craindre, ces tristes revenants, du haut de leur bel étage. Ils étaient partis sans rien voir de la misère qu'ils laissaient derrière eux. Ils n'avaient nul souci des détresses présentes. Ils ne voyaient qu'eux ! Je tremblais de froid et de rage dans la voiture qui m'emportait. La peine venait de s'enfuir, d'un coup. La colère me soutenait. Une colère blanche, flambante, qui ne posait qu'une question. Pourquoi ? Pourquoi m'avoir dit cela, traitée ainsi ? L'injustice qui m'était faite me remit des larmes aux yeux. Des larmes de fureur plus que d'apitoiement. Il fallait que je sache. Il était tôt, quatre heures à peine ! Je cognai à la

288

vitre de ma voiture et dis au cocher de changer sa route. Pauline n'était peut-être pas sortie. Elle saurait peut-être pourquoi.

Une servante me pria d'attendre, puis Pauline arriva. Elle était là, devant moi, effarée, la tête hérissée de papillotes. Elle avait entrepris de changer de coiffure, d'abandonner sa perruque pour être comme moi, en cheveux... Elle me le dit, gênée, mais je ne l'écoutai pas. Je me jetai dans son salon, tremblante, mouillée, malade de chagrin. En croisant ses yeux, surpris, peinés, je me sentis si pitoyable que je fondis en larmes. Je ne sais combien de temps je restai à pleurer. Elle me tenait la main et ne savait que faire.

– Calmez-vous, Adèle ! Voyons, calmez-vous !

Je n'y parvenais pas. Ma déception était trop grande ! Je trempais ses mouchoirs en reniflant piteusement. C'était un temps d'inondation, disait-on... Enfin, au bout de mes pleurs, je finis par regarder Pauline.

– Il faut que je sache, Pauline. À tout prix ! Ne craignez pas de me peiner !

– Le mal est déjà fait...

– Dites-moi ce qui se dit de moi ! Tout ce qui se dit de plus bas !

Elle hésitait, gênée, ennuyée. Mes larmes se tarissaient peu à peu. Elle ne voulait rien dire. C'était donc tellement méchant...

– Je le saurai, d'une façon ou d'une autre. Je vous en prie.

Je lui expliquai vaguement l'insulte que l'on venait de me faire, sans lui dire qui me l'avait faite. Un reste d'amour-propre me retenait... Une blessure, venant d'un ennemi, n'est rien. Venant de qui l'on aime, il en va autrement.

— Les gens disent tant de choses. Surtout à Paris. Ils disent n'importe quoi, vous le savez bien...

— Eh bien, dites-moi ce qu'ils disent... Je vous en prie, Pauline ! Je suis au-delà de ce qui se dit ou ne se dit pas...

Elle sentit que j'étais à bout. Sa voix s'entendait à peine quand elle commença.

— Beaucoup prétendent que vous êtes la maîtresse du député Marsaud.

Ses yeux se voilèrent de honte. Elle l'avait cru, elle aussi !

— Les gens ne vous connaissent pas, Adèle. On vous a vue avec lui, riant, parlant dans la meilleure amitié...

Bien sûr ! N'étions-nous pas amis ?

— Mais c'est ridicule ! Si j'étais la maîtresse de Marsaud, je serais avec lui, ce me semble !

— Vous pourriez vouloir sauver les apparences.

Elle ne me disait pas tout.

— Mais pourquoi les sauver ? Pour qui ? Il est libre et moi aussi !

— C'est un homme puissant... Et...

Sa gêne était au moins aussi grande que mon chagrin. Elle voulut se taire, mais je sentais bien que ce n'était pas tout.

— Et ?

— Et il a poussé votre frère, lui a obtenu ses galons ! Que voulez-vous que je vous dise ?

Elle tournait, presque en colère, dans le petit espace qui allait de sa cheminée au sofa où j'étais répandue.

— Vous êtes bien naïve, Adèle ! Personne, à Paris, ne peut croire à une amitié entre une

femme comme vous et un homme comme... le
député ! Certains...

Elle hésitait, à nouveau gênée au-delà de tout...

– Pauline, si vous êtes mon amie, dites-moi
tout !

– Certains disent qu'il suffit de vous voir et que
ce n'est pas votre petite terre à cinq mille francs
l'année qui peut vous offrir des robes à dix mille !

– Et qui sont ces gens qui savent si bien mon
revenu ?

– Connaissez-vous Mme de Boisrémond ? Elle
parle, beaucoup...

Je me pris à rire de rage à travers mes larmes.
Ainsi c'était cela ! C'était vil, méprisable, et tous
l'avaient cru ! Ils avaient accepté de me croire
vendue. Méricourt, comme les autres, qui s'était
piteusement tu. C'est étrange à dire, mais je sentis
d'un coup ma douleur se briser. La pauvre Pauline, affolée, tirait une sonnette, commandait du
thé. Elle ne savait que faire. Je devais être à faire
peur. Mais je ne pleurais plus.

– Tout cela est faux, savez-vous !

Elle me regarda et s'assit près de moi, des
larmes plein les yeux.

– Je l'ai bien compris.

Elle me tenait la main et nous sommes restées
ainsi, longtemps, comme deux sœurs venant
d'apprendre un deuil. Le thé était servi. Sa saveur
douceâtre m'emplissait la bouche d'écœurement.
Pauline finit lentement de m'ouvrir les yeux.

– Vous auriez dû le comprendre seule, Adèle.
Votre frère est du côté de la République, il est
général et cela se sait. Votre camp est choisi,
même si vous êtes d'Aiguebrune. Et d'autant plus

291

que vous l'êtes. On ne peut demander à des exilés de ne pas penser que vous les avez trahis. Surtout en vivant où vous êtes.

– En vivant où je suis ?

– Chez le commissaire Dangeau. C'est un ami de Fouché, savez-vous ! Pour tout ce qui porte un nom, c'est sans pardon.

Je comprenais enfin les mises en garde du commissaire général. Et mille détails qui m'avaient semblé sans importance. Par malheur, il était trop tard. Puis ma colère déchira ce dernier voile. Non, c'était heureux ! Je devais savoir à qui j'avais affaire, et détruire de mon âme toute estime pour Méricourt. Je le savais parfaitement, étant du même bois que lui. Dès qu'il me semblerait indigne, il ne me serait rien. C'était fait. J'essuyai mes yeux.

– Puis-je vous demander un peu d'eau ? Je ne puis rentrer ainsi...

Elle me conduisit à une pièce somptueuse et minuscule, couverte de marbre noir. Une baignoire se trouvait là, posée sur des pattes griffues, et une vasque, à lourds robinets d'or. Pauline me laissa, face à un grand miroir qui me renvoya impitoyablement mon image. Mes traits s'étaient noyés de larmes, comme mes cheveux plaqués d'eau de pluie. Je tournai lentement un robinet doré. Ce luxe me semblait être celui d'une tombe. D'ailleurs, la plus douce partie de moi-même était morte, cet après-midi. Je laissai couler l'eau sur mes mains, sur mes joues. Elle était froide et pure, comme l'arme qui était plantée dans mon cœur. Je me forçai à repenser à Méricourt, à revoir ce masque d'ennui posé sur un visage que j'avais vu penché sur moi plein d'amour. Il me sembla à cet instant que mon âme se déchirait, foulée aux pieds. J'étais une femme intéressée et veule, ambitieuse, envieuse, prostituée. C'est ce que l'on pensait de moi. C'est ce qu'il avait accepté de croire. Même lui. Je ne savais si j'aurais un jour la force de me relever d'un tel coup.

21

Je ne dormis pas de la nuit. Je ne pouvais croire que l'on m'ait ainsi avilie, pour quelques sourires, pour quelques chiffons. J'en pleurai malgré moi, de doute et de misère. Mais quand je me levai, le lendemain matin, je me sentis libre et forte. Une chaîne s'était brisée, étrangement. La ville s'éveillait, sortant de son brouillard de larmes. Et c'était l'heure d'Élise. Elle était, elle resterait douce. Je ne deviendrais pas comme tous ces gens, aigrie, sans pardon. Mes dernières illusions étaient ensevelies. Je n'en porterais pas le deuil. Je tuerais cette peine. J'ouvris mon vieux réticule. Un papier y était plié, que j'ouvris doucement. La lettre de ma petite fille. Ce qui me restait d'elle, son témoignage, sa prière. Aimer et pardonner. Je la lus, la relus. C'était elle, ce matin, qui écrivait pour moi.

Je me composai un visage, un courage, mais quand je rejoignis Marguerite, elle ne se trompa pas à ma mine. Elle ne dit rien. Je ne pouvais parler. Elle me servit du thé, fit semblant de bavarder avec quelqu'un qui fût assis à ma place et proposa gentiment une promenade, que je refusai.

– Je vais rentrer chez moi, Marguerite. Je suis assez restée...

– Mais ce n'est pas possible. C'est bien trop tôt ! Olympe a tellement besoin de vous, Adèle !

C'était vrai. Olympe ne souriait et ne vivait un peu qu'en ma présence. Mais je voulais rentrer chez moi. Il n'était qu'Aiguebrune pour me soigner, sinon pour me guérir. Je me languissais de chez moi, d'un monde pur, sans mensonge, sans bassesse. Et j'avais tant donné aux autres depuis toujours qu'il me semblait juste de penser un peu à moi.

– Je vais partir, Marguerite. Je ne saurais rester.

Quand M. Dangeau vint nous rejoindre, sa femme lui exposa mon désir. Il ne me demanda pas de raison. Ils se regardaient par-dessus moi, se comprenant sans rien dire. Ils savaient peut-être bien des choses, tous deux. Je me rappelai l'accueil qu'ils m'avaient fait, leurs préventions à mon endroit. Je les comprenais, maintenant.

– Il faut tout de même huit jours, pour retenir une voiture.

J'acceptai d'attendre une semaine. Je n'étais pas de courage à supporter six jours durant la compagnie de mes semblables, enfermée dans une diligence. Mon indulgence s'était un peu émoussée, je l'avoue... Nous parlâmes de choses et d'autres. Habilement, le commissaire général et sa femme se perdaient en insignifiances. Je savais qu'ils avaient tous les deux deviné mon chagrin. Que savaient-ils, au juste ? Par instants des larmes revenaient, ma voix s'enrouait. Mais cela ne durait pas.

Il était plus de midi. Nous attendions Olympe, qui ne descendait pas. Martine, l'air tourneboulé, ouvrit enfin la porte de la salle à manger.

– M'dame Olympe n'est pas bien ! Pas bien du tout ! Elle vous demande, M'dame !

Nous échangeâmes un regard inquiet. Je me levai comme la petite bonne ajoutait, d'une mine soulevée :

– Elle a rendu partout !

Je montai au plus vite l'escalier blanc. Olympe était debout, vacillante, les mains posées sur une table de toilette. Elle penchait son pauvre visage défait sur une cuvette de faïence que je m'empressai d'aller vider. Une odeur acide, éloquente, emplissait la pièce. Je bassinai de parfum les tempes de la petite, lui fis prendre un peu d'eau, qu'une nausée nouvelle rejeta.

– Mais qu'est-ce que j'ai, Adèle ? Qu'est-ce que j'ai ?

Marguerite frappait à la porte. Son regard ne semblait pas trop surpris. Elle m'aida à porter Olympe jusqu'à son lit, à l'arranger un peu. On avait fait appeler un médecin. Olympe s'agitait, livide sur les draps blancs du lit.

– Mais qu'est-ce que j'ai ?

Marguerite lui répondit :

– Je ne crois pas que ce soit tellement grave.

Le temps de rafraîchir l'air vicié de la pièce, de changer la chemise d'Olympe et déjà le médecin arrivait. Nous lui laissâmes sa patiente. J'étais soucieuse. Je ne pouvais abandonner Olympe dans cet état. Pourtant, mon Dieu, comme je voulais partir ! Marguerite me sourit gentiment.

– Je ne crois pas qu'il faille s'inquiéter ! Du moins pour cela !

Je croisai son regard doux et confiant.

– Et que croyez-vous, Marguerite ?

– Mon Dieu, je crois qu'elle est mariée depuis bientôt cinq mois...

Le médecin, quand il sortit, vint confirmer cette intuition. Olympe était enceinte d'un bon mois pour le moins. Ses malaises n'étaient rien que de très habituels. Cependant il était soucieux de la voir si faible, si menue, à la veille d'un enfantement. Il nous le dit sans détour.

– Il lui faut beaucoup de repos et du ménagement. Elle est de nature fragile, très anxieuse... C'est un premier enfant et son époux est aux armées...

Il reviendrait le lendemain. Marguerite accompagna le praticien. M. Dangeau, partagé de joie et de souci, monta voir sa fille et je restai seule au coin du feu de la petite salle du déjeuner. Je me sentais prisonnière de la vie. Jamais je ne pouvais faire ce que j'avais souhaité ou simplement prévu. Je n'en pouvais plus d'être ici, de voir s'écouler à longueur de jour l'eau chuchotante et froide de cette fontaine de cour. Je resterais là, pourtant, pour le temps nécessaire. Denis allait avoir un enfant.

J'y songeai toute la journée. Je voulais même ne songer qu'à cela. J'étais restée presque tout l'après-midi au chevet d'Olympe, à la faire sourire, à lui raconter comment les femmes élèvent

296

leurs *drôlassous*, de par chez nous. Nous parlions de choses et d'autres, légèrement. Elle voulait, étrangement, en savoir plus sur mon père. Je lui parlai donc de lui, et cela me fit du bien.

– Nous l'appellerons Charles, si c'est un garçon, Adèle, si c'est une fille !

Je la pressai contre moi, si menue, si fragile que mon cœur se serra de la sentir si faible et si petite. Comment la laisser en un tel moment ? Elle était innocente, encore, si gentille. Et elle portait en elle tant d'espérance. Olympe s'assoupit un peu, sans me lâcher la main. Je restai assise à ses côtés, comme une mère veillant un enfant fatigué. Je repensai à mon père. À sa fierté s'il avait su cet enfant à naître. À sa colère, s'il m'avait vue abattue par quelques méchants propos. Je savais bien ce qu'il m'eût dit, s'il avait connu ma misère. Un d'Aiguebrune ne s'enfuit pas d'un lieu qui lui déplaît. Il prend le temps d'en partir dignement. Il ne rompt pas le premier le combat. Son honneur passe avant le bruit des gens. Voilà ce qu'il m'aurait dit, s'il avait su... Mais c'étaient là des choses bien faciles à dire !

Olympe dormait maintenant. La profondeur régulière de son souffle berçait l'air de la chambre. Je retirai doucement ma main... Je laissai la jeune femme et je descendis au salon. J'y étais à peine quand retentit le carillon de la porte. Et bientôt Martine, de son pas balancé, s'en vint nous trouver :

– Un m'sieur dem'nde à voir m'dame d'Aigu'brune.

Je ne voulais voir personne. Mais je ne pouvais refuser une visite sous ce qui n'était pas mon toit.

297

J'eusse aimé être en paix, pourtant... C'était M. de Grassi, la cape de Marguerite au bras. Je n'eus pas le temps de m'étonner de le voir remplir ainsi l'office d'un laquais. Il me la remit cérémonieusement, Martine l'emporta. Après les quelques politesses d'usage, Marguerite s'éclipsa. Le thé, bien sûr...

— Je voulais vous ramener ceci, madame. Mais surtout vous dire à quel point...

— C'est inutile.

— Croyez bien que je suis désolé.

— Je ne le suis pas moins.

— Pourrez-vous pardonner à mes amis ? Je suis ici en leur nom. Ils étaient confus, je vous prie de le croire.

— Je ne sais, monsieur. Mais je pense qu'ils s'en remettront aisément !

Il devait penser de même. Il n'insista pas.

— Mme d'Épernay m'a donné ceci pour vous.

C'était une lettre, que je n'ouvris pas. L'air marri de mon visiteur m'importait bien peu. Quant aux prétendus regrets de ses amis ! Qu'ils restent dans un monde qui pleurait le passé et s'y accrochait pitoyablement ! Je resterais dans le mien, fût-il fait de souvenirs. Cette blessure s'effacerait, à Aiguebrune. Je me levai un peu sèchement, pour signifier que j'estimais l'entrevue suffisante. Il se leva aussi, grand et long. Quelque chose de triste vivait dans ses yeux. Il hésitait.

— Vous connaissez Marie, je crois. Vous étiez sa voisine, n'est-ce pas ?

C'était la vraie raison de son ambassade ! Il voulait me parler de sa bonne amie ! Me connaître pour en savoir plus. Je revis le visage rouge de Marie dans la jolie voiture du bois, sa gêne à se voir reconnue. Que lui avait-elle au juste raconté ? Et que lui dire ? Si j'étais la voisine de ma petite servante, si elle lui avait dit cela, qu'il le croie !

– Oui, c'est cela.

Je n'en dis pas plus. J'étais debout. Il ne pouvait s'attarder. Il n'osa en demander davantage et repartit toujours ennuyé, désolé et confus.

Que les jours qui suivirent me furent tristes n'étonnera personne. J'avais le sentiment de me traîner de pièce en pièce. Pauline était venue me chercher à plusieurs reprises, pour m'entraîner dans ce qu'elle appelait ses folies et qui étaient sa conduite de vie la plus coutumière. Je refusai un peu sèchement. Je n'avais plus envie de voir quiconque.

Olympe, presque heureusement, accaparait mon temps. Elle se remettait doucement et parvenait à prendre quelque alimentation. Le médecin voulait absolument qu'elle se promène. Un peu, mais pas trop. Elle ne devait pas prendre froid. Je la couvrais donc de fourrures et nous allions ensemble jusqu'au jardin du Luxembourg qui n'était pas trop loin à pied. Il était triste et dépouillé comme l'ancien palais de même nom. Il me parlait d'un autre temps, d'un autre lieu... Nos promenades ne duraient guère. La pluie rongeait toujours Paris. Olympe se tourmentait de sa maison. Que dirait Denis si rien n'était fait à son retour ? Elle craignait si fort de le décevoir. J'allais donc à cette maison, rue de Babylone, pour en surveiller les travaux. Ils traînaient, la

299

pluie rendait impossible tout chantier de plâtre.
La couverture du toit se faisait cependant, sur
l'ordre ferme de M. Dangeau, que l'on craignait
un peu dans le monde du bâtiment. Le commissaire général entendait qu'il ne pleuve plus dans
la maison de sa fille. Trois fois la semaine, je par-
courais les grandes pièces vides, par devoir,
insensible aux enthousiasmes de Pauline, qui
insistait pour m'accompagner. Elle verrait bien
ceci et très bien cela... Mais cette maison n'était
qu'une coquille vide, à l'image de toutes les maisons abandonnées, d'ailleurs. Il faisait froid. Les
tilleuls du jardin poussaient leurs branches vers le
ciel, comme de longs bras décharnés.

22

L'an finissait laborieusement son dernier tour.
Les nymphes moqueuses pouvaient bien sourire,
sur la cheminée. Elles travaillaient désormais
pour moi ! Dans quatre jours, après ce bal, je par-
tirais. Ma diligence était retenue ! Je n'avais pu
me soustraire à cette dernière fête. Je savais
d'avance ce qu'elle serait et j'en avais un noir
dégoût ! J'irais, pourtant, pour mon frère, que sa
femme ne pouvait représenter, et pour Marguerite, qui devenait livide chaque fois que son mari
lui parlait de ce bal. Je leur devais bien cela.
J'irais aussi pour moi. La dernière année du siècle
ne me verrait pas m'enfuir. Après le soir reviendrait le matin.

Je comptais les heures qui me séparaient d'Aiguebrune. Un sourire de tendresse se perdait à mes lèvres quand je pensais à ma Barrade, à l'abbé, à François. Ils me manquaient. Je n'en avais pas de nouvelles. Je ne pouvais rester loin d'eux plus longtemps. Le soir tombait, peu à peu. Martine avait allumé mon chandelier. Il fallait que je me prépare, une dernière fois. L'eau froide glissait sur mes joues. Elles étaient lisses, comme si je n'avais jamais pleuré. Je me sentais de marbre. Je remis ma robe trop belle, couleur du temps. La mousseline verte frémissait à mes pieds comme une eau de rivière. J'avais songé pendant un court instant à me vêtir fort simplement. Mais c'était accepter un opprobre que je ne méritais pas. Aiguebrune seul avait payé ma robe. Ce soir je mènerais mon dernier combat et je n'irais pas sans armes. Au fur et à mesure qu'étaient passés les jours, ma peine s'était transformée en un sombre ressentiment. Qu'on ne vienne pas sur mon chemin, qu'on s'écarte ! L'étendard puissant des chevaliers d'Aiguebrune flottait sur mon cœur, planté droit. Un lion de gueule, lampassé, à écu d'argent, surmonté d'une vague noire. J'attachai les camées d'or à mes épaules. Ils retenaient lâchement une étole de gaze. Je redressai le front pour fixer un bandeau vert dans ma chevelure. J'étais prête. On frappa quelques coups timides à ma porte. C'était Marguerite. Elle était aussi rouge que sa robe.

— Je ne puis y aller, Adèle !

— Vous le devez. Pensez à votre mari, qui s'en réjouit tant !

— Justement. Je ne sais rien de tout ça...

Tout ça, c'était le monde. Un geste d'impuissance et de lassitude couronnait le propos.

— C'est aussi bien ! *Tout ça* ne m'est que trop connu !

— Comme vous êtes forte...

Le croyait-elle vraiment ? Je lui souris, lui prenant la main...

— J'ai cependant besoin de vous, à mes côtés !

Je vis bien à ses yeux qu'elle ne me croyait guère. Elle soupira, résignée, en refermant la porte.

C'était l'heure ! Encore un peu de temps et je serais délivrée de tout cela. Pauline nous attendait, nerveuse, en contrebas du grand escalier. Elle portait une robe ravissante, couleur de citron. Et elle en avait pris l'acidité. M. Dangeau faisait lui aussi les cent pas.

— Enfin ! Mais il est presque dix heures ! Il est plus que temps !

— N'ayez crainte, nous n'avons rien perdu et l'on ne nous aura pas attendus pour s'amuser !

Ils n'osèrent me répondre ni l'un ni l'autre. Marguerite, à mon bras, semblait une pivoine.

Les voitures s'entassaient, couvrant la rue du Bac. Il n'était plus possible d'avancer vers l'hôtel Gallifet. Il était splendidement illuminé de bougies allumées par milliers. Marguerite tremblait, Pauline baissait un peu la tête, moins à l'aise qu'à l'accoutumée. Cela ne me faisait ni chaud ni froid. Les dures leçons de Champlaurier m'étaient toutes revenues ! Après un vestibule magnifique, deux salons, assez étroits, s'ouvraient en enfilade. Une foule bruissante et dorée allait ici et venait

302

là, dans laquelle nous allions bientôt nous fondre.
M. le ministre des Relations extérieures se tenait
près de la double porte. Cela lui évitait de marcher vers ses invités. Les miroirs qui tenaient lieu
de vitres lui permettaient de voir chacun s'avancer vers lui. Je surprenais le manège des uns,
courbés, serviles, attendant qu'il les vît enfin, ne
lâchant pas son regard, suppliant ses yeux de
condescendre à les reconnaître enfin. Ils étaient
de si bons amis, sûrs, loyaux, dévoués, ô combien
fidèles ! Tant qu'il serait au sommet de cette roue
fantasque que pousse la fortune, il pourrait
compter sur leur indéfectible attachement.
D'autres, non moins courtisans, y mettaient plus
de forme, parlant haut, riant fort pour attirer son
attention. Et bien montrer qu'ils étaient là, surtout, dans cette lumière suave qui baigne le pouvoir. Qu'en pensait au fond de lui le petit évêque
d'Autun, le boiteux informe qui ne pouvait être
que d'Église, au vu de son infirmité ? Je croisai
son regard cynique, moqueur, tellement triste.
Nous allâmes vers lui, comme tous les autres.

— Je suis enchanté de vous voir, mes bons amis.
La phrase était sans chaleur, dite pour tous.
M. Dangeau prit à son compte les formules
rituelles qui témoignaient de sa joie d'être reçu
par M. le ministre. Talleyrand poursuivit que cela
n'était rien. Mais c'était beaucoup, c'était même
un effort immense, car il détestait Fouché, je
l'avais appris. Je savais désormais que cette
société parisienne n'était faite que de compromis
fragiles et de haines tenaces.

— Excusez-moi, ma chère cousine, mais j'ai
besoin de vous !

303

Je levai les yeux de surprise. C'était à moi qu'il s'adressait ainsi. Nous étions convenus pour rire, lors de notre petite conversation de salon, que nous devions être un peu cousins, à être de Périgord, tous les deux, et affligés d'une si grande ressemblance !

– Vous parlez anglais, je crois ?

Interloquée, je ne pus que dire oui. Comment le savait-il ?

– Voulez-vous venir un instant avec moi ? Je suis dans un embarras extrême. Excusez-moi, mes bons amis, de vous prendre ainsi madame...

Marguerite faisait un visage bien malheureux, mais nul n'en avait cure. Elle dut me quitter au bras de son époux. Pauline me jeta un regard désolé et les suivit. La foule, comme un monstre au corps mouvant, s'était déjà refermée sur eux. Le ministre se pencha vers moi.

– J'ai le souci de deux ambassadeurs venus des Amériques qui n'entendent pas le français. Mes truchements, avec la politesse de Paris, n'arriveront pas avant une bonne demi-heure, ce retard étant, paraît-il, de mise. Nos bons habitants de Philadelphie n'entendent rien à ces subtilités ! Ils sont là depuis neuf heures sonnantes ! Je ne puis m'occuper d'eux moi-même, me devant à l'accueil de mes hôtes. Et il serait ennuyeux de les froisser en ce moment... Voudriez-vous avoir l'obligeance de me remplacer un instant auprès d'eux puisque nous sommes... de la même maison.

– Je ne sais si je pourrais m'acquitter d'une telle mission...

– Soyez sans crainte ! Je ne connais pas de diplomate qui puisse résister à une jolie femme...

304

En riant malgré moi de son habileté, je ne pus qu'accepter. Talleyrand fit un signe. Un jeune homme, charmant en tout point, se penchait déjà sur ma main.

– Delage, conduisez ma cousine auprès de nos Américains...

C'étaient deux Américains, en effet, tout de noir vêtus, droits et réprobateurs, un peu guindés et passablement mal à leur aise parmi ce tournoiement de soie et de vanité. Ils ne savaient que faire, se sentaient plus que perdus au milieu du grand salon. Je cherchai dans ma mémoire les quelques bribes de grammaire anglaise qui s'y trouvaient enfouies et qui me revinrent, miraculeusement, comme reviennent toujours les souvenirs fortement imprimés de l'enfance. Je leur parlai, leur indiquai le peu que je pouvais savoir sur ceux qui les saluaient et leur fis, en quelque sorte, les honneurs d'une maison que je ne connaissais en rien. Je ne pus leur dire qui était Mme de Staël parmi toutes ces dames, ni quel était Lucien Bonaparte, le jeune frère du général. Prenant mon ignorance pour de la discrétion, ils en furent à tel point ravis qu'ils ne voulaient plus me quitter. Je les laissai, pourtant, lorsque arrivèrent enfin les interprètes de mon très cher et très estimé cousin. Je leur dis que je me devais à ma famille, ce qu'ils comprirent en m'imaginant à la tête d'une ribambelle d'enfants. Ils étaient bien américains, étant tous deux bons et naïfs. La chose était plus assurée que mon anglais, je ne le voyais que trop !

Amusée malgré moi de l'aventure, je les abandonnai à d'autres mains. La foule s'était encore

305

épaissie. Les invités de M. le ministre étaient plus de cinq cents. Le grand salon était comble. Il y avait un peu tout le monde, la monarchie et la république se contant fleurette dans les coins. C'était une fête de réconciliation. Je vis, de loin, quelques personnes de ma connaissance. Des amis d'autrefois... Des ombres de reproche et de reniement. Je passai au large, sans un regard, tâchant de longer les fenêtres pour rejoindre l'autre salon et mes amis d'aujourd'hui, les autres ne m'étant plus rien. Mais il était bien difficile de se frayer quelque passage dans cet océan humain. J'admirais l'aisance des laquais qui portaient ici et là du vin de Champagne et du Rhin. Des deux côtés de la pièce, de grands buffets nappés de blanc s'écroulaient sous les friandises. Les conviés allaient, venaient, buvaient, mangeaient, regardaient si on les avait vus. Je songeai un instant au petit garçon des flaques de pluie, ouvrant la bouche en sautant, infiniment plus heureux à lui seul que tous ces gens. Il me fallait retrouver les Dangeau, ma pauvre Marguerite devait se sentir perdue. Je m'attachais uniquement à cela. Mais je ne pus y parvenir. Un air de danse s'éleva soudain, et un grand mouvement de foule se fit, qui m'emporta loin de la porte quand je l'atteignais enfin. On allait danser ! Des femmes s'alignaient, conduites sur la piste par des hommes élevant haut leurs bras dénudés. J'étais, bien malgré moi, sur le bord extrême du cercle qui entourait les danseurs quand je sentis que l'on prenait ma main.

– Voulez-vous me permettre, Adèle ?

306

C'était Marsaud. Il m'avait vue sans que je le voie. Ses yeux riaient. Les miens n'avaient pas le même bonheur.

— Je ne le puis. Je ne danse pas !

— Et votre parole ?

— Je la reprends.

Il laissa retomber ma main.

— Prenez du moins mon bras ! Sans lui, vous ne pourrez vous arracher à cette foule !

Sans attendre de réponse, sans m'en laisser le loisir, il avait passé son bras sous le mien. C'était un geste affectueux, possessif et presque intime. On me regardait, j'en étais assurée. Je le sentais. Les propos des gens, dans mon dos, s'étaient transformés en mille chuchotements. La musique couvrait les voix et l'on pouvait médire tout à loisir. Excédée, je repoussai son bras.

— J'essaierai cependant !

— Voyons, Adèle...

— Laissez-moi, je vous prie...

Le ton était sec, cassant. Surpris, il me regarda en s'écartant enfin de moi. Des couples enlacés tournaient devant nous, feignant le plus grand bonheur.

— Mais enfin, qu'avez-vous ?

— Je n'ai rien, mais j'entends que vous me laissiez ! Est-ce là trop vous demander ?

Toute mon amertume s'était glissée dans ma voix. Je regrettai aussitôt mon emportement. Il était blessé, je le vis. Ses yeux étaient incrédules. Mais je ne pouvais plus m'afficher à son bras. Je haussai le ton, pour couvrir la musique trop gaie où se noyaient les mots.

— Je tiens à ce que vous me laissiez en paix !

307

– Je vous laisserai donc, madame ! Vous serez pleinement obéie !

Il était furieux. Il serrait les dents dans l'effort qu'il faisait pour rester calme. Je lui fis un petit hochement de tête, froid, hautain, empli de toute la distance que je pouvais y mettre et je portai mes yeux loin de lui. Il se courba sèchement et me planta là, au milieu de ce bal, tandis que gémissaient des violons et que frémissaient des commères. Aux mesures de la musique répondaient des méchancetés d'éventail. Sans souci des danseurs, Marsaud fendait la foule à grandes enjambées. À la fin de la danse, il avait disparu.

Un regret cuisant s'empara de moi, que je repoussai comme je le pus. À qui, à quoi avais-je sacrifié notre triste amitié ? Je relevai un peu ma robe, un peu ma tête et je repris mon cheminement. Sachant ce qui se disait, il n'était pas d'autre choix pour moi. Mais j'avançais bien péniblement. Enfin la danse s'arrêta sur un aigre soupir de violon. Je traversai la salle aussi vite que possible, assurée des regards qui suivaient mon dandinement. Je voulais retrouver mes amis, je voulais m'asseoir. J'étais plus seule que jamais, déplacée dans cet univers de grâce et d'harmonie où l'on dansait si bien. Des jeunes femmes ouvraient lentement leurs petits carnets. Des jeunes filles attendaient de toute leur âme candide le beau cavalier qui viendrait les sortir de leur mortel alignement. Je voyais tout cela d'un œil sans émotion. Je n'avais pas le cœur à rire mais à pleurer, comme il se dit dans la chanson. Un groupe de jeunes gens, bien mis, un peu hardis, se tenait à la porte qui séparait les deux

308

salons, empêchant tout passage. Je me glissai dans l'embrasure quand un remous se fit, je ne sais comment. Je fus violemment poussée contre un homme qui eut à peine le temps d'ouvrir les bras pour m'empêcher de tomber.

– Excusez-moi, monsieur...

Les yeux qui se posaient sur moi étaient très doux. C'était le marquis de Caulaincourt que je venais presque de renverser !

– Ce n'est rien, madame. Oh ! madame d'Aiguebrune, je suis heureux de vous revoir...

Ennuyée d'être reconnue, je balbutiai un remerciement de forme quand la voix du vieil homme me retint.

– Ils nous bousculent aisément. Que voulez-vous, nous n'avons plus notre place, ici...

Il disait vrai. J'allais poursuivre, malgré tout, quand une sorte d'éblouissement me prit. J'étouffais. Je ne pouvais plus respirer. Devinant mon ennui, et bien des choses, le vieux marquis me sourit.

– Tâchons de nous en consoler, voulez-vous ?

La façon dont il m'offrit son bras était celle dont usait mon père, retenue, le bras légèrement cassé mais la main étendue, comme posée sur l'air. Un bras ainsi présenté ne se refuse pas. Il me guida tranquillement dans l'autre pièce. Les gens, je ne sais pourquoi, s'écartaient pour nous laisser le passage. À l'angle d'une fenêtre entrouverte, un sofa abandonné semblait nous attendre.

– Je suis vraiment heureux de vous revoir...

Était-ce la douceur de sa voix, la sorte de tendresse dont m'enveloppaient ses yeux ? Quelque chose se brisa en moi. Une envie de pleurer me vint, stupide et hors de propos.

309

— C'est un avis peu partagé.

Il me regarda profondément et je lus dans son regard qu'il savait tout de mon humiliation. Le monde du boulevard Saint-Germain devait en faire des gorges chaudes ! Sa main, simplement, se posa sur la mienne. La dentelle ne pouvait cacher combien elle était vieille, flétrie, ridée et infiniment paternelle.

— J'aimais beaucoup Louis de Champlaurier...

Il me disait cela sur un ton étrange, insistant. Il n'eût pas parlé autrement à sa veuve.

— Nous avons vécu de bien tristes moments.

Il s'essuya les yeux, me regarda. Et je compris, enfin.

— Nous avons perdu les meilleurs d'entre nous.

Le vieil homme se tut, ému, se méprenant aux larmes de mes yeux. Il me tapotait doucement la main. Les accords grinçants des violons du bal, dans la pièce voisine, emplissaient le silence qui s'était glissé entre nous. Je savais maintenant pourquoi Méricourt s'était détourné de moi. Ce n'étaient pas pour quelques ragots colportés par des gens qui ne lui étaient rien. J'eusse dû le savoir. Le mal venait de beaucoup plus loin. La médisance a la vie dure, rien ne la décapite. C'était toujours la même fable qui revenait m'accabler. Vivant seule sous son toit, j'avais forcément été la maîtresse du marquis de Champlaurier ! Et pour sauver ma tête, pour je ne sais quoi, je m'étais donnée à un autre, à un républicain obscur, à celui-là même qui avait brûlé Champlaurier, guillotiné mon amant... À tel point que *ma tête pouvait fort bien tenir à mon cou* ! Je revis Mme de Saint-Aulaire, je compris ses paroles et la gêne de tous. Un voile, dans mon esprit, se déchirait à grands lambeaux. Quelques jaseries de robes, quelques basses médisances, ce n'était rien. Elles n'auraient pu suffire à écarter Méricourt de moi. À le laisser silencieux, indifférent à mon humiliation... Un torrent de boue se déversait dans mon esprit, le flot de honte où l'on voulait m'ensevelir. J'entendais enfin la condamnation de ses yeux. Il m'avait imaginée me consolant de son départ avec son plus vieil ami. Il m'avait vue dans ses bras. Il m'en avait pensée capable. Il le croyait assurément depuis fort longtemps, depuis que le pauvre marquis était venu se réfugier à Champlaurier, ruiné, abandonné de tous. La lumière qui se faisait en moi était dure et crue comme une lame. Je me sentis un instant vaciller, au bord de l'accablement.

– Pardonnez-moi, mon enfant...

Le pauvre M. de Caulincourt ne savait plus que faire. Il me retenait presque de tomber. La tête me tournait. Mes tempes étaient brûlantes. Je crois bien que sans lui je me serais évanouie. Je n'entendais plus rien, ni les voix qui chuchotaient autour de moi, ni les gémissements de la musique. Rien que cette voix de conscience, perfide et insidieuse qui transperçait mon âme. Méricourt m'avait crue la maîtresse de Louis de Champlaurier, comme tout le monde. Il s'était persuadé, peut-être, que je lui préférais déjà le pauvre homme quand je l'avais repoussé. Une vanité blessée se convainc si facilement de tant de choses. Et moi cependant, pauvre sotte, je chérissais son souvenir.

– Tenez! Un peu d'eau! Mon Dieu, quel vieux fou je fais! Comme si je ne pouvais me taire!

311

Vous ressemblez tellement à ma pauvre fille, voyez-vous ! Tellement...

Elle était morte sur l'échafaud. Une chance que je n'avais pas eue... J'étouffais de chagrin. Le pauvre M. de Caulincourt, éperdu, avait hélé un laquais. M. de Hautefort était accouru que je vis tout à coup penché devant mon nez. Comme ses yeux étaient bienveillants ! Et qu'importent ce que sont les hommes s'ils peuvent avoir de semblables yeux ! Je fus soudain consciente de mille regards se posant sur moi. Étais-je souffrante ? Je n'allais tout de même pas me donner en spectacle devant tous ces gens ! Je me levai sans bien savoir ce que je faisais.

– Merci ! Ce n'est rien... Je dois... Je dois retrouver mes amis...

– Eh bien, nous vous accompagnons...

Ce devait être un étrange spectacle que de voir une boiteuse livide s'appuyant au bras de deux gentilshommes si vieux et si cassés. Mais j'avais la certitude que, sans mes deux chevaliers, je serais tombée sur ce parquet luisant. Nous avancions pas à pas et je ne la vis pas. J'entendis seulement sa voix. Bien qu'incontournable, je l'eusse évitée avec un plaisir extrême, si elle n'avait cru bon de montrer ses relations à la brillante compagnie qui l'entourait. Mon Dieu, oui, elle connaissait fort bien cette dame qu'escortait si galamment M. de Hautefort, le frère du ministre lui-même.

– Madame d'Aiguebrune ! Je suis ravie de vous revoir...

Mes compagnons s'arrêtèrent, un peu surpris mais civils avant tout. Mme de Boisrémond avait décidément une voix de crécelle, bête et méchante, à laquelle il fallait bien que quelqu'un apprît le silence. Elle était au milieu d'un groupe doré où je vis quelques officiers, quelques dames, qui m'étaient vaguement connus. Elle était *ravie*, vraiment ! Un sourire me vint aux lèvres, quoiqu'une averse de gifles me brûlât les mains.

– Oui, je sais que vous avez pour moi le plus grand intérêt ! Pour ma fortune, mes robes et mes amitiés ! Mais c'est trop, je vous le dis tout net, car je ne saurais vous rendre la pareille.

Elle était devenue écarlate. Hautefort, dont le bras tremblait, retenait une furieuse envie de rire. Nous allions laisser là ces personnes, ahuries sous le coup, quand un petit gandin, vêtu en incroyable, crut bon de venir au secours de la belle.

– Oh ! Ça ! madame ! Vous ne manquez pas d'air !

– J'en ai moins que vous, acceptant le singulier et vous laissant le pluriel !

Cloués, empourprés, nous les laissâmes au milieu du salon. Hautefort hennissait de rire et, de bouche en bouche, ce ne fut bientôt plus qu'un éclat virevoltant, léger et meurtrier. Il nourrirait la rancœur du faubourg Saint-Germain pour une semaine, au moins.

Nous avions traversé le salon, contourné la rotonde et nous arrivions enfin à ce point écarlate que je ne quittais pas des yeux. Marguerite était aux côtés de son mari. Il bavardait aimablement avec quelques messieurs d'air et de tournure sévères, comme lui. En s'inclinant un peu, très peu, mes compagnons prirent congé ; l'un fort triste et l'autre fort gai.

313

Je m'assis à côté de mon amie et nous parlâmes à notre tour de bien des choses, très éloignées d'ailleurs de ce bal et de ce salon. Le temps allait, vite pour les danseurs, tristement pour les autres. Pauline avait disparu. Elle dansait avec M. Berthier, me dit-on. Enfin, comprenant peut-être notre ennui, M. Dangeau trouva que l'heure était assez tardive pour que nous puissions convenablement prendre congé. M. de Talleyrand, pensant certainement de même, était revenu auprès de la double porte où défilaient ses hôtes. Tous étaient charmés de la réception, à les en croire. Le ministre souriait, aimable et froid. Il s'inclina un peu à notre salut et me prit un instant la main.

– Je suis tout à fait sûr désormais que nous sommes cousins.

Son frère n'avait pu manquer de lui faire part de mon emportement. Et comme je ne lui répondais pas, ennuyée dans le fond de m'être laissée aller ainsi, il me chuchota à l'oreille :

– Ils sont ainsi, les boiteux de notre Périgord ! Qui s'y frotte s'y pique !

23

La diligence m'emportait enfin. Elle venait de quitter Poitiers. Ce soir je serais chez moi. Les troncs des platanes, sur les bords de la grand-route, soulevaient des lambeaux d'écorce blanchâtre. Cette lèpre, comme une mue, annonçait le printemps. Je songeais tristement à ma vie.

L'hiver l'emplissait. Je ne pensais pas qu'il fût un jour possible d'y retrouver un coin de ciel bleu. Ce n'était pas seulement de la tristesse. J'avais connu de plus graves souffrances et je les avais surmontées. C'était quelque chose de différent et de glacé dont je ne parvenais pas à me protéger. Ma vie s'arrêterait, à Aiguebrune... Je ne croyais plus en sa course. Je ne croyais plus à rien. Je ne pleurais pas dans la voiture close et pourtant cela m'aurait fait du bien. J'étais en deçà des larmes. Je le croyais, du moins.

J'avais quitté Paris dès que je l'avais pu, mais je ne l'avais pas pu aussi vite que je l'aurais voulu. Olympe, malade, ne pouvait se passer de moi et j'avais différé par deux fois mon départ devant les alarmes violentes qui la prenaient à l'idée de mon absence. Elle avait peur, peur de perdre l'enfant et peur de mourir en couches. C'était une peur d'enfant sans mère, une peur que rien ne parvenait à raisonner. Elle s'était persuadée, sur une petite alerte de saignement, qu'elle ne parviendrait jamais à donner le jour à un petit enfant.

– Mais que dira Denis, si je ne peux pas ? Que dira-t-il ?

Je ne pouvais que lui répéter qu'il ne lui dirait rien. Ils étaient jeunes, ils avaient la vie devant eux pour avoir autant de petits enfants qu'ils le voudraient. Qui courraient, heureux, sous les beaux tilleuls de son jardin. Mais chacun de mes mots ouvrait une autre peine.

– La maison, Adèle ! La maison ! Je n'ai rien pu faire... Elle n'est pas finie.

Elle se tordait fiévreusement les mains. Elle les posait ensuite sur son drap, à l'endroit où un arrondi tendre nous eût donné confiance. Mais son ventre restait mystérieusement plat.

– Ce sera un petit enfant, disait le médecin.

Il avait ajouté un soir, en me retenant un peu au bas de l'escalier.

– Un tout petit enfant, s'il vient...

Et il m'avait priée d'ajourner mon départ. Il était très inquiet. J'étais restée. Que pouvais-je faire d'autre ? Mais je me languissais d'Aiguebrune. J'avais le sentiment d'être un plant de roseau déraciné, incapable de retrouver force loin de sa terre. Je menais une vie recluse qui me pesait. Et je ne pouvais pas quitter Olympe. Son pauvre visage défraîchi par la grossesse me retenait malgré moi. Tout nivôse se passa ainsi. Un soir où elle s'était plainte plus fort qu'à l'accoutumée, elle me déclara d'une voix lamentable qu'elle était sûre, si je partais, qu'elle ne me reverrait plus.

– Voyons, Olympe ! C'est de l'enfantillage !

– Je le sais ! J'en suis sûre !

– Je dois rentrer à Aiguebrune, Olympe. Je dois voir Barrade. Elle ne peut rester seule ainsi. Je ne devais partir qu'un mois ou deux. Elle est malade...

– Moi aussi !

Il n'était rien à faire de son entêtement. Ni Marguerite ni même son père ne parvenaient à la raisonner. Et je dus promettre, pour la calmer enfin, que je reviendrais dès que je le pourrais.

– Mais quand ?

– Peut-être pour le début de juin...

– De mai ! De mai, plutôt.

Elle avait peur, je le voyais bien et j'avais peur à mon tour de la voir ainsi. Le printemps et l'été sont à la guerre. Denis ne serait pas auprès d'elle pour l'arrivée de cet enfant. Je le savais, si elle l'ignorait. Au fond, je serais plus tranquille ici... Des nuits durant, je m'étais retournée encore et encore dans mon lit en pensant à cette naissance que je redoutais étrangement. *Adèle pour une fille et Charles, pour un garçon...* « Encore fallait-il qu'il vienne ! » avait dit le médecin. Non, je ne pouvais pas dormir. Sur ma petite table, une plume attendait. Je décidai de prévenir mon frère auquel j'avais envoyé jusque-là des lettres lénifiantes, rassurantes à souhait.

— Il est à la guerre, disait Olympe. C'est assez sans qu'il ait du souci pour moi !

Et assurément il n'en avait guère à lire les pâles nouvelles qu'il lui adressait.

Recevez, ma chère femme, l'expression de mon sentiment le meilleur !

Écrit-on ainsi à une jeune femme de dix-neuf ans, après six mois de mariage ? Un mari qui m'eût écrit cela eût dû faire bien des serments avant de retrouver le chemin de mes bras ! Mais je m'égarais ! Je n'avais pas de mari, rien qu'un imbécile de frère. Je lui écrivis donc, cette nuit-là, lui peignant l'état de nervosité et d'angoisse où était sa femme. Car elle était sa femme. Il en était quelque peu responsable, ainsi que de l'enfant à naître. L'avait-il fait, oui ou non ? Je ne lui en parlai point, jugeant que c'était là le secret d'Olympe, mais je lui parlai d'elle, très vivement ! J'étais, j'en conviens aisément, du caractère le plus charmant qu'une furie pût avoir. Je tournais abominablement à la vieille fille, c'était assuré ! Tant pis ! Il fallait bien qu'elle se sente mieux !

317

À la fin de nivôse, juste avant que les routes ne soient fermées à la poste, une réponse me parvint. La lettre était double. C'était, pour Olympe, un feuillet plein de pensées affectueuses, émaillé d'anecdotes amusantes qui la firent rire et qu'elle lut et relut vingt fois sans jamais soupçonner qu'il les eût inventées pour la rassurer. Un effort de mots d'amour concluait cette belle page qu'elle gardait précieusement sous son oreiller. Je me gardai bien de lui parler du feuillet qui m'était adressé. Cette épître commençait par cette épithète flatteuse : *Ma chère sœur, mon cher sergent !* Je laisse à penser comme cela me fit plaisir. Mais qu'importe ! Olympe se remit à manger, à rire, à se lever, à partir de cette lettre, que d'autres suivirent, peu régulières mais assez tendres, en somme. Après deux semaines elle était mieux et un léger renflement, à son ventre, nous faisait prendre quelque espoir. Je pouvais peut-être partir ?

Non, je ne le pouvais pas.

Pluviôse étalait sa force sous nos pas. Le fleuve avait quitté son lit. Les routes étaient devenues des rivières et dans la ville anéantie on circulait en barque. Les verdures des Champs-Élysées étaient inondées et les blanchisseuses, qui ne pouvaient plus atteindre les bateaux-lavoirs, s'installaient sous les arbres, les pieds nus dans l'eau sale. C'était un curieux spectacle, qui affolait les gens. Une odeur putride avait envahi Paris, les égouts se mêlant aux eaux de la Seine. Il était déconseillé de sortir de chez soi, la maladie rôdant sur les eaux sombres. Je restai donc auprès d'Olympe, qui allait mieux, et de Marguerite, qui avait peur

318

d'une épidémie ! J'étouffais. Ventôse était arrivé qui me trouvait toujours à Paris. À Aiguebrune, les premières violettes devaient pointer leur petit nez bleu hors des talus. Je rêvais de primevères et de liberté, de promenades à cheval dans la campagne immense qui me manquait comme nous manque un être cher. Je n'étais pas faite pour les villes. Pour me repérer, pour me sentir à l'aise en un lieu, il me fallait des arbres à reconnaître, des noms à donner aux maisons, aux fontaines, des noms simples et anciens. Et rien qui borne la vue ou la pensée.

La Seine retourna enfin dans son lit et Olympe sortit du sien. Je pus quitter Paris, que j'avais tant brûlé de connaître et qui me semblait à présent de ces vieilles connaissances dont on n'a plus rien à attendre, si ce n'est des plaintes ou de l'ennui.

C'est à tout cela que je pensais, et à bien d'autres choses, sur la route boueuse qui me rapprochait d'Aiguebrune. J'étais impatiente d'arriver mais je n'avais pas le cœur joyeux. Ces quatre mois parisiens m'avaient vieillie de vingt années.

Quand j'arrivai à Angoulême, la nuit tombait. Il n'était que cinq heures à peine, mais l'hiver s'éternisait sur nous. Je descendis un peu lentement de la grosse voiture, vaguement déçue de n'avoir pu attraper la patache verte. Je ne rentrerais que demain. Je fis poser ma malle au relais de la poste, et j'hésitai sur la route à suivre quand j'entendis une voix forte et gaillarde qui me tourneboula d'un coup le cœur.

– Et voilà ! Trois jours à Paris, ma chère, et on ne reconnaît plus personne !

Mariette me serrait contre elle. Avec une force rageuse qui me surprit ou que j'avais oubliée.

— Mais vous voilà bien maigre ! On ne mange donc pas, là-bas ?

Je riais du plaisir de la voir.

— Comment avez-vous su que j'arrivais ce soir ?

Elle hésita un peu. Son sourire s'effaça.

— On me l'a fait dire, il y a cinq jours.

Sur l'instant, cela ne me surprit pas. J'avais annoncé mon retour à Aiguebrune. Mais le son de sa voix m'étonna. Je songeai en un instant que François ne descendait pour ainsi dire jamais à la ville. Qui l'avait prévenue, et surtout, pourquoi ? Ses yeux baissés ne croisaient plus les miens.

— Mais que se passe-t-il ?

Mariette me regarda tristement. Elle avait un air lamentable. Elle n'arrivait pas à parler.

— Bien du mal. Ils sont malades...

— Malades ?

Je pensai à ma Barrade, si fragile, que j'avais laissée tout un hiver, à mon pauvre abbé qui avait une toux mauvaise. Une vague d'inquiétude et de faute me souleva.

— Mais qui ? Barrade ?

— Ce ne sont pas les petits vieux, Adèle...

Je ne comprenais rien. Je n'ai relevé que beaucoup plus tard la triste justesse de ce nom...

— C'est la femme de François et ses deux petits qui sont très mal. La fièvre du marais est sur tout le pays. Elle vient des Bordes, à ce que dit le médecin.

Le mot la soulagea. Elle me tendait un méchant morceau de papier, mal griffonné, que je ne pouvais lire, la nuit m'en empêchant.

320

– Mais qu'est-ce que c'est que ça ?

– C'est le docteur Labaurit. C'est lui qui m'a prévenue. Il ne faut pas descendre là-bas tant que le mal y est...

Un manteau de plomb s'était abattu sur mes épaules. Mariette me dit en quelques mots le peu qu'elle savait mais j'avais peine à donner un sens à ce qu'elle me disait. Le mal était à Aiguebrune depuis un peu plus de dix jours. Ça avait pris le plus grand des enfants de François, puis Marie et le petit Mathieu. C'était un grand délire de fièvre. Ils grelottaient sans arrêt tous les trois. Le docteur Labaurit avait tout essayé en vain. Ce n'était pas la petite vérole mais un autre mal, plus ancien, qui revenait parfois, apporté par la pluie.

– Ils ont fermé la route d'Aiguebrune...

– Mais comment cela, fermé Aiguebrune ?

Je criai presque. Fatiguée, elle me répondit de la même façon.

– Pour les autres, Adèle ! Tout le monde a peur ! C'est un mal de feu qui couve et s'étend d'un seul coup. On n'y peut rien !

Cela faisait plus de deux semaines que le mal tuait tout le pays, au sud de la rivière. Angoulême n'était pas touché. Pas encore...

Deux semaines... Je dansais, pendant ce temps !

– Pourquoi ne pas m'avoir écrit ? Je serais revenue !

– Pour prendre le mal ?

– J'irai, dès demain !

– Les routes sont fermées, Adèle. Il ne faut pas y aller...

Toute la fatigue du voyage, toute l'amertume de mon cœur avaient disparu, emportées par

321

l'angoisse qui m'étreignait. Marie, Charles et le petit Mathieu. Toute la famille de mon pauvre François ! C'était injuste ! C'était sans nom ! Et comment faisaient-ils, là-bas, pour les soigner ? Une main sombre et froide m'étreignait le cœur. Mariette prit mon sac et me secoua un peu le bras. On allumait les lanternes de la place.

– La lettre du docteur...

Je jetai un rapide coup d'œil à ce bout de papier, sachant à l'avance ce qu'il disait. Aiguebrune était en isolement. Il ne savait pour combien de temps. Il me priait de rester à Angoulême.

– C'est plus sage, Adèle...

Je ne lui répondis pas. Mariette haussa les épaules. Que dire de plus ? Pour la première fois, je la voyais découragée. Nous avons remonté en silence les rues étroites qui conduisaient chez elle. Devant sa porte, les mains tremblantes, elle ne parvenait plus à retrouver sa clef, à ouvrir. Elle, toujours si forte ! Je compris ainsi toute l'étendue du mal.

Je ne fermai pas l'œil de la nuit, dans ce lit étroit où je m'étais allongée à ses côtés. Il faut dire que je n'avais pas vraiment de place. En souriant, en voyant ce qu'elle avait appelé notre bivouac, elle m'avait dit que ça faisait un drôle de pot-au-feu, fait d'une carotte bien maigre et d'un chou bien gras. Elle voulait me faire rire, sourire au moins. Mais c'était difficile. À l'aube, je me levai doucement. Mariette ronflait comme un sonneur. Sachant ses journées de dur labeur, je ne voulais pas la réveiller. Ni entamer toute une conversation. J'allais sortir, le pied sur la pointe,

322

quand elle se tourna tout soudain dans un grand gémissement de literie brisée.

– Le premier bateau ne partira pas avant huit heures, Adèle !

Qu'avais-je cru ? Mariette savait tout de mes pensées, c'était toujours ainsi. Elle avait deviné que je comptais sur la rivière pour rejoindre Aiguebrune. Elle se leva en soufflant et nous avons pris un café un peu clair, car elle n'en avait pas beaucoup, cher comme c'est, cette saleté de café !

– Voulez-vous que je vienne ?

Je ne le voulais pas. Elle insista un peu mais je tins bon. Quand je la quittai, ses premières arrivaient. Rieuses, elles ouvraient les volets de bois de la petite échoppe. Mariette était chez elle, ici, et tellement nécessaire à toutes *ses* filles... Ma place était chez moi. Le jour était froid, et la petite rue bien grise. Elle me serra avec toute la force qu'elle pouvait me donner. Elle avait bien du mal à me cacher son inquiétude.

– N'oubliez pas que je vous attends au bout du mois... Je n'ai plus de café...

Elle me souriait, apparemment tranquille, les poings sur les hanches. Ses yeux étaient presque éteints par le chagrin.

Un brouillard cotonneux montait de la rivière, enveloppant les pontons de bois. Le port roulait déjà ses balles et ses tonneaux quand j'y arrivai. La première gabare à sel allait justement partir. Je sautai sur le pont, et tendis une pièce au nautonier. Sans un mot. C'était un louis, en or, le dernier que j'eusse, qu'il prit sans parler. Il

323

m'arrêterait au ponton des Moulins. Il me connaissait depuis longtemps et il savait bien où j'allais. C'était un jour étrange. La gabare glissait sur l'eau dans un silence de voile. L'eau cachait son front sous la brume. Les berges nues paraissaient celles du pays des Morts. Je frissonnais dans mon manteau noir, trop élégant, cette fois-ci. Il ne valait pas ma vieille mante grise. Au coude du fleuve, je ne pus me tenir de relever la tête. C'était moins un salut qu'une prière. Champlaurier était toujours là. Il semblait une présence noire, une ombre fidèle. Il attendait. Mon bateau le dépassa lentement.

Au ponton des Moulins, je ne vis personne, si ce n'est le meunier qui m'aida à descendre. Les gendarmes ne gardaient pas encore la voie d'eau. Il y avait bien peu de gens, à ce qu'il me dit, pour voyager par ce temps maudit. Ce n'était pas un reproche mais une constatation.

— Il me faudrait un cheval, père Joseph...

— Je ne peux pas vous en prêter un, notre Demoiselle. Et pourtant, croyez bien que j'en ai gros au cœur... On ne pourrait pas venir le reprendre...

— Pour vingt francs...

— Dame, on peut s'arranger...

C'était trois fois le prix du pauvre percheron sur lequel je me hissai. Mais le *logis* était à plus de deux lieues de forêt et de mauvaise lande. Ce n'était pas la monture de saint Georges, mais je n'étais pas, non plus, grande amie de Dieu, ce matin-là. Un Dieu de bonté ne jette pas de maladie sur les petits enfants. Des pensées sombres roulaient en moi une vague colère, un vieux res-

324

sentiment. J'étais aveugle à mon pays, que je traversais et dont je m'étais tant languie. Je voyais deux petits garçons dans des roseaux, marchant doucement, avec des mines d'Indiens, pour dénicher des œufs. Et leurs rires devant les gros œufs mouchetés de brun qu'ils élevaient vers le ciel comme un remerciement... Comment étaient-ils, en cet instant ? Je songeais à leur mère, la première fois que je l'avais vue, petite et misérable, traînant sur son dos la tourbe du marais qu'il fallait remonter dans un seau d'où ruisselait l'eau noire. Je revoyais ses yeux pleins de malheur et de confiance et je ne pouvais croire que la mort mette la main sur une femme aussi douce. À qui avait-elle fait du mal, porté du tort ? Ma question n'avait pas de réponse. Des nuages grisâtres se déchiraient dans le ciel.

Ma monture était aussi solide qu'elle était lente. Il me fallut deux grandes heures pour arriver à Aiguebrune. En haut de mon chemin, je sentis d'un seul coup se serrer mon cœur. Quelque chose m'alertait, qui n'allait pas. Ce n'était pas le vent, toujours triste dans les châtaigniers bruns, ce n'était pas l'étang. Il brillait faiblement d'un frisson de lumière. Non, ce n'était rien de cela. C'était la cheminée de la ferme basse, qui ne fumait pas, que je voyais éteinte pour la première fois.

Je commençais à descendre le chemin boueux quand j'entendis quelqu'un qui m'appelait. C'était Lambert l'Espérance. Il ôta d'un geste son grand feutre informe qui avait la couleur du bois mort. Ses yeux me dévisageaient avec une peine si grande que je compris sans qu'il me dise rien que le malheur était sur nous.

— Le bonjour, notre Demoiselle.

Machinalement, il prit la bride de mon cheval. Je ne trouvai rien à lui dire tant j'avais la tête vide. Il portait une besace que grossissait la forme arrondie d'un pain. Personne ne faisait donc le pain, en bas ? Le chemin me parut interminable à descendre. L'Espérance ne s'arrêta pas à la ferme basse et je compris ainsi que tout le monde était au logis. En fermant à peine les yeux, il me semblait voir les deux petits garçons courir sur ce chemin, devant la petite Marie. Tout était si gai, alors, si doux. Ou n'était-ce qu'un rêve qui n'avait jamais existé ? Mon cheval s'arrêta enfin. Au seuil de ma vieille maison, je sentis sa douleur sourde, son inquiétude. Un volet grinçait, je ne sais où... L'abbé sortit, l'air hagard, les manches de sa soutane roulées autour de ses bras.

— Adèle... Vous êtes donc venue... Je croyais que c'était le docteur.

Il s'en retournait déjà dans la maison, désespéré de ne savoir que faire. J'arrivais bien tard. Nous le suivîmes sans mot dire jusqu'à la cuisine. François n'y était pas. L'abbé s'était assis, la tête dans les mains. L'Espérance posa doucement son pain. Le silence était si profond que le rompre eût été une offense. Il me semblait qu'une parole rendrait le mal encore plus grand. L'abbé me regarda enfin.

— On a frotté les petits toute la nuit... Avec du vinaigre et de l'eau... Ils dorment, maintenant...

Sa voix était brisée.

— Et Marie ? Comment est-elle ?

L'Espérance regarda l'abbé qui se levait en attrapant la table à deux mains.

326

– Elle est morte, Adèle. Cela fait trois jours...

Les mots me tombaient doucement dessus, étranges. Je ne les croyais pas. J'écoutais soupirer les murs du logis, gémir le reste de feu qui agonisait dans l'âtre. J'attendais un pas lent et doux, sur le plancher de bois, au-dessus de nous. Mais il ne venait pas.

– Où est Barrade ?

– En haut...

L'abbé avait l'air perdu, si vieux et si tremblant. Comprenait-il seulement ce que je lui demandais ? Il regardait ses mains.

24

Une force me prit, me poussa dans l'escalier. Je n'avais pas bien compris ! Ils étaient en haut, tous. Je claquai comme une folle les deux portes du palier, punissant de ma colère le plâtre des murs, rongé d'humidité, pourri de ce mal qui venait de l'eau. Dans la chambre de Barrade, les deux petits dormaient, couchés tête-bêche. L'aîné était d'une pâleur de cire, le petit, plus rouge, agité, gémissait dans son sommeil et appelait sa mère. Ils vivaient, tous les deux. Je me jetai dans la chambre de l'abbé. Elle était vide, dans un désordre affreux de linges souillés. Je me sentis pâlir. Je ne sais comment je sortis de là. Je me retrouvai dans le couloir, le cœur étreint de peur. Je ne pouvais plus respirer. J'ouvris la porte de ma chambre. Elle était vide, sombre et bleue. Les rideaux s'agitaient un peu au courant d'air de la fenêtre.

– Barrade, je suis revenue...

Les mots sonnaient creux. Un silence éloquent emplissait l'espace. Les genoux tremblants, j'allai lentement chez Denis. C'était la dernière chambre. J'avais toujours haï cette pièce, ce lit à rideaux rouges, hostile et laid. Je savais désormais pourquoi. Barrade était là, recroquevillée sur elle-même. Ses beaux cheveux blonds illuminaient l'oreiller. Son visage, tourné vers moi, me semblait presque inconnu tant il était lointain. Je le caressai doucement. Ma main suivit les joues étirées, le nez pincé, les paupières bleues. J'essuyai l'angle de sa bouche. Je la pris dans mes bras, en la berçant, sans savoir ce que je faisais, en lui chantant je ne sais trop quoi, que nous n'irions plus au bois, que les lauriers étaient coupés. Ce chant m'était venu de très loin. Il me semblait qu'elle l'entendrait mieux que toute parole, qu'il pourrait la rejoindre sur le chemin qu'elle avait pris. Elle vivait encore assez, je le savais, pour sentir que j'étais auprès d'elle, qu'elle n'était pas toute seule et que je l'aimais.

Je ne sais combien de temps je suis restée ainsi. Elle était si douce et si légère, blottie contre moi. Elle sentait un peu la potasse, comme si toutes ces années passées à laver notre linge avaient marqué son être d'une empreinte diffuse et parfumée. Je caressai ses cheveux, longtemps, tant que je les avais. C'était un moment tendre, presque doux, à l'aube de ma douleur. Une ombre de lumière courait sur les murs de la chambre où la Barrade me quittait. Un homme entra, en manches de che-

328

mise. Cela ne me surprit pas. Voilà un bon moment que j'entendais traîner son pas, à côté, dans la chambre des deux enfants. Il vint à moi et me prit à l'épaule un peu durement.

— Venez, madame, s'il vous plaît. L'abbé n'en peut plus et j'ai besoin de vous.

Je regardai le docteur Labaurit comme s'il eût été une ombre. M'en aller ? Et où ? Je n'étais que trop partie. Je l'avais laissée et elle était morte. Sans s'arrêter à mon regard, il prit Barrade de mes bras et la déposa doucement sur le lit.

— Venez, je vous prie.

J'avais envie de rire. Croyait-il, celui-là encore, pouvoir me dire ce que j'avais à faire ?

— Laissez-moi !

— Je le voudrais bien ! Mais je ne peux pas ! Il faut que je parte !

— Eh bien partez !

Sans que je m'y attende, comme on saisit une poupée de son, il m'avait mise debout.

— L'abbé n'a pas dormi de quatre nuits. Il ne pourra pas tenir bien longtemps ! Il va tomber à son tour, s'il ne peut prendre un peu de repos. Allons, venez. Cette pauvre femme est morte.

Elle est morte, la Barrade, elle est morte... C'était presque l'air d'une chanson. Je me sentis sourire en touchant ses cheveux, si fins et frisés que les doigts ne pouvaient les lisser. Ses cheveux qui s'échappaient toujours de son bonnet. Ses cheveux si peu sages.

— Mais enfin, madame, m'entendez-vous ! Elle est morte pour que ces deux petits vivent ! Et vous allez m'aider à les sauver !

— Laissez-moi, je vous prie !

329

— C'est parfait !

Il referma la porte avec un fracas qui m'emplit les oreilles.

— C'est vous qui nous laissez !

Je restai dans la chambre baignée de pénombre. Je voulais être seule. Ma Barrade était morte. Je ne sais combien de temps je demeurai ainsi, assise, immobile. Puis je me levai à regret. J'entendais le jeune médecin, à côté, aller, venir et jurer. Au pied du lit, je vis des linges mouillés, tordus. Une flaque d'eau aigre s'était élargie, blanchissant le bois du plancher qu'elle aimait tant cirer. Je relevai doucement les carrés de linon. Il l'avait frottée comme elle l'avait fait pour les deux enfants. Toute la nuit. Qu'avait-il dit, au juste ? Je me retournai vers elle, vers ce visage apaisé qui me souriait presque, comme si elle allait me répondre. De toutes les façons, je savais bien ce qu'elle m'aurait dit. Que les deux petits garçons vivaient encore. Et que cela seul importait. Dans les choses du cœur, Barrade avait toujours raison.

J'allai dans sa chambre puisqu'elle les avait mis là. Le médecin, quand j'entrai, ne se retourna même pas. Il frottait d'eau le buste et les bras de Charles. D'un geste las, il me désigna la cruche.

— Il faut les faire boire toutes les heures et les laver. Je ne connais que ce moyen ! Aux Bordes, ils en ont réchappé comme ça.

Il se redressa, les mains sur le dos, épuisé, écœuré d'impuissance.

— Du diable si je sais pourquoi ! D'ailleurs, je ne sais rien... Mais ne buvez pas d'eau. Prenez du vin de noix. Je pense que c'est l'eau qui apporte la fièvre... Enfin, je ne sais pas... J'ai deux autres malades, à Lémonie. J'y vais... Il va faire nuit.

L'abbé vint me rejoindre, que j'envoyai dormir. La maison était silencieuse, comme endormie. Barrade n'y chanterait plus jamais. Une colère me prit. Elle ne serait pas morte pour rien ! Ces deux enfants allaient vivre, courir, sauter, dénicher des poules d'eau, le printemps revenu. Je pris la cruche et la posai auprès du lit. Mes cheveux s'étaient défaits, qui me gênaient.

– Maman... j'ai chaud ! C'est toi, maman ?...

– Attends, je viens...

Il fallait bien que moi aussi je retrousse mes manches.

Le soleil me réveilla d'un coup. Je me levai, sans plus savoir où j'étais. J'avais dormi sur une chaise, en tenant le bras du petit Mathieu. Un instinct me pencha en avant. Ils dormaient, tous les deux ! Le petit avait un souffle si léger qu'on l'entendait à peine. Ils semblaient mieux. J'avais un instant pour moi. J'allai auprès de Barrade. Je ne pouvais pas croire qu'elle soit morte. J'avais rêvé cela. Mais elle était bien dans la chambre de Denis, dormant d'un lourd sommeil sans rêve, épuisée de corps et de cœur. Je caressai ses cheveux. Ma colère, mon humiliation, ma peine, tout était parti, lavé par la douleur. Je regardai longtemps la mère que la vie m'avait donnée. Pour l'enfermer dans mon cœur. Elle y dormirait, maintenant, elle y serait tranquille.

Ma chambre m'attendait. Je me déshabillai et me changeai, retrouvant avec plaisir ma vieille robe noire. Pourquoi porter ce qui ne nous res-

331

semble pas ? Le linge frais me fit du bien. Je retournai auprès des enfants de François. Ils dormaient toujours. Je lavai mon visage et mes bras, puis je repris ma garde. Leur front était calme. Il me sembla moins chaud. Il faudrait changer leurs draps tout à l'heure. Il faudrait que je le dise à Barrade. C'était une pensée d'habitude, venue sur ma fatigue et qui me fit si mal que je me courbai sous le coup. La Barrade n'ouvrirait plus l'armoire à linge. Elle qui était si fière de l'alignement de ses draps qu'elle en gardait la clé à la ceinture ! Ma pauvre Barrade, que j'avais perdue. Je sentis un voile d'eau sur mon visage. L'abbé toussota derrière moi. Je ne l'avais pas entendu entrer. Il montait du bouillon, pour moi et les enfants.

– C'est François qui l'a apporté, avant d'aller sortir les bêtes.

Il fallait sortir les bêtes. La vie n'attend jamais, n'est-ce pas ?

– Mais où est-il ?

Depuis mon retour, je ne l'avais pas vu. L'abbé haussa les épaules, comme pour dire qu'il ne pouvait rien faire à cela non plus. Il s'assit lourdement et me raconta tout. Il parlait avec peine, ne trouvant plus les mots. Il était au-delà de l'épuisement et s'en voulait, pourtant, d'avoir dormi, de m'avoir laissée seule avec les enfants. La maladie avait attrapé Charles, un soir, deux jours après qu'il eut pêché des anguilles. Il avait un peu traîné, puis la fièvre l'avait pris, le tordant sur place. Sa mère l'avait soigné à la ferme basse, jusqu'à ce que le mal la couche à son tour, presque en même temps que le petit Mathieu.

332

Elle avait lutté ce qu'elle avait pu, la pauvre femme, étant forte d'âme, mais le corps avait cédé, d'un coup. François était au bord de la folie. Il ne pouvait s'occuper des petits. C'est Barrade qui avait ordonné qu'on les mène dans sa chambre. Le docteur Labaurit s'y opposait mais elle lui avait dit que la vie de deux vieillards ne valait pas la vie de deux enfants.

– Elle était têtue... Quand elle avait une idée... C'était vrai...

– Je ne sais pas comment, Adèle ! Je ne sais pas comment je n'ai pas pris ce mal. Dieu n'a pas voulu de moi...

Que lui répondre ? Je ne voyais pas Dieu dans tout cela.

– Je vais voir François... Lui donner des nouvelles de ses enfants.

Mon vieil ami hocha la tête. Il y avait un monde de compréhension et de peine dans cet acquiescement.

Je pris ma mante. L'air était presque piquant à force d'être froid. L'hiver redoublait, comme il le fait souvent avant de partir. La ferme basse semblait endormie. Le chien, dans l'enclos, n'eut en me voyant qu'un grognement de sommeil dérangé. J'entrai. Debout devant sa porte, François semblait m'attendre. Mais une ombre l'avait trompé. Ce n'était pas moi dont il attendait le retour, le pas sur la pierre, le sourire familier. Sur la table de bois, une seule écuelle. Il se détourna malgré lui et repoussa du pied quelques braises qui se ravivèrent. Il était botté et je sus, à le voir, qu'il avait dormi là, dans le fauteuil de paille du coin de la cheminée. Un pli profond comme un sillon lui barrait le front. Sa barbe, abandonnée, lui donnait l'air sauvage d'un brigand. Ses yeux me terrifièrent. Creusés dans leurs orbites, noirs et amers, ils ne pouvaient être ceux de mon brave François. Il prit une autre écuelle dans le vaisselier et me fit une sorte de geste morose d'invitation. Je m'assis pour prendre avec lui la soupe grise qui accompagne le jour, chez nous.

— J'ai sorti les bêtes.

— Oui, je sais.

Nos cuillers, raclant la terre de nos assiettes, parlaient pour nous. Un coq, au loin, s'enroua.

— Les enfants ont passé la nuit.

Il ne me répondit pas. Je repris, doucement, pour moi plus que pour lui :

— Tu sais, Barrade est morte.

Ses yeux le savaient. Il se leva sans me répondre et mit les deux écuelles vides dans l'évier de pierre. Le tablier de Marie pendait là, à un clou. Étais-je bien en train de vivre tout cela ?

— François, je ne sais plus que faire...

Il me regarda sans me voir. Un mur d'amertume l'entourait. Jamais je ne m'étais sentie aussi loin de lui. Sa botte frappa à nouveau un bois du feu qui s'écroulait.

— Cela fait plus d'un jour. Il faut l'enterrer, au plus vite.

Je ne lui parlais pas de ça. Sans changer de ton, comme il m'aurait entretenu du temps, il ajouta :

— J'ai mis Marie avec ma mère, au village.

Je me souvins vaguement que son premier geste d'homme avait été d'acheter un bout de tombe. Et que je m'en étais moquée...

— Nous pouvons y mettre Barrade, si vous voulez...

Je n'avais pas pensé à cela. Mon cœur ne la
voyait pas morte. La mettre dans la terre, c'était
bien trop lui demander. Mais François avait en lui
une sorte de rage froide et piétinante qui se
moquait bien de mes sentiments.

— Elle sera tranquille, là-bas.

Je secouai la tête. Barrade n'irait pas dormir
sous les ormeaux du petit cimetière. Et moi, je
n'étais pas venue pour lui parler de ça. Mais voulait-il que je lui parle ?

— J'ai vu le nouveau cheval. Il fera du bien au
labour...

Mais que me chantait-il, à la fin ! Les labours de
printemps pouvaient attendre ! Tout pouvait
attendre, d'ailleurs. Je fis un effort pour ne pas le
lui jeter au visage. Et pour lui dire, enfin, ce qui
m'amenait.

— Tu viendras m'aider à frotter les enfants ?
L'abbé n'en peut plus...

— Pour ce que ça sert...

Il les avait déjà enterrés, eux aussi ? J'allais
m'insurger quand je lus dans ses yeux qu'il n'avait
plus aucun espoir. Et qu'il voulait rester seul. Je
me sentis le besoin de respirer tout l'air que pouvaient contenir mes poumons. Il reprit de sa voix
calme et lente, si dure en ce moment :

— Il faudra prévenir Jean Barrère, aux Bordes.
J'irai tout à l'heure. Nous pourrons enterrer Barrade demain...

Décidément il y tenait ! Il ne me laisserait donc
pas ! Quelle rage méchante avait-il ? Était-il heureux que Marie ne fût pas seule à être morte ? Au
bord du doute, n'en pouvant plus, je me levai.

335

– C'est bien, nous l'enterrerons demain. Tu peux prévenir qui tu veux !

– Et où cela ?

Son regard était couleur de suie.

– Tu le sais très bien ! Là où est sa place !

Dans un pré, au-dessus d'un étang, où le chevalier d'Aiguebrune dormait seul depuis bien trop longtemps. François eut une sorte de reniflement. Il fallait qu'il soit comme mon frère pour que je le lui pardonne.

– Elle n'était pas sa femme...

– Vraiment ?

25

La présence roulante d'un corps moite le réveilla soudain. La fille dormait, et cherchait à le retenir dans son sommeil, passant une cuisse lourde sur sa jambe. D'un geste furieux, il la repoussa. Elle ne s'éveilla pas pour autant. Heureusement. Il faisait à peine jour. Une lumière de soleil se glissait par les claies des persiennes, jouant avec la poussière des tentures trop rouges, des franges trop dorées de la *Casa Matteoti*. Le seul bouge un peu décent de Borgomanero. Denis regarda un instant le visage endormi si proche du sien. Un masque de poudre et d'indifférence protégeait la petite courtisane. Elle était jeune, encore fraîche, un peu effarée mais soumise. C'était une gamine du Piémont, n'entendant pas trois mots d'italien et venue repaître de sa chair encore rose le monstre dévorant de l'armée française. Une pitié sournoise et triste lui fit remonter sur elle un peu de couverture. Mignonnette, pas vraiment belle. Et c'était mieux ainsi.

Denis songeait rêveusement aux remontrances étonnées de ses compagnons de l'état-major. Quel besoin avait-il de s'encanailler avec ses officiers ou de payer des filles ? Quelques dames de la société, infiniment plus séduisantes, lui faisaient mille grâces dans les salons lambrissés de Milan. La signora Visconti souriait si flatteusement quand il passait que c'était presque une offense de ne point remarquer cette tache noire, un peu grande, affolante, qu'elle avait au coin de la bouche. Une bouche de dévoreuse, disait Pérignon... Qu'il y goûtât ne gênait pas Barrère ! Il lui cédait volontiers la place ! Toutes ces femmes se ressemblaient. Elles demandaient trop d'effort et trop d'hypocrisie. Un plaisir assez pâle s'ensuivait, souvent gâché par l'interminable rupture qui succédait à l'abandon de la dame. Il connaissait tout cela par cœur, les œillades en coin et les rires de gorge, jusqu'aux larmes élégantes qui n'enlaidissaient pas Madame ! On ne l'oublierait jamais ! On l'aimerait toujours ! Jusqu'au prochain ! Il coupait court à ces complications en suivant une route plus simple et plus facile. Celle du bordel. Il est bon de savoir ce que l'on paye. Denis eut tout de même un soupir d'ennui. Le bras replié de la fille sentait la sueur et l'ail, une vague odeur de soupe grasse. Il repoussa le drap froissé et se leva. Il avait la tête lourde et la bouche pâteuse. C'était ainsi, après, à chaque fois. Il éprouvait un écœurement profond de lui et de cet instinct de bête qu'il fallait assouvir pour sembler être un homme. Que de femmes il avait fait rouler sous lui pendant tant d'années sans jamais ressentir cela, cette lassitude de tout, cet avilissement. Mais c'était avant... Avant cette bouche tendre, ce corps blanc, si doux et ces grands yeux mi-clos, verts et tendres, qui l'aimaient. Une onde de désir l'exaspéra. Il ne devait plus penser à cette fille. Elle était comme les autres. Au fond, qu'avait-elle de différent ? Il se leva sur ce mensonge qui l'agaçait, parce qu'il savait très bien qu'il était fait de sa faiblesse. Il s'habilla à la va-vite, pestant contre ses bottes, difficiles à enfiler. Elles étaient raides de boue. Il chercha un instant sa ceinture et la retrouva près du chevet à dorures où pendouillaient des breloques de verre. Il la prit, faisant tomber au sol quelques pièces d'argent. Tout ce qui lui restait d'une nuit de jeu. Leur bruit, sur le carrelage, était aigu et moqueur comme un rire.

Il sortit doucement. L'autre pièce sentait le même relent d'amour triste et d'air vicié. Le jeune Lanier, son aide de camp, ronflait dans un lit, deux filles dormant à côté de lui. Qu'il dorme ! Il rentrerait seul avec un plaisir d'autant plus grand. Dans le couloir, Denis enjamba un sous-lieutenant qu'il connaissait vaguement. Il était saoul, ronflant dans son vin. La *casa* était pleine de soldats comme ceux-là, et toutes les autres de la *piazetta*... Ils y buvaient leur solde, trompaient leur ennui. Que pouvaient-ils faire d'autre ? Depuis qu'ils étaient arrivés dans cette ville, ils attendaient Dieu sait quoi ! Un commandement qui vaille quelque chose, un ordre de mouvement ! Mais rien ! L'ennemi s'amassait sur toute la montagne et on attendait, on tergiversait indéfiniment. Schérer craignait de faire la guerre à trois contre un ! Mais bientôt ce serait contre dix qu'il faudrait la faire ! Denis se surprit à fermer doucement la double porte du couloir qui menait aux chambres. La bataille, quand elle viendrait, serait terrible. Que ses hommes prennent, en l'attendant, ce que donne la vie.

Il sortit dans une rue étroite. Les murs des maisons étaient hauts, aveugles, préservant leurs secrets. La petite place mal pavée dormait encore. Il remonta rapidement dans l'ombre fraîche, teintée de rose, qui annonçait l'aube douce d'un matin d'Italie. Dans ce pays, les soirs et les matins étaient d'une pureté d'amandier en fleur. Denis aimait les montagnes violettes, les eaux bleues du lac tout proche et cet abandon lent que la terre consentait aux hommes de murette en murette. Il aimait les pierres sèches et les vignes rabougries, ce combat millénaire que menait la terre de Lombardie contre la pioche, pour rester sauvage. Plus que quiconque, il détestait l'obéissance. Mais il devait garder pour lui ses sentiments. Personne, d'ailleurs, pour les comprendre, ni parmi les siens, ni parmi ce peuple fier et déçu qui supportait mal leur présence. Ce n'était qu'un frémissement, mais il était là, une émotion sourde, latente, que ne chassaient ni les drapeaux ni les clairons. Dès l'arrivée de son régiment, Denis l'avait senti. Les gens les regardaient passer avec les yeux baissés. Beaucoup n'avaient pas de mots à dire aux soldats caracolants de la République qui venaient les aider à chasser leurs tyrans. Quelques-uns, bientôt, s'enhardiraient à cracher au sol après leur passage. Trop de pillages, trop de prises de guerre... Les libérateurs d'hier étaient devenus les voleurs d'aujourd'hui.

Un vent léger, venant de l'est, lui apporta un parfum d'eau. Il haussa les épaules. Tout cela n'était rien. Il suffirait d'une victoire pour qu'ils redeviennent des héros. L'âme des hommes est aussi changeante qu'une girouette. Il hâta le pas. Non qu'il songeât à son imprudence de sortir seul, en uniforme et sans escorte, mais il voulait se laver rapidement du vin et des tristes plaisirs de la nuit. Il arriva en quelques minutes sur le *corto*, qu'il longea à longues enjambées. Puis il poussa la porte noire qui se découpait dans le mur immense de ce qui était son cantonnement. À éperons claquants, il descendit les quelques marches d'un perron de pierre. Il arriva dans un long corridor, sombre et humide. Le bas des murs était enduit d'une couleur rougeâtre, un peu écaillée, rosie par endroits et patinée par le temps. Au fond de ce vestibule, deux crucifix, immenses, étaient allongés face contre plâtre. Le quartier général des soldats de la République était un couvent. Les moniales avaient fui dès l'ordre de réquisition. Un grand dommage, d'après le jeune Lanier, qui ne doutait de rien. Le petit officier l'amusait. Dire qu'il lui ressemblait, il y avait si peu de temps... Passant devant les statues renversées, il se dit qu'il allait donner l'ordre de les remettre en place. Qu'on le pensât cagot l'indifférait souverainement. C'était un geste de

340

lamentable bêtise que d'avoir choisi semblable logement ! Où était le respect des peuples, là-dedans ? Les Italiens aimaient la religion. Pour se faire haïr à coup sûr de toute une population, on ne s'y serait pas pris autrement ! Denis haussa à nouveau les épaules, sans savoir combien ce geste lui devenait fréquent. Sa pensée le poussait vers une colère encore neuve qu'il voulait épuiser. Il se rongeait, ici. Il s'était attendu à autre chose qu'à cette petite ville tranquille où on l'avait nommé. Il n'entendait pas devenir garde-frontière ! Et il savait parfaitement qu'on le jugeait, non sans agacement. L'état-major lui avait jeté cette ville d'avant-poste en pâture comme on jette un os à un chien ennuyeux. Pour qu'il s'éloigne et se taise ! C'était mal connaître un d'Aiguebrune... Le bruit martelant de ses bottes résonnait durement dans le silence du bâtiment violé.

Le jour le saisit par surprise, comme d'ordinaire. Contre toute attente, le corridor donnait dans une cour carrée où pleurait une fontaine. L'eau tombait des mains étendues d'une madone d'argile. Le général mit un peu d'eau à son front et sourit. À la porte qu'il venait de passer, deux soldats dormaient, vaincus. Ils s'étaient roulés dans leur couverture et gisaient au pied d'une colonne ancienne. Un tronc de vigne vierge grimpait sur ce support. Les bourgeons rouges des feuilles tendres écartaient l'écorce, dans un frémissement chaque jour plus vert. Germinal arrivait. La nature pesait avec la même force sur les arbres et les hommes. Sans souci de son uniforme, Denis but à longs traits. L'eau le lavait de la nuit.

341

Il soupira. Le jour se levait, il fallait faire mine d'y croire. Il alla vers l'un des gardes et le secoua un peu.

— Il est l'heure de s'éveiller, soldat !

— Fous-moi la paix, mon vieux !

— Mon général, c'est mieux !

Le jeune conscrit, incrédule, se frottait les yeux dans un geste d'enfant. Il était rouquin, taché de son. Une raison poussant à l'indulgence.

— Le... général ? Il est rentré ?

— Si vous gardez la porte, soldat, redressez-vous un peu !

Sans attendre la réponse du gamin, l'officier général traversa la cour. Ses appartements étaient dans ce corps de bâtiment, triste et désert. C'étaient quelques pièces en enfilade, meublées de fortune, bourdonnantes le jour, sinistres la nuit. Il alla droit à sa chambre. La fenêtre était grande ouverte, selon son ordre. Elle était glacée par l'air de la nuit. Il le respira longtemps, puis se dévêtit. Un miroir de cheminée perdu sur une commode lui renvoya une étrange image. Il avait quatre jours de barbe blonde sur les joues et l'air d'un barbare venu d'un autre temps. Il était maigre à faire peur, on lui voyait les côtes ! Depuis deux mois, il patrouillait dans toute la vallée avec ses hommes, partant et revenant sans jamais prévenir. Il ne croyait pas au calme du pays. C'était un calme faux, un calme d'eau dormante, pour parler comme Adèle. Il le sentait, c'était une intuition d'Aiguebrune, un sentiment de chasseur. Cette fois, il avait poussé ses hommes jusqu'aux contreforts les plus éloignés, à quatre jours de marche. En vain. L'ennemi, posté plus haut, décampait à leur approche. Ses éclaireurs n'avaient trouvé que quelques restes de bivouacs montés à l'autrichienne, des feux enterrés. Ces preuves étaient encore minces mais les avant-postes de l'ennemi n'étaient pas loin, il le sentait comme un renard renifle un poulailler. Quand les Russes les auraient rejoints, les ennemis s'étendraient sur toute la ligne de crête des Apennins ! Et l'armée d'Italie, au creux de la vallée du Pô, serait prise dans la nasse ! C'était d'une simplicité évidente ! Mais pouvait-on dire cela aux beaux généraux de Milan qui croyaient effrayer Souvorov en roulant des épaulettes ? Il le disait depuis plus d'un mois. Il fallait attaquer sans attendre, à l'ouest, puis à l'est, comme s'ils eussent été cent mille ! Bouger, nuit et jour, à la façon de Bonaparte ! Il était plus que temps. Mais Schérer n'écoutait rien. Il attendait des renforts qui ne viendraient pas ! Et il laissait dormir ses hommes sur une poudrière.

Le soleil s'élevait dans l'air bleu. Le casernement s'éveillait, dans un bruit de ferraille et de cris familiers. Les hommes criaient, s'appelaient, faisaient bouger les chevaux. Denis aimait ce bruit qui berçait sa vie depuis si longtemps. Il aimait en être le maître. Il ne pouvait laisser ses hommes attendre ainsi, sans combattre, qu'on daigne enfin descendre des Alpes pour venir les égorger. Il irait à Milan, frapper des bottes, dire la vérité, se faire de nouveaux ennemis. Il irait à nouveau. Mais auparavant il fallait se raser, il avait l'air d'un loup. Peut-être en était-il un ? Un de ces solitaires que déteste la horde et qui le leur

343

rend bien ! L'image était juste, elle le fit vaguement sourire. Il avait de plus en plus de mal à supporter les fantoches dorés du quartier général. Il se savait dur. Se trompait-il dans son jugement ? Qu'en auraient dit ceux de Valmy ? Qu'en diraient Kléber ou Moreau ? Moreau, son ami, maintenu à l'écart, dangereux, trop brillant ! Pensant à lui, Denis sentit revenir tout son ressentiment. Il ne se trompait pas ! Schérer n'était pas de taille. Les victoires de Championnet, à Naples, loin de lui donner des ailes, l'engourdissaient. Ce n'était pas un soldat, c'était une carrière qui comptait ses galons ! Une seule idée faisait vingt fois le tour de son crâne épais. *S'il faisait moins bien, que dirait-on de lui ?* Bonaparte avait conquis et enflammé ce pays. Et Schérer ne savait que faire d'une conquête qui l'écrasait. Denis pestait en arrangeant son col, avec au cœur cet éternel regret de n'être pas parti en Égypte, avec Kléber. Combien de temps le destin se moquerait-il de lui ? Il eut un mouvement d'irritation qui fit grincer la lame de son rasoir. Il s'entailla le menton en jurant. On frappait à sa porte. C'était Lanier, le visage ravagé de veille, qui osait à peine entrer. Son général n'était pas le même homme de nuit et de jour.

— Te voilà, animal ! Préviens Maurois ! Vous avez l'heure pour aligner les hommes du deuxième escadron ! Je veux vérifier la rive du lac. Nous pousserons jusqu'à Laveno.

— Mais les chevaux ne sont pas reposés...

— Le sommes-nous ?

Barrère avait son air des mauvais jours. Un regard de ciel d'orage, un visage fermé. Il jeta

344

d'un coup son rasoir au plat, et s'essuya d'un geste. Lanier redouta ce qu'il faudrait essuyer d'autre pendant toute la journée. Le général était de fer. Rien ne le fatiguait et rien ne l'apaisait, ni les femmes, ni le vin. Il était avec eux dans la peine et dans le plaisir, ayant le geste large, payant pour tous. Mais il restait seul où qu'il fût. Il avait beau vivre dans sa compagnie depuis presque trois mois, le jeune colonel ne le comprenait pas. Il salua, prêt à sortir, quand un ordre le retint.

— Envoie-moi Gaubert !

Le capitaine Gaubert avait près de cinquante ans. Il commençait à se faire vieux. Il resterait garder la place. Denis ne s'attarda pas au bruit sec du salut. Il feuilletait les lettres qui s'entassaient sur son bureau. Des ordres de réquisition, qu'il devait signer, quelques invitations, à refuser, une lettre d'Aiguebrune. Rien qui ne puisse attendre. Un petit coup frappé à sa porte ne lui fit pas lever le nez. Gaubert, certainement !

— Je vous demande pardon, mon général !

Ce n'était pas le vieux grison mais le visage avenant du petit lieutenant Maurois. Il tenait à la main un pli barré de rouge. Une estafette était arrivée, lui portant un courrier. Ordre était donné au général Barrère de se rendre au quartier général de Milan. Quelque chose bougeait. Enfin.

Il prit un habit propre, le passa et enfouit dans son gilet la lettre de sa sœur. Maurois sur les talons, il dévalait l'escalier. Inutile d'attendre ! Il ne prendrait que quelques hommes. Les autres seraient heureux de le voir partir ! Ils saluaient, raides et rougissants, leur officier général.

345

C'étaient pour la plupart de jeunes conscrits, un peu farauds, dépaysés. Il ne leur faisait pas la vie belle depuis son arrivée. Il voulait qu'ils soient durs comme il l'était devenu lui-même, et qu'ils survivent. Les autres étaient de vieux troupiers, dont il savait les noms. Ils venaient presque tous de l'armée de Sambre et Meuse, comme lui, et ils le connaissaient pour ce qu'il était. Avec eux, il n'existait pas d'équivoque. Il était leur général. Ce n'était pas discutable. Il se sentait bien parmi ces braves bougres aguerris aux plus rudes combats, ceux qu'il fallait mener sans cesse, dans la boue, contre la faim et le froid. Quand il chevauchait à leur tête, il sentait monter vers lui la confiance de ces hommes. C'était un baume fort, puissant, une sensation de plénitude étrange que peut seul donner un groupe humain. Quand ils allaient ainsi, une joie sauvage les unissait. Ils vaincraient. Ils en avaient le devoir et presque l'habitude. Ils ne pouvaient faire autrement.

Six soldats bleus, chevauchant, sur la route de Milan. Les faubourgs de la ville s'étiraient, nonchalants. Le soir tomberait dans une heure et les gens se pressaient d'achever leur tâche. Il fallut ralentir, mettre au pas. Un encombrement de charrettes empêchait le général d'avancer. Il avait pris Lanier et le jeune Maurois, quelques cavaliers, moins de dix. Il était inutile de se déplacer à grands coups de clairon si l'offensive était proche. Elle l'était. Il le sentait confusément. Ils longeaient maintenant une voie ancienne, mal pavée. Des murs ocre s'élevaient lourdement de place en place, percés parfois par l'ombre d'un jardin, le bouquet subit et flamboyant d'un cerisier en fleur. Sur quelques maisons des treilles étendaient leurs vrilles encore fragiles, leurs feuilles mal dépliées. Il pensa à Adèle, un instant, Dieu sait pourquoi. Ses compagnons, allant à l'amble, parlaient gaiement. Ils rêvaient des raviolis de Luciana et de son *stufato*. Denis les écoutait distraitement. La vieille ville s'étendait devant eux. Le *duomo*, dans le lointain, jetait au ciel ses prières de marbre.

Denis abandonna ses compagnons dans une auberge à Français située derrière le couvent Delle Grazie, lieu fort fréquenté par les officiers de l'armée de la République cisalpine. L'auberge, non le couvent... Il dormait toujours chez Luciana, quand il descendait à Milan. Une femme était peinte sur la chaux du mur, généreusement dévêtue, brandissant un drapeau vert, blanc et rouge. C'était annoncer la couleur ! Sa chambre était propre et simple. Un pot à eau l'y attendait. Il remit un peu d'ordre dans sa tenue, couverte de la poussière fine du chemin. Ils avaient parcouru douze lieues depuis le matin. Puis il quitta l'auberge. Il descendit tranquillement jusqu'à la piazza del Duomo, immense et pourtant écrasée par la cathédrale. Il ne s'arrêta pas. Une foule mêlée, d'apparence gaie, allait et venait autour de lui. On jeta à son uniforme quelques regards de reproche vite détournés. L'air était doux. Le printemps arrivait. Les trottoirs se peuplaient de chaises et les balcons de gens. La peur de la guerre était moins forte que le désir de vivre.

Denis connaissait fort bien son chemin. En quelques pas, il était devant le bâtiment où s'abritait l'état-major. Un air de piano, entêtant, s'échappait d'une fenêtre et couvrait toute la rue d'une sorte d'invitation à danser. Denis, haussant les épaules, monta quatre à quatre l'escalier de marbre qui menait au bureau général. Danser ! C'était bien de cela qu'il s'agissait !

Tout le corridor servait d'antichambre au général Schérer. Ici et là, ramassés en faisceaux, les drapeaux tricolores de la jeune République cisalpine. Un ordonnance auquel le général s'adressa se mit au garde-à-vous, comme les deux soldats de la porte. On s'effaça pour le laisser entrer. Il claqua des talons.

– Général Barrère, au rapport !

Il avança sans attendre qu'on lui en donnât l'ordre.

26

Le bureau de Schérer était vaste, meublé à l'extrême et semblait pourtant désert, tant l'espace et la lourdeur du mobilier séparaient les meubles des hommes. Pérignon et Grouchy se redressèrent en le voyant entrer. Ils étudiaient une carte. Amelot, le commissaire envoyé par le Directoire, était assis dans un coin, avec un air de ne pas y toucher, celui des civils aux armées. Un jeune aide de camp que Denis ne connaissait pas tenait un portefeuille sous son bras. Voyant Denis, Schérer eut un geste d'attente à l'endroit du secrétaire. Le commandant de l'armée d'Italie

348

croisa à peine le regard du nouveau venu. Il lisait. Il semblait fatigué, infiniment las.

— Barrère, vous voilà. Vous avez fait vite... C'est bien...

Denis, machinalement, s'était approché de la carte dont la contemplation absorbait ses camarades de combat. Il ne vit pas leur gêne à sa question.

— L'ennemi a fait route ? Où est-il ?

— Plus très loin.

— Je n'ai rien vu d'important, au nord. Jourdan et Masséna tiendront !

Schérer reposa sa lettre et regarda les trois généraux penchés sur la carte avant de répondre simplement :

— Ils tiennent pour l'instant.

Le ton inquiéta Denis. Qu'ignorait-il exactement ?

— Sont-ils en tel nombre ?

— On parle de plus de cent mille ! Ils sont en Vénétie.

Amelot ajouta doucement :

— C'est sans compter les Russes !

Denis se sentit bouillir. Les Bleus n'étaient pas trente mille dans tout le nord de l'Italie.

— Nous attaquons ? Nous cassons leurs lignes ? Il est plus que temps !

— C'est possible.

— Possible ? C'est la seule solution, Schérer ! Nous n'avons plus à attendre !

— Vous êtes bien bouillant, Barrère ! Nous attendrons, pourtant !

Le commandant en chef eut un petit geste d'explication, vague et comme inutile.

349

— Il faut nous assurer de la Toscane, avant.

Schérer était indécis, à son accoutumée. Avait-il seulement formé un plan ? Denis secoua dédaigneusement un peu de la poussière qui recouvrait encore ses manches.

— Vous savez ce que j'en pense. Aller au sud, c'est leur donner le Nord ! Attendre est une folie !

— Eh bien nous sommes fous !

— Je vous dis qu'il faut attaquer !

— Peut-être, mais vous laisserez ce soin à d'autres, mon cher !

Le ton était moqueur, sarcastique, presque insultant. Pérignon et Grouchy se regardèrent, plus ennuyés que surpris. Amelot, lointain, restait dans son coin comme un enfant puni. Denis se sentit pâlir. Schérer, tranquillement, lui tendait un pli au sceau rouge, dûment marqué d'une lourde effigie de la République. Elle était enfermée dans un médaillon.

— Général Barrère, je viens de recevoir des ordres vous concernant. Ils viennent du Directoire exécutif, à effet immédiat. Vous venez d'être muté à l'état-major de la 17e région militaire. Je pense devoir vous en féliciter.

La voix était atone, le regard méprisant. Denis lut dans les yeux de ses compagnons le même regard sans équivoque. Il est beau d'avoir pour beau-père un commissaire général, en cas de besoin. Denis crut qu'il allait bondir. L'effort qu'il fit pour se contenir lui déforma les traits.

— Je ne comprends pas ! Je refuse !

— Cela ne se peut ! Vous êtes muté à Paris, mon cher ! Auprès de Moreau, votre ami, si je ne m'abuse ! Vos amis vous sont fort dévoués, d'ailleurs ! Il est remarquable d'en avoir de si bons !

350

En deux pas, Denis était devant Schérer, qui se leva.

— Comment l'entendez-vous ?

— Comme je vous le dis !

Amelot se leva à son tour. Son regard de père de famille cachait une âme lourde. Sa voix l'était aussi.

— Messieurs, ne perdez pas de vue que vous êtes des généraux de la République ! En guerre ! Général Barrère, votre départ nous chagrine autant que vous. Nous connaissons votre ardeur, elle n'est pas à prouver ! Nul ne doute de vous, je vous prie de le croire. N'est-ce pas, général Schérer !

Ses yeux étaient posés sur ceux de Schérer, qui eut un petit signe d'acquiescement, conscient, sans doute, d'avoir été trop loin. Le commissaire général reprit tranquillement ce qui lui semblait aller de soi :

— D'autre part, nul ne connaît mieux que vous l'état de nos troupes, leur courage mais aussi leur faiblesse. Et nous connaissons votre attachement à vos hommes ! C'est pourquoi nous vous avons prié de venir d'extrême urgence. Considérez-vous comme en mission ! Il faut que le Directoire comprenne que nous devons avoir des hommes en nombre si nous voulons conserver les victoires de l'an V ! Montrez-lui notre état ! Mettez tout votre zèle à le persuader dès votre arrivée à Paris ! Nous vous le demandons.

Le regard d'Amelot se tourna vers le général Schérer. Il contenait un ordre sans discussion. Schérer se tourna vers celui qui le toisait.

— C'est vrai, Barrère. Nous vous le demandons.

351

Il ne pouvait aller plus loin sur le chemin de l'excuse. Denis eut un petit geste de la tête, condescendant, plein de dédain. Il regarda tour à tour les cinq hommes présents dans ce palais trop grand qui les écrasait d'une superbe façon.

— Fort bien ! Je dirai à l'état-major ce qu'il en est et ce qu'il m'en coûte de laisser derrière moi des amis tels que vous !

Un claquement de bottes et il était sorti. Schérer eut un petit rire sans joie.

— Il ne dira rien ! Trop heureux de me nuire !

Pérignon regardait le bout de ses bottes. Amelot, sans répondre, croisa les bras.

Dans la rue, une voix de femme, roucoulante, accompagnait le piano. L'air sucré de la romance le poursuivit jusqu'à la grand-place. Il marcha longtemps, au hasard, dans un entrelacs de petites ruelles qui sentaient le salpêtre. Il butait sur les pierres de ce chemin comme un homme ivre. Il titubait de rage. Un incendie, dans son cœur, l'empêchait par instants de respirer. Il étouffait. Il avait besoin de se calmer et de réfléchir. Il prit sur lui pour s'arrêter, pour tirer un peu d'eau à une fontaine d'angle de rue et il continua sa marche. Au fond d'une ruelle, il vit un banc de pierre, presque caché par un amas informe de draps pendus. Il s'assit et attendit, comme un homme privé de raison, que ses pensées s'ordonnent. On l'avait pris pour un lâche. On lui avait arraché la seule chose qui eût encore quelque prix à ses yeux, son honneur de soldat. Il avait marchandé son bonheur d'homme, à bas prix, en épousant cette petite femme geignarde, blafarde, qui portait désormais son nom. Il en crevait depuis ! Un lourd regret lui vint de la femme sacrifiée, l'image de ce torrent de cheveux roux qui s'abattait sur sa poitrine quand il l'avait aimée et qui sentait la forêt et la lande. Un parfum d'amour fou. Il ne voulait pas penser à elle. Il avait voulu qu'il en soit ainsi. Il avait payé le prix de son rêve. Il avait cru trouver le moyen d'obtenir un commandement, enfin. C'était un besoin qui le hantait depuis qu'il était enfant. Il voulait tenir la guerre dans sa main, la prendre aux cheveux et saisir la victoire comme on saisit un cheval par le mors, pour le forcer, le naseau écumant. Il avait voulu être enfin ce pourquoi il était fait. Combattre, décider et vaincre.

Et voilà où il en était ! Assis sur un banc de pauvre, au fond d'une ville qui ne voulait pas de lui, repoussé par les siens ! Tout cela, il le savait bien, n'était pas même intéressant ! Ce n'était pas Schérer qui le mutait, mais quelque ami de famille, que M. Dangeau avait circonvenu ! Quelque fonctionnaire du ministère avait voulu faire plaisir à M. le commissaire général en échange d'un quelconque service ! Tout cela pour qu'Olympe voie revenir vers elle sans qu'on l'ait abîmé son bon petit mari, parti bien trop longtemps ! Bon Dieu ! Il frappa du poing la pierre du banc comme il l'eût frappée si elle avait été devant lui ! Jamais, jamais il ne leur pardonnerait cet affront, aux uns comme aux autres ! Le prenait-on pour un caniche de salon ! Était-il fait pour promener Madame au bois ! Pour garder Paris qui se gardait fort bien tout seul ! Il se releva, porté par cette seconde colère qui donne un visage à l'humiliation et tient par là sa vengeance. La revanche. Fort bien ! Il allait rentrer à Paris ! Mais on verrait, on saurait ce qu'il en coûte de prendre un d'Aiguebrune pour une marionnette ! Il reprit le chemin qu'il venait de faire à enjambées sauvages. Il remontait vers le cœur de la ville. Les passants qu'il croisait sur les trottoirs irréguliers s'aplatissaient contre les murs. Il ne voyait rien ni personne, marchant plié sur sa colère. À Paris, il irait voir Moreau ! Il obtiendrait un autre commandement, en Allemagne, près de Jourdan, ou mieux, en Italie ! Il reviendrait ! Il eut une sorte de rire qui le fit prendre pour un fou par les gens qui croisaient son chemin. Un souvenir ancien lui revenait. Il était jeune, triste, humilié de n'être qu'un bâtard dans la belle école royale où l'on enfermait les fils de maison. Et Adèle lui avait dit comment forcer le respect de tous ses compagnons si méprisants. En les battant ! En cassant toutes leurs dents ! Il la revoyait devant lui, le dos courbé mais magnifique, une lumière dans ses yeux de miel. Il toucha machinalement sa lettre et se dit qu'il la lirait tout à l'heure, quand il serait calmé. Casser toutes leurs dents, c'est ce qu'il allait faire ! On ne l'abattrait pas ! Il ne serait pas de cette lamentable défaite qu'il sentait fondre sur Milan ! Son nom ne serait pas traîné dans la boue, avec celui de Schérer ! Il serait de la victoire immense qui viendrait un jour ! Puisqu'on le rappelait à Paris, il irait voir Marsaud qui l'aiderait. Ce brave Marsaud, qui aimait Adèle ! Il irait voir Barras, il obtiendrait du Directoire un vrai commandement, dût-il se traîner aux pieds de La Révellière-Lépeaux !

L'idée l'amusa. Se courber pour monter plus haut. N'avoir pas fait toute cette route pour rien !

Ses pas l'avaient ramené sans qu'il y songe devant l'*alberghei* de Luciana. Il claqua un peu ses bottes à la pierre de l'entrée. L'auberge était pleine d'hommes vêtus de bleu. Les épaulettes dorées s'oubliaient un peu dans ce mélange bon garçon. Il aperçut Pérignon, de loin, et lui fit un signe. Sa rage avait envie de rires et de vin. Les deux servantes roulaient des hanches. C'était l'heure des pichets et des bons mots. Denis sourit, voyant Lanier et Maurois, qui l'attendaient courageusement à une table. Ils devaient savoir. Ses autres officiers s'étaient esquivés. Les deux hommes se levèrent à son approche.

— Général...

— Et bien ! Ce *stufato* ? Je meurs de faim !

Il fit celui qui ne voyait pas leurs mines stupéfaites. Il était bon que l'on se pose bien des questions. Il se servit avec un air d'homme soucieux un grand verre de vin blanc dont l'acidité le rongea agréablement, puis un second.

— Je n'en peux plus ! Hé, que diable ! l'hôtesse, ça vient ?

En jurant, une grosse blonde vint poser devant lui une assiette de ragoût aux herbes. Il se prit à le dévorer. On le regardait du coin de l'œil ! Qu'à cela ne tienne !

— Mes amis, je pars pour Paris, demain ! Mais par la peste, ce soir, je joue ! À vingt francs le point ! Qui en est ?

Les hommes se regardèrent. Barrère était fou. Un colonel de hussard, roux comme un diable, se

355

leva en claquant des bottes. Il venait de recevoir sa solde.

— Laforêt, mon général ! Je tiens la partie... À vingt francs le point !

Quand Denis regagna sa chambre, l'aube se levait. Il n'avait pas sommeil. Il dormirait dans la voiture qu'Amelot mettrait à sa disposition. Puisqu'il était en mission ! Il enleva pourtant ses bottes, et se jeta sur son lit. Une fatigue d'abattement le saisit, qui passerait. Il avait perdu trois mille francs dans la nuit. Perdre ou gagner l'indifférait. Le jeu était un bon moyen de tout oublier. Laforêt avait accepté d'être réglé, plus tard, à Paris. Sans papier de reconnaissance. Dette de jeu, dette d'honneur. Denis se prit à chantonner ces paroles sur l'air de la romance qu'il avait entendue dans la rue de l'état-major. Il ferma les yeux pour conserver sa haine et s'assoupit un peu. Le jour lui sembla grand quand il se réveilla. Des cloches sonnaient, aigrelettes, pénibles. Le mouvement qu'il fit pour se lever froissa un papier couché contre lui. La lettre d'Adèle. Il s'assit pour la lire en s'ébouriffant les cheveux. Il sut, en la lisant, que tout ce qu'il avait souffert jusque-là n'était rien.

27

J'allai la voir. Depuis deux jours, je n'avais pas quitté le chevet des enfants, mais je ne pouvais rester ainsi, loin d'elle. L'idée de la savoir dehors, couchée dans la terre si froide m'était insupportable. Ma douce Barrade, ma comme maman. Un vent glacé me faisait baisser les yeux. Il y mettait des larmes. Quand cesserait ce vent furieux, qui nous emportait malgré nous ? Je n'en pouvais plus. Les joncs de l'étang sifflaient autour de moi, retenant ma mante dans leurs piques fines. Ils ne m'arrêteraient pas. J'irais, boitant, jusqu'à ce milieu de pré où je l'avais couchée près de mon père. Ils étaient enfin ensemble, loin de la méchanceté des hommes, la petite Denise Barrère et son amant. J'effleurai doucement la pierre qui les protégeait du vent. Le bouquet de primevères que j'avais posé là à ma dernière visite avait perdu son lien de tige. Les fleurs s'étaient répandues. Je les unis à nouveau, songeuse. J'avais tant d'amour au cœur pour ceux qui n'étaient plus. M'en restait-il assez pour les vivants ?

Je m'assis sur l'herbe mouillée de ce pré où le printemps ne voulait pas venir. Le vent glaçait mes mains, cela m'importait peu. Elle s'était tue la voix si simple qui craignait toujours que j'aie froid. Mille phrases quotidiennes et douces entouraient ma solitude d'un chuchotement paisible et douloureux. *N'oublie pas ta mante pour sortir ! Prends un chapeau ! Le soleil d'avril est le plus mauvais...* Je m'étais crue vieille, avant sa mort, et je ne l'étais pas, car on est toujours jeune quand s'inquiète pour vous la voix de vos premiers pas. Je suis restée longtemps auprès d'eux, pour trouver dans leur calme la force de continuer. J'ai pu pleurer tranquille et puis je suis rentrée.

Le logis sentait la peine. Elle était bien loin l'odeur des violettes séchées. Je montai l'escalier comme âgée de cent ans. Mes jambes ne me portaient plus. Quand j'entrai dans la chambre l'abbé semblait lire, la tête penchée sur son livre. Mais il dormait, accablé de fatigue. Cela faisait huit jours que nous luttions tous les deux, pied à pied, heure par heure. C'était un combat sournois. Je ne savais pas combien de temps nous pourrions tenir. La nuit se mêlait au jour, tout était gris d'épuisement. Si nous étions assis, le sommeil nous prenait parfois au détour d'une phrase, et nous étions emportés par son courant violent jusqu'à ce qu'un cri, un mouvement nous éveille. Charles ne sortait de son rêve que pour s'agiter, pris de fièvre. Il bavait, se tordait, nous devions attacher son pauvre corps si maigre pour qu'il ne se blesse. Cela pouvait durer une heure, puis il retombait d'un coup dans un abattement mortel. Nous avions peur. Les os de son visage tendaient sa peau. Le cœur se serrait simplement en le regardant dormir.

Le petit Mathieu semblait mieux quoique si faible qu'on eût dit un moineau de février. Nous l'avions mis dans ma chambre, sur le conseil du médecin qui voulait l'écarter de son aîné. Deux fauteuils me servaient de lit. Ils étaient d'ailleurs inutiles. Je ne pouvais dormir que terrassée. L'enfant était encore bien mal. La fièvre empourprait son petit visage, lui donnant une fausse couleur de santé que démentait la peau si bleue de ses paupières. Ses poignets laissaient passer l'air du jour. Mais une conscience têtue, douloureuse, lui revenait peu à peu. Il ouvrait alors de grands yeux de nuit et regardait attentivement autour de lui sans rien voir.

– Où elle est, ma maman ?

– Elle va venir... Essaie de dormir un peu.

Il me prenait la main et me disait en s'endormant :

– J'ai pas sommeil, moi, pas du tout !

Ce n'était pas le cas de tout le monde ! À pas de loup, je contournai l'abbé et j'ôtai son livre de ses genoux avant qu'il ne tombe. Le pauvre ! Dans sa soutane trop grande, il semblait près de disparaître. Sa main droite était posée sur la croix qu'il portait à la poitrine. Rien n'avait pu l'ôter de là... J'enviais sa foi. Le front de Charles me parut moins brûlant, à moins que ce ne fût ma main qui restât bien froide. Le garçon bougea un peu la tête, dans son sommeil, et murmura des mots inaudibles. Mon cœur se serra. Comment serait-il, s'il en réchappait ? Pourrait-il encore dénicher des pies en haut des ormeaux des grands prés ? Je mouillais un linge pour le passer sur son visage quand j'entendis un pas sec sur le bois qui conduisait vers nous. L'abbé se redressa, un brouillard de sommeil dans ses yeux bleus de vieil enfant.

– Il va bien ?

– Mais oui. Bonsoir, docteur...

– Je n'ai pas pu venir avant...

Le jeune médecin était déjà penché sur le malade, prenant son bras squelettique d'où pendait une pauvre main. Les ongles de Charles avaient étrangement poussé. Il faudrait les couper... Je n'osai pas relever le nez et croiser les yeux de l'homme qui le soignait. Une parole lui vint, pourtant, surprenante.

359

– Le cœur est mieux. Il a bu ?

Notre pauvre abbé s'excusait presque :

– Très peu. Il faut le tenir et...

– Profitons de ce que je suis là. Monsieur l'abbé, allez vous reposer !

Et il ajouta, en souriant de ses grandes dents jaunes, si plaisantes, à tout considérer :

– On dirait que vous avez volé la tête d'un squelette ! Allez dormir ! Je reste cette nuit.

Je ne sais s'il put ne pas entendre le soupir que nous avons poussé tous deux tant il était profond. Sa présence était si rassurante. Il nous semblait qu'à l'avoir là, rien de mauvais ne pourrait advenir. Qu'il prendrait tout le mal sur ses épaules étroites.

– Allons voir la rapiette !

Pauvre petit Mathieu ! Le surnom lui allait comme un gant. Les drôles appelaient ainsi les petits lézards qu'ils s'amusaient à saisir sur la pierre chaude des murs d'été. Je rendis au médecin son sourire, certaine qu'il mettait tout son cœur, fort grand, à tâcher de nous arracher à notre peine. Il se courba sur l'enfant, qui dormait roulé sur le côté, lui prit le pouls et se redressa, l'air content.

– C'est bien, cela. Très bien.

Et l'aumône de cette parole fit glisser loin de moi tout le gris de ce jour.

Laissant la rapiette à son sommeil, nous sommes retournés auprès de Charles. Les narines dilatées, il semblait aspirer tout l'air de la pièce. Le docteur soupira, prépara un peu de poudre dans un verre et glissa le médicament entre les lèvres serrées de l'enfant. Il avait l'habileté de la coutume. Puis il me demanda un bouillon clair. Heureuse de le savoir là, de me rendre utile, et du petit garçounet qui allait mieux entre mes draps, je courus au feu de la cuisine. La soupe de François y était. Il l'apportait au grand matin et s'en repartait, comme un voleur. Il ne revenait qu'à la nuit nous demander des nouvelles. Il tenait seul la ferme et les champs et je ne voulais pas lui demander davantage. Il était en grand deuil. Il est des ombres étranges dans le cœur de chacun et qu'il faut respecter.

Quand je remontai avec mon bouillon fumant, le docteur Labaurit avait dû se poser la question de savoir comment nous menions nos veilles car il me demanda, abruptement, en se détournant un instant de l'enfant :

— Et Desmichels ? Je ne l'ai pas vu depuis long-temps...

Je me sentis une sorte de gêne à voir l'intransigeance de ses yeux.

— Il est aux labours de printemps...

Le médecin prit l'enfant dans ses bras et me regarda profondément comme j'approchai le bol.

— Sait-il seulement pour qui il travaille ?

— Il use son mal à la peine...

— D'autres que lui ont du souci ! Je vais aller lui parler !

— Il ne faut pas !

Ce fut dit malgré moi. Le ton était un peu trop d'Aiguebrune. Je m'en excusai tout de suite.

— Il est malheureux. Il a peur de les voir en souffrance et de ne pas le supporter. Il faut attendre un peu...

361

– Un peu, je le veux bien ! Mais pas trop, croyez-moi...

Le docteur Labaurit me sourit, et s'absorba entièrement sur son malade. Après tout, avait dit Barrade, que sont les grands, en regard des petits ?

Mathieu dormit tranquillement, cette nuit-là, et je consumai plusieurs bougies à le regarder. Un souffle écartait ses lèvres closes, une innocence veillait à son front. Je le revis courir, appelant la petite Marie. C'était alors un gentil mélange. Il avait les yeux de sa mère, noirs et tendres, et le sourire en coin de son père. Un sourire de dents manquantes, en rempart de créneaux ! Mon Dieu, comme j'avais envie de retrouver ce sourire d'enfant ! Je finis par m'endormir un peu, en lui tenant la main, sachant le médecin auprès de Charles.

Un frisson, dans ma main, me réveilla.

– Tu crains les chatouilles ? Moi, je ne les crains pas !

La petite voix reprit, doucement...

– Mais je n'aime pas trop le noir...

J'allai vivement à la fenêtre et tirai les rideaux. Mathieu suivait mes gestes. La fièvre était partie de ses yeux. Il était pâle, et de grands cernes mauves ombraient ses joues. Mais que j'étais heureuse, soudain, à le voir ainsi.

– Tu as faim ?

– Un peu...

– Attends, je vais te chercher du lait !

– Mais tu reviens vite, hein ?

– Je reviens tout de suite...

J'allai à la cuisine. Des bruits familiers m'avaient dit que j'y trouverais François. Il était là, en effet, devant le feu qu'il venait de faire.

– François, le petit a faim ! Il est mieux !

Le masque de son visage trembla un peu. Je pris la cruche verte qu'il avait descendue, chaude de lait. J'emplis un verre que je lui tendis.

– Tiens, monte-le-lui...

François n'avait pas dit un mot. Ses yeux étaient toujours aussi mornes, comme désertés de toute lumière. Tant pis ! Il n'était pas seul à être dans la peine ! Il restait au moins un père à cet enfant qui pouvait lui apporter un peu de lait. Il dut lire mes pensées et saisit le verre sans un mot. J'entendis son pas traînant monter l'escalier. Je les laissai tous deux. Je me servis un peu de soupe, et me coinçai au coin du feu. Tout était si froid depuis la mort de ma Barrade. Nous n'éclairions pas les pièces du bas, aussi sombres et fermées que mon cœur. Le mal des enfants ne nous en laissait pas le loisir et c'était mieux ainsi. La fenêtre me montrait le chemin, raviné de pluie, les arbres décharnés. Tout le mal de cet hiver de trop de pluie pesait sur nous.

Les pas qui descendaient l'escalier étaient doubles. Le docteur Labaurit raccompagnait François.

– Le petit est sauvé, si rien ne vient sur les poumons. Mais il lui faut de la chaleur. Votre chambre est sans cheminée, madame Adèle ! Et il n'est ni d'âge ni de tempérament à rester sous un édredon !

Il n'était qu'une chambre pour avoir une cheminée, à Aiguebrune. Celle du maître. Celle de

363

mon père et de Denis. Celle où luttait le petit Charles. J'observai un instant le jeune médecin. Voulait-il réchauffer toute ma maison, l'obliger vaille que vaille à revivre, comme un de ces corps malades d'âge et de blessures qu'il tâchait de remettre sur pied ? Son regard m'effleura à peine mais il semblait que ses pensées se soient appuyées sur les miennes.

— Nous pouvons l'installer au salon...

— À condition de chauffer tout ça ! Desmichels, je vous en charge ! Il nous faut un feu d'enfer roulant.

François hocha la tête en signe d'assentiment et sortit. C'est tout ce que nous pûmes tirer de lui. Comme si de rien n'était, le docteur Labaurit se pencha au chaudron fumant.

— Prenons un peu de soupe ! Pour tenir à la guerre, il faut des munitions !

J'hésitai à le questionner, comme si le seul fait de parler de ce mal pût le rendre plus grand.

— Et Charles...

— Il est mieux, mais il faut attendre la journée. Ce soir, si la fièvre ne remonte pas trop, nous verrons...

Comme ce jour serait long ! Une fatigue étrange pesa sur moi. Il fallait pourtant que je bouge, que je remonte voir le petit garçon qui m'attendait.

Il était grave. Ses yeux mangeaient sa figure.

— J'ai vu Papa. Où est Maman ?

Un flot de larmes me prit, stupide, que je cachai en ouvrant un instant la fenêtre. Il faisait froid, mais il fallait changer l'air et j'avais besoin de respirer ! Où était sa mère et où était la

364

mienne ? Je sentis monter un sanglot que je maî-
trisai à grand-peine. Je ne pouvais pas parler, je
ne pouvais pas lui répondre.

— Tu pleures ? Tu t'es fait mal ?

Tant bien que mal, je me retournai.

— Nous allons te mettre au salon. Tu sais, on va
faire du feu et tu seras mieux !

— Tu resteras avec moi ?

— Mais oui... Ne t'inquiète pas, mon bon-
homme !

Les yeux noirs me regardaient. Il avait la tête
un peu penchée.

— Où est Charles ?

— Il dort, à côté.

— Et Barradoune ?

Ce nom d'enfance me fit si mal que je dus me
tenir la bouche pour ne pas crier. Les yeux de
Mathieu me crucifiaient. Soudain il me sourit et
me tendit ses bras de roseau.

— Embrasse-moi, si tu veux...

Son petit corps maigre était chaud et doux. Sa
tête, dans ma poitrine, avait trouvé sa place.

28

Germinal accrochait un peu de soleil à nos
nuages, quelques bouquets d'aubépine à nos
buissons. L'air était doux, chargé de promesses.
Les vieux pruniers du verger étaient couverts
d'abeilles et de fleurs. J'y avais étendu les draps
des petits, de bon matin. Ils étaient secs et je me

battais pour les plier. C'est un travail bien doux, à deux, de plier des draps. Mais j'étais seule. Le manque était devenu si grand que je me surprenais parfois à parler et à attendre une réponse. Que disait la vieille mère Desmichels, déjà ? *Qu'à chaque jour suffit sa peine...* Je le pensais en rudoyant un peu l'épais tissu de chanvre qui refusait de m'obéir. Les enfants étaient en vie, se remettant doucement de leur maladie. Comme nous. Chacun, dans le logis, reprenait peu à peu des couleurs. La vie est si forte, surtout chez les enfants. Mathieu boudait, en ce moment, dans le salon, en m'attendant. Il ne me quittait plus, trottant derrière moi dans toute la maison. Je ne lui avais pas permis de sortir. J'aurais à le payer d'une histoire un peu longue. Je me sentis sourire malgré moi. Mes vieilles folies m'étaient revenues, comme ces moineaux qu'on chasse d'un cerisier et qui s'envolent au pêcher voisin. J'aimais trop les enfants des autres. Mais je ne pouvais pas faire autrement. Charles était si faible et Mathieu si petit. Il m'appelait *Madèle*, raccourci, je pense, de Mlle Adèle, ou de je ne sais quoi. Et je me reprenais à vivre sous ce nouveau prénom. Mon petit homme était gai, taquin, moqueur, vif et remuant. C'était tout son père, quand il était enfant...

Une ombre vint à mon esprit, que je chassai et qui revint. Ils étaient seuls. Il fallait que je m'en retourne. Je pressai les draps contre moi et je retournai au logis. Les vieux murs étaient devenus moins sombres. J'entendais l'abbé lire une histoire aux enfants. J'entrebâillai un instant la porte du salon. Le vieil homme lisait lentement, patiemment, sans mettre le ton, mais en conscience. Mathieu, assis sur le tapis, devant le feu, l'écoutait en faisant rouler quelques châtaignes qui avaient survécu à l'hiver. Il fallait toujours qu'il ait quelque chose aux doigts. Charles écoutait aussi, en fermant les yeux. Il était étendu sur le sofa. Comme il était pâle ! La grande fièvre lui avait laissé à la lèvre un permanent sourire, un peu amer mais sans laideur. Ouvrant un instant les paupières, il me vit et mit un doigt sur sa bouche pour que je n'interrompe pas l'histoire. Je lui fis un petit signe de connivence en refermant doucement la porte. Tout allait bien. Je devais calmer mon souci. Le médecin m'avait prévenue. Charles avait une âme fragile, cruellement frappée par la mort de sa mère. Le chemin serait long jusqu'à sa guérison. Nous avions tout le temps. Du moins, je le croyais.

J'allai ranger mes draps. La lingère, trop haute pour nos chambres, était en sentinelle sous l'escalier. Ma main se prit à trembler. Je me sentais perdue devant la vieille armoire dont la porte palpitait en grinçant. Je ne pouvais me défendre d'un sentiment de timidité confuse, comme au seuil d'une profanation. C'était la lingère de Barrade... Pour la première fois, j'y rangeais moi-même des draps. Bien mal pliés quand tout était à sa place, devant moi, en lourdes piles de blancheur un peu bise. Je déposai mon fardeau en arrangeant un peu le tissu et j'allai refermer les portes du sanctuaire quand j'avisai, posée en évidence, une petite pile de batiste fine, au bord dentelé. C'étaient des langes fort anciens, les miens,

367

ceux de Denis. Je dépliai doucement l'un d'eux, découvrant une brassière minuscule. Un poignet faisait le pourtour d'un doigt. Une main amoureuse avait brodé un *A* au col du petit vêtement. Pour Aiguebrune ou pour Adèle, je ne le savais pas. J'entendis soudain une voix plaintive me dire « *Adèle, si c'est une fille* » et cela me fit mal. Barrade ne saurait jamais le secret de cette naissance. Son Denis allait avoir un enfant et je n'avais pas pu le lui dire. L'enfant qui venait d'elle ne la connaîtrait pas. Elle n'aurait pas la joie de le tenir contre elle, fragile comme une fleur, de voir s'agiter ses menottes et d'embrasser ses petites jambes, là où la chair est si rose, si tendre que la sentir dilate un cœur de joie. Un petit enfant, le dernier d'Aiguebrune, pur et droit, qui vivrait grâce à elle...

En repoussant la porte de noyer, j'essayais d'enfermer tout mon bouleversement. La vie va parfois si vite, ne nous laissant pas le temps de la peine. Toute mon inquiétude était revenue qui me soufflait que je ne pourrais pas tenir ma promesse. Olympe me voulait auprès d'elle mais deux enfants malades n'avaient plus que moi pour veiller sur eux. Je n'avais pas le choix, du moins, je le pensais. À la vérité, je ne voulais plus partir d'Aiguebrune. Il me semblait que j'avais trahi mon étang en le quittant si longtemps et qu'il s'était vengé comme se venge la nature, implacablement. C'était bien sûr une croyance absurde que je chassais aisément au grand jour et qui revenait, à la nuit. Une inexplicable certitude, profonde, irraisonnée, donnait foi à cette illusion.

Un peu lasse de la vie qui m'attendait, je ne regagnai pas le salon tout de suite. J'entrai pour quelques instants dans l'ancien cabinet de mon père. Son refuge et le mien, autrefois. Mes yeux s'attardèrent sur les boiseries trop pâles, les sièges d'un genre nouveau, le pompeux drapement des tentures. Toute cette recherche d'ornement m'apparaissait comme un leurre, un masque de mensonge inutile et blafard. La maison dont je rêvais quand j'étais à Paris était infiniment différente, grise et mystérieuse. J'étais en manque de ce lieu. Puis je vis la table un peu basse où je m'étais tant courbée, l'encrier d'étain, les plumes poussiéreuses. Je les lissai du doigt, par habitude. Je n'écrivais plus, ni dans ce lieu, ni dans ma chambre. La maladie des enfants m'en avait ôté le loisir. De toutes les façons, je n'en avais plus la force. La mort de Barrade avait épuisé mon âme et tué mon pauvre rendez-vous du matin. Je m'assis là, l'esprit vide, dans l'espérance que mon chagrin me quitterait un peu. Il n'avait pas la violence de mes deuils anciens. Je savais depuis longtemps, au fond, que Barrade était bien fragile. Mon esprit s'y était fait en dépit de mon cœur et plus qu'une douleur trop vive, j'éprouvais un tourment d'absence, fidèle et entêtant comme un refrain de chanson. *Il y a longtemps que je t'aime. Jamais je ne t'oublierai...* La Barrade était partout autour de moi, dans ce bouquet de violettes qui se desséchait, dans cette broderie inachevée traînant sur une chaise et que nul ne rangeait. C'était d'une pesanteur douce et, si triste qu'elle fût, j'aimais à m'y abandonner. Tant qu'il en serait ainsi, elle ne serait pas tout à fait partie.

J'essayai de me reprendre, de réfléchir au repas du soir. Que leur faire, pour qu'ils reprennent un peu appétit ? Mais je ne pouvais m'empêcher de penser à l'armoire, sous l'escalier, où le lange et le suaire étaient si proches l'un de l'autre. Il me sembla soudain que toute ma vie n'était rien, et qu'elle pourrait aisément tenir pliée entre deux draps. Je voulais éloigner cette pensée de moi et je n'y parvins pas. Entre toutes choses, il est difficile de se mentir à soi-même. J'étais au bout de mon courage quand la porte s'ouvrit. Une petite main s'était élevée vers une poignée bien trop haute :

— Madèle, tu viens ! Il a fini l'histoire...

— Je viens, Mathieu, je viens !

— Mais tu viens maintenant... Le père ne veut pas m'allumer les bougies...

Le soleil était parti. Il pouvait être cinq heures.

— Il est un peu tôt, pour les bougies... Ce n'est pas encore le soir...

— Père passera, tu crois, ce soir ?

Je n'avais pas la réponse et je me levai vivement pour lui prendre la main. J'avais peur d'une question qu'il ne me posa pas. Et je craignais, pourquoi mentir, qu'une fois de plus François ne vienne pas. Nous parlions beaucoup, l'abbé et moi, pour vaincre le silence, mais à la tombée du jour, ni l'un ni l'autre des deux enfants ne nous écoutait plus. Ils ne disaient rien, ne voulant pas nommer leur mal, mais c'était un brise-cœur de voir leurs visages dévorés de fatigue regarder au loin par la fenêtre. Ils guettaient l'ombre de leur père. François passerait, s'il en avait le temps. C'était ce que je leur disais, qui n'était qu'un demi-mensonge. Il s'éreintait aux champs. La fièvre avait accablé le pays et nous manquions de

370

bras. Tous les *manouvriers* qui l'avaient pu s'étaient enfuis. Il n'était plus personne pour s'embaucher aux terres maudites des marais. Et c'était la saison du troisième labour, celui qui garantit la moisson. François s'acharnait sur notre terre, corps et âme, avec cette force terrible que donne le désespoir. Le labeur le détournait de tout. Quand j'avais voulu lui parler de ses fils, cherchant mes mots, il m'avait arrêtée d'un ton sauvage. Il savait ce qu'il avait à faire et pensait avant tout à leur donner de quoi manger ! Je n'avais pas voulu lui répondre. Comment lui faire entendre ce qu'il refusait d'écouter ? Quand il venait parfois, la nuit venue, il ne s'attardait pas et gardait le chapeau à la main. Charles buvait pourtant les traits si noirs de son visage, en accrochant ses yeux aux siens.

– Ah ! Mon père ! Vous voilà !

Mais François n'en voyait ni la prière ni l'espérance. Il était devenu de bronze. Je ne le reconnaissais plus.

La nuit s'était faite bien noire. François n'était pas venu. Lassés d'attendre et d'inventer je ne sais quoi, nous étions allés nous coucher. Notre vie avait pris un tour nouveau, par la force des choses qui gouverne tout. L'abbé dormait la porte grande ouverte pour entendre Charles s'il en était besoin et Mathieu dormait avec moi. Je n'avais pu faire autrement. Le petit avait eu des nuits et des nuits de larmes. Il semblait dormir profondément et s'éveillait, soudain, se frottant les yeux de ses poings.

– Où est ma maman ? Je veux ma maman !

Je le serrais contre moi, affolée de ne pouvoir rien faire. Je le berçais, longuement, caressais ses

371

cheveux en bataille. Il lui fallait une bougie que je ne pouvais laisser allumée toute la nuit. La peur l'étouffait à nouveau s'il se réveillait sans lumière. Et moi, je ne pouvais pas dormir, craignant de voir trembler cette triste question sur sa lèvre enfantine. Où sont donc les mamans que nous avons perdues ?

Je l'avais pris avec moi, petit diable mal apaisé qui remuait sans cesse, à la veille comme au sommeil. Je n'avais plus une demi-aune de drap sur le corps quand finissaient nos nuits. Mais cela m'était doux. Je souriais toute seule dans l'ombre, quand il s'endormait, prenant d'autorité ma main et la posant sur son ventre. Il lui fallait paraît-il cela pour dormir *bien bien*... Il était facile de lui faire ce plaisir et je le *gardounais*, comme il disait, en songeant qu'il était fort heureux pour moi que je n'eusse pas besoin d'un bras à ma taille pour trouver un peu de repos.

Je me mentais d'ailleurs, en pensant cela. La solitude nous est si difficile. Je dormais à nouveau, moi aussi, depuis que Mathieu était près de moi. Mon esprit voguait sur une sensation de tendresse imprécise. Quand s'apaisaient mes pensées, quand se déroulait lentement leur tissu décousu, je m'endormais en ne sachant plus quel était cet enfant que je serrais contre moi. Était-ce Élise, qui m'était rendue, où le petit Mathieu ? Je ne le savais plus, le temps s'emmêlait. Mais il était à moi, abandonné et confiant dans sa chaleur si douce.

Cette nuit-là, comme les précédentes, j'errais dans ce pays étrange, bercée par cette certitude presque heureuse, quand un bruit inattendu me réveilla. Mon cœur fit un bond. Ce n'était pas Mathieu, il dormait auprès de moi. J'écoutai, dans la nuit, plus étonnée qu'effrayée. Un cheval venait d'arrêter son galop. On frappait à la porte du logis, à coups répétés. La pensée de François me vint, je ne sais trop pourquoi. Je me levai doucement et jetai un châle sur moi. Je ne pensai ni à la nuit ni à la solitude de ma maison. Je ne songeai pas un instant que j'étais seule avec un vieillard et deux enfants. À Aiguebrune, il ne pouvait rien m'arriver de mal. Je tirai le verrou de la porte, poussée par je ne sais quelle habitude. Une ombre se tenait devant moi, enroulée dans un grand manteau noir, qui me serra dans ses bras avant que j'aie seulement pu la reconnaître.

– Adèle...

La voix était brisée. C'était Denis.

Je ne sais combien de temps nous sommes restés ainsi, accrochés l'un à l'autre sur ce seuil froid. Toute la peine de notre deuil nous était revenue, mêlée à la triste joie de ne plus souffrir seuls. Jamais nous n'avions été aussi proches. Sans nous quitter, son bras entourant mon épaule, nous sommes allés au salon. Nous nous sommes assis sans rien nous dire, dans l'ombre épaisse. Puis je repris l'habitude des gestes ordinaires et je poussai une bûche sur les tisons du feu. Il avait dû avoir froid à chevaucher ainsi dans la nuit. Je ne m'étonnai même pas de sa présence.

– Je n'ai pas pu attendre... Il fallait que je vienne.

Je connaissais cela. J'allumai le bougeoir de la petite table ronde où Barrade plaçait de si jolis

373

bouquets mauves. Le petit vase était vide. Denis le regardait comme moi. À la lueur maussade de cette bougie, il me fit presque peur. Son visage, émacié d'ordinaire, avait pris l'aspect tranchant d'une lame. Ses yeux, plus que cernés, me semblèrent revenus de tout. La conscience m'effleura d'un peu d'étonnement. On se battait, en Italie... Il me regarda, échevelée, à la lueur de la même chandelle et me perça à jour.

– Nous n'avons pas beaucoup de chance, ma pauvre sœur...

Pouvais-je lui dire le contraire ?

Il hésita un instant avant de me demander ce qui s'était passé. J'avais bien du mal à parler mais il fallait qu'il sache. Ce fut une sorte de confession sans absolution que je lui fis à voix basse, comme si nous allions réveiller bien plus que deux enfants et un vieil homme si j'osais lui parler à voix haute. Je lui racontai mon triste retour, la maladie sur tout le pays, la mort de Marie Desmichels, le grand mal des enfants et la tombe où reposait sa mère. Puis je ne sus plus que lui dire. Il avait suffi de si peu de mots pour tant de peine.

– Elle était épuisée...

– Au moins, nous ne l'avons pas vue souffrir...

Nous restâmes longtemps sur cette pensée. Enfin, revoyant Barrade et l'accueil qu'elle aurait fait à son fils, je me forçai à le prier de manger un peu.

– Je n'ai pas faim. J'ai mangé un bout chez le père Magloire.

Je le regardai, surprise. Il répondit lentement à ma question muette.

374

– Je ne suis pas venu seul. J'ai laissé mon escorte à Mareuil. Je ne suis pas en permission, Adèle ! J'ai été nommé à Paris.

Il avait de la peine à le dire. Une colère sourde tremblait dans sa voix. D'un mouvement souple, il se releva du sofa pour tisonner le feu.

– Il fallait que je vienne mais je repars demain. Je ne peux pas rester.

Et il ajouta, en frappant le fer d'un chenet avec son tisonnier pour qu'en tombe toute la cendre.

– C'est ainsi, ou du moins ils le croient ! On me siffle et je rentre à la niche !

C'était une erreur sans pardon.

– Denis, il ne faut pas le prendre ainsi...

– Mais je le prends fort bien !

– Olympe est malade depuis ton départ...

– Je ne suis pas garde-malade et c'est dommage, en vérité, que je n'en aie pas vocation !

Le ton était glacé. Il ne savait pas. Était-ce à moi de lui dire ce qu'elle ne lui avait pas dit ? J'hésitai, plus que gênée, ne trouvant qu'une phrase à lui répéter.

– Il ne faut pas le prendre ainsi...

Il repoussa de la botte le tas de cendres qui s'était formé et reposa le tisonnier.

– Comment faut-il le prendre ? Savez-vous le nom que l'on donne à un général qui fuit le combat ? Je n'ai qu'un peu d'honneur, Adèle ! J'entends qu'on me le laisse !

– Elle a dû expliquer, dans ses lettres...

Il eut un sourire dédaigneux, presque effrayant à voir.

– Trop de lettres pour que je les lise toutes !

Je ne savais plus que faire pour éviter ce que je pressentais. J'étais atterrée.

375

– Denis, ne leur en voulez pas ! M. Dangeau a pensé agir pour le mieux, j'en suis sûre...

– Pour le mieux, bien évidemment ! Au pied, le chien !

Je revis Olympe, tenant sa lettre lue et relue, son petit visage chiffonné et heureux. Une colère me prit, que je calmai bien difficilement.

– Il serait bon que tu me croies ! Son état est vraiment effrayant.

– Et de quoi se plaint-elle, cette fois ?

– Elle attend un enfant...

Il eut une sorte de mouvement de recul, qui me fit penser à un animal pris au piège. Je m'en voulais de cette pensée ridicule quand il me regarda.

– C'est bien...

Il se retourna vers le feu, qui crépitait fort haut, maintenant.

– Décidément, j'aurai tout réussi...

J'entrepris une dernière tentative. Je lui parlai de ce qui comptait plus que tout pour moi.

– Elle attend un petit enfant. Un petit d'Aiguebrune...

Il sourit presque tendrement de me voir si sotte et revint s'asseoir auprès de moi. Sa voix n'avait plus de colère quand il prit ma main.

– Un petit de *pas de chance*, ma pauvre Adèle... Ça sonnerait plus juste.

Ce fut une étrange nuit de veille. La morte était auprès de nous. Nous ne parlions pas, nous étions ensemble. Mais il fallait bien prendre un peu de repos. Denis me dit qu'il dormirait sur le sofa. Il ne voulait pas que le bruit de ses bottes réveille les petits. J'étais un peu ennuyée d'avoir installé

376

Charles dans sa chambre, mais il me dit que j'avais bien fait. Il aimait les enfants de François. Les amis de la petite Marie... En me couchant, je repensai brièvement à la rencontre du bois... Je ne lui en avais rien dit. À quoi bon ? Il valait mieux taire cela. J'avais pourtant un sentiment de trahison au fond du cœur, insidieux et gênant. Une crainte me vint que je repoussai comme toutes les autres. Paris était grand... Je me glissai enfin dans le lit où Mathieu s'était roulé en boule. Il avait tant gigoté que toutes les couvertures gisaient à terre. Je les remontai doucement sur nous deux.

Quand je me réveillai, l'aube était blanche. Une fumée presque liquide s'élevait de l'étang, enveloppant les roseaux. Je descendis à la cuisine où mon frère faisait du café. Il me dit qu'il devait partir dans une heure, au plus tard. Nous bûmes ce café, fort et brûlant, enveloppé de notre silence, puis nous sommes sortis. Malgré l'épaisseur de ma mante, j'avais froid. Les arbres, au-dessus du pauvre bout de pré, claquaient au vent. Denis déposa un caillou sur la pierre allongée pour dire qu'il était venu. Quand nous sommes rentrés, nous étions sans courage. Il devait partir. Et moi, je resterais là. Nous n'avions su retenir aucun de nos rêves. Tout s'enfuyait loin de nous. Denis, je le sentais, ne croyait plus à rien. Je savais bien ce que lui aurait dit notre père, s'il avait vu son amertume. Qu'il n'est pas de combat qui soit par avance perdu. Mais je doutais de cette belle vérité. Nous avions déjà tellement lutté, tous les deux, et pour si peu...

Il alla chercher son cheval, je le quittai un instant. Je griffonnai une lettre en toute hâte. À la

377

venue de l'enfant, Denis serait là. Olympe ne serait pas seule. Je ne pouvais pas venir auprès d'elle et je lui en demandai pardon. Elle devait comprendre que je ne puisse quitter Aiguebrune et me tenir toujours pour sa sœur. Des phrases faciles, de belles paroles. Je ne lui mentais pas, mais j'avais honte de mon soulagement. Je sortis à l'air vif, déchirée d'ennui. Le soleil se levait, écartant avec peine les ombres du ciel. Denis m'attendait, tenant son cheval à la bride. Je lui tendis ma lettre qu'il prit sans mot dire. Il m'embrassa rapidement. L'animal s'impatientait, raclant le sol du sabot. Il y avait une autre chose que je voulais donner. Ne sachant comment faire, sans regarder mon frère, je lui tendis un petit paquet blanc.

— Vous y tenez ?

— Beaucoup.

Haussant l'épaule, il roula les langes en boule et les enfourna dans la fonte de sa selle. Puis il partit dans cette aube d'avril, légèrement courbé sur son cheval, si semblable à mon père et tellement différent. La porte du logis, se refermant sur moi, me parut bien lourde. Je m'y adossai un instant. Rien ne bougeait. Tout dormait encore dans la vieille maison sereine. Je remontai doucement mon escalier, qui gémit à peine. Dans ma chambre Mathieu respirait bruyamment. Il s'était encore découvert ! Pleine de pensées confuses et tristes, je quittai ma mante et mes chaussons déformés. Je m'étendis auprès de lui pour qu'il n'ait pas froid. Je remontais péniblement une couverture quand le geste maladroit l'éveilla à demi.

— Madèle, c'est toi ?

378

– Chut ! Dors, il est trop tôt pour se lever...

Il s'entortilla dans un drap. Comme elle était douce, la petite voix endormie...

– Dis-moi, tu n'as pas eu de petit garçon avant moi ?

Et, sans attendre ma réponse, il prit ma main.

29

Le roulement des voitures, le bruit d'orage et de mer de la ville fiévreuse, ses lumières clignotantes et la douceur du soir d'été, tout l'appelait à sortir. À s'enfuir, loin de la chambre confinée, accablante et morose où il se sentait étranger. Une odeur de lait suri vous y montait aux lèvres, écœurante. Il se pencha un instant, conscient de devoir faire ce geste, amer de le faire sans joie et sans envie. Un petit bout de chair rose s'agitait dans le berceau. Sa fille venait de naître, elle n'avait pas huit jours. Il ne ressentait rien, qu'une sorte de soulagement. Elle avait, du moins, deux pieds semblables. Eu égard au prénom qu'elle portait, il la regarda rapidement, mais il voyait peu de chose dans le flot de linges et de dentelles dont on avait cru bon de l'affubler. On l'étouffait déjà. Comme lui ! Sa main relâcha le voilage.

– Je sors. Ne m'attendez pas !

La porte était à deux pas. Il allait l'atteindre quand la voix de sa femme le retint.

– Encore ?

Ce n'était pas un reproche, tout au plus une constatation, mais qui suffit à l'arrêter. Olympe

379

tremblait dans le lit trop grand pour elle, que soutenaient si magnifiquement des pattes de lion.

— Vous ne prétendez pas m'en empêcher, je pense ?

Elle baissa le nez. Elle ne prétendait plus à rien.

— Mais... je ne peux pas dormir si vous n'êtes pas rentré !

Elle ajouta, pour détourner cette colère violente qui n'éclatait pas mais qu'elle sentait en lui dès qu'il la regardait :

— Cette maison est si écartée de tout !

— Vous avez voulu cette maison ! Il faut savoir ce que l'on veut dans l'existence...

Il avait oublié le temps où il l'avait voulue tout comme elle. L'injustice du reproche la blessa profondément. Avait-il donc tout oublié des promesses imprécises de l'hiver, quand ils riaient tous deux dans cette pièce vide ? Olympe n'osait même pas se poser la question. Son cœur vacillait au bord d'un gouffre. Denis arrivait à la chaise où il avait posé sa bourse et son chapeau. Elle aurait dû se taire et feindre l'indifférence, elle le sentait confusément. Mais elle en était incapable.

— Je me sens un peu seule...

Comment se faire comprendre de cet homme hautain qui la regardait sans la voir ? Il était loin, déjà.

— Vous n'êtes pas seule. Il vous suffit de sonner et vos gens viendront ! C'est une chose dont vous avez coutume, n'est-ce pas ?

Un sanglot lui vint qu'elle tenta d'étouffer.

— Ah non, je vous en prie !

380

Il était furieux. Elle ravala ses larmes aussi vite qu'elle le put. Elle l'aimait. Elle était d'avance vaincue.

– Vous ne serez pas trop long...

– Mais non !

Il se retourna et la regarda. Elle était lamentable, avec ce visage ingrat sur ce corps abîmé. La grossesse avait laissé à son front et ses joues de larges plaques brunes. Ses cheveux pendouillaient d'une sorte de bonnet de dentelle qui écrasait ses traits sans grâce, son front trop court et son menton fuyant. Et c'était là sa femme... Une pitié le prit qu'il écrasa à peine née. Il voulait partir. Retrouver les joies libres de la guerre ! Il ne fallait pas qu'on le retienne. Ni qu'il se laisse enchaîner. Il retourna pourtant vers elle, saisi par Dieu sait quel sentiment et lui porta un chandelier. Quand il se pencha, l'or gris de ses cheveux dansait devant la flamme claire.

– Allons, lisez un peu ! Je ne serai pas long.

Il se pencha, l'embrassa un instant au front et sortit, avec la hâte d'un homme qui se noie et entrevoit soudain la berge. En refermant la porte, il entendit le nourrisson qui se mettait à brailler. Il avait une voix stridente de petit chat. Ses cris le poursuivirent jusqu'en bas de l'escalier. La rue les fit taire. Sa voiture l'attendait. Il y monta sans la regarder, vernie de noir, la roue vermillonnée, tirée par deux alezans pommelés. Sans se souvenir de l'envie ardente qu'il avait eue, jeune homme, de posséder un tel équipage. Un désir nouveau et violent l'absorbait tout entier, l'aidant à oublier la jeune femme qu'il laissait derrière lui. Il faisait ce qu'il devait faire. Il voulait un

381

commandement ! Schérer avait été défait, comme de juste, comme il l'avait prédit. Les prisonniers se comptaient par milliers. Le désastre avait ouvert les yeux de l'état-major. Moreau était parti commander l'armée d'Italie. Denis se sentait plein de confiance. Son frère d'armes l'appellerait auprès de lui, au plus tôt, il le lui avait dit et il n'était pas homme à faire de vaines promesses. Il n'était besoin que d'un peu de temps. Le gouvernement cahotait. Le député Marsaud, qu'il avait vu, ne le lui avait pas caché. Il l'aiderait, certes, car un général qui veut combattre est une chose à encourager. Mais Marsaud n'avait plus le poids de jadis. Paris avait oublié les hommes de quatre-vingt-neuf. Cette ville était plus changeante qu'une femme et aussi cruelle. En y repensant, Marsaud lui avait semblé bien amer. Denis s'étonnait un peu qu'il n'ait pas demandé de nouvelles d'Adèle. Il haussa les épaules inconsciemment. La pensée de sa sœur l'émut, comme toujours. Elle risquait de l'entraîner bien loin de ses beaux projets. Il la revit lui tendre ce paquet de langes. Pour lui faire entendre quoi, au juste ? Avait-il besoin d'elle pour connaître son devoir ? Il chassa Adèle de son esprit. Les deux chevaux de son bel attelage avaient atteint les pavés du boulevard. Leur trot rapide et l'encombrement des rues le retinrent un instant. Tout le monde sortait pour rire et danser aux barrières. Il faisait doux. Juin était beau comme une revanche. Denis sentit monter un sourire à ses lèvres. Il partirait bientôt pour la bataille et rien ne pourrait l'empêcher de vaincre. Pour l'heure, il suivait son chemin. Il allait jouer avec Duroc et Mercier, chez

Frascati. C'étaient deux amis de nouvelle date, compagnons de jeu, soldats d'état-major et non de campagne, l'un aimant le vin et l'autre les cartes. Mais ils étaient bourguignons, connaissaient Junot. Et Junot était le frère d'armes de Bonaparte. Depuis Toulon...

Des voitures, nombreuses, s'égaillaient sur l'avenue. Les allumeurs sortaient à peine. La nuit était jeune. Devant les lumières du café, il remit ses rênes à un pauvre bougre qui garderait le tout pour un franc. L'homme s'inclina devant ses bottes lustrées. La vie n'était pas si mal, ce soir.

Il dédaigna la terrasse, déjà noire de monde. Les petites tables semblaient se tourner vers lui. On le saluait ici d'un sourire et là d'un geste amical. Il était ce général Barrère, qui avait si bien fustigé le Directoire, le sommant d'envoyer des hommes à ses armées ! Il était l'ami de Moreau, et Sieyès soutenait Moreau... Le nouveau maître avait de nouveaux laquais qui recevaient un hommage à plat ventre. C'était l'usage. Il était beau, le général Barrère, même en civil. Deux femmes, plus dévêtues que les autres, rirent un peu fort quand il passa devant elles. Il vit un œil clair et charmant, posé sur un éventail et un châle qui tombait à terre avec un à-propos confondant. Il enleva son chapeau, salua ces dames et ramassa le voilage, mais sans s'arrêter davantage au piège tendu par les jolies sirènes. Il n'était pas venu pour cela... Il gravit en quatre enjambées le court escalier qui menait à la galerie. Il était tôt pour ses compagnons d'armes. Il s'adossa donc un instant à une colonne et regarda l'immense salle avec une assurance un peu distante qu'il tenait de fort loin sans le savoir. Les femmes, avec leurs étoles de gaze légère, ressemblaient à des demoiselles. C'était le nom donné aux libellules, à Aiguebrune... Les hommes, plus sombres, semblaient tourner autour d'elles comme de gros bourdons. L'insigne répétition de ce manège d'insectes le fit sourire. Toujours la même chose, finalement ! La salle s'animait, les lustres de cristal brillaient insolemment et les verres s'emplissaient de liqueurs dorées. Il se sentit grand soif et quitta son observatoire. Il était dix heures passées à sa montre. La samaritaine d'or qui barrait son gilet avait dû coûter une petite fortune à sa femme. C'était un cadeau d'anniversaire ! Une chaîne de plus ! Croyait-elle pouvoir l'attacher ? Mon Dieu, pourquoi penser à elle, en cet instant ! Il haussa les épaules et se dirigea vers la galerie de jeu.

Le petit salon où il devait retrouver ses fins camarades était vide. C'était une sorte de niche commode, tendue de rouge, d'où l'on pouvait voir sans être vu, un guet de chasse, selon Mercier ! Quand on jouait gros et que l'heure n'était plus à la bagatelle plaisante qui se dansait en contrebas, on tirait d'épais rideaux de velours rouge. Le jeu flambait alors sur la table et rien n'importait plus que la lente palpitation des cartes. Denis commanda un peu de sancerre et étendit ses longues jambes devant la table. Le guet du chasseur lui convenait parfaitement. Il attendit somme toute assez peu, le temps d'une demi-bouteille. Leurs éperons sonnant moins haut que leurs rires, les officiers arrivaient. Ils étaient quatre, les supérieurs ne sachant se déplacer sans leurs aides de camp. Duroc était brun, jovial, avec ce teint fleuri que donne le vin rouge. Il était large comme un portefaix et aussi fort en gueule. La vie des camps l'avait façonné de boue et de salpêtre. Brave homme, par ailleurs, entêté avec passion et fidèle avec emportement. Républicain dans l'âme. Un taureau qu'un drapeau tricolore faisait charger dans la mêlée. Denis ne pouvait se défendre d'aimer en lui tout ce que son éducation désapprouvait, ses jurons de charretier, ses mains de tonnelier s'abattant aux tables et aux épaules, et cette langue alerte qui parlait fort, trop et mal. Mercier était tout différent, petit et sec, taillé en manche de serpe de corps et de visage. Le nez pointu, flairant toujours ce qu'il ignorait encore, la langue pourlécheuse aux histoires de femmes – et il en savait de fort grasses – les yeux mobiles, d'un vert d'eau claire très surprenant. Il était pénétrant et habile. Tout le corps de garde l'appelait le furet. Celui qui court, qui court et qu'on n'attrape point. La sympathie de Denis était moins franche à son endroit. Un sentiment de danger assez plaisant touchait l'âme à se sentir en la compagnie de cet homme. Une faiblesse, pourtant, majeure. Mercier aimait l'argent. Lohéac et Leguen étaient lieutenants tous deux, grâce à une protection certaine obtenue par leurs mères. C'est du moins ce que Mercier laissait entendre, car ils venaient du peuple. Ils étaient blonds et pâles et semblaient à Denis ces poulets au cou raide qu'on plume encore vifs à l'étal de certaines foires. À eux deux ils n'atteignaient pas l'âge de Duroc. Jeunes Bretons mal faits à Paris, et qui lui rappelaient un temps où il fallait cacher sous le cirage le trou de certaines bottes. Ce soir, ils écarquillaient les yeux à voir quelques nudités joliment rondes se dévoiler un peu. Ce n'était pas ces deux-là, assurément, qui demanderaient à fermer les rideaux !

– Tu nous attends depuis longtemps, Barrère ?

L'interpellé sourit en hochant la tête. Cette voix de stentor suffisait pour que toute une brigade sache qu'il était ici. Le canon avait rendu Duroc un peu sourd. Denis rangea ses jambes et frappa dans ses mains.

– Vin de Champagne ?

Tous acceptèrent. On boit si bien à la santé de celui qui paie.

Avant de jouer, par coutume, on parla un peu de la guerre, de son enlisement en Toscane et des difficultés de Masséna à Zurich. La France entière grondait, depuis l'assassinat de Rastatt. Bougres d'Autrichiens ! Duroc tenait la bouteille comme il eût tenu l'archiduc par le col. Mercier avait une tête de chattemite. Faussement triste et pas mécontent, dans le fond, de voir des rivaux d'épaulette se frotter difficilement au feu roulant de l'ennemi. Denis coupa court. Il détestait ces conversations en demi-calomnie. Ceux qui sont devant un verre n'ont pas à juger ceux qui affrontent le canon. Il supportait de plus en plus mal les tacticiens de salon et les conquérants de malle-poste. Fatigué de le taire, il le dit.

– Nous aurons à combattre un jour dans des conditions aussi difficiles. Nous verrons alors ce que nous valons.

– Nom de Dieu, Barrère ! Penses-tu que nous reculerons ?

– Tout le monde recule s'il le faut !

– S'il le faut, moi, je tiens !

– Il faut savoir perdre. Masséna a raison...

Duroc allait répondre quand un nouveau personnage entra et s'assit. Un certain vide flotta sur les soldats à l'entrée du civil. L'accord était tacite. Plus un mot militaire. Mercier fit un petit signe au garçon qui apporta prestement les cartes.

– Jouons et nous verrons bien qui gagnera ou qui perdra !

Tout le monde se rangea à la belle évidence.

Le quatrième joueur de brelan était un financier, un proche d'Ouvrard, nommé Legallais, froid et apparemment sans autre intérêt que d'être riche. Les couleurs de la vie avaient fui cette âme triste qui ne s'animait que dans une arène de jeu, pourvu qu'il fût fort gros. Ses poches étaient sans fond. Mercier le redoutait, Duroc le méprisait. Denis n'en avait que faire. On battit donc les cartes, puis on distribua le jeu dans un silence courtois. On jouait à cinq francs le point, la mise était raisonnable. Les rideaux pouvaient rester ouverts au spectacle des amusements divers. Les flonflons de la barrière entraient par bouffées de notes et ne dérangeaient pas les joueurs. Les parties sérieuses n'avaient lieu qu'à l'aube, au silence accompli.

On jouait depuis une heure, sans passion, avec une mécanique d'horlogerie. Mercier gagnait, Duroc perdait, Barrère aussi. Il s'ennuyait. Legallais leva une paupière de salamandre.

– Vous quittez, général ?

387

– Non. Je tiens pour voir...

S'avisant qu'il avait oublié sa bourse, Dieu sait où, il fouilla son gousset. Il était vide et ne contenait que sa montre.

– Je crains d'être ruiné ! C'est bon. Je quitte, messieurs !

– Bon Dieu de bon Dieu ! Vous lâchez trop vite, Barrère ! Ne le disais-je pas tout à l'heure ?

Une gêne suivit ce beuglement qui sentait le vin plus que toute autre chose. Duroc était écarlate. Denis lui pardonna le propos dans l'instant. Mais il ne pouvait plus partir.

– C'est vrai, pour ce coup ! Allons, je reste, si vous acceptez de quincaillier un peu.

Décrochant d'un geste sa chaînette d'or, il la balança sur la table comme il y eût jeté une poignée de clous. Mercier allongea le cou. Legallais, l'œil caché, eut un sourire un peu contraint.

– C'est trop que cela, général. Nous ne pouvons pas accepter. Allez au change. Nous attendrons, si ces messieurs en sont d'accord.

Denis les regarda acquiescer avec amusement. Le change était la dernière extrémité des flambeurs de tout poil qui venaient se ruiner chez Frascati. L'usurier changeait au poids le peu qui restait à ces pauvres fous. On le tolérait par usage et nécessité. En se levant, Denis frappa dans ses mains et fit un signe au garçon.

– Eh bien, buvez à ma santé, en m'attendant, afin qu'il ne me plume pas trop !

Il sortit. La salle et la terrasse étaient maintenant noires de monde. C'était un enchevêtrement de couleurs et de bruits, auxquels il ne prêta pas

388

attention. Le changeur était installé dans un angle du café, au bas de la galerie de jeu. Il restait debout et semblait une ombre, tout de noir vêtu, plein d'humilité. Il salua Denis mais garda sur la tête son chapeau jaune. Le jeune officier lui tendit le bijou lové dans sa main.

– Bonsoir ! Combien me donnez-vous au change ?

L'homme leva vers lui des yeux très noirs et passablement doux. Denis ne tutoyait jamais quiconque, selon les leçons d'Adèle. Le changeur scruta son visage avec attention et lui répondit enfin.

– Trois cents francs.

C'était d'une honnêteté inattendue. L'affaire eut lieu sans plus de mots. Retournant sur ses pas, Denis sentit peser un instant sur lui l'étrange regard de cet homme, triste et presque implorant. Dans la salle surpeuplée, l'air se faisait rare. Il sortit un instant. Les lampes à huile tremblaient à peine à l'air léger de la nuit. Tournant la tête à un rire cascadant, il la vit, assise à la terrasse. Un poignard enfonça une lame exquise dans son cœur. Elle riait, la tête un peu relevée, repoussant d'un geste familier la masse fauve de ses boucles. Il fit un pas en avant malgré lui, ne pouvant y croire. C'était elle. Mais ce n'était plus celle qu'il avait laissée. Un flot de mousseline rose enserrait sa gorge si tendre. Un désir lui vint d'aller à elle et de la serrer contre lui. Il devenait fou. Mais c'était bien Marie. Elle semblait irréelle dans cette lumière tamisée de nuit. Elle ne l'avait pas vu. Un homme se penchait vers elle et embrassait le bout de ses doigts, un grand flandrin falot habillé en

389

mondain. Denis se sentit tout à coup stupide,
debout, immobile comme un ballot, avec ses trois
cents francs à la main. Il s'obligea à se retourner,
à marcher loin d'elle. C'est à peine s'il le put. Une
joie dévorante l'emplissait maintenant, qui gonflait sa poitrine et lui fléchissait les bras. Il l'avait
retrouvée. Un instinct le poussa malgré lui vers le
premier garçon qui passait. Ces gens-là savent
tout !

— Qui est-ce ?

Il désignait vaguement l'homme. Mais ils
savaient tous deux qui était en question. L'air du
garçon, lui répondant, était celui que prend un
homme qui en comprend un autre.

— M. de Grassi...

Denis n'en demanda pas davantage. L'armée
contrôlait la ville. Il saurait dès demain où la
retrouver. Il bouillait de joie et de confiance. Il
contourna rapidement quelques tables, un sourire à la lèvre. Il l'avait retrouvée, dans la foule de
Paris. De Grassi ou pas, elle serait à lui. Il eut
hâte soudain de ce demain, de ces jours qui
allaient venir, loin de cette triste comédie où il
faisait semblant de vivre depuis trop longtemps.
Être tranquille, pour penser à elle. Il allait perdre
ces quelques pièces au plus vite, et rentrer chez
lui...

La petite fille dormait à poings fermés, en écartant l'anse de ses bras au-dessus de son visage
chiffonné. Olympe la regardait sans la voir. Plantée là, debout au pied du berceau, elle tournait
machinalement le lacet de son corsage qu'elle
n'avait pas resserré. À quoi bon ? Il faudrait

390

recommencer, tout à l'heure. D'où lui venait tout ce lait ? Un sentiment étrange ne la quittait plus, d'être un corps inutile, placé à côté des heures de la vie, qui s'écoulaient, pleines et heureuses, pour les autres. Cette impression était là depuis longtemps. Depuis que Denis était revenu...

Sans cesse, sans répit, le jour et la nuit, elle attendait qu'il la prenne dans ses bras, qu'il la rejoigne dans ce lit qu'elle détestait et où elle dormait seule. Elle avait attendu que l'enfant naisse, pensant que ce ventre monstrueux, ce corps distendu l'avaient éloigné d'elle. L'enfant était né, dans une horreur de douleur et de sang, sans que toute sa souffrance ne le lui ramène. Elle le méritait, pourtant. Elle avait eu si mal. Elle se sentait déçue, flouée à un incertain marchandage. Elle lui avait donné un enfant. En échange, qu'avait-elle reçu ?

Un bruit de roulement chassa tout de son âme. Était-ce lui, si tôt ? La porte cochère s'ouvrait. Était-ce bien lui ? Elle suivit le frôlement des roues sur le pavé. Les sabots piétinaient. C'était Denis ! Il était rentré tôt ! Son cœur ne fit qu'un tour ! En un instant, elle était à son lit, faisant voler sa chemise souillée de lait pour une merveille au point d'Angleterre. Toute fébrile et si jeune dans sa misère, elle releva son bonnet et s'assit, de la façon la plus charmante qu'elle pût, feignant de lire et disposant le bougeoir afin qu'il voie filtrer de la lumière sous sa porte. Elle attendait, les mots se brouillant devant ses yeux, de toute son âme, en une prière muette, désespérée. Qu'il entre ! Qu'il entre seulement. Un pas claquant montait l'escalier, arrivait à sa porte. Elle

391

ne respirait plus. Il passa, rapide. Elle entendit la porte de la chambre où il dormait se refermer tranquillement. C'était fini. Pourtant elle attendait encore, dans le silence triste de la nuit.

30

Marie pâlit en entendant la sonnette charmante tintinnabuler. Les notes grêles résonnaient à ses oreilles quand elle vit Léontine entrer dans le salon de son pas balancé.

– Pour vous, M'dame...

Elle fit un vague signe à la servante pour qu'elle pose les fleurs n'importe où. Les quatre vases de son logis étaient emplis de couleurs tendres et de fragrances veloutées où le réséda l'emportait. Marie avait peur. Ses jambes ne la soutenaient plus. Léontine, en haussant une épaule, lui montra le dernier bouquet.

– Çui'là a un mot d'écrit, M'dame !

Le ton était moqueur, pour ne pas dire complice ! Tant que M'dame n'avait qu'un amant, un peu de respect lui était dû. Mais plus... La petite bonne, en fronçant le nez, lui tendit les fleurs.

– Vrai, c'qu'elles sont belles !

Un voilage de satin blanc entourait le panier où s'écartaient doucement les lèvres des roses pourpres. Marie prit le mot d'une main si tremblante qu'elle ne put le retenir et qu'il tomba sur le tapis. Elle ne voulait pas le lire. Mais Léontine attendait, l'œil plein de gaieté.

392

— C'est du beau, M'dame !

Pouvait-on se rassurer à cela ? Marie revit un instant le visage mauvais de Pelletier, ses mains remontant sur elle, dans l'ombre de la porte cochère. Elle avait peur mais elle était folle ! Il était loin ! Il n'avait pas les moyens de toutes ces fleurs. Léontine, impitoyable, lui tendait le petit carton blanc.

— Pour sûr que ça vient de chez Mme Bernard, place de l'Opéra !

Une écriture barrait le rectangle blanc, qu'elle reconnut tout de suite à ses jambages impérieux.

Pardonnez-moi, Marie, je n'ai pu trouver de violettes. La saison en est passée mais je ne l'ai pas oubliée.

C'était tout et bien assez ! Elle allait pleurer, c'était assuré. Elle renvoya Léontine sur un balbutiement, la priant de trouver de l'eau pour les roses. Elle ne pouvait plus réfléchir, n'avait ni pensée ni courage. Qu'allait-elle faire ? Que fallait-il faire ? La sonnette retentit, aigrelette et câline, clouant sur place tout son effarement et la ravageant en même temps d'une joie si profonde qu'elle se sentit comme au bord de tomber. Léontine, encore.

— Un m'sieur demande à être reçu.

La petite servante avait un air de gourmandise ravie. Qu'il était bel homme, ce monsieur-là !... Marie se sentit incliner la tête. Elle n'aurait pas dû, pourtant. Quand Denis entra, elle se leva avec peine et ils restèrent ainsi à se regarder sans rien dire. Elle s'assit, enfin, les jambes mortes, et il tira un tabouret près de sa chaise allongée. Il saisit d'autorité les petites mains tremblantes d'autre-

393

fois où des ongles de nacre avaient pris le temps
de pousser.

– Bonjour, Marie...

– Bonjour...

Il regarda rapidement autour de lui. Le salon
était clair et charmant, tapissé d'une toile semée
de bleu que l'on faisait à Jouy, où des bergères
étaient aimées. Un désordre féminin laissait
entendre mille grâces. Une petite table ronde se
couvrait de dentelles et partout des bouquets de
fleurs plus entêtantes que les vieux rosiers
d'Aiguebrune.

– Je vois que vous êtes bien...

Elle l'était. Oui, elle l'était avant qu'il ne
revienne. Elle baissa la tête, mais il prit son menton dans sa main et le redressa doucement pour
planter ses yeux gris dans les siens. Comme elle
tremblait au-dedans d'elle ! Mon Dieu, pourvu
qu'il ne le sente pas !

– J'en suis heureux. J'ai eu beaucoup de souci
pour vous...

Une vague révolte mourut à sa lèvre en entendant ces mots. Que lui dire ? Elle ne pouvait pas
lui parler. Elle était incapable de soutenir simplement son regard. Il retourna doucement la paume
de sa main et l'embrassa sans qu'elle pût seulement l'ôter. Elle se sentit comme accablée. Tout
le mal d'autrefois lui était revenu.

– Voulez-vous que nous fassions une promenade ? Il fait si beau.

Il souriait, sûr de lui. Il n'avait pas vraiment
changé. Et elle non plus. Son cœur cognait, sauvage, de le sentir près d'elle.

– J'ai ma voiture, en bas, si vous le préférez...

Elle savait bien ce qui se passerait dans cette voiture. Un souvenir lamentable lui vint de ses mains posées sur une banquette de diligence. Elle fit non de la tête, comme une petite fille refusant une friandise. Elle ne pouvait pas parler et il le comprit. Il sourit et pressa doucement sa main. Il était trop tôt. Il n'y mettrait pas de hâte. Une biche forcée ne lui convenait pas. Elle mesura soudain, quand il fut debout devant elle, comme il était grand et comme elle avait envie qu'il l'emmène.

– Ce sera pour une autre fois... Je reviendrai ce quintidi matin, si vous le voulez...

Elle ne pouvait pas lui dire non. Elle ne le pouvait pas. Son cœur, quand il fut sorti de la pièce, battait à lui faire mal. Léontine revint, curieuse, butinant ici et là, apportant ce bouquet, en redressant un autre et la guettant du coin de son œil de pie. Marie prit un air las, ce qu'elle faisait très bien presque par habitude. Elle s'allongea sur sa chaise et attendit que son cœur se calme. Un peu dépitée, la servante sortit. Marie cacha un instant son visage dans ses mains. Elles étaient froides, cela lui fit du bien. Qu'allait-elle devenir ? S'il l'avait prise dans ses bras, que serait-elle devenue ? Un flot de honte et de désir lui empourpra les joues. Elle se connaissait trop bien. Elle ne l'aimait plus comme avant, non, pas comme avant. Mais encore assez pour essuyer de ses cheveux le cuir de ses bottes. Quelque chose en elle aimait jusqu'à cet avilissement, cette punition d'amour, cette souffrance. Une colère lui venait, bien inutile maintenant ! Denis d'Aiguebrune n'avait qu'à paraître pour qu'elle vînt comme une chienne lui lécher dans la main. Elle se sentit étouffer, d'un coup, manquant d'air à en mourir. Il fallait qu'elle sorte. Un chapeau, une ombrelle, quelques mots jetés en pâture à Léontine, à son air de ne rien croire de ce qu'on lui disait ! Marie courait presque sur les pavés disjoints de la vieille chaussée d'Antin. Elle avait choisi elle-même une des petites maisons de ce quartier qui était un village au centre de Paris. Une maison mignonne et discrète où elle avait cru se cacher. La rue était populeuse, faite de tout, d'ouvriers et de marchands, de bourgeoises en courses et de petites bonnes agitant l'anse de leur panier pour se faire un peu de place dans le flot roulant des trottoirs. Marie aimait cela, d'ordinaire, quand elle sortait le matin, ce monde, ces vies qui se croisaient. Elle se laissa bousculer, deux fois, sans s'en rendre vraiment compte.

– Attention à vous, ma p'tite dame !

Les mots la poursuivaient encore quand elle arriva au jardin. Un jardin de juin, beau à en arrêter le temps, et qu'elle ne vit pas. Elle connaissait un banc, sous un tremble épais, où elle serait un peu en paix. Ses jambes la portèrent à grand-peine jusqu'à lui. Mon Dieu, que devait-elle faire ? La question venait et revenait, bruissait comme une abeille contre une vitre, emplissait son esprit. Elle était seule. Il n'était personne pour comprendre sa peine. Les quelques demoiselles qui lui servaient d'amies étaient des femmes de vie facile, roulant de bras en bras. Marie frissonna d'angoisse, revit l'hospice et les filles prostrées sur leurs paillasses. Elle avait peur. Elle se souvenait, quand la mère Laurent l'avait chassée, et qu'il avait fallu travailler sur le port, de ce frémissement de babines des hommes et de ce mépris des femmes, si lourd. Elle ne voulait pas. Elle ne voulait plus. Depuis la fin de son enfance, quand on l'avait forcée, elle avait gardé au cœur un *jamais plus*, dur comme un diamant, que la vie avait bien vite roulé au caniveau. Elle s'était donnée pour manger, pour avoir chaud. Mais elle n'était pas une fille. Denis pensait tout autrement. Il était venu le matin, sachant certainement que la place, encore chaude, était vide. Que lui offrait-il? Quelques fleurs. Un tour de voiture... Roule, carrosse. Si elle revoyait Denis, en cachette, que serait-elle d'autre qu'une vraie putain? Il était marié, elle était entretenue. Elle revit de Grassi, penché vers elle, inquiet de la voir faible ou malade. Elle l'imagina, d'un coup, trahi, humilié et surtout malheureux, vraiment malheureux, comme elle l'avait été quand Denis en avait choisi une autre. Malheureux à en crever. Elle ne pouvait pas lui faire ça et elle savait qu'elle le ferait. Dès que Denis serait devant elle, dès qu'il lui ouvrirait les bras.

Marie se sentit d'un coup épuisée à fermer les yeux. Les feuilles vertes de l'arbre bruissaient doucement au-dessus d'elle, comme un toit de printemps. La saison était tendre, le soleil très doux. Aurait-elle connu ses rayons si elle était restée tout l'hiver sous la pluie noire de Bordeaux? Denis lui avait dit, d'un air de ne pas y toucher: « *J'ai eu beaucoup de souci de vous.* » Vraiment! Il le croyait peut-être, mais il serait prêt, demain, à l'abandonner de nouveau. Il partirait à la guerre sans un regard en arrière. Et elle serait bonne à mourir. Il lui avait envoyé ces bouquets coûteux, bien trop beaux. C'était trop de fleurs, dans sa petite maison. Leur parfum l'étouffait. C'étaient des gerbes d'enterrement. Quand elle serait morte, qui viendrait lui porter des fleurs ? Elle rouvrit les yeux. La lumière du grand midi grignotait peu à peu toute l'ombre de son banc. Marie s'essuya lentement le visage. Pourquoi se posait-elle cette question ? Elle connaissait la réponse. Un seul viendrait qui n'aurait pas chassé de son cœur trop bon l'image d'une petite rousse.

Marie resta longtemps dans son jardin, petite ombre abîmée dans ce refuge. Il pouvait être deux heures, quand elle revint chez elle. Léontine, la voyant, lui fit un sourire un peu bas.

— Monsieur est au salon...

Il l'attendait, en effet. La table était mise, devant la fenêtre, portant deux assiettes fines et de jolis verres torsadés. Il n'avait pas mangé. Une inquiétude se lisait sur son visage, qu'il n'osait pas formuler. Hippolyte se leva, maladroitement, long et triste. Il ne ferait pas de reproche. Il se l'était dit et redit.

— Vous avez reçu bien des fleurs, Marie...

Sa voix se voulait indifférente. Elle tremblait, pourtant. Marie posa son chapeau, son ombrelle et s'assit en face de lui. C'est à peine s'il osait la regarder. Elle connaissait si bien cela. Comme elle lui en faisait voir ! Une houle de tendresse lui souleva le cœur.

— Quand rentrons-nous ?

— Rentrer ?

398

— À Bordeaux. Je sais bien que Paris vous ennuie.

Il la regarda sans comprendre.

— Mais je croyais que vous aimiez Paris...

Elle sourit et prit un peu de pain dans la corbeille.

— Disons que j'en suis rassasiée...

— Et que voudriez-vous ?

— Une maison, pas trop grande, dans une campagne, avec un jardin.

— Vraiment ?

— Mais oui...

Elle vit son sourire dans ses yeux avant de le voir sur ses lèvres. Elle lui tendit la main, en travers de la table blanche. Il la prit avidement. Le pauvre. Il ne comprenait pas. Et c'était mieux ainsi.

31

L'enfant braillait encore ! N'était-il personne pour le faire taire ! Comment pouvait-il travailler, au moins un peu, dans ce bruit ! Que dirait-il à Joubert ? Qu'il jouait au marmot ! Il ferma d'un grand coup inconsidéré le maroquin de cuir ! Il était incapable de réfléchir ! C'était la chaleur de l'été, cet étouffoir parisien, cette poussière jaunâtre qui montait de la ville. Que faisait-il, enfermé ici ? Il ouvrit la porte de son bureau à la volée et s'en fut chercher un peu d'air sur la terrasse du jardin. Les tilleuls de la cour déversaient

399

sur lui l'arôme douceâtre de leurs branches fleuries. Il ne les voyait pas, ne les sentait pas. Rien pour calmer sa rage. Il haïssait cette femme et ce jour. Elle était partie ! Elle l'avait repoussé, fui. Elle était là, à portée de la main et, quand il était retourné la voir, elle s'était envolée. La colère qui le tenait ne le quittait pas. Il exécrait la vie qui l'avait mise sur son chemin. Et la terre entière qui continuait sa course. Ses yeux se portèrent un instant sur ses mains crispées à la balustrade et il ressentit une sorte d'affaissement. Il l'avait perdue et il ne le supportait pas. Se mentir, se duper ne servait à rien. C'est à lui qu'il en voulait de l'effrayante blessure que ce départ avait rouverte. Il ne détestait pas vraiment son amant en titre, ce pauvre fantoche frisé. Une brûlure de jalousie, amère comme un fer rouillé, venait parfois et le quittait, par bouffées de raison. Aimait-elle cet homme ? Il savait bien que non. Il l'avait lu dans ses yeux. Alors pourquoi cette fuite ? Il ne pouvait détourner sa pensée de cette question. De quoi avait-elle eu peur ? De lui, qui l'avait déjà trahie. Cette pensée le tuait lentement.

Un vagissement le surprit, tout proche. Ne le laisserait-on jamais en paix ? Allait-on sans cesse lui brandir cet enfant au nez ? Il se retourna d'un bloc. Olympe était devant lui, déjà reniflante, et sa fureur s'accrut encore à considérer cette montagne de dentelle et de mièvrerie qui portait son nom.

– Denis...

– J'ai besoin d'un peu de repos ! Ne saurais-je en trouver ?

– Je pensais... Je voulais vous donner ceci que vous avez perdu...

400

C'était une bourse de satin broché marquée d'un chiffre contorsionné qu'il reconnut tout de suite. Celui du meilleur bijoutier de la place.

– Encore une chaîne... Je vous remercie, ma chère, mais je suis assez lourdement chargé.

Il était cruel et le savait. Mais il ne pouvait être autrement. Un reste de civilité, bue avec le lait, lui fit ajouter l'aumône de quelque excuse.

– Je dois repasser à l'état-major ! On m'attend. Dînez sans moi !

Sans regarder ce visage qui larmoyait, sans le supporter davantage, il prit l'escalier de pierre qui le conduirait loin de cette maison et de cette femme. La voiture l'attendait, comme tous les soirs, sans qu'il ait besoin d'en donner l'ordre. Il se jeta sur le siège et mit au trot dès qu'il le put. La nuit était lointaine encore, messidor était lourd. Les platanes de l'avenue tordaient leurs feuilles vers le sol, recroquevillées comme des mains de vieillard. Denis prit par la barrière. Il s'approchait de Tivoli. Sur les trottoirs, des grisettes pressées fuyaient leur vie pour s'amuser au bal. Il entendait vaguement des rires aigus. Il coupa la rue de Clichy et poursuivit. L'attelage roulait à grand bruit. Sans l'avoir vraiment voulu, il se vit ralentir devant la terrasse de Frascati. C'était là qu'il l'avait vue. Un espoir stupide et bouleversant le saisit. Elle y était peut-être... Un orgueil plus puissant le retint. Elle lui avait fermé sa porte. Que lui fallait-il de plus ? Il cingla l'attelage et passa si vivement devant la terrasse qu'il n'entendit pas quelques cris de colère à son encontre. Il remontait vers la ville, longeant les quais. Un embarras l'arrêta un peu, au Pont-

401

Égalité. Des détritus, jetés à l'eau, flottaient sur la Seine. Il croisait une foule épaisse. Les ouvriers de la galerie, blancs de pierre, attendaient leur paye. Quelques pauvres diables s'attardaient devant des étalages de lentilles ou de harengs, la mine ardente et les yeux sortant des orbites. Denis garda ses chevaux au pas, songeur. Pourquoi lui fallait-il tant de désir au cœur quand certains se contentaient de si peu ?

La vue de la misère du corps calme l'esprit, c'est la loi commune. Il poursuivit sa route dans une sorte de résignation et arriva enfin. La cour de la division militaire de Paris fourmillait d'estafettes qui couraient en tous sens. Les lieutenants riaient clair, comme à l'accoutumée, avec ce rire si beau des jeunes hommes, leurs dents à dévorer le pain. Depuis la barrière, combien en avait-il croisé ? La ville entière semblait couverte d'uniformes, presque assiégée, dans le fond, par ses propres forces. Sans ambages, l'officier général abandonna sa voiture au planton. Il détestait l'ostentation. D'autres n'avaient pas d'attelage à dix mille francs. Il traversa la cour si vite qu'il rendit à peine leur salut à quelques pauvres bougres en faction. Il n'était pas huit heures. Joubert était encore là. Il monta quatre à quatre le grand escalier, passa dans son bureau, vide, et croisa Ducourtieux, qui marchait comme toujours les mains croisées dans le dos, avec cet air de préoccupation extrême qu'aiment à se donner les subalternes.

– Ah, mon général ! Le chef voulait vous voir, tout à l'heure...

– Je viens.

Il suivit de quelques pas le secrétaire. Le couloir courait sur toute une galerie de bâtiment, dominant la rue et les quais. On pouvait suivre le cours familier du fleuve, de fenêtre en fenêtre. Des officiers allaient et venaient, à battements de sabre et d'éperons. Deux hussards, la poitrine dévorée de décorations, le saluèrent, claquant les talons.

— Mon général !

Un respect, une considération, un grade. Denis se surprit à penser que l'armée était un monde facile, fait d'ordres et de règles claires. Ducourtieux s'effaça pour le laisser entrer. Joubert n'avait pas de façons avec lui. Le général sourit en voyant entrer Denis. Ils étaient un peu frères. Joubert avait trente ans, lui aussi. Très brun, le cheveu court, des favoris dévorant les joues de son visage un peu long. Le sourcil broussailleux, l'air inquiet et la lèvre tendre.

— Mon vieux Barrère, je te cherchais.

— Il paraît.

— Je pars pour l'Italie. On vient de me donner le commandement.

Denis se jeta sur une chaise.

— Et Moreau ?

— Il a perdu Milan...

Il était inutile d'en dire plus. Le Directoire abattait ses généraux, les uns après les autres, comme au jeu de massacre. Moreau était un grand, pourtant. Suivant la pente d'une pensée commune, Joubert eut un geste las.

— Schérer est ici...

— Paris est plus calme qu'un tombeau. Il y sera fort bien !

403

— Paris est imprévisible, Denis. Il faut des hommes forts pour tenir la ville.

Denis attendit la suite, la devinant au préambule. Joubert partait sans lui. Il laissa son ami se lever, marcher à la fenêtre trop haute et regarder passer le fleuve, cherchant ses mots. Sieyès n'entendait pas perdre tous ses hommes en même temps, quand les Chambres s'agitaient. Il comptait sur Barrère, connaissant son beau-père de longue date et l'appréciant.

— Entends-moi bien ! C'est de la confiance qui t'est témoignée. Une confiance extrême !

Bien sûr ! Il était chargé de surveiller Schérer, les quelques royalistes qui agitaient encore leurs bras hors de l'eau et les malheureux des faubourgs. Leur tirer dessus, au canon, si nécessaire, comme ce brigand d'Augereau... On en était là. Denis eut une sorte de rire intérieur. On verrait s'envoler tous ces masques quand Bonaparte reviendrait !

Joubert se tourna vers lui, surpris de son silence. Il s'était attendu à une explosion de colère. Barrère était imprévisible, lui aussi.

— Tu es nommé général de division. Je te félicite !

Sans combattre. Par amitié familiale. Comme ils sont lourds, certains galons.

— Tu ne dis rien ?

— Qui dois-je remercier ?

— Tu auras un commandement, Barrère ! Tu le sais bien ! Il n'est que d'attendre !

D'attendre une défaite... Denis soupira un peu.

— Nous sommes des valets, de toutes les façons, quoi qu'on nous donne.

404

Joubert ne lui répondit pas. Denis se releva, s'étonnant lui-même d'être si calme, indifférent, quand une lumière lui vint à l'esprit, violente et crue, pleine d'enseignement. Sa mère était morte sans lui, parce qu'il suivait un drapeau. Il avait sacrifié Marie pour ce même tissu agité devant ses yeux. Il les avait perdues toutes les deux, et tout bonheur avec elles. Et maintenant, pour solde de tout compte, on se méfiait encore de lui, on lui jetait un os comme on noue une chaîne, pour le retenir.

— C'est bien. Je suis servi à mon mérite, qui n'est pas si grand.

Joubert vint lui prendre le bras. Il ne savait que lui dire, peut-être ne le comprenait-il pas. Denis le regarda tranquillement.

— Attaque, en Italie ! Ne compte que sur toi et n'attends rien, de personne.

Il referma la porte sur ces paroles, si vraies, en Italie et ailleurs. Le manège des plumets et des épaulettes avait repris dans le couloir. Il marchait vite, s'étonnant d'avoir si longtemps rêvé devant si peu de chose, un fatras de gloriole qui servait par la force les plus bas intérêts. Il gagnait la cour quand une voix traversa l'air.

— Oh ! Barrère ! Holà, l'ami !

Duroc, bien sûr, traînant Mercier dans son ombre. Il lui donna une bourrade à le rendre bossu.

— Une division, sacré nom de nom !

Tout le monde savait sa nomination avant lui. Évidemment.

— Ça se fête, sacré bon Dieu de veinard !

C'était vrai.

405

– Eh bien, allons-y !

Mercier fit entendre sa voix, un murmure vipérin. Il était vert de jalousie.

– Chez Frascati ?

Pourquoi pas ?...

Dans le palais du boulevard, c'était toujours la même chose, le même chatoiement de couleurs et de gens. Ses compagnons cherchaient un salon de jeu, n'en trouvaient pas. Cependant, comme pour vaincre son mal, Denis regarda la salle. Il dominait les visages qui se levaient vers lui, ceux qui cherchaient son regard, ceux qui détournaient une tête capricieuse, feignant de ne pas le voir. Tout riait, buvait, brillait. Elle n'était pas là. La voix assourdie de Mercier le sortit de sa contemplation morose.

– Barrère, au quatre, une partie de banquiers se joue. À cent le point. Duroc se retire. En êtes-vous ?

Denis hocha la tête. Au point où il en était, quelle importance ?... Il s'arracha à la colonne rouge qui le soutenait et suivit le Furet. Cent francs le point, une saison de travail ouvrier. Pour un point de cartes, combien de harengs, de bols de lentilles, au Pont-Égalité ? L'abjection de la chose procédait de son charme pervers. Legallais, qui attendait à la tenture, s'effaça pour les laisser entrer dans le salon minuscule, surchargé de dorures et de draperies. C'était *le beau salon*, celui des choses sérieuses. On but, à la santé de Joubert, qui reprendrait Milan ! Duroc, l'air un peu triste, vida son verre et sortit. Un homme le remplaça. Une sorte de masque, vêtu d'un frac noir, avec cet air d'enterrement que se croient obligés de prendre les gens qui se pensent importants.

— Lazare Perrégaux.

Un mort ressuscité ! L'homme s'assit. Un soulagement vague flotta sur la table. À cent francs le point, on avait craint un instant de chercher fort longtemps un quatrième. On changea les cartes et les bougies. Nul ne devait venir déranger la partie. Les voix se feutraient, les mains glissaient. On jouait sans hâte, avidement. Peu à peu les visages prenaient cette expression étrange et animale que donne l'attente d'un plaisir violent.

— Mise à deux cents.

— Je tiens.

— Je suis.

Cela dura une heure ainsi, peut-être deux. On jouait sans argent sonnant. À quoi bon, entre gens de connaissance et d'honneur ? Legallais répondait de Perrégaux, Mercier de Barrère. Les cartes passaient. Denis eut une chance de départ qui ne l'étonna pas. La chance, au jeu, remplace, dit-on, les infortunes de l'amour. Un carré de rois, une tierce de valets. Puis plus rien, que l'infinie monotonie d'attendre, de perdre, d'espérer et de perdre encore. À deux heures, de papier blanc en papier blanc, il avait perdu vingt mille francs. Legallais toussota d'un air de gêne.

— Il faut peut-être arrêter là. Général...

S'arrêter là était impossible. Il avait trop perdu. Il ne le pouvait pas. Une sorte de brouillard de fatigue et d'exaspération le lui disait. Il fallait continuer, il allait se refaire.

— Je tiens à double mise, si vous me suivez ! Passez-moi la feuille !

Legallais se rassit. À trois heures, Denis avait regagné mille livres. À cinq heures, il avait perdu quarante mille francs.

Perrégaux en avait gagné dix, Legallais trente. Il se leva, cachant sa joie sous une sorte d'indifférence.

– Pour moi, j'arrête !

– Pour moi aussi.

Legallais coula un regard sur le jeune bravache qui avait cru le faire plier. Son sourire ne se peut peindre, ni sa voix.

– Fort bien. Mon cher Barrère, je suis désolé. La semaine vous sera nécessaire, je pense... Je vous la laisse.

Denis fit un signe de tête. Fallait-il, en plus, dire merci ? Les joueurs le saluèrent et sortirent d'un pas lourd de fatigue, le laissant seul. Les brumes qui tenaient jusque-là son esprit se dissipaient peu à peu. Un mal violent enserrait son crâne. Il lui sembla soudain que rien de tout cela n'était vrai et eut une sorte de rire sans joie. Il haussa les épaules. Pour le coup, c'était complet !

Il se leva, machinalement, et fut pris d'un besoin vital de sortir et de respirer. Il dévala l'escalier. Les rues étaient vides, plus silencieuses qu'un tombeau. Sa voiture l'attendait, gardée par un gamin qui dormait au sol, tenant les brides entourées autour de son poignet. Pour voler la voiture, il fallait lui couper la main, chose d'ailleurs possible, à cette heure. L'enfant n'était qu'un paquet de haillons d'où sortaient quelques cheveux blonds. Il était allongé en chien de fusil, aux pattes des chevaux. Le secouant, Denis lui donna cinq francs. Au point où il en était ! Il sou-

408

rit sous le regard mal réveillé du garçon qui se frottait les yeux et regardait la première lueur du jour éclairer sa pièce d'argent. En poussant les chevaux, Denis se dit que le mioche avait dû le prendre pour un sacré veinard. Il en était un. Qui n'a plus rien à perdre se sent tellement libre.

Les chevaux trottaient, il les laissait aller. L'air déjà chaud de l'été coulait sur son visage. Il lui fallait un peu de temps. Paris s'éveillait lentement, comme un immense corps fatigué après une nuit trop lourde. Il croisait les chariots de la halle, grinçant sur les pavés usés. Les charretiers sifflaient, les fouets claquaient, il fallait passer le pont. Les bêtes traînaient le poids des hommes. Mais les hommes avaient leur charge à porter, eux aussi. Un peuple d'esclaves s'agitait sur les trottoirs d'ombre grise, des mitrons, le tablier mal relevé, des gamins, partant filer, le visage encore plein de sommeil et d'impossibles rêves. Il vit des lavandières suivre le cours de l'eau, portant sur leurs hanches de grands paniers d'osier. Denis allait au petit trot, les rênes lâches et l'esprit de même. Pourquoi maudire le sort ? Il avait perdu. La vie l'accablait d'une sorte de haine tranquille. Rien de ce qu'il entreprenait ne pouvait réussir. Il allait, courant les mains tendues, comme on le fait au jeu de colin-maillard. Mais il n'attrapait jamais rien. Ni personne. Le comprendre enfin repoussait toute colère. Il se sentait dans une étrange paix. Son avidité était morte. Un portefaix marchait devant lui, tenant aux épaules son harnais d'animal humain. Il avançait, courbé, comme une sorte d'escargot. Une *cagouille*, se dit Denis,

409

en parlant charentais. Il patientait, derrière l'homme. Les lavandières le rejoignaient. C'était une étrange procession que celle de ces femmes suivant ce bourgeois si élégant dans cette voiture à deux roues. Denis n'en voulait plus à la fortune. Sans l'avoir mérité, il avait eu tellement plus que tous ces gens. Les regards qui se posaient sur le fêtard attardé ne se fixaient pas tant on craignait de croiser ses yeux. Les riches leur faisaient peur. La rue s'élargit enfin, il mit au trot. Il fallait bien rentrer. Où, d'ailleurs ? Il ne pouvait penser *chez soi*. La maison de la rue de Babylone, ce n'était pas chez lui, ce n'était pas la maison grise et vieille qu'il ne voulait pas trahir. Il s'arrêta à ce qui avait été sa porte et rentra furtivement les chevaux à l'écurie. Il ne voulait éveiller personne. D'ailleurs, tout dormait, tout était paisible, l'immense corridor à damier d'échiquier, l'escalier blanc dans l'ombre, et les portes livides de son bureau. La pièce était grise malgré les tentures de pourpre que la lumière de l'aube faisait virer au lie-de-vin. C'était une couleur plus juste. Il but à même une carafe qui traînait là, laissant couler un peu d'eau à son col. Quelle importance ? Il en avait fini. Il éprouvait une sorte de joie triste et lourde. Il s'écroula dans un fauteuil, le corps sans fatigue, la tête froide. Il revit toute cette soirée de duperie, Joubert, l'écartant sans le dire, craignant une ombre sur sa gloire à le garder auprès de lui. Il connaissait cela, il aurait peut-être agi de même en pareille occasion ! Il revit le Paris des pauvres, qu'on lui laissait à garder, comme à un vieux chien une maison tranquille. Les cartes et le triomphe de Legallais, qui était bien trop bon !

410

On lui laissait huit jours pour trouver quarante mille francs. Il n'en avait pas dix mille. Les emprunter à son beau-père lui était impossible. Depuis son retour, il ne voyait plus le commissaire général. Il avait rompu les ponts. S'abaisser à quémander lui semblait un dernier coup du sort et de son ironie. Décidément, il n'était pas de force.

Olympe paierait, évidemment, si elle savait. La pauvre fille donnerait bien pour lui tout ce qu'elle avait et jusqu'à sa chemise. Un dégoût le prit à la revoir lui tendre cette chaîne, suppliante et laide, pleine d'amour et d'incompréhension. Il avait assez pris à cette malheureuse. Que lui restait-il, d'ailleurs, de sa riche corbeille et de cette dot qui l'avait ébloui ? Si peu, cette maison trop riche ayant tout avalé... Ses yeux s'amusèrent un instant à chiffrer les miroirs, les verroteries des lustres et jusqu'aux bronzes des poignées de porte. Jeu dérisoire, sa décision étant prise et si facile à prendre.

Il se leva tranquillement bien qu'il fût temps. Demain, tout Paris saurait. Demain, il devrait répondre de sa dette sur la seule chose qu'il possédât. Sur Aiguebrune. Pour ménager le peu de sommeil qu'il restait à chacun, par souci du bruit, il sortit sur la terrasse. Le ciel était blanc, sans nuage. Il ferait très beau. Quelques images vives se mêlèrent un instant à sa vue sur le jardin gris. Il revit les roseaux de son île d'enfant, verts et bruissants, où jouait toujours le vent. Puis l'étang, au soleil couchant, son calme de métal. Et Adèle, assise sur son banc.

411

32

Jusqu'à cette heure, je croyais connaître la peine. La vie m'avait donné assez de coups et je pensais savoir. Mais je ne savais rien. Un souffle glacé m'avait anéantie, m'enlevant cette dernière illusion. Les roues de la diligence broyaient lentement ce qui me restait d'âme. Elles répétaient, inlassablement, que Denis était mort. Pourquoi? Pourquoi? Je ne le croyais pas. J'étais sans larmes, prostrée dans un coin dont je me dépliais le soir, que je retrouvais au matin. Des gens montaient, parlaient, riaient autour de moi, descendaient, changeaient, me saluaient de nouveau. Je ne les voyais pas, je n'entendais rien. Je n'étais qu'une mécanique mal remontée, bientôt cassée par le destin. La même question mille fois répétée s'accrochait à ma raison et me parlait d'un mauvais rêve. D'une absurdité cruelle. Pourquoi? Denis avait tout pour vivre. Il était la vie même. La lettre de M. Dangeau flottait dans mon esprit. Denis s'était donné la mort. Tout restait à régler. Il fallait que je vienne. Était-ce vrai? Je n'y croyais pas l'espace d'un instant, engourdie par l'épuisement, jusqu'à ce qu'un des cahots de la route, secouant ma carcasse, me rappelle à la vérité.

Je revoyais Denis partir, triste et en colère, porté par son amertume à se battre, à lutter. Quelle douleur avait-il fallu pour qu'il se tue? Était-ce la petite fille? Était-ce cela? La vieille angoisse d'autrefois m'était revenue tout entière.

Était-elle mal formée ? Était-elle comme moi ? Je savais bien que le sang d'Aiguebrune n'était pas coupable de cette trahison de naissance. Qu'elle ne venait pas de mon père. Et que Denis ne l'avait pas. Mais la petite fille ? La petite fille à laquelle j'accrochais le peu qui me restait de vie. La même lettre m'avait appris la mort de mon frère et la naissance de son enfant. *Il laisse sa femme et sa fille dans une situation dont il faut que nous nous entretenions.*

Cette phrase ne laissait pas de répit à ma douleur. J'avais peur de tout ce qu'il me faudrait découvrir à Paris. Peur de ce que je savais, de ce que j'ignorais. Une angoisse grignotait ma peine et l'empêchait de suivre son cours. Je me rongeais. Pourquoi ? La question sans réponse s'étendait peu à peu à ce qui m'entourait. Pourquoi cette femme heureuse, à côté de moi ? Son mari lui prenait par instants la main, sans y songer, dans la familiarité intime et innocente d'un amour ancien. Pourquoi cette jeune mère, en face de moi, avec ce petit garçon si beau qui dormait sur ses genoux ? Pourquoi étais-je assise parmi ces gens, contemplant la plénitude qui m'était refusée ? Leurs yeux, gênés, se détournaient de moi et de ma question. Pourquoi ces blés, si lourds, courbés sur la plaine blonde ? À Aiguebrune, les blés étaient aussi beaux, couvrant les combes d'une promesse mensongère. Nous ne serions pas heureux. Nous ne pouvions plus l'être. Denis était mort. Trois mois après sa mère. Pourquoi cette seconde blessure ? Pour me laisser seule, complètement. Pour qu'il ne reste rien de ceux qui avaient fait ma vie, qui étaient miens.

413

Une envie de crier me venait que je gardais sur mon cœur. Je fermais les yeux, pour l'endormir un peu. Cinq nuits sans sommeil, à poursuivre le même questionnement. Pourquoi avait-il fait ça ? Ne savait-il pas combien je l'aimais ?

Et quand bien même ! Mon amour avait été insuffisant. Il s'était tué, c'était écrit et vrai. Je l'aimais, bien sûr, il était mon frère. Mais je n'avais pas mesuré sa peine. Je n'avais rien compris. J'avais vu de l'ambition quand il brûlait d'injustice, de l'impatience quand l'échec le consumait, une distraction sans lendemain quand il aimait. J'avais été sans pitié. Je le voulais tout autre. Je le lui disais de mille façons, énervée de ses attitudes, de ses emportements, de son égoïsme. Je n'avais rien mesuré de sa peine, donnant sans cesse des leçons au lieu d'entendre ce qu'il ne pouvait me dire. Je l'avais accablé d'un amour exigeant. Je voulais tant qu'il ressemble à notre père. Il était mort mais je l'avais perdu bien avant. Les yeux clos, je le voyais enfin. La diligence berçait le souvenir de nos querelles. Il fallait qu'il fût ainsi, qu'il fît ça ! Je n'avais rien su, rien voulu savoir. J'avais parlé, parlé encore, écouté si peu et si mal. Je l'aimais, bien sûr. Mais je n'avais pas su l'aider. Il ne m'avait rien dit. Un silence éternel me faisait face dans cette voiture étouffante, bourdonnante de paroles et de cris. Il fallait monter une côte trop raide. Le fouet claquait, le postillon sifflait, hurlait aux oreilles des chevaux. Une poussière blonde s'élevait des essieux. La lumière de l'été était trop violente pour mes yeux. Je les refermai. Quelques images flottaient autour de ma fatigue, pauvres fantômes imprécis et tout proches.

Il était beau, le soleil de ce matin-là. Je voulais faire une tarte avec les pêches qui embaumaient la vieille salle. Les enfants aiment les gâteaux. J'étais dans la farine jusqu'au cou, et je m'acharnais maladroitement sur la planche. Je n'avais jamais fait la cuisine auparavant. Il était temps d'apprendre... Après avoir étalé la pâte collante sur son moule, j'essuyai mes mains à la toile rêche de mon tablier pour aller chercher les fruits. Il n'en restait que deux dans le compotier de la remise ! Mathieu était passé avant moi ! Une fausse colère me prit. Je sortais pour tirer les oreilles du chenapan quand je vis le cheval arriver, au grand galop. Le facteur ne descendait jamais jusqu'à Aiguebrune. Toute notre poste pouvait attendre au jeudi quand François montait à Mareuil. Qui m'écrivait d'urgence ? Était-ce l'enfant, qui était né ? Était-ce cela ? Surpris, comme moi, je vis François sortir de l'étable où il aiguisait les faux. L'air gémissait de ce long sifflement de pierre grattée qui annonce les battages, chez nous. Il descendit comme j'ouvrais la lettre, le cœur battant devant le cachet noir. Je ne sais plus ce qui se passa après. J'étais assise dans l'herbe sèche, avec François. Il me tenait la main. Combien de temps à rester ainsi sans rien nous dire ? Le facteur était reparti. L'abbé, dans le logis, enseignait aux enfants.

François se releva lentement et battit l'herbe et la poussière restées à son habit.

– Je ne sais pas ce que nous avons fait, à la fin.

Je ne pouvais pas lui répondre. Le temps de la colère ne m'était pas encore venu. Je ne savais plus. Il me remit debout, presque par force.

— Il faut vous préparer. Le mieux est d'y aller. La diligence part à deux heures.

J'eus la sotte pensée que c'était impossible. Et ma tarte ?

— J'attelle. Je vais vous emmener.

Incapable de rien, je le suivis à l'écurie. Je le regardais passer le licol à la Grise comme si je n'avais jamais vu personne harnacher un cheval. Je le suivis à son logis, où il se lava les mains et le visage. Le tablier bleu de Marie, pendu à la porte, s'agitait de l'air du dehors. Il me ramena à la vérité.

— François, pour les enfants et l'abbé...

Comment lui dire ce que je voulais qu'il entende ? Je ne savais plus. Il me regarda avec les braves yeux qui me manquaient depuis longtemps. Dans la peine François m'était rendu. Je m'accrochais à lui. Je tremblais mais je n'avais pas de larmes.

— Ne vous tracassez pas ! Je m'en occuperai... Ils ne manqueront pas.

Mille pensées, en cet instant. Il les avait tant délaissés. Il n'était que temps qu'il s'en occupe. Mais le pourrait-il, avec les moissons ? Charles en serait heureux. Mais Mathieu ? Comment ferait Mathieu sans moi ? Une boule d'angoisse me serra la gorge. Je m'assis. François me tendit un verre d'eau et me força à le boire.

— Il faut quelqu'un pour t'aider. Une femme...

Un sourire me répondit, se forçant à la gaieté pour me rassurer.

— Nous avons déjà une robe parmi nous. Ne vous en faites pas...

Je comprenais mal ce qu'il me disait. Parlait-il de mon pauvre abbé, incapable de faire prendre

416

un feu ? Et les blés, qui n'attendraient pas ! Les femmes des métairies d'alentour ne pourraient pas venir en pleine moisson. Il fallait que je parte, pourtant. Denis, mon Denis, était mort.

Nous sommes ressortis de la petite salle de la ferme basse en nous tenant la main comme au temps si lointain des jeux de notre enfance, lorsque François courait derrière moi et faisait semblant de ne pouvoir m'attraper tant je courais vite. Une boiteuse, à la course, cela ne se rattrape pas... Pour ce coup, il me tenait bien, car toutes les pierres du chemin m'auraient fait tomber. Il m'emmena jusqu'à la maison faire mon bagage. Je m'enfuis à ma chambre, le laissant là. J'étais incapable de parler aux enfants, de leur dire... Les mots de ce chagrin refusaient de naître. J'enfournai deux robes noires et mon manteau dans ma malle qui n'avait pas bougé. Et je redescendis, ne pouvant rester seule un instant de plus.

L'abbé et les enfants vinrent m'entourer de leurs bras, sans rien dire. J'avais un tel besoin de les sentir contre moi que je serais bien restée pour toujours ainsi. François revint. Il avait chargé la malle, la Grise attendait. Il se racla un peu la gorge...

– Il est temps, Adèle. Il faut deux heures jusqu'à Angoulême.

C'était vrai. Par la route. Je les abandonnais, laissant à un homme seul, accablé de besogne, la charge d'un vieil homme malade et de deux enfants. Sans parler d'Aiguebrune.

– Comment allez-vous faire ?

– Le ciel nous aidera, Adèle. Comme il va vous aider !

Entendre l'abbé me dire cela, une fois de plus ! François haussa un peu les épaules, et renifla, les poings aux hanches. Cela me rappela Mariette ! Mariette allait les aider ! Je chassai deux larmes. Mathieu me tirait le cou.

– Madèle ! Madèle !

Je me penchai, ses yeux noirs dans les miens.

– Je serai très sage ! Très, très.

– Tu le promets !

– Si tu promets de revenir vite vite...

Je l'embrassai rapidement. Et je partis, avec François, les sachant sur le seuil d'Aiguebrune mais sans trouver en moi la force de me retourner.

Pourquoi ? Les roues continuaient leur chanson obsédante et mon esprit tournait comme elles. Rien ne m'arrachait à cette incompréhension. Je craignais de savoir et j'attendais d'arriver de toute mon âme. Il fallait que je sache ! Serait-il mort si sa mère ne l'avait devancé ? Aurait-il eu le courage de lui causer cette douleur ? Était-ce ma faute ? Je n'avais pas su l'écouter, le protéger de tous et de lui-même. Elle n'était plus et je n'avais pas su trouver les mots de sa consolation. Je n'avais rien vu que ma peine de l'avoir perdue. Je n'avais pas vu la sienne. Je me débattais dans ce tourment comme une araignée dans une toile, au point qu'il me semblait que j'eusse été heureuse s'il était mort à la guerre. Le perdre, n'était-ce pas assez ? Il fallait encore qu'il se soit tué... La vie m'écœurait. J'étais lasse à vouloir mourir.

Dormir, au moins, et cesser de penser. Je ne pouvais pas. Ce voyage n'en finissait pas. Cinq jours, c'est si long, parfois. Mariette était venue m'accompagner à la malle-poste, avec François. Elle avait un visage à manquer d'air en me regardant et m'avait promis de s'occuper de *mon petit monde*. Je leur devais tant, à tous deux. J'étais soudain perdue en les quittant. Tournée vers cette place écrasée de chaleur, je les avais vus me faire signe jusqu'à ce que la poussière blanche les arrache à ma vue. *Sois bien tranquille !* C'étaient les mots de Mariette et leur gentille absurdité me piquait les yeux. À moins que ce ne fût la fatigue de mon trop long chemin. Les roues tournaient toujours, ralenties par l'approche de la ville, la dévoreuse d'âmes. Elle m'avait pris mon passé le plus cher, ne s'en était pas contentée. Elle m'avait pris mon frère. Où était-il cet hiver commençant où j'étais avec lui sur cette même route ? Les yeux fermés, je le voyais en face de moi, repliant comme il le pouvait ses jambes trop longues. Il riait, rejetant en arrière ses cheveux restés blonds. Comment croire qu'il soit parti, ainsi, sans un adieu. Pourquoi ? Si terrible qu'ait été la mort de Barrade, je l'avais tenue contre moi, j'avais pu caresser son visage. Ce départ me laissait nue. Je n'aurais pas même la douleur amère de le coucher sur un lit de pierre pour son dernier sommeil. Un mort s'enterre au plus vite, en été.

Je m'assoupis, je ne sais comment. Les cris du postillon me réveillèrent. Il hurlait le nom des gros villages que nous traversions. Ils m'étaient presque familiers. Nous approchions. Mon cœur était comme une pierre, battant de hâte et d'accablement. Brinquebalant tant bien que mal, la voiture traversa la barrière. Elle s'arrêta au bord du faubourg. J'attendis que tout le monde soit descendu. Cette voiture, je le sentais, serait mon dernier asile. La poussière lourde de la route me couvrait d'une couche de cendre. Je mis mes gants et je pris mon courage à deux mains, bien sales en vérité. Mais quelle importance ? Je descendis. Le cocher, en me voyant tituber, vint me donner le bras. Il avait un air de compassion qui s'accordait mal à une large balafre déchirant son visage. Il fit décharger ma malle avec autorité et m'aida à monter dans un fiacre qui attendait la clientèle, à l'ombre d'arbres épuisés de soleil. Paris, sous la pluie, était insupportable. Sous le soleil, il était accablant. Le trajet me sembla rapide dans les rues désertes où il faisait trop chaud. La porte cochère était fermée. Un drap noir cachait son linteau. Je sonnai à cette porte close.

Pierre vint m'ouvrir, se récria, appela. On traînait ma malle dans la cour pavée. Je vis le visage de Martine à une fenêtre, qui disparut. Puis Marguerite, sortant de la maison et me prenant les mains. Son visage était raviné de fatigue et de soucis.

– Adèle ! Pourquoi n'avoir rien dit ?

Et que devais-je dire ?

– Nous serions venus vous chercher !

Je lui fis un petit signe, au bord extrême de mes forces. Mes jambes ne me portaient plus.

– Mon Dieu, Adèle ! Quel malheur ! Mon Dieu, quel malheur !

Elle me serra un instant contre elle, me regarda battre un peu de poussière restée à mon manteau et m'aida à gravir les marches de sa maison.

420

À l'intérieur, tout était sombre, par deuil, convenance et nécessité. Les volets avaient été repoussés pour garder un peu de fraîcheur. Cette pénombre me fit du bien. Je suivis Marguerite jusqu'au salon. Rien n'y avait changé, mais tout me sembla différent de mon souvenir, et plus gris. Je ne vis pas de feu dans la cheminée, pas de livre oublié sur le guéridon, pas de broderie au fauteuil, sinon un linge blanc. La chaleur viciait l'air d'une senteur poudrée mêlée d'une odeur un peu fade. J'étais bien aise que Marguerite soit seule. Je redoutais de retrouver Olympe. Dans quel état pouvait-elle être ? Ma peur ne s'était pas tue avec le mouvement des roues. Je craignais l'implacable lumière que déverserait sur moi M. Dangeau. La tête me tournait d'être immobile, plantée là. Marguerite le vit, versa l'eau d'une carafe dans un verre.

– Asseyez-vous, Adèle ! Vous avez l'air si faible...

Comment voulait-on que je sois ?

– Voulez-vous prendre quelque chose ? Un peu de brioche ?

Je hochai la tête. Je bus mon eau et je pus lui parler un peu.

– Où est-il ?

– Au cimetière de Vaugirard... Nous n'avons pas pu attendre... La chaleur, voyez-vous...

Elle avait détourné les yeux, écarlate. Elle parlait à voix basse, comme au chevet d'un mourant.

– Et Olympe ?

– Elle est ici. Elle se repose... Nous ne pouvions pas la laisser là-bas... Vous comprenez, n'est-ce pas ?

Je comprenais, bien sûr. J'étais venue pour comprendre.

Les grâces de la pendule sonnèrent quelques coups. Cinq heures. M. Dangeau n'allait pas tarder. Au cinquième coup, quelque chose bougea dans la pénombre d'une fenêtre. Un froissement de voile et un cri s'élevèrent, un cri si petit et si doux, un appel. J'étais debout, l'âme en lambeaux. Marguerite me sourit tristement et me conduisit au berceau que m'avaient caché l'ombre et les larges rideaux. Un nourrisson s'agitait, tout blanc dans la grisaille de l'obscurité. Ses mains voulaient attraper l'air et n'y parvenaient pas.

– Elle a faim, me dit Marguerite, comme si c'était là une chose évidente pour moi. Je vais chercher de quoi. Prenez-la.

J'obéis sans savoir ce que je faisais. Je n'avais jamais tenu dans mes bras un si petit enfant. J'osai à peine le serrer, c'était si petit, si fragile. La petite Adèle mettait pourtant bien de la force dans ses cris. Elle braillait même avec conscience. Éperdue, craignant qu'elle ne souffre ou ne s'étouffe à pleurer ainsi, je la berçai maladroitement. Elle avait un visage froncé, où nul n'était à reconnaître, des cheveux bruns, très fins, que la chaleur avait collés. Je soufflai dessus comme sur le pelage d'un petit chat. Où était passée Marguerite ? Que fallait-il faire ? Nous étions seules.

– Allons, mon cœur, allons...

Des gestes me venaient de je ne sais où. Elle avait bien trop chaud, cette petite ! Je défis à grand-peine le linge mouillé qui entortillait mademoiselle. Elle gigotait affreusement et j'étais partagée d'envie de rire et de pleurer. Deux pieds minuscules, également beaux, accrochaient toute la lumière de la pièce.

33

Marguerite revint, avec Martine. L'une portait un panier léger où je reconnus quelques langes et l'autre un étrange objet. Marguerite avait chaud. Elle me prit des mains le nourrisson hurlant, rit, se fâcha un peu et l'installa sur elle, lui mettant l'instrument dans la bouche. Chez nous, le sein de leur mère suffit aux enfants. Je ne dis rien de mon étonnement. Le bébé suçait et le petit bruit goulu suffisait à emplir le silence d'une étrange paix. Martine, son panier en l'air, penchait de côté la tête. Je me surpris à sourire. Marguerite écarta un instant le bout de cuir des lèvres de l'enfant qui continuaient à téter l'air. C'était une chose si douce à voir.

– Elle prend bien. Heureusement.

Sans autre explication, Marguerite remit le curieux flacon à la bouche d'Adèle qui le suçait éperdument. Martine rit.

– Elle veut vivre, dame !

La tétée finie, Marguerite tint l'enfant contre elle, lui tapotant le dos. Je notai tous ses gestes comme on recueille un trésor, comme si cette connaissance eût pu me servir un jour. Enfin...

Nous langeâmes Adèle après l'avoir lavée, poudrée, embrassée sur le ventre, le dos, les mains, les genoux. Sa petite tête dodelinait déjà quand Martine me la tendit.

– Elle a sommeil, m'amzelle !

– Faut-il la recoucher ?

– Non... Gardez-la sur vous. Qu'elle sente un peu qu'on l'aime. C'est mieux.

Elle en savait des choses, Marguerite.

Martine changea le linge du petit lit, rangea la pièce, l'aéra en vain. Ce jour était sans pitié. Je tenais le bébé contre moi, sa main accrochant mon doigt et le serrant étrangement. Une eau de fatigue m'avait glissé dessus, était partie. J'étais au-delà de ce que des mots peuvent peindre. Marguerite me fit un sourire tout semblable à ceux de l'hiver. Nous étions amies. L'été n'avait pas tué cela. Elle me confia doucement son souci.

– Cela ne peut aller longtemps ainsi. Demain, heureusement, nous aurons une nourrice.

Elle ajouta, dans le même murmure :

– Olympe n'a plus de lait. J'en fais prendre à une brave femme, au bout de la rue... Mais ce n'est pas bien sain, avec cette chaleur...

Une question me brûlait les lèvres. Elle y répondit sans que je la pose.

– Elle est à faire peur, Adèle. La petite est mieux ici.

Je déposai doucement le bébé dans son berceau. Elle était bien, c'était vrai, repartie dans le monde heureux de l'inconscience enfantine. Son petit poing avait lâché mon doigt. Je me redressai difficilement. J'étais si courbée du voyage... Une honte m'avait prise en pensant à la jeune femme qui avait mis au monde ce bout d'enfant.

– J'aimerais voir Olympe, si cela ne doit pas l'ennuyer...

– Mon Dieu, ça ne risque pas...

Je suivis Marguerite dans le bel escalier blanc dont chaque marche me faisait mal. Mon corps, plus que mon âme, s'était réveillé à la douleur. J'étais fourbue. Olympe tourna lentement son regard vers nous quand nous entrâmes. Puis elle le baissa. Je ne savais pas si elle m'avait vue. Elle était assise dans son lit, les jambes repliées jusqu'au menton dans une position enfantine. Son visage semblait absorbé par la contemplation presque ardente de ses draps. Son doigt suivait la broderie compliquée avec une attention extrême. Marguerite me jeta un regard et lui parla doucement.

– Olympe, c'est Adèle.

– C'est bien qu'elle soit là. Mais c'est trop tard !

Je me penchai pour l'embrasser. Elle rit en me dévisageant un bref instant.

– J'ai déjà eu le bébé !

Elle était d'une maigreur affreuse. Plus rien ne lui restait d'un peu tendre, d'un peu charmant. Ses cheveux dévoraient son visage. Elle me sourit étrangement, détourna les yeux et reprit le cheminement de son doigt.

– Comment allez-vous, Olympe ?

Elle eut un petit geste évasif.

– Mieux, maintenant que c'est passé !

Elle fronça le sourcil, baissa les genoux et remit le drap bien à plat pour mieux suivre la ligne brodée. Elle soupira un peu et me dit en confidence que la maison était enfin finie et très belle. J'allais lui répondre sur le même ton quand quelque chose me retint.

425

– Denis l'aimera beaucoup.

Je ne pus lui répondre. Elle n'en eut nul souci.

– C'est comme pour le bébé. Il sera bien content de le voir quand il reviendra.

Je me sentis glacée de peine. J'allais lui prendre la main quand une voix m'arrêta.

– Laissez-la, je vous prie.

M. Dangeau se tenait au seuil de la porte. Il était gris, voûté de chagrin. Ses yeux m'effleurèrent à peine. Ils semblaient craindre de me voir. Il s'avança vers sa fille et l'embrassa.

– Comment vas-tu, chérie ?

– Très bien ! Vous avez vu ma lettre ?

Elle sortit de sous son oreiller un infâme chiffon de papier et le lut d'une voix enfantine.

– C'est très bien, Olympe. Reposez-vous !

– J'attends qu'il rentre !

– Bien sûr...

Combien de temps attendrait-elle ce retour ? Une main de marbre me serrait le cou. M. Dangeau prit un petit flacon bleu et versa quelques gouttes dans un verre qu'il tendit à sa fille et qu'elle but, comme un enfant docile. Il nous fit un signe impérieux, montrant la porte. Nous laissâmes Olympe à son attente sans fin. Il fut long à descendre, le bel escalier de marbre, dans le silence qui nous recouvrait tous trois. Je suivis les Dangeau jusqu'au salon. Quand son mari eut refermé la porte, Marguerite était aussi rouge qu'il était blême.

– Êtes-vous folle, Marguerite ? À quoi pensez-vous ? Ne vous a-t-on pas dit de lui épargner toute émotion ? Toute émotion, m'entendez-vous !

426

– Je n'ai pas pensé que cela puisse lui faire du mal de revoir Adèle...

Il tourna vers moi un visage déformé par la peine.

– Je ne sais pas. Vraiment, je ne sais pas.

Le silence permettait d'entendre le pas des belles sur le dessus de cheminée.

– Je ne suis pas venue pour vous être importune. Votre lettre me l'a demandé.

– Je le sais bien ! Pardonnez-moi, Adèle. Nous ne savons plus où nous en sommes. Tout a été si vite.

Marguerite, doucement, nous montra le berceau. Rien ne doit déranger un tout petit qui dort. M. Dangeau eut un pauvre signe de la main.

– Venez avec moi, je vous prie.

Je le suivis jusqu'à son bureau, une pièce où je n'étais jamais entrée, me contentant de connaître son existence un peu comme on sait qu'il existe un paradis. Un purgatoire, plutôt, tant le lieu était triste. Les deux fenêtres étaient ouvertes à volets rabattus. Elles donnaient sur la rue et l'on entendait de loin gronder la ville immense comme un fauve attaché. L'air était suffocant.

– Asseyez-vous.

J'obéis et comptais le voir faire de même, mais il ne le put. Il s'affaissa, une main sur les yeux, broyé de chagrin, si gris et si usé que je ne reconnus qu'avec peine l'homme fort et tranquille que j'avais laissé. J'attendais sur ce rebord de chaise, effarée de lassitude. Il se reprit un peu, s'assit. Mais il ne put me regarder.

– Les domestiques l'ont retrouvé un peu avant sept heures, sur la terrasse de son bureau. Il s'est

427

tué avec son pistolet d'ordonnance. Ils m'ont prévenu tout de suite, vu l'état de ma fille quand elle a su... C'était terrible. Vous l'avez vue, Adèle. Ma pauvre petite fille...

Sa voix tremblait, cherchant les mots sans les trouver.

— J'ai fait établir qu'il ne pouvait s'agir que d'un accident survenu en nettoyant une arme ancienne. J'ai pensé agir au mieux. Il a été enterré avec les honneurs militaires.

Je revis Denis, tout jeune, partant au combat quand la patrie était en danger... On lui devait quelque gratitude chez les républicains. Mais cela n'importait pas vraiment.

— Pourquoi a-t-il fait cela ? Le savez-vous ?

Il détacha difficilement ses yeux du maroquin qui reposait sur la table qui nous séparait.

— Je ne savais pas. Il ne m'a rien dit, rien demandé, je vous le jure. Je n'ai su qu'après. Il était criblé de dettes. Il avait perdu quarante mille francs, au jeu.

Quarante mille francs. Au jeu. C'était pour cela. Je regardais mes mains, je ne pouvais le croire. M. Dangeau baissait la tête. Sa voix blanche semblait venir d'une tombe.

— Il ne m'a rien dit. Je pouvais payer, j'aurais payé. Pourquoi ne m'a-t-il rien dit ? Mon Dieu, pourquoi ? J'aurais pu l'aider, et sauver ma petite fille. Ma pauvre enfant !

Que lui dire ? Denis avait de l'honneur. Je le revis me dire qu'il serait sans pardon. Je comprenais qu'il n'ait rien demandé. M. Dangeau parlait, soudain, comme pour se convaincre. Cela me fit plus de peine que tout le reste.

— Nous nous étions brouillés, pour cette affaire d'Italie. Mais ce n'était pas si grave, tout de même. Pourquoi n'avoir rien dit ? Je savais bien qu'ils n'étaient pas heureux ! Mais on peut me parler, tout de même ! Je pensais qu'avec le temps, avec l'enfant, ça s'arrangerait. On sait bien ce que sont les jeunes hommes. J'aurais pu comprendre s'il m'avait parlé...

Il s'effondra, la tête dans les mains. J'étais au-delà de la peine. Denis avait préféré mourir que d'emprunter. Dette de jeu, dette d'honneur... Quelle folie absurde ! Incapable de rester assise, je me levai pour chercher un peu d'air à la fenêtre. Une odeur de poussière me dit qu'il allait pleuvoir. Une autre idée vint lentement tourner autour de moi. Denis pouvait payer. Seul. Je me tournai d'un mouvement.

— Aiguebrune était à lui...

— Je sais. Aiguebrune était sur le contrat de mariage.

M. Dangeau me regardait avec des yeux pleins de larmes.

— Il l'a perdu ?

Il ne répondit pas. Quand il le fit, j'avais compris ce qu'il en était.

— Il n'a pu se le pardonner. Je crois qu'il en est mort.

Nous restâmes longtemps sans parler. Denis avait joué et perdu. Il fallait payer. Il n'avait pas eu ce courage mais il n'était pas d'autre issue. C'était fort simple. En cet instant, je ressentis comme un soulagement. Son honneur était à ce prix. Je pouvais faire cela pour lui.

429

— Je vais vendre Aiguebrune.

Quand M. Dangeau me regarda, ses yeux profonds étaient sans illusion.

— Ce n'est pas utile. Je vais vous prêter cette somme.

Je me sentis émue. Je ne pouvais accepter. Aiguebrune valait à peine une telle fortune. Il me donnait de quoi vivre modestement, au gré du temps. Jamais je ne pourrais rembourser. Je pensais à Olympe et à ses vingt ans couchés dans un lit. La petite fille, dans son berceau, n'avait pas à payer non plus. Denis ne l'avait pas voulu. Le comprendre était simple. Nous avions fait assez de mal à ces gens.

— Je ne peux accepter. Je vous remercie.

M. Dangeau n'insista pas. Il savait que c'était inutile. Nous sortîmes tous deux. Devant les portes du salon, Marguerite nous attendait.

34

Il pleuvait. De larges gouttes d'eau déchiraient l'air. L'orage roulait sa bosse. Il était encore loin. Les rues semblaient vides. Ma fatigue, peu à peu, revenait. La voiture s'arrêta. Un valet nous ouvrit la porte, fraîchement peinte. Je vis à peine la blancheur de la maison. La pluie approchait, il fallait entrer. On portait ma malle. J'entendais bruire les tilleuls sous l'averse.

Marguerite avait longuement protesté quand j'avais émis le souhait de m'installer dans la maison de mon frère. J'avais insisté, maladroitement. Je n'ai jamais su partager mes deuils. J'avais besoin de solitude. M. Dangeau le comprit.

– La chose est bien facile. Nous n'avons pas fermé la maison.

– Mais vous viendrez pour déjeuner, du moins !

Je viendrais, bien sûr. Mais je ne voulais pas être un nouveau fardeau. Les yeux de Marguerite me souriaient, qui voyaient tant de choses.

– Nous avons besoin de vous, Adèle. Pour Olympe et pour notre petite.

Il n'en était rien mais ils semblaient le croire tous deux. Le commissaire organisait déjà les choses. J'habiterais la rue de Babylone tant qu'il me plairait. Il me laisserait une voiture et Germain, ce serait beaucoup plus prudent, pour une femme seule. Le garçon était solide, de confiance. Je viendrais les voir quand il me plairait, étant toujours la bienvenue. Il parlait et je l'entendais dans un brouillard de fatigue. Marguerite insistait pour que je prenne quelque chose. Il n'était pas raisonnable de rester ainsi. Ils voulaient tellement bien faire, comme pour se racheter d'une faute qu'ils n'avaient pas commise.

Je ne savais comment les remercier. Tout me pesait. Germain me conduisit enfin rue de Babylone. Nous nous connaissions bien tous deux. C'était le cocher de ma *belle sortie*. Le souvenir de tant de larmes me sembla soudain dérisoire. Comment avais-je pu avoir tant de peine pour si peu de prix ?

L'air se chargeait de poussière, la chaleur ne cédait pas. Je regardai devant moi. C'était une bien belle maison. Pour quelques jours, je resterais là, jusqu'à ce que j'aie tout réglé. Après, je ne savais pas... Un abîme s'ouvrait sous mes pieds. J'allais perdre Aiguebrune. Il ne me resterait plus rien. Ma vie était un échec sans fin. Denis m'avait quittée. Je n'avais pas su le comprendre ni le retenir. Je le cherchais dans cette demeure trop grande où il n'était pas. Ces salons n'étaient qu'une concession à la mode du temps. Denis n'avait rien mis de lui dans ces stucs, ces dorures. Il y cachait ce qu'il était vraiment. J'étais engloutie par ce luxe qui me l'avait pris. Il était mort pour de l'argent. Germain revint. Il avait mis la malle dans la chambre de Madame. Je fis signe que c'était bien. Il voulait parler, cherchant à me faire plaisir, mais je le remerciai d'un geste. On ne pouvait rien faire pour moi. Je sortis sur la terrasse où la pluie dessinait des ronds éclatés. La chaleur lourde tuait la chanson des arbres. Le vent de l'orage n'était pas encore là. Je regardai le jardin, son bassin rond, ses massifs sages, ses buis taillés avec un soin affligeant. Tout cet ordre factice ne disait rien de l'absent. Il se mit à pleuvoir plus fort. Je rentrai, bien plus pour rassurer Germain qui attendait, l'air peiné, que par envie. L'eau du ciel lave si bien de tout.

Je montai voir la chambre de *Madame*, espérant y trouver je ne sais quoi. Mon frère avait-il dormi ici, dans ce délire oriental ? Une chambre, cela ? C'était une sorte de mausolée pharaonique, sinistre, où des têtes de sphinx soutenaient un voilage grenat. Sous le tissu trop lourd, un lit à pattes griffues. Que ce meuble était donc laid ! Fait pour donner du dégoût et non pour inspirer l'amour ! Je cédai la place. J'ouvris quelques portes. Au fond du couloir, je trouvai son refuge. Denis campait dans une petite chambre habitée d'une odeur de tabac blond et de cuir de bottes. C'était une sorte d'alcôve. Je décidai de m'installer là, moi aussi, et j'y traînai ma malle sans appeler Germain. De toutes les façons, au point où j'en étais, je n'avais plus de dos. Il restait un peu de jour, mais je n'en pouvais plus. Je me couchai en chemise, enlevant simplement ma robe, sans ouvrir ma malle. Je craignais que mes souvenirs ne s'échappent pour ne plus vouloir y rentrer, comme les maux s'enfuyant de la boîte de Pandore. J'avais mieux à penser qu'à ce qu'elle contenait, voué à la défunte gloire de ma sottise passée.

Il me fallait vendre Aiguebrune. Mon Dieu, que c'était lourd ! Ma maison, son parfum de terre, de fougère et d'eau. L'étang, qui m'avait toujours écoutée à sa façon liquide et sage. Je serrais les paupières pour m'empêcher de voir l'aube s'élever sur la colline ou le soir descendre sur les châtaigniers. C'était impossible. Une petite voix autoritaire et confiante emplissait mon oreille, qui me demandait de revenir *vite vite*. Depuis la lettre de M. Dangeau, je n'avais pu pleurer, l'âme épuisée de tout, le cœur à sec. Trop de fatigues, trop de peines, trop ! Je m'abattis sur le petit lit à rouleaux de mon frère, espérant presque trouver des larmes. Mais je ne pleurai pas. J'avais si bien accoutumé mon être à dissimuler mes peines, à contenir mes sanglots. Les vieilles habitudes sont de peau racornie. Je berçai ma tristesse dans un rêve d'épuisement. Je m'endormis jusqu'à ce que l'orage vienne m'éveiller. Il tonnait fort et pleuvait sans répit. J'entendais l'eau gifler la vitre d'une petite fenêtre qui battait et rebattait, mal fermée. Je me levai pour la clore et voulus me recoucher. Impossible. Des portes, mal fermées, cognaient à leur tour. Je mis ma robe sans la lacer et descendis jusqu'au bruit claquant. Il venait du bureau de mon frère. Les éclairs déchiraient le ciel. Ils éclairaient la pièce d'une longue lueur bleue. Je vis un bougeoir, un briquet à battre. J'allumai une chandelle et je la regardai un moment vaciller, s'élever, droite, et trembler de nouveau. Je m'assis à une petite table marquetée, encombrée de feuilles. Je pris une plume, du papier. J'allais écrire à Aiguebrune et tout leur expliquer. Mais je ne pus le faire, voyant trop de visages sur ce papier, les gens des Bordes et ceux de Lémonie, les Lambert de la ferme haute. Tous les visages noirs des paysans d'Aiguebrune qui m'avaient toujours soutenue et que je trahissais. Je les abandonnais entre des mains étrangères. J'allais les vendre. François n'avait pas assez d'argent pour racheter la ferme basse et personne ne voudrait se charger d'un vieux prêtre sans pension. Qu'allaient devenir les enfants, Charles, Mathieu ? La honte qui me brûlait les joues me poussa. Elle rendit mes explications fort brèves.

Je pris un peu de poudre à sécher dans une boîte de porcelaine. Je cachetai au plus vite, sans relire. Je posterais ma lettre ce jour même. Nul ne devait leur apprendre ma lâcheté sinon moi... Il me restait encore ce courage. Je posai le pli léger sur le bord de l'encrier, afin de le voir, et j'allai à la fenêtre, dépliant mal mon corps devenu si vieux. L'aube se levait, sereine. Sa lumière touchait lentement les arbres du jardin purifié par la pluie. Tout brillait de rosée. L'heure d'Élise. Je revis Olympe rêvant devant ce jardin d'enfants courant dans cette allée. L'idée de la petite Adèle me vint, si douce que je sentis mes bras se courber. J'irais la voir, tout à l'heure. Il me restait du moins cela, une minuscule espérance, un petit poing tenant mon doigt. Je remontai à ma chambre. Je me lavai, et m'habillai par habitude. Je descendis. Germain m'attendait au bas de l'escalier. J'imaginai ma mine lamentable à le voir me considérer. Le pauvre garçon ne devait pas savoir ce qu'il avait la charge de garder, de la maison ou bien de moi.

Je retournai au bureau de Denis que le grand jour rendait pesant. J'avais peur de ce que j'allais y trouver. Il fallait que je m'y attarde, pourtant. Le bureau était en face de moi, entre les deux fenêtres. Il s'étalait massivement et semblait m'attendre. Une servante m'apporta du thé et un petit pain. M. Dangeau n'avait pas renvoyé les domestiques de sa fille. Je pris pensivement mon thé, sur la petite table de la nuit. Denis était criblé de dettes... Il me fallait savoir le nom des gens qui voulaient de l'argent. Je devais les rembourser au plus vite. Je ne savais pas trop comment se vend une maison, si l'on me prêterait, ainsi, sur ma parole. Je ne savais pas du tout ce qu'Aiguebrune pouvait valoir... Beaucoup, autrefois, quand on voulait prétendre à un titre par une maison. Mais à présent... J'étais novice à tout cela, et seule. Pauline eût pu m'aider. Il me souvenait qu'elle

435

sortait des banquiers de sa manche comme un magicien des rubans. Mais je ne voulais pas l'ennuyer. Repousser son aide, voir M. Dangeau revenir à la charge, et céder, peut-être. Mon courage était mal assuré. Vendre Aiguebrune m'arrachait le cœur. L'orgueil ne se commande pas. Je ne demanderais rien à personne. J'allai jusqu'au bureau de Denis. Je boitais fort bas, mes pieds n'en pouvaient plus. Tant pis, ils iraient aussi loin que moi ! J'hésitai pourtant devant les tiroirs de bois blond. Des papiers s'entassaient là, froissés pêle-mêle. Je les pris dans leur désordre et ne pus les lire. Denis avait tant d'ombre en lui. À lire ses secrets, il me semblait le tuer une seconde fois. Je n'en avais pas la force. Le soleil brillait sur les vitres, s'accrochant à l'or frangé qui ruisselait des rideaux. Je sortis sur la terrasse. Ce jour serait superbe pour que j'entende bien que ma peine n'était pas grand-chose. La ville murmurait, ronronnante comme un gros chat. Il était tôt. J'avais un peu de temps... Je sonnai Germain et le priai de préparer la voiture. Je remontai m'engloutir dans mon vieux manteau noir. Il n'était plus question de le cacher, désormais. Je m'assis, les jambes mortes, sur le petit lit que je n'avais pas défait. L'odeur blonde de mon frère s'enfuyait déjà. On frappait à la porte. C'était la servante du matin.

— La voiture est avancée, M'dame.

— Je vous remercie.

Elle me fit un sourire un peu gêné et m'accompagna jusqu'au devant de la maison, où le fiacre attendait.

— Au cimetière de Vaugirard, je vous prie.

436

La rue était calme. Je laissai Germain et poussai la grille verte, une sorte d'indifférence au
cœur. Cet alignement de tombes et de pots me
semblait un vain témoignage de piété convenue.
Je n'y voyais nulle émotion, mais une déférence
polie à l'ordre des choses. Une acceptation bour-
geoise de la mort. Je détestais cela. Une révolte
me prit de n'avoir pu mettre Denis à Aiguebrune,
dans le pré de l'étang. Elle traînait une pensée
amère. Ici, du moins, je pourrais revenir le voir.
J'abandonnais tout, je trahissais tout, et même
une tombe plus ancienne. J'essayai de me calmer,
sentant des larmes proches, ne voulant pas me
donner le ridicule de pleurer à gros bouillons. Le
cimetière n'était pas bien grand. À la croix d'une
allée de gravier, je vis une haute dalle de granit
gris. La stèle était imposante, et le nom du défunt
couronné de lauriers. C'était ce qui avait paru
nécessaire à M. Dangeau. Je ne pouvais croire
que mon frère soit étendu là. Je restai debout
devant son nom, je n'y croyais pas. Une large cou-
ronne flétrie exhalait un parfum léger de pourri-
ture et de roses. Il me fit chavirer le cœur. Je ne
pouvais pas rester là. Denis n'y était pas. Il
voguait quelque part, sur un cheval de nuages,
dans un vent de roseaux. Je posai un gravier blanc
sur sa tombe et m'en retournai.

Ma visite n'avait guère duré. Germain, s'il fut
surpris, n'en laissa rien paraître. Le deuil de l'âme
ne se voit pas si bien que celui du corps. Je rentrai, songeuse, rue de Babylone. La vue de cette
tombe m'avait remis Adèle au cœur. C'était un
devoir qui m'était fait. Je n'avais pas su écouter
Denis quand il était vivant. Mort, il me semblait

437

l'entendre. Il me laissait une petite fille. Adèle ne connaîtrait ni son père ni Aiguebrune. Elle ne saurait pas l'eau grise et les prairies vertes, les collines d'ombre bleue de notre pays quand la nuit descend. Elle ne connaîtrait que Paris et la ville superbe ne me semblait pas grand-chose, en cet instant, en regard de nos pauvres champs. La petite fille n'était pour rien dans la triste fin de son père, dans le naufrage de sa mère. Comment porterait-elle ce fardeau ? J'avais toute confiance en Marguerite pour lui donner le nécessaire. Et tout l'amour dont elle aurait besoin. Mais elle était la dernière enfant de notre famille et je faillirais à la laisser ignorer son histoire. Notre passé de grandeur et de guerre, c'était tout ce que nous avions. Il lui appartenait. Elle était la petite-fille des chevaliers d'Aiguebrune. La dernière.

Mon esprit fatigué roulait à travers la ville heureuse de soleil. Les rues s'encombraient de mille objets divers. Une course absurde et folle avait fauché mon frère. Pour lui, je laissais Aiguebrune entre les mains des loups. Ils avaient enfin réussi à le prendre, tous ces bourgeois cousus d'or qui le désiraient tant. J'allais le vendre. Je trahissais tous ceux que j'aimais, du plus vieux au plus jeune. Cela rongerait ma vie jusqu'à la fin. Mais Adèle vivait, qui était mon père et Barrade, Olympe et Denis. Et elle. Je pourrais la tenir, la bercer, lui chanter des chansons. *Chantez, dansez, embrassez qui vous voulez...* Tout recommencerait. Je vivrais pour quelqu'un. Je lui raconterais tout. Elle saurait ce que nous étions, pauvres mais généreux, fous mais courageux, pétris d'orgueil absolument. Mon fiacre avançait au pas, et mon

438

âme aussi. Un espoir m'était revenu. Une douceur m'envahissait et me réchauffait peu à peu. Avoir une petite fille. Pour la seconde fois.

À la grille de la maison, je vis le gardien qui s'impatientait, marchant nerveusement. Un monsieur m'attendait, qu'il n'avait pu laisser dehors ni mettre dedans. Son inquiétude m'eût presque portée à rire. Le monsieur m'attendait donc dans le jardin. Les chiens sont prompts, à la curée. L'odeur du sang les presse. On n'avait guère attendu à venir réclamer. C'était mieux ainsi. Germain m'aida à descendre. Je remontai un peu ma robe. Mon manteau m'étouffait dans la chaleur d'été qui s'élevait autour de moi. Un homme attendait, en effet, debout devant le bassin, regardant la maison. J'avançais en maîtrisant comme je le pouvais mon visage et mon boitement quand je le vis se retourner. En quatre pas nerveux, il fut près de moi.

– Adèle... Je suis venu dès que j'ai su.

Ses yeux me regardaient avec tant de tendresse que je sentis disparaître dans l'instant quelque chose d'amer qui avait pris racine en moi. Et je me mis à pleurer, que dis-je, à pleurer, à fondre comme une fontaine sous ce regard, le seul qui me restât de mon passé. Aveuglée de larmes, je m'accrochais à lui.

– Allons... Adèle... Allons...

Il ne savait rien dire d'autre mais il me serrait et cela seul comptait. Il était revenu vers moi, malgré ma sottise, en dépit de tout, parce que j'étais dans la peine.

35

Il y avait un pauvre banc de jardinier, en osier noirci, à l'ombre du vieux pigeonnier. Marsaud m'y porta presque. Je ne l'aidai guère.

– Allons, Adèle...

Il s'assit, me tenant toujours. Ma tête était à son épaule, mon corps dans l'anse de son bras. Une chaleur tendre montait en moi, à le sentir penché, inquiet de mon effondrement. Je ne sais combien de temps nous sommes restés ainsi. J'eusse voulu engloutir ma vie dans cet instant. Je pleurais toujours, sans bien savoir la cause exacte de tant de larmes. Une digue s'était rompue, une rivière brisait mes défenses, si patiemment élevées. J'avais toujours eu peur de cela, je le savais maintenant. J'avais cru maîtriser mon cœur. Mais qu'importait au cours furieux qui lavait mon âme ? Enfin saisie d'une pudeur tardive, je me redressai. Qu'est-ce que je faisais là, qu'est-ce que j'étais en train de faire ? Je devais avoir un air à faire peur, décoiffée et bouffie de pleurs, les yeux noyés, le corps tordu. Sa main était dans mon dos, sur ma bosse. Je m'écartai un peu en cachant instinctivement mes pieds, les éloignant des bottes lustrées dont je ne voyais que le bout. Il me tendit un mouchoir, que je pris.

– Ma pauvre Adèle...

Un reniflement et un hoquet pour toute réponse... Et une telle honte que je me sentis rougir jusqu'à la racine de ce qui me servait de coiffure.

— Je ne sais que vous dire...

J'étais bien incapable de lui répondre.

— Je suis là...

Nouvelles larmes. Mouchoir trempé. Je réussis enfin à tenter un sourire.

— Merci... d'être venu...

— Je ne pouvais faire autrement.

— J'ai été détestable. Me le pardonnez-vous ?

Il me sourit. Ses yeux étaient si proches des miens que je vis quelques paillettes grises mêlées au vert de l'iris. Je me mis à trembler sottement.

— Vous avez froid ? Voulez-vous que nous rentrions ?

Froid, avec cette chaleur, ce manteau... Je fis non de la tête. La voix me manquait à voir ses yeux et je baissai les miens, consciente de mon ridicule. Je ne savais plus où j'en étais, tout bonnement. J'essuyai mes joues. Un merle sautillait dans une allée, qui s'envola dans un sifflement. Marsaud soupira et prit ma main.

— Une amitié comme la nôtre a résisté à bien des épreuves. Me permettrez-vous de vous aider, cette fois ?

Que savait-il exactement ? Que venait-il me proposer ? Je sentis que je me raidissais, presque malgré moi...

— Je ne puis accepter d'argent.

Il me regarda sans surprise. Il savait donc. Il me sourit d'un air de dire qu'il me reconnaissait bien là, ce qui m'énerva un peu. Il ne me connaissait pas si bien.

— Ai-je parlé de cela ?

Ma main restait dans la sienne. J'étais privée de tout raisonnement. Je relevai la tête et je vis tant

441

d'affection dans son regard, tant de franchise, aussi, que je chassai mon absurde fierté. Il était mon ami. Je lui dis tout ce que je savais, à phrases courtes. La dette de Denis, que je devais payer, mon ignorance en cette affaire. Marsaud inclinait la tête en m'écoutant.

— Payer cette dette est une folie, Adèle. Votre frère ne l'eût jamais voulu.

— Je ne puis faire autrement. Il y a la petite fille.

Nous restâmes un instant silencieux. Le jardin était autour de nous dans sa paix. Des oiseaux chantaient éperdument le soleil et la douceur du jour. La belle et charmante vie que mènent les oiseaux...

— Vous ne changerez donc jamais...

Que répondre ? Qui change d'ailleurs, dans la vie ?

— Connaissez-vous une banque qui accepte de m'avancer une telle somme ?

Marsaud se leva, l'air grave. Il me tendait le bras et je n'eus garde de le repousser. Il m'était infiniment précieux. La vie joue des tours si curieux, parfois, aux pauvres marionnettes que nous sommes, folles de prévention et qui croient maîtriser son cours.

— Je pense que oui. Mais ils ne prêteront qu'une fois. Connaissez-vous l'ampleur de ses dettes ?

— Je n'ai pu regarder ses papiers...

Comment lui dire que le courage m'avait manqué ? Pourquoi le lui dire, d'ailleurs ? Il l'avait deviné.

— Voulez-vous que je m'en charge ?

Il s'était arrêté. Il me regardait et la honte de ma faiblesse faisait baisser mes yeux vers mes pieds si laids. Je hochai la tête pour lui dire oui. Nous entrâmes dans la maison par la terrasse. Je le conduisis au bureau. Il embrassait le tout du regard, le luxe insensé des pièces, leurs ornements royaux. Il ne dit mot. Nous nous comprenions en silence. Rien de tout cela ne valait l'ardente vie qui s'était éteinte. Il me déposa près de la petite table et s'assit au bureau de mon frère, en me demandant du regard une nouvelle permission. Puis il entreprit de démêler l'écheveau complexe des chiffres qui résumaient bien mal les désirs de Denis Barrère. Cependant je songeais, la main au menton. Il m'était étrangement doux de le voir assis là, lui ressemblant par ses jambes allongées, trop longues à être assis. Il fronçait les sourcils en lisant et écartait parfois un papier de son visage, pour mieux le voir. Pas de lunettes, encore, mais bientôt, assurément... Quel âge avait-il ? Je ne le savais pas exactement. Un peu plus que moi, pourtant. Il était beau et qu'étais-je devenue ? Ses tempes grisonnaient à peine. Il restait très brun. Je le revis un instant tel que je l'avais vu la première fois, sur le pas de la porte d'Aiguebrune, dans une clarté de soleil qui m'avait éblouie, jeune et insolent, avec ce sourire à dents découvertes qu'ont les jeunes gens et qui émeut les filles d'un étrange balancement. Se sentant regardé, il releva les yeux, me sourit gentiment. Ce n'était pas le même sourire, je n'avais plus quinze ans.

– Nous en sortirons sans trop de dommages... Cinq mille francs y suffiront... Ce n'est là que le train ordinaire d'une telle maison...

443

Un geste de sa main entourait d'air ce monde de futilités.

— C'est de la folie, n'est-ce pas ?

— Tous nos jeunes généraux vont ainsi, Adèle, poussant la vie sans l'attendre !

Le mot me fit du bien. J'avais besoin d'indulgence. Je lui souris. Il n'en vit rien, il avait baissé le nez sur les papiers. Je le laissai à sa lecture. Un silence calme berçait ce moment. Puis mes yeux tombèrent sur le rectangle de papier gris posé droit devant l'encrier. Je le pris, rendue à mon amertume. Mes larmes revenaient sottement. Marsaud me regardait tenir la lettre. Je balbutiai que c'était pour François, à Aiguebrune, pour lui dire... C'est à peine si je pouvais parler. Son regard m'enveloppa d'un tel élan d'amitié que je me sentis submergée. Je détournai mes yeux pour qu'il ne lise pas dedans. Il s'était levé.

— Je vais vous laisser.

J'allais protester, lui dire je ne sais trop quoi. Il me semblait soudain que s'il partait je ne le reverrais pas. Qu'il allait changer, m'oublier, que sais-je ? Les mots me moururent aux lèvres.

— Je vais voir Berthier. C'est mon banquier. Je pense qu'il vous connaît et que nous pourrons régler cette affaire au plus tôt.

— Quand reviendrez-vous ?

Était-ce à moi, cette petite voix ? Je détestais les femmes minaudières, et moi avec elles !

— Je vais passer voir M. Dangeau, qui doit en savoir plus qu'il ne vous l'a dit.

Je hochai la tête.

— Je pense que nous réglerons tout cela entre hommes, si vous le voulez bien.

444

Je voulais bien.

– Disons que je puis passer vous chercher demain, vers onze heures, si cela vous convient.

Cela me convenait fort bien.

Il était parti. J'étais assise devant ma table à regarder sans les voir deux piles de papiers rangées sur le bureau. Mon cœur s'ouvrait à moi. Un mélange de tendresse et de peine me laissait au bord de mes anciens mensonges. Je n'avais pas oublié Élise, mais j'avais depuis longtemps pardonné. Depuis fort longtemps, en vérité. Je ne savais pas au juste depuis quand, cela s'était fait doucement. Marsaud avait condamné Élise, mais il n'était pas seul. Tout un pays, tout un peuple nous avaient condamnés. Dans un élan de rage obscure, de haine aveugle. Ma petite fille avait payé pour tant d'autres qui se pavanaient à nouveau devant les miroirs déteints du faubourg Saint-Germain. J'avais voulu mettre un nom sur l'injustice du sort. Le seul qui restât. Belleroche était mort sur l'échafaud, Harmand avait été tué. Je m'étais fait un devoir de rancune. Mais il n'était qu'une illusion. Je me levai, allant vers la fenêtre inondée de soleil. Le ciel était blanc à force de lumière, au jardin plus rien ne bougeait. J'étais immobile, face à moi-même. Il pouvait être onze heures. Comme le temps était lourd ! Tout à l'heure, je retrouverais Adèle. C'est à cela que je devais songer et cesser d'attendre demain.

Je sortis sur la terrasse. Les pierres de la balustrade se réchauffaient doucement. Je descendis me promener au jardin, malgré le soleil trop chaud. L'ombre des gros tilleuls est si douce. Je

445

restai là un grand moment, puis je rentrai. Il fallait défaire ma malle. Je ne voulais pas que la petite servante y mît la main. Je montai donc à la chambrette que je m'étais réservée. Elle était sombre, la petite fenêtre restant close aux rayons. J'ouvris mon pauvre coffre et je sortis mes deux robes noires, en serge rude, cassée de plis. Je plongeai ma main tout au fond, sans un regard pour les voiles si doux que j'effleurais, dont je ne voulais plus. Je retirai le carton épais qui contenait ma lente confession. Mon pauvre mensonge. Je n'avais pas la force de lire, celle d'écrire encore moins. Mais je voulais sentir sa présence. L'entendre me dire que je n'avais pas vécu en vain. Je l'ouvris. Les pages blanches de l'heure d'Élise couvraient les feuilles jaunes de Champlaurier. Tant de mots pour dire qu'une jeune fille était morte qui ne le méritait pas. Je m'assis sur le petit lit, mon manuscrit sur mes genoux, touchée de la vanité de mon entreprise. Est-il quelqu'un à l'âme assez noire pour mériter la mort, à dix-huit ans ? La mort sur un échafaud ? Et quelqu'un pour le croire ? J'en étais là de mes pensées quand un grattement me surprit.

— Entrez...

C'était la jeune servante, son visage pointu de petite souris, ses joues de pomme d'api.

— Une dame, pour vous, M'dame...

Je la suivis, étonnée d'une seconde visite. La visiteuse m'attendait dans le salon, debout devant la fenêtre voilée.

— Adèle ! Je suis tellement navrée !

Pauline me serrait les mains, m'embrassait. Et je sus que je n'étais pas aussi seule que je le pensais à l'instant précédent.

446

— Je suis venue vous prendre.

— Merci d'être venue...

Je la priai de s'asseoir, ne sachant que lui offrir dans cette maison où j'étais sans habitudes. Elle s'assit près de moi, sur un sofa du salon. Elle ne dit rien. Il me semblait l'avoir quittée la veille. Elle ne s'attardait pas à des phrases creuses ou à plaindre mon deuil. Elle était là, tout simplement. Comme je regardais l'élégante sous son joli chapeau, une phrase de la mère Desmichels se mit à rouler dans ma tête. Cela parlait d'amitiés à juger dans la peine. Les mots exacts m'échappaient. Pauline me regarda, sourit et soupira. Elle se relevait déjà, pressée de quitter cette maison frappée par la mort. Elle avait un peu de superstition et de crainte et l'avouait simplement. Elle m'entraîna dehors.

— Allons, venez ! Marguerite nous attend. Il semble qu'on ne puisse téter sans vous, à ce qu'elle prétend !

Cela ne pouvait tarder ! Nous étions dans sa calèche quand elle pencha vers moi un regard confident.

— Il n'est qu'à vous que je puisse le dire ! Ces histoires de laitage me lassent prodigieusement ! Elle ne parle que de cela !

Son visage était éloquent. Elle voulait que je rie, que je sourie du moins.

— Heureusement que vous êtes là pour les entendre dorénavant ! Je vous pressens plus portée que moi à vous pâmer de gigotements !

— Vraiment ?

— Absolument !

Elle prit un air de franche résignation.

— Je viendrai vous chercher le matin... Je dois tout de même feindre un peu d'intérêt !

— Je ne veux pas vous ennuyer, Pauline.

— Ce que je fais ne m'ennuie pas ! C'est mon seul luxe ici bas !

Il me semblait qu'elle en avait bien d'autres... Elle le vit. Elle sourit en me tapotant la main.

— Vraiment, le seul !

Je ne pus que sourire avec elle. La légèreté fait parfois tant de bien. Ses paroles me grisaient un peu. Elle me parlait en abondance non de ma peine mais de son dernier souci. On venait de lui demander sa main. Elle hésitait, pour la forme, bien tentée, au fond... J'hésitai à poser la question nécessaire, saisie d'une étrange retenue.

— Il est dans la finance. Peut-on résister à cela, un riche mari ?

Il me semblait moins lourd, l'air qui venait de la Seine.

— Ne résistez pas trop ! Tâchez d'être heureuse...

Ses yeux me fixèrent, si profonds et si beaux, en cet instant, que je sus qui elle était vraiment.

— Entendez-vous, Adèle, ce que vous me dites ? Peut-on donner aux autres des conseils que l'on ne suit pas ?

J'affectai de rire, bien mal d'ailleurs...

— Cela se voit et s'entend tous les jours !

— C'est bien dommage, cela !

Elle prit ma main et la serra, sans rien dire de plus.

36

À ma grande surprise, je dormis, cette nuit-là. Était-ce l'étroitesse de mon lit ou mes larmes, mille rêves confus et doux bercèrent ma nuit. Un sourire tendre les illuminait, celui d'une jeune femme blonde, qui me portait sous les bras, et qui chantait, par longues coulées de notes familières. Je m'éveillai tôt, fâchée de quitter Barrade, heureuse de la sentir à nouveau près de moi. C'était une sorte de bénédiction. Cette présence de la nuit me disait que j'avais raison. Mon cœur était tour à tour lourd et léger. Lourd, en pensant à Aiguebrune, qu'il me fallait perdre, léger, en pensant à la petite fille. Je l'avais tenue la veille, elle s'était endormie sur mes bras. La petite de la Barrade, l'enfant de Denis. Elle porterait un nom sans tache. Elle n'aurait pas à rougir d'eux. Je ne les trahirais pas, cette fois. Cette idée me poursuivit toute la matinée. Je ne pouvais m'en détacher.

Je fis défroisser ma robe la plus présentable, et mon châle le moins épais. Je lavai mes cheveux et mon corps à grande eau. Je le devais absolument après une semaine de malle-poste. Ce qui était rigoureusement vrai, et un peu faux, aussi. J'entendais être présentable, dans cette banque, ne pas désobliger celui qui m'accompagnait. Dans la mesure, du moins, des choses possibles. Dans la chambrette, un miroir d'homme, propre à raser, me renvoyait une image un peu haute. Je n'y voyais guère que des yeux inquiets, de larges cernes, des cheveux ternes. Une ombre féminine au seuil de la vieillesse. Fatiguée de cette triste vue, je descendis au jardin. Il faisait aussi beau que la veille. La ville, éloignée par les murs gris, vivait déjà sa course folle. J'attendais, sur mon banc d'osier, cherchant en moi assez de force pour paraître tranquille. Cacher mon sentiment, le taire, m'a toujours été plus que tout difficile. Je le devais, pourtant.

Je regardais deux oiseaux pépiant sur une branche. Quand l'un s'avançait, l'autre reculait vivement. Si le premier s'indifférait, le second reprenait la même danse, à petits sauts virevoltants. Nous croire de si supérieures créatures a quelque chose d'amusant. C'étaient deux étourneaux, justement... Un roulement de voiture fit trembler les feuilles de vigne vierge qui étoilaient le mur où s'appuyait mon banc. Je me levai, sachant que c'était lui. Je mis toute ma dignité à boiter lentement sur les vingt mètres qui me séparaient de la porte grillagée.

— Bonjour, Adèle...

— Bonjour...

Il prit ma main, la posa à son bras, me fit monter dans sa voiture, qui me sembla un peu haute. Il n'y avait pas de cocher. La capote était rabattue au grand soleil. Quand il m'eut installée, Marsaud s'avisa que je n'avais pas d'ombrelle.

— Voulez-vous que je rabaisse ?

— Ce n'est pas la peine.

Je lui montrai mon chapeau. Il portait encore le crêpe noir de ma Barrade. Mon compagnon ne dit rien, prit les rênes et lâcha ses chevaux. Quand il fut sur le large de la chaussée, il me glissa, sans quitter la route des yeux :

450

— Je préfère d'autres chapeaux. Les chapeaux de paille à rubans bleus sont depuis longtemps mes préférés.

Je ne répondis ni ne fis mine de comprendre de quel chapeau il entendait me rappeler le souvenir. Il m'avait offert un chapeau à rubans bleus, autrefois, à Verteuil, sans que je sache d'où me venait un si gentil présent... Mais ce n'était pas le moment d'un tel souvenir. Je me sentais pleine de doute et de confusion. De reconnaissance, aussi, et ce sentiment en gênait un autre. Respectant mon silence et mon air de veuve, Marsaud se taisait. Le soleil chauffait mon visage et l'air de cette course était doux. Paris bougeait, étirant ses muscles de géant. Nous passâmes les boulevards, puis en remontant le Pont-Égalité, nous glissâmes dans l'encombrement des beaux quartiers. Marsaud finit par s'arrêter devant un hôtel de maître, dont la façade rigoureuse disait l'esprit de probité. On nous attendait, avec valet de pied, laquais de main. Une sorte de majordome nous ouvrit, nous salua d'une voix à la gravité sépulcrale et nous escorta à l'étage. Marsaud me donnait le bras. Je sentais qu'il freinait son pas dans l'escalier. Une envie de pleurer me prit, inattendue et stupide, que je refoulai à grand-peine. Nous sommes enfin arrivés au bel étage, devant une double porte en bois de palissandre. Tout était un peu sombre et fort tranquille. Tout sentait l'aisance et l'accommodement. Un homme était à cette porte, que je reconnus vaguement sans bien me rappeler où je l'avais vu. Petit, un peu ventripotent, vaguement chauve, avec un visage agréable, et de bons yeux marron. Mar-

451

saud me présenta M. Berthier, qui semblait me connaître. Il m'exprima ses condoléances. J'y répondis à peine, gênée du regard échangé par mes compagnons, que je ne compris pas. Le banquier nous désigna un siège.

— Madame, monsieur le député, qui est notre ami commun, m'a expliqué votre souci. Croyez bien que je suis ravi de pouvoir accéder sans délai à votre demande.

— Je vous en remercie...

— M. Marsaud nous garantit la valeur de votre domaine à cinquante mille francs or. C'est donc la somme que nous pouvons vous remettre, si elle vous convient.

Je ne pus que hocher sottement la tête. Elle me convenait, bien sûr, au-delà de toute espérance. Mais je vendais Aiguebrune. Demande-t-on au condamné de louer le bourreau pour son adresse ?

— Il reste à notre charge de le vendre.

Je ne pouvais parler. J'inclinai assez sottement le chef. M. Berthier reprit, sans paraître rien voir de mon émotion.

— Fort bien. Nous acquitterons la créance qui s'élève à une somme de quarante-quatre mille francs vingt et trois. Cela vous agrée-t-il, madame ?

M'agréer. C'était tout justement le mot. Le banquier me tendit courtoisement un maroquin de cuir. On poussa vers moi une plume. C'était fait. Quelques nouvelles banalités et deux remerciements. M. Berthier me tendit une sorte de bourse épaisse, le reste de ma fortune, que je n'ouvris pas. Mon abaissement avait une limite.

452

Nous étions debout. Nous étions sortis. La rue, autour de moi, tournait singulièrement. Marsaud se pencha.

— Allez-vous bien ?

Il m'aida à monter. J'étais si faible, dans cette rue bourdonnante, devant tous ces passants heureux et affairés. Je tassai mon corps loin du sien, sur la banquette étroite. S'il le vit, il ne me dit rien. Nous sommes rentrés ainsi, en silence. Chaque tour de roue nous éloignait davantage. J'étais bouleversée, incapable de le remercier comme je l'aurais dû. Je le lui dis, quand nous fûmes enfin revenus dans le jardin d'Olympe.

— Je vous dois beaucoup, Michel. Jamais je ne pourrai m'acquitter de cette dette-là...

— Ne croyez pas cela. Vous m'avez donné beaucoup plus que vous ne le pensez.

Je ne lui avais rien consenti si ce n'est quelques instants d'une amitié un peu contrainte. Mon mépris, souvent, avait été plus qu'écrasant. Combien de fois l'avais-je repoussé ? Il lut mon étonnement dans mes yeux et me sourit presque tendrement.

— Je ne serais pas ce que je suis, si je n'avais croisé votre chemin. Vous m'avez donné l'envie de m'élever, voyez-vous. Je pense que je serais toujours pendu à la bride de quelque carriole, sans vous...

Je ne savais que lui répondre quand il me sourit à nouveau.

— Vous ne me devez rien, qu'un peu d'amitié...

Il ne restait avec moi que peu de temps. Il devait aller à la Chambre. Les Anciens étaient comme une ruche en orage. Cela ne me disait pas grand-chose. Je m'en moquais, je le confesse, passablement. Il promit de revenir me voir, et s'en fut. Je ne pus m'empêcher de le suivre des yeux. J'avais un regret au cœur, amer et très doux.

Un jour passa, puis un autre. Je m'accoutumais peu à peu à ma vie d'allées et venues. Le temps tournait à la pluie. L'été s'en allait peu à peu. Ce matin-là, le jardin sentait l'eau. J'avais laissé les portes ouvertes pour trouver un peu de fraîcheur. J'achevais de ranger les papiers de mon frère quand Pauline arriva. Il était un peu plus tôt qu'à l'accoutumée, car la vie est ainsi, il faut bien peu de temps pour faire une habitude. Elle vint à moi d'un air soucieux qui m'inquiéta.

– Bonjour, ma chère... Êtes-vous prête ?

– Mon Dieu, oui...

Je la suivis sans poser de questions, habituée à ses confidences de calèche.

– Elle n'est pas trop bien, ce matin. Ne vous alarmez pas, Adèle ! Je vous parle d'Olympe. Marguerite ne sait plus que faire. Dangeau est au ministère. Il n'est que vous pour la calmer un peu...

C'était vrai. Jour après jour Olympe s'éveillait. Elle m'écoutait quand je lui parlais. Si je tenais sa main, elle ne suivait plus des yeux les lignes contournées d'un fil sur les draps de son lit. Elle semblait aller mieux, la veille. Que s'était-il passé ? Nous fîmes le trajet en silence. C'était assurément la première fois, dans un voyage avec Pauline, mais j'étais trop inquiète pour m'en aviser. Quand nous arrivâmes, Marguerite nous attendait dans la cour. La pauvre femme était bouleversée, le bonnet de travers.

454

— Venez, s'il vous plaît ! Venez ! Je ne sais plus qu'en faire !

Olympe n'était plus dans son lit. La chambre était si sombre, à rideaux tirés, que je ne la vis pas tout de suite. Elle était assise dans un coin, les talons sous elle, enroulée dans ses draps. On eût dit un petit fantôme accroupi. Quand on avait monté son déjeuner, on l'avait trouvée ainsi. Rien n'avait pu l'en faire bouger. Marguerite tremblait. Pauline avait des larmes plein les yeux.

— J'ai fait chercher le médecin, mais il n'était pas là...

Je m'accroupis auprès d'Olympe. Elle m'avait vue, car elle se poussa un peu. Son visage amaigri avait pris un air d'entêtement qui me saisit. Un air que je connaissais bien. Celui d'un enfant en grand besoin de mère. Je montrai la porte de la main.

— Je m'en charge.

Elles sortirent. Cette ombre enfantine, dans la pénombre, me rappelait les chagrins d'Élise. Mais Élise était alors une petite fille.

— Levez-vous, Olympe...

— Non ! Je ne bouge pas.

— Soit ! Moi non plus !

Je m'assis plus commodément. Son doigt suivait les lignes du plancher. Je posai ma main sur la sienne pour arrêter son mouvement.

— Je n'ai pas faim !

— Ni moi !

Elle se tut, attendant que je parle. En vain.

— Il va rentrer bientôt ?

Lui avait-on assez menti ? Allait-on le faire toute sa vie ?

455

— Il ne rentrera pas. Vous le savez très bien, Olympe.

Elle ne me répondit pas. Sa main frémissait pour échapper à la mienne, mais je tins bon. J'étais cruelle. Je devais l'être.

— Puisque vous l'aimiez tant, pensez un peu à lui.

Ses yeux surpris quittèrent enfin les veines du bois.

— Mais je pense à lui tout le temps !

— Non ! Vous ne pensez qu'à vous et à votre malheur !

Sa main s'agitait pour fuir la mienne, palpitante comme un oiseau.

— Vous avez une petite fille. Elle est tout ce qui reste de lui. Quand donc le comprendrez-vous ?

Sa lèvre tremblait comme celle d'un enfant grondé. Mes yeux gardaient les siens. Je me levai, tenant sa main. Elle me suivit, docile, si maigre qu'elle semblait perdue dans sa chemise. Je la couchai et m'assis au bord de son lit.

— Remettez-vous, Olympe. Faites-le pour lui.

Nous restâmes longtemps dans l'ombre suffocante. La pluie était revenue, cognant à la fenêtre, furieuse d'être repoussée. Je lui ouvris. L'air coula dans la chambre en soulevant des mousselines blanches. Les draps sales gisaient dans leur coin. La pensée de Barrade me vint, qui me dit ce qu'il fallait faire. Il n'était qu'une force pour la guérir. La plus grande que je connaisse. Quand le médecin arriva, le berceau d'Adèle avait retrouvé sa place près du lit de sa mère. L'enfant dormait. Olympe était songeuse. Je tenais toujours sa main.

Le mois des fruits était revenu. Lourd, d'une chaleur épaisse. Le temps passait. À la fin de ce mois, je quitterais cette maison bien trop grande pour moi. En faire supporter l'entretien par M. Dangeau tenait à présent du caprice. Il pouvait aisément trouver à la louer s'il ne voulait la vendre. J'allais emménager dans un logis plus modeste, conforme à mes moyens. Mes comptes étaient fort simples. Il me restait quelques milliers de francs. À Aiguebrune, c'était une petite fortune. Mais, à Paris... Je prenais lentement conscience des difficultés de la vie. Je ne les avais jamais vraiment connues. Jamais je n'avais dépendu du sort à ce point. Étrangement, je n'en ressentais pas d'inquiétude. Après tant de coups, j'attendais encore de la vie... Grâce à Germain, qui connaissait tout Paris, j'avais trouvé une petite chambre mansardée dans une vieille maison de la rue Verte. Tout y était simple et clair. Des murs de plâtre blanchis à la chaux, quelques meubles peints en gris. Un lit, une chaise, une table de toilette, une table plus vaste, poussée devant la petite fenêtre, et un fauteuil paillé. Un petit poêle de faïence bleue, pour chauffer le toit. Ma logeuse était une veuve à fort accent d'Alsace. Une brave femme, seule, un peu radoteuse, perdue sous un bonnet noir à bords tuyautés et qui s'impatientait de me voir emménager. Je n'avais pas, je dois le dire, la même hâte. La maison de la rue de Babylone n'était pas faite pour moi, elle m'étouffait de ces meubles lourds, de ces bronzes à têtes humaines dont les regards silencieux pesaient sur tous mes mouvements. Mais elle m'était vaguement chère. C'était

457

l'image du bonheur d'Olympe, de la fortune de Denis. Je tenais, aussi, à un banc d'osier.

J'emmènerais ma malle et mes souvenirs le vingt de fructidor. La date était arrêtée. M. Dangeau avait dû s'incliner. Il tenait, comme Marguerite, à m'héberger. Je ne le voulais pas. J'avais besoin d'un chez-moi, si modeste soit-il. D'une table qui fût mienne, à l'heure d'Élise...

La rue Verte était toute proche de leur maison. De *notre petite*. Elle souriait déjà, tendant son petit cou dès que l'on se penchait sur elle. Au moindre cri, je la prenais dans mes bras, gourmandée par Marguerite.

– Voyons, Adèle ! Vous la rendez plus capricieuse qu'une princesse !

Ce qui était un comble, pour la petite-fille du commissaire Dangeau !

Je songeais en souriant à cela et à bien d'autres choses, assise à mon nouveau banc, mon banc d'osier. J'allais donc le quitter. Une peur vague me prenait devant cette échéance. Je n'avais jamais vécu seule. Où que j'aille, où que je sois, Aiguebrune m'avait toujours attendue. Il m'attendait encore. J'avais reçu une bonne lettre de François et de l'abbé. Ils me grondaient gentiment de les laisser sans nouvelles. Ils voulaient savoir la date de mon retour. Je n'avais pu dû être claire, dans ma première lettre. Je n'avais pas la force de leur répondre. Il me semblait qu'à prendre la plume, je retiendrais la chaîne que je voulais défaire. La tentation était si grande, parfois, de prendre la première diligence. Voir une malle-poste me crevait le cœur.

458

J'étais heureuse de savoir que François avait soin de l'abbé, que les enfants allaient bien, que Mariette avait fait les dernières confitures. Mais je savais que ma place n'était plus à leurs côtés. Je pensais, au fond de moi, ne plus la mériter. J'avais trahi Aiguebrune, laissé à d'autres le soin de mon bien, de tout ce que le temps et les hommes avaient remis entre mes mains. J'avais dérogé, pour parler comme mon père, et bien que j'y fusse contrainte, ma fierté se sentait coupable. Si j'avais su mener ma vie, si je ne m'étais laissé porter comme un fétu au gré des flots de l'existence, j'eusse pu sauver Aiguebrune. Je le savais, au fond de moi. Je n'avais pas combattu avec toutes les forces qui étaient miennes. Je m'étais donnée par amour et par faiblesse, par solitude, aussi. Les gens ou les événements m'avaient tant déçue... Mais pas ceux-là ! Ils faisaient partie de moi ! Le jour, il m'était plus facile de repousser leur présence. Les Dangeau m'entouraient. Pauline me faisait rire. Olympe se relevait, pas à pas. Il y avait Adèle... Je ne voulais penser qu'à elle. Et j'y pensais beaucoup. Mais le cœur ne se commande pas. Aiguebrune s'accrochait à moi. Il était partout, dans un mouvement de branche, un nuage passant, un sifflement d'oiseau. Je rêvais la nuit que je parlais avec François. L'abbé me regardait par-dessus ses lunettes. Ma main cherchait dans l'ombre un corps d'enfant, chaud, recroquevillé contre moi. Ce manque était de tous le plus grand.

Marsaud venait souvent me voir, tôt, avant Pauline. Il passait en coup de vent. Je l'attendais sur mon banc. Nous devisions calmement de choses et d'autres, de son souci du gouvernement, de plus en plus couvert, me disait-il, de bruits de bottes. La *liberté, liberté chérie* conduisait l'âme de Marsaud. Elle était sa maîtresse. Je le savais, maintenant.

Le merle qui habitait le vieux pigeonnier s'égosillait au-dessus de moi. Les hirondelles volaient bas, rasant les feuilles des tilleuls, qui jaunissaient déjà. Je fermai les yeux, envahie du souvenir de mon étang. Je les rouvris, sentant une ombre devant moi. Germain m'annonçait un visiteur qui m'étonna. Il avançait bien lentement, sur une canne. J'eus un peu de mal à reconnaître cette silhouette cassée. Puis je me levai, comme prise en faute.

— Je viens vous déranger, madame. J'en suis plus que confus.

La rondeur du ton, et cette inimitable façon d'enlever un chapeau. Je ne pus me défendre de lui sourire. Je n'étais pas si surprise de le trouver là, finalement, tels ces vieux magiciens que l'on s'attend à voir surgir des pages d'un conte.

— J'en suis heureuse. Asseyez-vous, je vous en prie.

Germain courut prendre une chaise d'osier. Et le vieux marquis de Caulaincourt, si fatigué qu'il fût, s'y posa avec grâce.

— Cette extrême chaleur ne vous incommode point ?

— Un peu... Je vous remercie de votre lettre.

Il m'avait adressé ses condoléances, ainsi que Charlotte d'Épernay, d'ailleurs. Le monde ancien n'a pas que du mauvais...

460

– Je voulais venir plus tôt, ma chère enfant, mais je n'ai pu m'y résoudre. Je sais combien sont lourdes ces visites de deuil.

Je ne lui répondis pas. Il me regardait avec un air tout paternel. Cette visite inattendue me faisait tant de bien. Que je fusse ou non le portrait de sa fille n'enlevait rien à sa bonté. Ses yeux, plissés par l'âge, cherchaient le fond des miens. Sa voix hésitait un peu.

– À Paris, mon enfant, tout se sait.

Le croyait-il vraiment ? Je ne pus empêcher un sourire de doute. M. de Caulaincourt me le rendit sans s'y arrêter.

– Nous avons appris votre geste.

Nous, c'était le monde des exilés. Il ne m'importait plus. Quant à mon geste, je ne tenais pas à en parler.

– Cela ne regarde que moi.

Le ton était cassant, je ne pouvais m'en excuser.

– Je conçois fort bien, mon enfant, combien certaines calomnies ont pu vous blesser. Mais il faut que vous sachiez que chacun les regrette, et que vous êtes des nôtres, de toutes les façons...

Une envie de rire, assez triste mais forte, me prit au dépourvu. Il venait donc en ambassade. J'étais absoute et pardonnée ! Je ne sais trop comment j'eusse reçu ce brave émissaire quelques mois auparavant. Mais je n'en étais plus là. Je n'avais plus de force pour cette colère. Le monde ne m'importait plus, et ces grimaces nobiliaires moins que tout. Le seul ami qui soit venu m'aider était un sans-culotte. Que je ne puisse le lui dire n'enlevait rien au fait... Je ne répondis pas, ne

461

voulant laisser voir le fond de ma pensée à ce brave homme qui ne l'eût pas comprise, ou bien mal. Un léger silence se fit, et je vis une sorte de gêne passer sur ce visage ancien. Il attendit un peu, cherchant des mots qu'il ne trouvait pas. Chez cet homme de cour, cela m'amusa presque. Il eut enfin un geste las, fait d'une main tremblante.

— Je dois vous dire autre chose, mon enfant. Et je voudrais que vous sachiez que les meilleures intentions m'ont conduit jusqu'à vous...

J'étais surprise. Il me tendit une lettre, au papier très doux, dont je ne reconnus pas l'écriture ronde et enfantine. Je ne l'ouvris pas tout de suite, l'interrogeant des yeux. Le vieux marquis soupira, prit une sorte d'inspiration et me dit, tout à trac et sans me regarder :

— C'est... de votre cousine, Mme de Champlaurier...

37

La lettre de Lucile tremblait dans ma main, mes yeux la lurent et la relurent sans la comprendre. Mon saisissement était extrême. Lucile, que j'avais presque oubliée... J'étais privée de tout sentiment. Mon regard s'attachant enfin à ma lecture, je déchiffrai un petit mot aimable, sans profondeur. Lucile était rentrée depuis peu des Allemagnes. Elle venait d'apprendre mon séjour à Paris et sa raison. Mon deuil la désolait, que je le sache bien. S'il me plaisait de la revoir, elle serait heureuse de me recevoir. Avec cette cruauté inconsciente qui restait la sienne, elle concluait sur ce fait que nous n'avions, elle et moi, d'autre famille, désormais. Ce qui était vrai pour elle, et presque vrai pour moi, car j'avais une nièce. Je repliai doucement le petit papier. M. de Caulaincourt me regardait sans rien dire, et comme je ne parlais pas davantage, perdue dans de vieux souvenirs, il se racla un peu la gorge.

— Mme de Champlaurier m'a envoyé vers vous. Elle souhaite vivement vous revoir...

Cela m'étonnait fort.

— Elle vous attend...

Je me levai, incapable de rester plus longtemps assise. Revoir Lucile me semblait une chose impossible. Elle m'avait fait souffrir, jadis, à Champlaurier, des vexations les plus sournoises. Je n'étais restée que pour Élise, si petite, et qui boitait, comme moi. Mille images se bousculaient dans mon âme, Lucile, à seize ans, radieuse, me promettant son amitié et l'oubliant, dans l'instant suivant, Lucile, jeune marquise ravissante, adulée par son mari, et méchante au-delà de tout. Lucile, qui avait abandonné les siens et vivait, semble-t-il, fort bien, à Coblence. Une image plus forte s'imprima en moi. Il faisait chaud, une chasse quittait Champlaurier, et la belle marquise s'envolait dans la poussière de l'allée, vêtue de son amazone bleue, sur son cheval blanc... Et sans qu'elle eût un remords, un regret, pendant cette chasse, elle avait foudroyé la vie d'un enfant qui glanait. Une boule amère me revint. Je revoyais

463

Élise, si jeune, à la barre d'un tribunal, condamnée pour sa mère, qui dansait à quelque fête de carnaval autrichien. Je sentis monter en moi une colère que je découvrais intacte. M. de Caulaincourt s'était levé, lui aussi. Appuyé sur sa canne, avec sa perruque à queue et son habit de satin, il semblait la vivante image de ce passé que tout condamnait, dont je ne voulais plus.

— Elle est très seule, voyez-vous. Elle aimerait savoir, pour les siens...

Que devais-je lui dire? Comment leurs têtes avaient roulé au panier? Une lassitude immense me prit aux jambes et aux bras.

— Je ne crois pas pouvoir lui dire ce qu'il en fut.

Le vieil homme prit son chapeau sur le banc et me regarda.

— Elle a beaucoup changé, madame, et souffert bien plus que vous ne le pensez.

Lucile, souffrir? La chose était impossible. J'allais vertement lui répondre quand il ajouta simplement :

— Elle est malade, voyez-vous.

Dans la grande maison, la chaleur avait mis son silence. J'étais au salon, attendant ma voiture. J'avais dit au vieil ambassadeur de ma cousine que je passerais la voir l'après-midi même. J'irais donc. Si armée que je me croie, je sentais au fond de moi une inquiétude sourde et rongeante. J'avais mis tant de temps à guérir du passé. J'avais peur, et d'elle et de lui. Germain frappa doucement. Il était l'heure. Je pris mon chapeau de deuil, presque aussi laid que celui dont j'étais affublée, jadis, à Verteuil. C'était si loin, tout cela, comme vécu par une autre. Cela faisait bientôt quinze ans que je n'avais pas vu Lucile. Le fiacre roulait dans l'air chaud et épais. Il passa la Seine. Je regardais vaguement des nuages sombres. J'essayais de trouver un semblant d'ordre dans mes sentiments. Ou, du moins, de faire comme tel. La voiture s'était arrêtée devant une porte cochère, dans une rue tranquille. Deux laquais vinrent à moi, m'ouvrirent des portes lambrissées. J'attendis dans une antichambre bleue, toute tapissée de soie des Indes. Une chose semblait certaine, dont M. de Caulaincourt ne m'eût parlé sans s'abaisser. Lucile ne manquait pas d'argent, je la reconnaissais bien là. Une petite servante noyée de linon blanc vint enfin pour me mener auprès d'elle. Mon cœur se remparait à chaque pas. Je m'attendais à la trouver mollement allongée sur une chaise ottomane, et vêtue d'un de ces peignoirs de mousseline de Chine que la mode permet de porter dans un certain désordre de nudité et de dentelles. Mon attente fut déçue. La chambre de Lucile était sombre. Elle était dans un grand lit, perdue au milieu d'un océan de draps. Je ne reconnus que ses yeux. La main qu'elle me tendit était si décharnée qu'elle me sembla une feuille morte.

– C'est bon à vous, Adèle, d'être venue.

Sans que je puisse trouver un mot de réponse, elle ajouta comme pour elle :

– Je le savais, d'ailleurs. Vous êtes bonne.

J'étais saisie, pétrifiée, ne sachant que dire. D'un geste, Lucile me désigna un siège. Elle me sourit. Sa voix était cassée. Elle respirait avec peine.

– Une étrange comédie, la vie, n'est-ce pas ?

Ses yeux, si bleus, étaient enfoncés dans un visage tendu, blafard, parcheminé de rides. Où était donc la si jolie femme de mon souvenir ? Je ne voyais plus qu'un corps en souffrance, gisant sur deux oreillers. Le camphre avait remplacé le jasmin.

– N'ayez pas peur, Adèle. Je ne vais pas mourir tout de suite... Il me reste encore un peu de temps, je crois. Mon Dieu, comme je suis contente de vous voir ! C'est merveilleux, vous avez si peu changé. Vos yeux sont toujours les mêmes. J'ai été fort jalouse de vos yeux, savez-vous ?

Elle manquait de souffle et sa voix se posait, à chaque phrase, dans un halètement. Je balbutiai je ne sais quoi. Je ne trouvais rien à dire et je sentis soudain des larmes sur mes joues, qu'elle vit et dont elle ne me dit rien. Elle prit une clochette de cristal, à son chevet, et sonna. Deux servantes empressées nous apportèrent du thé et l'aidèrent à s'asseoir.

– Vous rappelle-t-il, ma cousine, de ma mère, et du thé de Verteuil ? C'est bien loin, n'est-ce pas ?

Elle eut un sourire sans lumière.

– Parlez-moi un peu de ma pauvre mère, voulez-vous ?

Lentement, difficilement les mots me revinrent. La vie, à Champlaurier, son calme trompeur, la tempête qui avait ravagé les blés. Et l'orage des hommes qui avait tout emporté. Lucile écoutait sans m'interrompre, les yeux secs. Sa main, pourtant, tremblait un peu. Une petite cuiller d'argent, battant le bord d'une tasse de porcelaine, me répondait silencieusement. Je me tus, enfin, épuisée et calme, laissant dormir auprès de nous les ombres du passé.

— Mon pauvre Louis... Savez-vous quel regret j'en ai ? Il n'était ni brillant ni beau, mais il m'aimait vraiment. Je rêvais d'autre chose. Mon Dieu, j'ai été bien sotte...

L'aveu était sincère. La femme qui était devant moi ne se mentait plus.

— Parlez-moi un peu de vous, Adèle. J'ai été étonnée, savez-vous, de ne pas vous savoir un époux et un troupeau d'enfants. La vie n'a pas le sens commun, décidément.

Sa voix s'étouffait. Elle eut une toux terrible, profonde, qui m'éclaira sur son mal. On frappa à la porte et, d'un geste désespéré, Lucile me demanda de faire entrer. Ce que je fis, sans même y réfléchir. Un homme s'approcha, vêtu de noir, l'air sévère. Il prit son bras.

— Vous abusez de mes permissions, madame.

— C'est le seul plaisir qui me reste...

Le médecin se tourna vers moi. Je compris son regard et me levai.

— Je vais vous quitter, Lucile.

Elle me tendit son autre main, dans un geste si instinctif qu'il brisa d'un coup mes dernières préventions.

— Vous reviendrez, n'est-ce pas ? Demain, si vous le pouvez ? Demain...

Je revins le lendemain soir et les jours qui suivirent. Lucile m'attendait. Son regard si bleu s'éclairait à ma vue. C'était une chose étrange et sans explication. Chez Marguerite, même auprès d'Adèle, j'attendais de la retrouver. Il n'est rien de plus doux qu'une réconciliation. Un soir, comme je sortais à son arrivée, le médecin me demanda de l'attendre. Ce que je fis, dans le petit salon bleu. Sur la cheminée de marbre gris, quelques sèvres, très anciens. C'étaient les seuls bibelots qui rappelaient les autrefois de Lucile, quand il lui fallait et ceci et cela et cela encore pour croire une maison digne de l'abriter. Quelles profondeurs de désespoir avait-elle parcourues pour changer à ce point ?

Le médecin me fit une sorte de sourire un peu contraint.

— J'ai une prière à vous adresser, madame. Notre malade n'a pas osé vous le demander elle-même, tant elle craint votre refus.

Je me sentis sur la défensive. Une méfiance ancienne et lourde m'était revenue.

— Elle voudrait que vous restiez chez elle...

— Je ne le puis.

C'était vrai, je ne le pouvais pas. Je me devais à Olympe et à notre petite. Marguerite avait besoin de moi. Je voulais rester libre de mes allées et venues. Voir Marsaud, voir Pauline, qui n'avaient pas de place à l'hôtel de Marmont.

— Pardonnez-moi d'insister...

Un doute me tenait. Lucile m'avait si longtemps traitée en parente pauvre, contrefaite et gardée par pitié qu'elle n'avait pas osé m'en parler elle-même. Elle regrettait, elle voulait réparer ses torts, elle le disait sans cesse. Je devinais la vraie raison de cette offre. Elle avait appris mon dénuement. J'avais rendu sa voiture à M. Dangeau. C'était le cocher de ma cousine qui venait me chercher, rue Verte. Sentant ma blessure d'orgueil, le médecin me rassura du mieux qu'il put.

– Nous ne nous sommes pas compris, madame ! Elle voudrait simplement que vous restiez parfois, la nuit, quand elle n'est pas bien. Elle a peur de la nuit.

Je ne répondis pas. Il ne comprit pas mon silence.

– Je le voudrais aussi, je l'avoue. Depuis que vous êtes revenue, elle est infiniment mieux. Elle mange et dort, à nouveau.

Il ajouta, comme pour lui :

– Non que le mal cède. Ce mal ne se guérit pas vraiment. Mais il peut s'endormir.

C'était le cas de bien des maux.

Il me parla longuement, habilement, d'un long chemin de misère et j'acceptai de rester deux ou trois nuits par semaine quand il le faudrait. Je ne pouvais consentir davantage sans m'humilier définitivement. En apprenant que j'acceptais, Lucile ne m'avait rien dit. J'avais simplement lu de l'apaisement dans ses yeux.

Le mien suivit le sien. Je ne sais comment cela se fit. C'étaient d'étranges nuits, commencées vers six heures, quand l'ombre s'abattait sur la malade et qu'elle la chassait de mille bougies tremblantes. Il lui fallait du feu, des lampes et ma présence. Elle me fit préparer une chambre charmante, spacieuse, où l'élégance des meubles anciens s'ajoutait à toute cette aisance de vie que peut donner l'argent. Lucile était riche. Elle me le dit un soir où je restai, un soir de fête, disait-elle, où elle avait fait l'effort de sortir de son lit pour dîner avec moi. La table était couverte de cristaux et d'argent. Elle rit, en regardant se refroidir la volaille qui gisait dans son assiette et qu'elle ne pouvait parvenir à manger.

— J'ai tout et je n'ai rien...

C'était si pitoyable que je pris le parti d'en rire.

— J'ai moins encore.

Lucile me regarda gravement.

— On me l'a dit. Vous n'avez plus Aiguebrune, n'est-ce pas ?

Je ne pus lui répondre. Je n'avais pas faim, moi non plus.

— C'est bien cruel, cela...

Je ne voulais pas entendre parler de tout cela. Notre repas était fini. Je l'aidai à se lever et je lui proposai une partie de loto-dauphin. Elle rit un peu, en tâchant de ne pas trop tousser.

— Une partie de loto-dauphin ! Mon Dieu, Adèle, nous sommes tombées toutes les deux bien bas !

38

L'automne était doux. Une sorte de lassitude tendre pesait sur la saison. Les feux de l'été s'éteignaient, le calme se faisait, peu à peu. Le siècle allait mourir doucement. Ma vie était devenue lisse et facile. Je vivais dans un abandon familier, dans un présent sans avenir. Je menais une curieuse existence de boitement. Le matin, dans ma petite chambre, simple et dépouillée, vers midi dans l'écrasement d'un faste romain, et au soir parmi les ors bruns de la marquise de Champlaurier. Je n'étais, à dire vrai, nulle part à ma place et m'en accommodais fort bien. La coutume m'en était venue aisément. Lorsque je passais la nuit chez moi, j'écrivais, le matin, à la première lumière. Je pouvais à nouveau le faire. Mes aveux à Élise n'étaient que quelques lignes éparses, confuses comme mes sentiments. Ils avaient cette fragilité des fleurs cueillies, aussitôt fanées. Mais j'aimais à retenir ce lien. Je ne sais trop à qui j'étais ainsi fidèle. Parfois, penchée sur le papier, il me semblait reprendre l'histoire de Champlaurier et être à Aiguebrune, avant que ne se lèvent les alouettes. Quand revenait le bruissement de la ville, glissant jusqu'à mon toit, il me semblait entendre l'immense calme de mes champs. Je retrouvais sous ma plume le reflet de l'eau sombre et sa verdeur étrange, cette sensation d'une vie cachée, vouée à nous regarder, dans les roseaux et les feuillages. Tout me venait alors, la ferme basse, les toits pentus, le couronnement des châtaigniers, sur la colline, le logis, mal flanqué de sa tour croulante, l'odeur des pierres mouillées, à l'automne, celle de la poussière chaude de l'été revenu, les cris sifflants du vent sur l'eau.

Quand sonnaient les mâtines je quittais tous mes souvenirs. Je me lavais, m'habillais et faisais mon petit ménage, avec une vague satisfaction. Germain venait tous les jours m'apporter de l'eau et me monter du bois. Il était toujours gai.

J'aimais cette visite. Je descendais ensuite voir ma brave veuve, déjeunant avec elle par commodité. Mme Kelsch parlait interminablement du temps qu'il faisait et de celui qu'il allait faire, puis de ses maux, si divers et variés que je devais être bien insensible pour en avoir si peu de pitié. Enfin elle aimait à parler et l'entendre ne m'ennuyait pas trop... Avant dix heures, j'allais me promener au hasard des rues, leur préférant le plus souvent les jardins roux. Les feuilles du vent d'automne sont de si douce compagnie. Ma vie de balancier commençait ensuite. À onze heures, la voiture de Pauline. À cinq heures, celle de Lucile.

Dans sa chambre close, le mal ne s'était pas arrêté. Je la trouvai, un jour, adossée à dix oreillers, des feuilles sur les genoux et une plume au doigt. Elle était si faible, elle toussait tant qu'elle ne pouvait écrire. Je lui proposai de l'aider, pour ses écritures. Les miennes m'en laissaient tout loisir.

— Puis-je vous aider, Lucile ?

Elle me sourit du fond de son lit.

— Vous avez assez fait, je crois.

— Si je le puis d'une quelconque façon...

Elle eut un air d'autrefois, repoussant l'écritoire d'un geste las et pourtant souverain :

— Vous le faites déjà... Mes plumassiers s'en débrouilleront !

Elle avait, il est vrai, tant de gens... En revenant d'exil, elle avait acheté l'hôtel de Marmont, mis en vente depuis peu. Il était sans travaux. Elle avait besoin d'un asile. Très simple en façade de rue, il était, vu de la cour, fort beau. Le bel étage s'ouvrait sur une galerie qui courait tout au long de l'édifice et dont les colonnes torsadées parlaient de la Renaissance. Le Louvre était tout proche. Un grand escalier d'angle montait à l'étage, dans un élan joyeux. Des faunes riaient au soutien des piliers qu'enlaçait une vigne de pierre. Ces contorsions peu sages ne se devinaient pas quand les portes de la rue étaient closes. Lucile m'avait confié que cette fausse modestie lui avait semblé de mise. Sa présence en France était tolérée, sans plus. Il était prudent de ne point trop *s'étaler*. Elle avait raison, mais sa sagesse avait quelque limite. Elle avait conservé une petite armée de domestiques qui brossaient, époussetaient, étrillaient et lavaient tout cet assemblage extravagant qui fait une grande maison. Ce que je devinais sans le voir, n'arrivant qu'après cette bataille, selon sa volonté.

– Je suis affreuse à voir au lever ! Après ce n'est guère mieux mais il faut bien s'en contenter...

Elle riait, me disant cela en se contenant la poitrine. Sa chemise était trempée d'une sueur mauvaise et j'avais peine à penser qu'il avait été un temps où elle se changeait mille fois avant de porter une toilette. En ce temps je la pensais un papillon. Elle en était un, qui avait mis bien du temps à sa métamorphose... Lucile, chaque jour, m'étonnait davantage. En dix années d'exil, elle avait appris la patience, en trois années de maladie, l'humilité. Je *passais* d'ordinaire jusqu'à neuf heures, avant qu'elle ne dorme. Mais je restais, souvent, sans qu'elle me le demande, quand elle toussait si fort que ses mouchoirs se couvraient de sang. Elle avait si peur, me tenant la main. Elle redoutait de s'endormir *un peu longtemps*...

— Je vais rester...

Elle souriait comme elle le pouvait.

— Je vais donc rester, moi aussi, si je le puis...

Le soir tombait un peu vite. Nous étions comme seules dans la maison trop grande. Le feu s'éteignait lentement. Une bûche s'effondrait en cendres. Nous parlions doucement. Elle avait mal dès qu'elle haussait la voix et je parlais comme elle. C'était un ton de confidences à bâtons rompus. Un temps gagné sur la nuit. Il est souvent pesant de garder un malade. Ses caprices perpétuels sont autant de contraintes. Avec Lucile, c'était bien au rebours. Toute une vie de frivolités était morte au pied de son lit. Elle ne croyait pas et la peur de Dieu l'indifférait. C'était pourtant une grâce étrange qui lui était faite de retrouver une âme en perdant son corps. Elle semblait n'avoir aucun regret de sa beauté perdue. Je ne m'expliquais pas cette sorte de rédemption. J'espérais seulement que son mal s'endorme. Chose curieuse que la vie! Chaque soir nous trouvait plus proches. Elle ne pouvait guère parler, mais elle voulait savoir tant de choses... Je repris pour elle l'histoire incessante de ma vie qui s'écrivait, désormais, de l'heure d'Élise à celle de Lucile. Toutes deux également grises.

Le médecin venait chaque jour et s'attardait le mercredi. J'avais donc le temps d'aller voir Pauline, ce jour-là. C'était une sorte de récréation confuse qui me laissait souvent le sentiment d'une fuite. Un autre monde m'attendait, présent et gai. Pauline m'accueillait en riant et sa gaieté, fausse ou vraie, me faisait le plus grand bien. Je

474

l'emportais avec moi et racontais parfois à la malade ces mille histoires cocasses ou blessantes qui sont le sel de la vie parisienne. Marsaud venait lui aussi chez Pauline, le mercredi. Entre autres pour me voir. Il était mon ami et ne s'en cachait pas. Une complicité s'était installée doucement. Pauline aimait à s'entretenir avec M. Berthier, à voix un peu basse, et nous les laissions faire. Un soir où ils devisaient ainsi, Marsaud approcha son tabouret de ma chaise allongée. Ces sièges d'alanguissement étaient au goût du jour. Je restai cependant assise.

— Je crois que vous allez être contente...

Je sus immédiatement, en croisant ses yeux, qu'il était sérieux.

— Vous avez eu des nouvelles ?

Je n'osai prononcer le nom du jeune homme tant j'avais peur que mon espoir ne s'enfuie.

— Je le pense. Hédouville n'a rien su me dire de précis. Mais un jeune capitaine de corvette est venu me voir, prié par lui. Revenant de Guyane, il a mouillé à Saint-Domingue. Dans Port-Républicain, tout est calme. L'ordre semble rétabli...

— Est-ce là tout ?

— Ce n'est pas si mal. Mais je pense que ce n'est pas tout... Sans rien pouvoir vous affirmer, Adèle. Mon jeune marin m'a parlé d'un des capitaines du port, un homme de couleur assez pâle, d'allure très fière, d'un maintien surprenant. Cet homme, qui n'a pas trente ans, sait parfaitement le français et l'écrit mieux encore.

Le fait était rare, mais quelques mulâtres avaient du moins appris à écrire.

— Quel est son nom ?

475

– Notre officier l'ignore. Il ne pensait pas qu'il eût un tel intérêt.

Que penser ? C'était si vague ! Marsaud dut lire ma déception sur mon visage.

– Il doit retourner sous peu à Sinnamary, par la même route. Pour moi, je crois que c'est lui... Un détail a frappé notre capitaine. Cet homme porte en permanence une bourse bleue autour de son cou.

Oui, c'était lui. Un jour de brumaire qui n'était pas si loin, Marsaud m'avait apporté une petite boîte envoyée par Élise. Elle contenait une créole d'or, celle de Cyprien, deux lettres, une boucle de cheveux blonds, une petite bourse bleue. Nous ne parlions plus. Je sentais trembler ma bouche et ma main, au rebord de cette chaise trop longue. Nous l'avions retrouvé, j'allais pouvoir lui écrire. Le souvenir d'Élise était à Cyprien comme à moi. Il n'était pas de lien plus fort. J'avais envie de pleurer. On riait et badinait un peu plus loin. Mon ami partageait mon silence. Une amitié masculine est pleine d'agrément.

Quand je quittai Pauline pour retrouver Lucile, la nuit tombait. Je passai sur un pont qui séparait deux mondes. Une rive au présent, l'autre au passé. Cela me semblait de plus en plus étrange. La Seine me comprenait. Elle était répandue comme un tissu lamé sous le ciel d'automne. Son courant lourd sentait les forêts pourpres et brunes, la vie, qui s'endormait, qui reviendrait... J'aimais le courage du fleuve. J'en avais de plus en plus besoin. Chez Lucile, la mort cernait l'espace, en pots, en flacons, en fenêtres fermées.

Elle rôdait, s'éloignait, revenait. Elle lui faisait si peur, la nuit, quand elle voulait une lampe allumée. Je lui tenais alors la main, sans parler. Elle allait de plus en plus mal. Elle était si seule, au fond de son grand lit, posée sur ses oreillers. Un matin, après une nuit sans trêve, elle me regarda d'un air exténué.

– Je n'en peux plus, Adèle... À quoi bon vivre ? Pour qui ?

– Pour moi !

– Vous seriez mieux, sans moi...

– Je n'ai plus que vous, vous me l'avez écrit... Elle sourit sans me répondre.

– Moi aussi, je suis fatiguée ! Moi aussi, je suis seule !

Elle ne pouvait pas me quitter. Je ne pouvais supporter de perdre encore quelqu'un. Je le lui dis, presque durement, tant j'étais fatiguée de lutter contre la maladie. Il me semblait que c'était le même combat, toujours renouvelé. Le même qu'à Aiguebrune, quand je frottais les enfants au vinaigre. Elle ne répondit pas. Je voyais ses mains crispées à sa poitrine, sa respiration insuffisante et têtue, si pénible à entendre. Je suspendais mon propre souffle, soudain gênée d'avoir tant d'air à ma disposition. Cela dura trois jours, sans rémission, impitoyables. Je restais, la nuit comme le jour. Pour qu'elle ait envie de vivre, de voir passer cet automne et finir cet hiver. Comme elle s'accrochait à moi ! Comme je m'attachais à elle ! C'était une femme nouvelle, si différente de l'enfant trop gâtée que j'avais connue jadis. Il m'arrivait de penser qu'elle n'était pas la même personne. Elle s'inquiétait de tout ce qui était vivant, d'une ronce d'églantier qui s'accrochait désespérément au mur d'en face.

— Reverrai-je seulement fleurir cet arbre ? Qu'on ne l'arrache pas, surtout !

Je lui disais qu'il ferait beau voir qu'elle ne le vît pas. Elle souriait, sans m'écouter, et sa main fatiguée se tendait vers une boucle enfuie de mon chignon.

— De beaux cheveux, toujours...

Il ne restait presque rien de ses boucles blondes où la lumière jouait si bien. Ma gorge était amère.

— Les vôtres le sont aussi.

— Ils l'étaient. Mais les vôtres plaisaient davantage. Tout en vous, d'ailleurs, plaisait bien plus que moi. J'avais, il faut le dire, quelque mal à supporter cela.

— Lucile, vous moquez-vous ? M'avez-vous vue marcher ?

— J'ai vu, un jour, des yeux fort tendres se poser sur vous. Des yeux pleins de mépris s'ils se posaient sur moi. J'aimais ces yeux-là, voyez-vous, ma cousine...

Elle rit de mon air et toussa. Elle eut enfin un petit geste las.

— J'étais ainsi, Adèle. J'ai toujours voulu ce que je n'avais pas. Et je suis toujours ainsi. Regardez ! Aujourd'hui, je voudrais l'été...

Je me tus, bouleversée de l'aveu. Elle n'en dit pas plus. Ce fut ce jour-là, le troisième jour, qu'elle me demanda des nouvelles des gens d'Aiguebrune.

— Je n'en ai pas...

— Il faut en prendre...

Elle regardait encore l'arbuste nu sur le fond gris de la cour.

478

— Ne faites pas comme moi, Adèle. S'ils vous aiment, ne les laissez pas...

Le ton de cette voix qui franchissait péniblement la barrière de ses lèvres ne se discutait pas. Rentrée chez moi, je pris ma plume et j'écrivis si longtemps que je ne vis pas percer la lumière du jour.

Lucile se remit, peu à peu. La phtisie se calmait doucement. Elle toussait moins, et je pus un jour l'aider à se lever du tombeau de tissu qui l'engloutissait. C'était un jour d'hiver, sinistre, froid et gris à mourir. Un jour superbe, un jour de victoire et de couronnement.

— Vous ne serez pas seule pour cette fois, ma pauvre Adèle ! Je crois que bientôt vous le regretterez !

Il n'était pas de réponse.

Ma vie reprit son cours, entre la république, au matin, et la monarchie, le soir. Peu m'importait ! Je n'avais d'autre gouvernement que celui de mon cœur. Et il semblait pouvoir se reposer un peu. Adèle était un bébé ravissant. Elle devenait blonde, ses petits cheveux de naissance étant tombés, d'un blond de lin qui me gonflait le cœur d'amour. Olympe était revenue à elle. Il n'était de moment, quand ils me voyaient, où les yeux de M. Dangeau ne me sourient. Pauline était heureuse. Elle se mariait, mais si, mais si... Tout vient à qui sait attendre ! Et pour illustrer le proverbe, je reçus des nouvelles d'Aiguebrune. Mariette me répondit la première. Lassée d'attendre une *coureuse de Paris,* elle s'était installée pour un bout de temps à la ferme basse. Elle avait vendu la

479

blanchisserie, le linge sale d'autrui n'étant pas bon à frotter pendant toute une vie. Elle ne le regrettait pas et je pouvais prendre tout mon temps, à condition de lui rapporter de la ville du vrai café, celui de Mareuil étant une lavasse à serpillière ! Je ne pouvais me retenir de rire, en la lisant. Elle avait une orthographe qui n'appartenait qu'à elle. Mariette à la ferme basse ! J'imaginais cela ! En bas du papier, avec une application enfantine, quelqu'un avait écrit, bien proprement : *Je t'aime, Madèle.*

Ne jamais laisser qui vous aime... J'écrivis donc une deuxième lettre. Les nouvelles qui me parvinrent en retour étaient bonnes. Brèves, toutefois, car c'était François qui me répondait. La moisson, sans être généreuse, avait été suffisante. Les labours étaient faits. L'abbé ne toussait pas trop. Les garçons étaient rétablis. Le plus jeune, tous les soirs, demandait après quelqu'un.

L'automne passait, peu à peu. Tous les jours, de grand matin, je marchais dans un jardin trop sage. Les feuilles des marronniers des Tuileries luttaient contre le vent. Tout brunissait autour de moi... Je pensais, souvent, aux feuilles des grands ormes qui devaient s'envoler au vent.

Ce mercredi-là, il pleuvait. Une bourrasque amère s'engouffrait jusque dans la voiture. Elle me transit, sur le pont que des soldats gardaient et qu'il fallait passer au pas. J'arrivai gelée chez Pauline et fus surprise d'y trouver Marsaud. Il passait plus tard, d'ordinaire. J'entendais depuis le vestibule sa voix et sa colère. Il allait et venait devant la cheminée avec un emportement qu'il maîtrisait bien mal. M. Berthier le regardait, assis devant l'âtre, aux côtés de sa belle, lui tenant la main. Tant de fureur étonnait le brave banquier.

– Vous le prenez trop à cœur, Marsaud ! Ce n'est pas un si grand changement... Le Directoire, somme toute...

– La dictature est claire, désormais ! Il n'est plus de république quand les soldats forcent les élus du peuple ! Mais je ne resterai pas à voir cela, à voter cela ! Lucien est un traître et Sieyès un laquais !

Je demeurai saisie au bord de la pièce.

– Mais que se passe-t-il ?

– Rien que de très prévisible ! Quand on met sur un socle un homme en uniforme, qu'on ne s'étonne pas de le voir devenir Sylla ! L'armée est à sa botte et les Anciens sont à plat ventre !

Il parlait de Bonaparte, bien sûr. J'avais confusément suivi un peu de politique, de mercredi en mercredi, glanant de-ci de-là quelques nouvelles. Car les portes du bal des hommes se fermaient devant celles de Lucile. Le jeune général était revenu d'Égypte. Il était acclamé partout en triomphateur. On voyait en lui le sauveur d'un pays embourbé dans la guerre, ballotté de défaite en désastre. Le général Joubert était mort, à Novi. Pauline, qui m'accueillait, crut devoir prendre un air navré :

– Le général Bonaparte s'est emparé du pouvoir dans la nuit.

Marsaud se tourna vers Berthier, le terrassa des yeux.

– Que voulez-vous que je vous dise ! Quand nous sommes arrivés au château de Saint-Cloud, comme de bons apôtres, nous l'avons trouvé plein

481

de soldats ! La suite est méprisable ! Les députés du peuple ont juré de résister à la tyrannie ! Le dictateur est alors arrivé, avec des grenadiers en armes, et nous a bredouillé je ne sais quoi ! Qu'il venait pour sauver la république !

— Il la sauvera peut-être... Voyez dans quelle situation nous sommes ! Si cela continue, nos frontières sont perdues !

Marsaud foudroya Berthier du regard.

— Je le vois, justement, et vous non ! Plus rien de libre n'aura de droit dans ce pays, dorénavant !

Je n'avais pas vu Marsaud ainsi depuis bien longtemps. Il se contenait à grand-peine. Il se tourna enfin vers moi, ne semblant pas voir notre hôtesse, gênée de sa voix trop forte, pourtant debout à mes côtés.

— Adèle, je ne puis rester à Paris ! Je ne sais pas me taire et l'on m'a fait aimablement comprendre qu'il serait bien venu à moi de disparaître. J'obéirai donc, pour la dernière fois.

Il eut un geste d'impuissance en me montrant les vitres souillées de pluie.

— Nous avons fui les soldats par les fenêtres ! Et foulé nous-mêmes notre toge aux pieds ! Je ne puis changer d'opinion aussi aisément que de costume. Je pars.

Je me sentis pâlir. Il me regarda longuement.

— Je rentre en Charente. Je vous écrirai.

Il prit mes deux mains et les serra violemment. Avant que je n'aie dit un mot, fait un geste, il était sorti. Une porte claqua dans l'air froid de brumaire. Mon cœur, soudain, se fit bien lourd. Toute la gentillesse de Pauline n'y pouvait rien. Elle *faisait mine*, comme on dit chez nous. Ses yeux pleins d'ennui ne trompaient personne.

482

Je rentrai sous la pluie. La bourrasque s'acharnait. Il était tôt mais le ciel était sombre. Je vis aller et venir des soldats, marchant par groupes serrés. Je pensais à Denis. Où serait-il, en cet instant ? Pour quel parti tiendrait-il ? Celui de Bonaparte, certainement... L'idée me revint qu'il était mort trop tôt, à l'aube d'une gloire certaine. Cette pensée m'était familière. En ce temps militaire, où était donc le jeune cadet qui ne rêvait que du canon ? Lucile avait raison, le sort montre souvent une étrange cruauté. Arrivée à ma chambre, en défaisant mon vieux chapeau noir, je me sentis perdue. Marsaud allait partir. Je n'aurais plus de mercredi.

Après un triste automne, ce fut un hiver bien long, comme une pause du temps. Tout allait mieux, pourtant. Paris était très gai. Pauline le disait, cherchant à m'entraîner dans un tourbillon qui ne me tentait plus. Chez les Dangeau, on riait souvent. Adèle se tenait assise. Elle me tendait les bras dès qu'elle me voyait. Sa peau sentait le lait, le miel et la lavande. Elle était de plus en plus blonde, avec de grands yeux bleus. En la quittant, je me disais souvent que Lucile, toute petite, devait lui ressembler un peu. Je lui parlais d'ailleurs de la petite fille et elle se prit à la couvrir de cadeaux, par mon intermédiaire un peu trop complaisant. Robes minuscules, bonnets brodés, petit agneau de laine... Je n'osais dire au grand-père qui les envoyait. J'étais un peu lâche, sur ce point. Mes jours étaient agréables, et mes soirées aussi. Lucile et moi, nous avions quinze ans, vingt et cinq ans, dans nos souvenirs. Nous nous disions

483

tant de choses... Tous les jours, je lui parlais d'Élise, de son clavecin et de ce qu'elle aimait. Les cerfs-volants, Mozart, les fleurs de muguet... Je n'avais pas osé lui en dire davantage, hésitant à lui avouer un amour que tout interdisait. Élise et Cyprien s'aimaient si fort. Mais l'eût-elle compris, accepté ? Je n'en étais pas sûre. Rien ne pouvait rendre la beauté de leur sentiment. Je ne voulais en ternir de paroles ni l'image ni le souvenir.

La mémoire de chacun a ses complaisances. Lucile pensait aux siens, laissant dans l'ombre ceux qu'elle avait si peu vus dans la lumière. Pouvais-je le lui reprocher quand tout le monde agit de même ? Elle s'agitait, parfois, tourmentée d'avoir été une mère si peu présente, une épouse tellement absente. Devais-je ajouter au poids qu'elle supportait déjà ? Elle était si fragile.

— Je ne pensais qu'à moi, Adèle ! Je me plaignais, dans le secret de mon cœur, je voulais des romances ! Je croyais les mériter et que la vie était injuste à me dispenser tant d'ennui... Quel fatras de vide que ma tête d'alors ! J'ai une peine inconcevable à simplement m'imaginer que j'aie pu être ainsi !

Je me levai pour raviver le feu, pour donner un peu de mouvement à mon silence. Que pouvais-je lui dire ?

— Louis était là, Élise aussi, et j'étais si loin d'eux ! Le rebours est assez juste, aujourd'hui...

Je craignais de parler, j'avais peur du silence qui s'installait lentement. Je cherchais les bruits qui agitaient la ville. Mais le Consulat l'indifférait. Le sort des royalistes n'arrivait pas à l'intéresser un instant. Elle suivait sa tristesse. Lucile avait toujours eu bien de l'entêtement. Enfin, me voyant ennuyée, elle changeait de conversation. Je devais lui raconter Aiguebrune. Elle y tenait absolument, se plaisant à l'imaginer. J'avais un peu craint de le faire, dans les débuts, par peur d'en souffrir, puis c'était devenu une sorte d'habitude entre nous. Je lui faisais un conte, précis et régulier, qui rendait tout plus beau. Je lui parlais des châtaigniers et des aulnes, des ormeaux des grands prés, des nymphéas et des iris de l'étang. Elle m'écoutait, en respirant un peu bruyamment. Je guérissais ma peine sans m'en apercevoir. En y repensant, je ne sais laquelle soutint l'autre pendant cet hiver-là. Je nous revois, chuchotantes. Le temps semblait suspendu. Je le croyais du moins. Mais il faisait, dehors, de plus en plus froid et les feuilles des marronniers étaient toutes à terre, depuis fort longtemps piétinées. J'étais morose, à quoi bon le cacher. Lasse de tout. À l'aube, je n'écrivais pas pour ne pas mentir.

Je venais de finir mon ménage quand on frappa à ma porte minuscule. C'était Germain, m'apportant du bois. Il laissa rouler les bûches au sol et entrouvrit son gilet rayé.

— Une lettre pour vous, M'dame. La veuve m'a dit de la monter.

Je pris le morceau de papier sans entendre ce qu'il me disait. Ce n'était ni Mariette, ni François, ni l'abbé. Germain parlait de je ne sais quoi, de remplir le poêle. Je lui fis je ne sais quel signe. Non, je n'avais pas besoin d'eau. Et il sortit. Je m'assis sur ma chaise et j'ouvris doucement le papier croisé. Il n'était pas bien long à lire. Il me parlait d'une visite à Aiguebrune, où tout allait bien, dont je ne devais pas m'inquiéter. Ce n'était pas encore vendu. La Grise était un peu fatiguée. François prenait le gros Brun pour aller au bourg. Voilà pour les nouvelles. Pour lui, tout allait bien. La vie d'Angoulême était fort tranquille. Il logeait au douze de la rue du Soleil. Avoir de mes nouvelles lui ferait grand plaisir. En toute amitié. Suivait un gribouillage d'insecte tombé dans l'encre. Pourquoi avais-je les larmes aux yeux ?

En allant chez Marguerite, je ne pensais qu'à ma lettre. En écoutant parler Lucile, à ce que je lui répondrais. J'écrivis le soir même. Il me répondrait certainement assez vite. Ma missive n'était pourtant qu'un tissu de banalités. Signée, votre amie affectionnée...

Quand les jours devinrent plus longs, leur cours resta le même. Mais il se fit, peu à peu, un notable changement. Pendant sa maladie, on avait oublié dans le monde la belle marquise blonde. Elle était affligée d'un mal redoutable, du moins le croyait-on. Seul le marquis de Caulaincourt venait parfois nous voir. C'était une âme fidèle qui se donnait une fois pour toutes et ne revenait plus en arrière.

– Quel dommage, mon amie, qu'il soit si vieux !

Lucile se moquait de moi, de plus en plus souvent. Elle était gaie, et j'étais triste à faire peur.

Avec la fortune de son rétablissement, elle revint à la mémoire de bien des gens. On lui écrivait, elle riait.

— Que voulez-vous, Adèle, c'est ainsi ! Je suis riche !

Lucile de Champlaurier, qui n'avait vécu que pour le monde et ses mirages et qui s'en moquait, maintenant...

— Ils craignaient d'attraper ma fluxion à seulement me voir ! Mais si je leur avais offert un louis à chaque embrassade, ils eussent couvert mes joues de baisers ! Tous ne sont pas ainsi, mais beaucoup ! Il vous faudra les craindre, Adèle. Et les fuir. M'entendez-vous ?

Ce danger ne me guettait pas. Je ne risquais rien de ce côté-là et je le lui dis. Dans la façon dont elle me regarda sans me répondre, il y avait un air de tendresse bien particulier, celui d'une mère pour un enfant, ou un regard approchant.

— Quand ils reviendront, car ils reviendront, n'oubliez pas que si je suis tellement riche, ma chère, vous l'êtes aussi !

Je ne savais ce qu'elle voulait me dire par là. Je ne m'y arrêtai pas. Je rentrai chez moi, sentant le printemps sur la ville qui s'en venait doucement. L'air sentait les fleurs. En ouvrant ma petite porte, je vis une lettre, au milieu du plancher. Nous nous écrivions régulièrement. Marsaud me parlait de choses simples, qui m'importaient. Le blé était sorti de terre. Les grues étaient revenues. Le printemps serait beau. Il me disait combien Mathieu m'aimait, combien je manquais à Aiguebrune, qui n'était toujours pas vendu. Que je ne m'en soucie pas ! Il aidait François aux comptes

487

quand il passait par là. Il m'écrivait d'Aiguebrune, justement, car on le chargeait d'un important message. C'était le dessin d'une maison
tordue, à moitié cachée par un énorme soleil. Une
main enfantine s'était appliquée : *Tu reviens
quand, Madèle ?*

Je ne le savais pas, mais j'y pensais, maintenant. Aiguebrune n'était pas encore vendu. Je ne
dérangerais personne à leur rendre visite... Je ne
resterais pas, bien sûr... À l'été, peut-être, si
Lucile était mieux... Mais il n'était pas raisonnable d'y penser. Avant l'été, ma maison serait
assurément vendue.

Je me couchai, serrant ma lettre contre moi.
Marsaud. Ses jambes trop longues, ses yeux un
peu moqueurs, ses dents à mordre un couteau.
C'était ainsi à chaque lettre. C'était plus fort que
moi. Je cherchais à l'imaginer, m'écrivant. Son
papier était comme lui, sans affectation aucune,
simple et droit. Je lui écrivais des choses simples,
moi aussi, sur des feuilles un peu grises. Je les
eusse voulues bleues, parfumées et douces. Je
pouvais bien le reconnaître puisque c'était vrai.

39

Lorsque je pénétrai dans la cour de l'hôtel de
Marmont, je me sentis saisie d'une sorte de
crainte. Les fenêtres étaient ouvertes. Ce n'était
guère prudent. Chaque jour, il me fallait la gronder davantage. Avec la vie lui était revenu bien de

l'entêtement ! Elle voulait des robes trop légères et bien trop décolletées, des repas de champagne, des soirées de minuit. Je protestais à longueur de temps, me faisant l'effet d'une duègne. Toujours de noir vêtue, j'en avais d'ailleurs l'apparence. Enfin... L'air était doux et l'églantier en fleur. J'hésitai un instant, puis je cueillis une rose sauvage, ouverte sur un cœur d'or. Je montai voir Lucile, tenant ma fleur au creux de ma main, quand j'entendis des bruits de voix. Ils venaient du grand salon, ouvert pour la première fois. Je m'avançai, étonnée, et je m'arrêtai presque au bord de ma surprise.

— Ah ! La voici ! Venez, Adèle, que je vous présente mes amis !

Ils étaient trois, assis autour d'elle, que je ne connaissais que trop. M. de Saint-Maur et Mme d'Épernay, M. de Caulaincourt, qu'il me fit plaisir de voir... Les messieurs se levèrent, s'inclinèrent. Je me demandai bien ce que Lucile avait pu leur dire en voyant l'intérêt amical de leurs yeux. Étais-je rentrée en grâce ?

— Adèle, nos amis nous invitent...

Elle avait en me regardant une moue enfantine, que je reconnus venir de fort loin. Sans répondre, je lui tendis l'églantine. Elle la déposa sur la table, sans s'y attarder davantage, ce qui me froissa désagréablement. Charlotte d'Épernay me sourit.

— Nous pensions aller au jardin de Tivoli...

— Il paraît, Adèle, qu'on y envole un ballon !

Il faisait doux, mais les soirs de printemps peuvent tromper. Ce n'était guère prudent et je le dis. On promit de se bien couvrir... Lucile avait un air à battre des mains. Je m'étonnai de la voir repousser si vite les amertumes de l'hiver. Puis l'idée me vint que j'étais fort sotte de juger ce que j'ignorais. Il n'est rien comme la souffrance pour donner l'envie de vivre. Ce n'était pas à moi à donner des leçons. Cependant, je n'avais guère envie d'être de la fête.

– Fort bien. Je vais vous laisser, Lucile...

– Je ne puis me passer de vous...

– Vous nous obligeriez à accepter, madame !

Que refuser à M. de Caulaincourt ? Les yeux de Lucile ne me quittaient pas. J'acceptai donc, songeant qu'il serait assez triste pour eux de nous traîner, moi et mon ennui. Ils se levèrent tous trois, sans s'arrêter à cela, apparemment charmés.

– Nous passons vous prendre à six heures, si cela vous convient !

Il le fallait bien. Ils sortirent. Lucile me sourit.

– Je vais m'emmitoufler, promis !

– Ce n'est guère raisonnable !

– C'est ce qui fait que c'est plaisant ! Vous savez, mon amie, on ne vit qu'une fois !

J'emportai ces paroles dans la voiture qui me ramenait chez moi. Je me moquais bien de mon apparence, de mon triste manteau. Le cœur serré, je savais qu'il n'était personne à qui je veuille plaire. Pourtant je ne pouvais sortir ainsi accoutrée... Je montai à ma chambre. Le cocher de Lucile attendait dans la rue. Je n'avais pas le temps de m'attarder. Je sortis de ma malle ma robe bleue, la seule qui convînt à mon état de demi-deuil. Cela ferait bientôt un an que mon frère était mort. L'étrange anniversaire que je lui faisais là... La soie douce coulait sur ma peau. Le

490

souvenir confus de mes anciennes espérances me vint. Leur ridicule ne réussit pas à me donner un sourire à accrocher à ma face. Je brossai mes cheveux, les repoussant dans mon dos sans autre soin, et je pris un châle un peu chaud. J'étais aussi prête que peut l'être une femme triste.

Nous étions serrées l'une contre l'autre dans la voiture qui nous entraînait et Lucile babillait à mes côtés. Elle avait tenu parole, une cape de fourrure l'engloutissait. Ses yeux brillaient. Elle faisait à nouveau partie de la vie. Sur le fleuve, nous attendîmes un peu. Il y avait foule. Je n'avais jamais vu le printemps, à Paris. Il flottait dans l'air un parfum d'allégresse et de gentil péché. Le temps des bals était revenu. Je suivis du regard un essaim de jeunes filles, petites ouvrières rieuses et court-vêtues qui couraient sur le pont. Elles allaient à un bal de barrière. Un homme, un jour, avait voulu me faire danser.

Devant les jardins de Tivoli, la presse était si grande qu'il nous fallut abandonner nos voitures et marcher, comme de simples mortels, parmi la foule. Heureusement, le marquis avait retenu une table. C'était un privilège qui restait permis. Mon Dieu, que j'étais donc d'humeur grincheuse ! J'avais beau me le dire, m'essayer à quelque politesse, c'était plus fort que moi. Je n'avais rien à faire ici. La joie d'autrui est pénible quand on est malheureux. Tout était charmant. Ces tables, disposées en quinconce, pour que chacun puisse se guigner du coin de l'œil, gentiment éclairées de lampions suspendus, cette charmille qui embaumait de chèvrefeuille, ces arceaux, perdus de roses. Et mes compagnons, dont la conversation badine et moqueuse eût pu me distraire. On s'attardait aux chapeaux des uns, aux toilettes des autres. Chaque ridicule se voyait épinglé par un esprit de cour assurément difficile à étrangler. Lucile riait. Je la regardais quand une ombre s'inclina devant notre table.

— Me permettez-vous ?

— Avec le plus grand plaisir ! Je ne pensais pas vous rencontrer ici, mon ami, vous qui n'aimez pas la foule !

Il ne regardait pas Mme d'Épernay en lui répondant.

— J'aime les jardins, depuis longtemps...

— Comment allez-vous ?

— Fort bien. Et vous-même, madame ? Je me suis laissé dire que vous aviez été fort souffrante...

— Il est vrai.

Le vin clairet était si âpre que je ne pus du tout l'avaler. On s'assit près de moi. On me regardait assez aimablement.

— Comment allez-vous, Adèle ?

— En boitant, je crois !

Que d'esprit ! Je me sentais plus qu'ennuyée. La conversation, par bonheur, avait repris, s'écartant de moi. Elle roulait sur ce qui enfiévrait Paris depuis huit grands jours. Bonaparte aurait passé les Alpes au col du Grand-Saint-Bernard. Si enneigé que les Autrichiens ne le gardaient pas ! Fallait-il croire à cette fable ? Je vous le demande un peu !

— S'il est vrai, ce Corse est *inc'oyable* !

— On raconte tant de billevesées, ma chère amie ! On amuse le peuple, voilà tout !

492

— On parle d'un nouvel Hannibal !
J'avais déjà entendu cela...

— Ou d'un nouveau César !

— Quand donc viendra un nouveau Brutus ?

Qu'est-ce que je faisais là ? J'imaginai soudain
Denis, entendant de tels propos. Il ne les eût sup-
portés un instant.

— Qu'en pensez-vous, Méricourt ? Bonaparte
a-t-il pu passer ce col ? Il ne vole pas, tout de
même !

— Qu'importe qu'il l'ait ou non passé ! Mélas
l'a emporté à Gênes. Il l'arrêtera certainement.

Je regardais mes mains, sur le bord de cette
table, placées par l'étiquette où il fallait qu'elles
soient. Une vague éducation, un orgueil sans raison. Je n'avais rien d'autre à partager avec ces
gens. Ils voulaient la victoire de l'Autriche. Je
sentis une barrière de bronze s'élever dans mon
âme. Il m'était indifférent de savoir si le drapeau
qui y flottait était tricolore ou blanc. Mais je ne
voulais pas qu'il fût français et abattu.

— Qu'en pensez-vous, Adèle ?

Ce que j'en pensais ! Un mouvement de chaise
me dispensa de répondre. Le ballon allait s'envoler ! N'étions-nous point venus pour voir cela ?
Chacun se précipita. Saint-Maur prit le bras de
Lucile et Caulaincourt celui de Charlotte. Je ne
pouvais refuser celui qui se tendit. Les allées de
gravier conduisaient toutes à un large cercle. Un
feu brûlait en son centre, sous l'étrange mont-
golfière. Cela m'aurait plu, si Mathieu avait été
auprès de moi. La foule était telle ! On nous bous-
culait assez effrontément. Ne savait-on qui nous
étions ? Deux hommes lâchèrent les cordes qui

493

retenaient la nacelle. Elle s'envola, légère comme une bulle de savon. Comme j'eusse aimé me trouver dedans! Les gens criaient, applaudissaient. On ramassait des sous.

— Voulez-vous que nous retournions?

Je le voulais bien.

Méricourt, à ce qui me sembla, ne prit pas le plus court chemin. L'étroitesse des voies, le nombre des passants me serraient contre lui. Il s'arrêta.

— Savez-vous, Adèle, que Paris m'ennuie? Personne ne m'y retient.

Que lui répondre, étant dans le même cas?

— Je vais partir pour Beaumont. En Périgord. C'était la maison de ma femme. J'ai pu la racheter...

Bien sûr.

— Ce n'est pas très loin de chez vous.

Oui.

— Si vous le voulez bien, je viendrai vous voir, à Aiguebrune.

Je restai sans voix.

— Il est, paraît-il, un étang, très sauvage et très beau, que je ne connais pas.

Il n'avait rien oublié, je le lus dans ses yeux. Je détournai les miens, les relevai, enfin.

— Je crains qu'il ne soit bien tard pour le connaître. Il a beaucoup changé.

Que lui dire d'autre? Aiguebrune, de toutes les façons, n'était plus à moi. Une musique s'élevait, légère, recouvrant mon silence. Une musique de Mozart, que je reconnus, emportant l'âme vers la joie. Les mains pianotaient sur les tables. Qu'importait que le musicien fût mort dans l'indifférence et le dédain ? Si lent que fût notre chemin de retour, nous étions revenus à notre table. Chacun se récriait sur la beauté du spectacle qui nous avait été donné. Quelle merveille que la science ! Comme il était charmant, M. de Caulaincourt, et jeune, en dépit de l'âge ! Il commanda un vin de Champagne, plus propre à son estomac que le poison que nous buvions. Nous parlions entre les notes. Il me sembla enfin que le vent devenait plus frais.

— Lucile, il se fait tard. Il serait raisonnable de rentrer.

Elle rit.

— *Il ne se peut que vous ayez tort et vous êtes toute raison !*

Mais elle vit, en croisant mes yeux, que Molière ne me semblait pas si drôle. Et elle se leva. Nous laissâmes nos chers amis et nous rentrâmes en silence. Il était trop tard pour que je dorme chez moi. Et il était trop tard pour moi. Je m'étais trompée de moment. J'étais une femme de contretemps... La vie me semblait méchante et le flot d'espérance qui gonflait la Seine me parut mentir, effrontément.

40

Je manquais d'air, il fallait que je sorte. Il était tôt. Mais ma colère était ancienne. Je n'avais pas pu fermer l'œil. Le lacet de ma robe trouvait seul son chemin, par habitude. Que serait ma vie désormais ? Celle d'un cheval de manège, condamné à tourner, guidé par une longe, de regret en regret. Cette soirée m'avait achevée. Je n'avais plus rien. J'avais perdu les miens, délaissant ceux qui me restaient. J'avais blessé l'homme que j'aimais, car je l'aimais, pourquoi le nier, le repoussant sottement pour un autre qui ne m'était plus rien. À peine un souvenir. Le temps nous avait séparés plus sûrement que tout. Celui que j'avais aimé n'était plus. Car il était pétri de bonté, de noblesse d'âme. Il n'eût pas laissé humilier une femme devant lui, une femme aimée. Un vieil homme égoïste avait pris sa place, qui redoutait la solitude et qui croyait qu'il lui suffisait d'un regard un peu tendre, d'un bras à m'offrir, en lequel je ne croyais plus. Ce que je voulais était tout autre ! C'était ce qui faisait briller le regard d'Élise voyant Cyprien. C'était ce qui l'avait dressé, seul, magnifique et grand, devant une foule hostile qui du coup s'était tue. C'était une pure folie !

Je quittai ma chambre si jolie, les bouquets de pervenches qui tapissaient ses murs. Tout dormait, chez Lucile. Le ressentiment me faisait parler seule. J'en pris conscience dans la fraîcheur de la rue. Je devais sembler une folle. Je devais me calmer. Je gagnai vivement les Tuileries, toutes proches par le passage des Cordeliers. Les marronniers étaient en fleur, fanant déjà, et les pétales blancs pleuvaient autour de moi comme des gouttes de lait. Je pensais à ma petite fille. Il fallait que j'arrête à elle mes pensées. Mais je ne le pouvais pas. Elles roulaient, désordonnées, me parlant d'un autre enfant qui m'attendait. À Aiguebrune.

J'allais devenir folle, tout de bon. L'envie de parler à Pauline me vint, brutale. Mais que lui dire ? Pauline était heureuse, à nouveau. Elle venait d'épouser M. Berthier.

– Que voulez-vous, Adèle, je suis ainsi. Je ne supporte pas si bien d'être seule... J'ai besoin de vivre, moi aussi.

Elle m'en avait fait la confidence à l'oreille, la dernière fois que je l'avais vue, peu avant son mariage. Pouvais-je lui donner tort ? *On ne vit qu'une fois...* Je n'irais pas la voir, la laissant à son bonheur. Elle n'avait que faire de se voir encombrée de mes voiles noirs. J'arrivai au jardin. Je poussai la grille du parc, grinçante, humide de rosée. Personne n'avait plus besoin de moi, de toutes les façons. Adèle avait sa mère et Marguerite. Une voix perfide protesta au fond de moi. Ici, peut-être, mais ailleurs ? La pensée torturante du petit garçon m'envahit, que je ne pouvais chasser. Que faisait-il, en cet instant ? Cherchait-il les œufs des poules d'eau, dans les roseaux ? Non, il était trop tôt. Il devait dormir en chien de fusil, sans avoir de bras pour le *gardouner*. Je me sentis les larmes aux yeux. Madèle était bien seule dans ce jardin trop sage, où l'eau chuchotait en fontaine une chanson asservie. Je m'assis à une chaise verte et je fermai un instant les yeux, me rêvant sous la caresse d'un matin d'étang. En vain. Notre eau sombre avait un parfum puissant de terre et d'herbe que je ne sentais pas. Je n'entendais pas le vent froisser les joncs comme une main sur une chevelure. Je regardais les Tuileries, presque étonnée d'être là. Je me levai, pris une allée. Les buis sentaient le vert. À Aigue-

497

brune, on couperait bientôt les foins. Je souris en moi-même de l'entêtement de mon cœur. Cela faisait une année que j'étais partie. Aiguebrune refusait l'oubli.

Des bruits de roues, si tôt, des bruits de chevaux et de bottes. On criait, on allait et venait. À l'autre bout du jardin, je voyais s'agiter les hauts bonnets noirs des soldats de la Garde. La famille du Premier Consul était au pavillon de Flore. Il était interdit d'aller plus loin. Je rebroussai chemin, songeant à m'en retourner vraiment. Je n'avais plus rien à faire à Paris. Adèle grandissait bien, Olympe était guérie, Lucile aussi. Par quel orgueil de prévention fallait-il que je reste ? Le sable fin de l'allée s'accrochait à mes souliers inégaux. Pourtant j'allais rester. Je ne pouvais pas revenir. Je repris le chemin écourté qui menait chez Lucile, par l'ancien couvent. Un porche du Grand Siècle, magnifique, puis un couloir gris et huileux, des murs dont on avait arraché les statues. Il ne faut pas revenir sur les lieux du passé.

Quand j'arrivai chez Lucile, songeant à retourner rue Verte, pour aller voir l'enfant qui me restait, je me cognai presque à l'intendant Favre, qui en rougit de confusion.

— Excusez-moi, madame...

— Ce n'est rien...

J'allais monter à ma chambre quand il m'arrêta d'une voix un peu gênée.

— Mme de Champlaurier veut vous voir, madame.

Il était fort tôt pour Lucile et cela m'étonna. Je montais au bel étage, quand je croisai un homme noir, un de ses *plumassiers*. Il me salua. Mme de Champlaurier était au petit salon. Je frappai et j'entrai. Elle était assise à une bergère, devant un petit bureau de bonheur du jour. L'abandon de son corps, son bras sur le fauteuil me rappelèrent tant de souvenirs. Elle releva la tête et son visage épuisé me rendit au quotidien.

– Bonjour, Adèle. Asseyez-vous.

Je m'assis donc. Le ton était grave. Ce n'était pas celui de la petite fille de la veille.

– J'ai à vous parler. J'ai quelque chose à vous demander. Une prière...

Elle cherchait ses mots et ne les trouva pas.

– Adèle, j'ai racheté Champlaurier.

J'entendais mal, assurément.

– Il faut bien suivre l'usage commun, n'est-ce pas ?

Elle souriait. J'étais au bout de moi-même.

– Allons, asseyez-vous ! Si vous étiez malade, que deviendrions-nous ? Le château est en ruine. Je n'ai pas les moyens de le relever de l'état où il se trouve. Mais c'est Champlaurier...

J'avais envie de pleurer. Je ne savais que lui dire. Elle reprit doucement.

– Je ferai restaurer le jardin. Et l'orangerie, si je le puis.

Sa voix baissa soudain. C'est à peine si je l'entendis.

– Je veux y mettre une stèle, pour Mère, pour Louis et pour Élise... Si je n'en avais pas le temps, sait-on jamais, le feriez-vous pour moi ?

Je ne pus que lui faire un signe lamentable. Elle me sourit.

– J'aimerais assez les rejoindre s'il me fallait cesser un jour de vous ennuyer. Feriez-vous cela

499

pour moi, ma cousine ? Allons, je sais que je puis compter sur vous. Ne me faites pas ce visage ! Cela n'est pas pressé !

Je ne pouvais parler. Mes pensées s'agitaient, émues, dansantes. Lucile avait racheté Champlaurier. Je n'étais plus seule à lutter contre l'oubli. Élise et Louis auraient enfin un lieu où dormir, une tombe où poser des fleurs. Je sentis une eau glacée couler à mes pieds, un manteau trop lourd tomber de mes épaules. L'ombre de Champlaurier quittait mon cœur. Lucile parlait toujours. Il me fallut un effort immense pour entendre ce qu'elle disait.

— Ne voulant m'arrêter à cela dans le sauvetage de nos biens familiaux, j'ai tenté de racheter Verteuil. C'était la maison de ma mère, n'est-ce pas ? Je n'ai pas pu...

Elle n'avait pas fini, je le sentais bien. Je le lisais dans ses yeux.

— J'ai donc voulu acheter Aiguebrune. Ne dites rien. C'était bien le moins.

Il était inutile de m'inviter au silence. J'étais sans voix.

— Vous en avez confié la vente à la banque Berthier, n'est-ce pas ?

Je hochai la tête. Des coups de canon résonnèrent, venus je ne sais d'où, sans qu'ils me surprennent le moins du monde. Plus rien, pour m'étonner.

— L'on m'a donné réponse que ce domaine n'était pas à vendre.

— Je ne vois pas bien...

— Ni moi. Il me semble que vous devriez éclaircir cela. La voiture est prête, je crois.

500

Je me levai, les jambes tremblantes. J'allais sortir, puis l'idée de la remercier me vint, que je ne pus exprimer.

– Non, Adèle. C'est moi.

Je ne comprenais plus rien. La voiture roulait sur les pavés gris, le ciel riait, le soleil jouait avec les nuages et j'étais dans une telle confusion que je ne vis pas tout de suite l'état étrange des passants. Ils s'agglutinaient aux carrefours, lisant des affiches, et jetant en l'air leurs chapeaux. Au pont, la presse était telle que nous ne pûmes passer. Je mis mon nez à la portière, vaguement effarée. Un passant me sourit.

– Il les a eus, madame ! Il les a eus ! Nous l'avons emporté !

Il riait, le chapeau à la main, des larmes plein les yeux.

– C'est que j'y ai mon garçon, voyez-vous ! Bon Dieu de bon Dieu !

Des gens couraient. Des soldats avaient mis leurs colbaks au bout de leurs fusils. On tirait quelque part et l'air sentait la poudre et la vie mélangées. C'était un beau charivari, que je ne voyais même pas, mon cœur battant déraisonnablement. Le cocher de Lucile se pencha vers moi dans un grand sourire.

– Nous ne passerons pas, Madame.

– Eh bien rentrez ! J'irai à pied ! Ce n'est pas loin !

Si l'armée de Bonaparte avait passé le Saint-Bernard et bousculé l'Autriche, comme je l'entendais hurler autour de moi, je pouvais bien faire quelques pas. Ce furent les plus difficiles et les moins boitillants de ma vie. J'étais comme

501

portée par la foule. La nouvelle s'était placardée pendant la nuit dans tout Paris. Je voulais aller sur un trottoir, je fus jetée contre un mur où s'étalait une lettre, rayée de tricolore, adressée par le Premier Consul aux deux autres. La nouvelle s'appelait Marengo. Il me fut difficile d'échapper à l'étreinte joyeuse formée autour de moi. Soyons honnête. Je m'y abandonnai. C'était un moment merveilleux où s'embrassaient des inconnus.

– Nous allons avoir la paix, maintenant !

Un vieil homme relisait doucement le bas de cette lettre :

– *J'espère que le Peuple français sera content de son armée.* Entendez-vous cela, madame ?

Pourquoi répondre, on le faisait pour moi !

– Oh oui, mon vieux ! Il en est content ! Savez-vous qu'ils ont passé les canons en creusant des arbres, pour les tirer en haut de la montagne ! Vive la République !

Je pus enfin m'échapper, les lèvres crispées d'un sourire qui ne voulait plus les quitter. J'allais comme je le pouvais, évitant à grand-peine les gens qui couraient en sens inverse.

– Où est-ce écrit ?

– À la pile du pont !

J'arrivai enfin à l'hôtel de banque de M. Berthier. Je n'y trouvai ni laquais ni majordome et je montai seule à l'étage où je savais son bureau. Je frappai. Il est des jours où rien ne nous arrête, n'est-ce pas ?

– Entrez...

Le banquier regardait par la fenêtre. Pauline, à ma grande surprise, se tenait à ses côtés. Il était bien tôt, pourtant. Mais ce n'était pas un matin ordinaire que celui-là, tant s'en faut ! Elle vint vers moi sans marquer de surprise à me voir et m'embrassa.

— Savez-vous la nouvelle, Adèle ! C'est merveilleux !

— Oui...

Mon air de folle éveilla leur surprise. M. Berthier me tendit un siège. Je m'assis, sentant d'un coup mes pieds moulus par les pavés.

— Je suis venue vous demander...

Ils m'écoutaient tous deux. Il me sembla les voir échanger un sourire.

— Ma cousine m'a dit qu'Aiguebrune n'était pas à vendre. Est-il... Est-il vendu ?

Leur sourire s'élargit. Ne pouvaient-ils me répondre ? Pauline, approchant sa chaise, me prit les mains.

— Vous allez nous fâcher, Adèle !

Je regardais le banquier. Ses yeux pleins de bonté et de gêne. Sa femme riait.

— Il fallait s'y attendre ! Allons, mon ami, ne faites pas le sot ! Toute sottise a ses limites ! Nos amis les ont d'ailleurs largement dépassées.

Il ne lui répondit pas. Elle se pencha vers moi.

— Ma chère, chère Adèle ! Vous n'avez donc pas compris ?...

Elle me souriait du fond des yeux.

— Il n'est pas vendu ?

— Pas vraiment !

Je ne savais plus où j'en étais. Je me sentis soudain bernée. Je me levai.

— Monsieur Berthier, pourriez-vous m'expliquer cela, je vous prie.

— Le député m'a remis la somme dont vous aviez besoin. Je ne devais pas vous le dire, voilà tout.

503

Des cris montaient de la rue, des chocs sourds.

— Je ne comprends pas. Vous me prêtiez cet argent sur la vente d'Aiguebrune, n'est-ce pas ?

— Où avez-vous vu qu'une banque prête ainsi de l'argent, sans connaître la valeur d'un bien ? Cela ne s'est jamais vu, madame.

J'étais ahurie. Ils me mentaient, ceux en qui j'avais mis ma confiance.

— J'ai accepté de vous le faire croire, pensant agir au mieux. Je vous prie de le croire.

Dehors, des gens hurlaient, chantaient. La fenêtre était ouverte. Pourtant, il me semblait manquer d'air. Je m'approchai d'elle. L'embrasure me retint.

— Pourquoi ? Pourquoi a-t-il agi ainsi ?

— Pour vous tirer d'ennui au plus vite.

— Mais pourquoi ne m'avoir rien dit ?

— Pour que vous acceptiez cet argent, je pense.

Je me revis, avec lui, sur le banc d'osier. Marsaud me connaissait si bien. Mon cœur battait à me faire mal. Les Parisiens dressaient leur bûcher, dans la rue. M. Berthier me fit un sourire plein de douceur qui le rendit presque beau.

— Il m'a dit qu'il ne voulait pas que l'on touche à votre maison. Elle n'a jamais été à vendre.

Du bois craquait. On venait d'y mettre le feu, en bas. Des gens sautaient, dansaient autour des flammes et Pauline riait, debout à mes côtés. M. Berthier était sorti.

— Nous avons un peu aidé Marsaud, Dangeau et moi... Il n'est pas si riche que nous, étant honnête ! Allons, ne faites pas ce visage. Nous vous l'aurions dit ! Je trouve même que nous avons été fort patients à votre endroit.

504

Je la regardais me sourire des yeux.

— Quelle comédie ! *Nous sommes amis, amis de vieille date...* Bien sûr ! Comment ne pas vous croire tous deux !

— Mais il ne m'a rien dit... Pourquoi ne m'a-t-il rien dit ?

— Pour être aussi sot, je ne vois qu'une raison. Et je crois que vous la connaissez.

Un feu de joie embrasait la rue. Il n'était rien à côté de celui qui incendiait mon cœur.

41

Ma voiture roulait, roulait et mon âme avec elle. J'étais comme ces bateaux descendant le fleuve, en contrebas de la route. J'étais incertaine du port, j'allais peut-être vers un naufrage, mais je ne pouvais m'empêcher d'aller. Le courant m'emportait. L'amarre avait rompu, ma vie était à la voile.

Je brûlais d'impatience. Je serrais mes mains l'une dans l'autre pour empêcher mes bras de s'étendre. Je connaissais le chemin par cœur. Nous allions quitter la rivière, remonter vers les terres arides, les terres mêlées d'eau. J'avais fait abaisser le tissu noir qui m'enveloppait depuis Paris. J'arrivais. Il m'était impossible d'être séparée de tout ce qui m'était rendu. Le grand sourire des marguerites au bord des champs, l'odeur verte et grisante de l'herbe coupée et ce soleil éclatant au ciel, comme un rire. Mon Dieu, j'étais folle. Mes lèvres me le disaient vingt fois par jour. La nuit me disait que j'avais raison.

Je le saurais bientôt. Je me trompais, peut-être, poussée par ce désir de vivre qui me serrait le cœur si fort qu'il me laissait sans sommeil, sans repos, ivre d'espérance. Nous remontions la route blanche, écrasée de chaleur. Nous atteindrions le bourg dans une heure à peine, et le chemin qui descendait à Aiguebrune. Il pouvait être onze heures. Dans l'air trop chaud, les arbres semblaient dressés entre le ciel et la terre, immobiles, perdus. Les chevaux étaient fatigués. Ma voiture était pourtant légère. J'étais seule, avec Germain qui conduisait l'attelage, et ma malle. Mais nous roulions depuis le point du jour. Je souris en pensant à la hâte de ce retour. Paris était dans l'ivresse de sa victoire, mon cœur chantait la sienne. Je partais. Il m'était impossible d'attendre davantage. Tout mon bagage fut plié en une heure, mes adieux faits en une matinée.

Je partais de chez les Dangeau. Ils avaient loué ma voiture. Germain me conduirait. J'embrassai Marguerite et Olympe. M. Dangeau mordillait sa moustache en refusant mes remerciements. Tout cela n'était rien ! Je serrai Adèle, sans trop. Elle mettait une dent, et gigotait furieusement. Je savais que je reviendrais. Je le lui dis à l'oreille, en embrassant ses cheveux si doux. Pauline l'entendit et me répondit qu'avant l'hiver, elle était bien assurée de me revoir.

— La campagne, en été, passe ! Mais en hiver, quelle horreur !

— J'y suis habituée...

– Taisez-vous donc ! Paris vous manquera plus que vous ne pensez ! Il est tout ce qu'on veut, mais on ne se remet pas de l'avoir connu.

Elle en savait des choses, Mme Berthier. Je la serrai contre moi. Puis je montai, légère, heureuse d'avoir six chevaux. Je voulais passer la barrière avant l'arrivée des charrettes. Du moins, c'est ce que je leur dis et ils feignirent de le croire. Quelques mouchoirs blancs, sur un perron, la ville et sa rivière, des pierres, des rues, des routes et des champs. Le grand galop. Et l'infini bonheur d'être libre. J'étais à moi, pour quelques jours, à mon tourment d'attente, à mon besoin de vivre. En chemin entre deux mondes que j'aimais, entre lesquels je ne choisirais pas. Ils seraient miens, tous deux, différents, unis. La veille au soir j'avais quitté Lucile. Je lui avais tout dit, ou presque, à bâtons rompus. Elle eut la sagesse de ne pas me demander ce que je ne lui disais pas.

– Il vous faut Aiguebrune pour être heureuse. Je le sais bien ! Et je ne crois pas qu'il puisse se passer de vous...

Je l'embrassai sur la promesse de revenir, après l'été. J'allais rentrer rue Verte, prendre congé de ma logeuse et faire ma malle, enfin, quand un mot me retint.

– Adèle... Quand vous reviendrez, j'espère que vous me présenterez...

Comment savait-elle ? Je me sentis rougir, muette de confusion. Elle sourit.

– Pour vous, je suis prête à accepter quiconque, fût-il cocher !

Elle ne croyait pas si bien dire ! Je souriais en y repensant. J'enlevai mon chapeau, jetant mes cheveux à l'air si doux de mon pays. Je voyais une ligne grise, puis un triangle de clocher par-dessus la mer des châtaigniers. Une poussière de craie mordait mes lèvres. Nous passions le petit pont, sur la Belle. Les prés brillaient, les blés verts blondissaient à peine. Je serais là pour la moisson. Peut-être...

Une angoisse me vint. Si tout cela n'était qu'une illusion ? Si l'on ne voulait pas de moi ?... Je rentrais en amie, en visiteuse. Il ne m'avait rien dit, dans ses lettres. Je les avais lues et relues, à chaque relais de poste, y cherchant un mot qui ne fût pas de simple amitié. En vain. J'avais beau me dire que je l'avais poussé à cela, qu'il ne pouvait rien me dire d'autre, une partie de moi-même ne le croyait pas. Il aurait dû comprendre ! Est-ce aux femmes de faire les premiers pas ? Il m'avait parlé de certains souvenirs. De mon petit chapeau bleu. Mais c'était si loin... Les hommes ne sont pas si fidèles. Cette pensée, quand elle me venait, mourait dans l'instant. Je l'étranglais comme un serpent. Elle renaissait, pourtant. *J'aimerais que nous soyons amis...* Rien de plus. Vraiment ?

Le bourg était passé. Je montrai la petite route à Germain. Elle était bien étroite pour mon équipage et il mit au trot. La voiture cahotait doucement, frôlée d'arbres. Les deux collines, les petits bois de l'Angélie. Nous serions bientôt à la ferme haute. L'air était étouffant. J'avais du mal à respirer. Allons, disons-le : j'avais peur. Mon cœur suivait le balancement des chevaux. Il me semblait parfois le perdre. Les châtaigniers dévoraient le chemin. Ils s'écartaient doucement, dans un crissement de soie. Des fleurs de sureau s'ouvraient comme des ombrelles blanches. Nous arrivions à la ferme haute.

Les charrettes étaient sorties, quelques râteaux de bois reposaient contre les roues bleues. Le pays avait commencé les foins ! Ils devaient être aux grands prés. On fane tous ensemble, à Aiguebrune. Germain mit au pas. Mon cœur n'en pouvait plus. Le sol était sec, cascadant de pierres. Il n'avait pas beaucoup plu. Le chemin s'évasait en courbe douce. Les arbres s'écartaient. La ferme basse me sauta au cœur. Tout semblait fermé. J'allai à la porte qui s'ouvrit toute seule. Tout était ciré, propre et rangé. Un pot d'étain, sur la table, qui embaumait le chèvrefeuille. À côté de l'évier de pierre, le tablier de Marie ne pendait plus. Je dis à Germain de continuer sans moi. Il n'avait qu'à descendre au logis. On l'entendrait venir. À Aiguebrune, une voiture ne passe pas inaperçue. Ils sortiraient, pour l'accueillir. J'aurais un peu de temps. Je saurais qui était là. J'étais bien lâche... Je prétendis que j'avais les os moulus, grand besoin de marcher. Ce qui était vrai, certainement.

Je descendis le petit chemin que j'avais pris tant de fois. Chaque pierre m'en était connue. Mes jambes me portaient à peine. Germain m'attendait, seul devant le perron. Une angoisse me saisit, mêlée de peur. Où étaient-ils ? J'avais imaginé leur joie à me revoir, Mathieu, sautant autour de moi et m'embrassant, François, son grand sourire, l'abbé, ses bons yeux de bleuet. J'avais imaginé tant de choses, comme dans un roman. Mais dans les romans, les amoureuses ont vingt ans et le dos bien droit. Je tirai la cloche grêle qui chantait toujours son air un peu faux. J'attendis. Mais je ne pouvais rester là, les bras ballants, à attendre ainsi, visiteuse devant ma porte. J'entrai. Le couloir était sombre. La lingère brillait doucement. La maison sentait un peu la paille et un peu le tabac. L'abbé ne fumait pas... J'allai vers le salon. En entrant, je levai les yeux au miroir et je me vis pour tressaillir d'horreur. J'étais couverte de poussière. Le vent de la course m'avait échevelée et je semblais quelque pleureuse antique dans ce cadre romain. Je m'étonnai d'ailleurs de me trouver là. Rien n'avait changé, pourtant, si ce n'est une chose bouleversante et douce. Près de la cheminée, une paire de bottes, hautes et lustrées, parfaitement déplacées. Et une veste à col croisé, jetée sur un dos de chaise. Mon cœur battait à s'arrêter. Des journaux traînaient à terre, un pot à tabac était resté ouvert. Pas de fleurs mais des livres entrouverts. Aiguebrune vivait au masculin. Je pensai à mon père sans pouvoir m'en défendre. J'étais revenue en un chezmoi bien lointain.

Cet instant était si tendre qu'il me mit les larmes aux yeux. J'allai à la fenêtre, par habitude. L'étang semblait blanc sous la chaleur. Le soleil glissait sur l'eau blonde. Les grands iris étaient fleuris. Je ressortis, nerveuse, incapable de rester là, à attendre Dieu sait quoi. S'ils étaient aux champs, j'irais les trouver. Mes jambes tremblaient un peu, mes pieds n'existaient plus. Je contournai l'étang. Il faisait si chaud ! Il n'était qu'un endroit de fraîcheur, à l'ombre des saules. J'y restai immobile un instant à chercher du courage et je repris ma route. Je montai vers le bois des ormeaux, sans souci des ajoncs qui retenaient ma robe. Les grands prés ondulaient comme une rivière. Un frisson passa sur l'herbe haute. Je vis un homme au-dessus de moi, en chemise, trop grand pour être François, trop brun pour être l'abbé. Une ombre sous la lumière de midi dans un vieil habit brun. Il montait vers les prés, une faux à la main, avec des enjambées si longues que c'était à désespérer. Je me disais que l'appeler m'était impossible quand j'entendis une voix, la mienne, criant son nom. Que m'importait ce qui se faisait, ne se faisait pas, puisque j'étais là. Il se retourna, jeta ce qu'il tenait et descendit en avalant la pente. Aiguebrune s'étirait en riant au soleil. J'étais arrivée.

Achevé d'imprimer sur les presses de

BUSSIÈRE

GROUPE CPI

*à Saint-Amand-Montrond (Cher)
en décembre 2002*

POCKET - 12, avenue d'Italie - 75627 Paris Cedex 13
Tél. : 01-44-16-05-00

— N° d'imp. : 27157. —
Dépôt légal : janvier 2003.

Imprimé en France